Magic Melody

Ein Buch aus dem Schlosser-Verlag

Erschienen: 9-2016
Umschlaggestaltung: Schlosser Verlag
Text: John Reece

ISBN: 978-3-96086-007-5
Preis: 14,90 €

Inh.: Manfred Schenk KG, Klosterstr. 1, 41363 Jüchen
Persönlich haftender Gesellschafter: Manfred Schenk

www.schlosser-verlag.de

John Reece

Magic Melody

Vorwort

Erst mal möchte ich mich bei allen bedanken, die dieses Buch gekauft haben. Es ist mein erstes Buch, was sich beim Lesen vielleicht herauskristallisieren wird, dennoch bin ich mir sicher, dass es dem einen oder anderen gefallen wird. Die Geschichte des Buches ist eine freie und spontan entstandene Geschichte, welche sich durch sämtliche Genres zieht, ob knallharter Splatter, ausgefallene Komödie oder tragische Romantik. Magic Melody ist ein Buch, das für jeden geeignet sein sollte. Da dies mein erstes Buch ist, gibt es natürlich ein, zwei Dinge, die ich noch verbessern könnte, oder es gibt vielleicht Wünsche für den zweiten Teil, welchen ich bereits in Planung habe. Egal, ob konstruktive Kritik (kein Haten), oder Wünsche für die Story, unter der Facebook- Seite

"Epic Short Storys: Magic Melody" könnt ihr mir ein kleines oder großes Feedback dalassen, wenn ihr wollt. In der genannten Seite werde ich neben Ankündigungen auch Artworks zu Charakteren aus dem Buch machen und vielleicht die eine oder andere Frage beantworten, allerdings ohne Gewähr.

Hinweis: Ähnlichkeiten zu realen Personen oder zu anderen Werken, ob jetzt Buch oder Videospiel, beruhen auf Zufall.

Kapitel 1

Winterjahr 1293

Schleppend mühte ich mich durch den hohen Schnee und blieb auf einer Anhöhe stehen. Ich erspähte in der Ferne den Schatten eines gewaltigen Turmes. "Noch einen halben Tag", murmelte ich und ging weiter.
Thandur, den Erzählungen nach die friedlichste Stadt des Landes und ein Paradies für Barden, doch, ob die Behauptungen stimmen, wird sich zeigen.
Durch den Wald ging es schneller voran als durch den hohen Schnee, doch war dies der ideale Ort, von Banditen überfallen zu werden und so hielt ich die Augen stets in alle Richtungen offen. Schließlich endete der Wald, und ich konnte die riesigen Stadttore sehen. Als ich mich den Toren näherte, sahen die Wachen mich skeptisch an.
"Halt! Woher kommt ihr?",
rief die Wache und hob mahnend eine Hand. Ich grinste ihn an.
"Na, aus dem Wald, sieht man doch."Misstrauisch sah er immer wieder über mich hinweg.
"Niemand kommt aus dem Wald, also ver..."
Er stieß einen langen Seufzer aus.
"Ist ja auch egal, aber ihr scheint nicht von hier zu sein, daher rate ich Euch, macht euch mit den Regeln der Stadt vertraut."
Sagte er und ließ mich passieren. “Das war aber merkwürdig, ich hoffe, nicht alle Wachen sind so grimmig“, dachte ich und sah mich aufgeregt um. Die Stadt war riesig, alle Häuser waren massive Steinbauten, zum Teil reich verziert.

Doch nichts war so beeindruckend wie die Marktstraße. Stände, Tavernen und Bordelle reihten sich hier aneinander, und obwohl es schon dunkel war, herrschte ein reger Betrieb. "Hmmm, zu müde zum Feiern",
murmelte ich und suchte eine Taverne, in der nur wenig los war. Böser Wolf, eine unscheinbare Taverne mit einem unerwartet großen Schankraum. Erschöpft ließ ich mich an der Bar nieder, und bevor ich irgendeinen Wunsch äußern konnte, stand auch schon ein Humpen vor mir. Ich legte den bardentypischen Federhut ab und nahm einen kräftigen Schluck. Plötzlich setzte sich ein junger Jäger mit kurzen, schwarzen Haaren neben mich und prostete mir zu.
"Ihr kommt nicht von hier?",
fragte er, und ich lächelte ihn an.
"Nein, tu ich nicht."
"Mein Name lautet Wolf und ihr seid?",
fragte er und bestellte sich bereits einen weiteren Humpen.
"Shiida, ich bin Barde und ihr...."
Ich leerte meinen Krug und musterte ihn. Er trug eine abgetragene Lederkluft, ein Beil und ein Messer.
".....seid Jäger",
führte ich meinen Satz fort. Er lächelte mich an.
"Nun, so ungefähr." Laut gähnend stand ich auf.
"Lasst uns dieses Gespräch morgen weiter führen, wenn ich ausgeschlafen bin. Gute Nacht, Wolf." Ich ließ mir vom Wirt meinen Zimmerschlüssel geben und stieg dann die Treppe am Ende der Bar hinauf. "Sieht gar nicht schlecht aus, dieser Wolf, aber einen merkwürdigen Namen
hat er", dachte ich mir kichernd.

Am nächsten Morgen saß ich im Schankraum am Kamin auf den Boden gekauert und umklammerte eine große Tasse Tee. "Ich dachte ich sei früh dabei, aber Olav ist eine

Klasse für sich“, dachte ich und sah mich nach dem stämmigen Wirt um.
"Du, Olav, ich habe das also richtig verstanden. Der nördliche Wald ist also deshalb so gefürchtet, weil sich angeblich ein Nekromant in ihm verstecken soll?"
Es folgte Stille, doch dann fing ich laut an zu lachen.
"So einen Blödsinn." "Das ist nicht lustig, die Menschen hier sind sehr abergläubisch",
beschwerte er sich. "He, he, nicht so mürrisch. Ich lach auch nicht mehr, dennoch, das ist eine gute Geschichte für ein neues Lied." Nun fing der Wirt an zu lachen.
"Du bist ein Barde durch und durch." "Guten Morgen, Wolf, kannst du auch nicht schlafen?",
fragte ich, als ich Wolf die Treppe herunterkommen sah. Wolf betrat den Schankraum und sah mich und dann meine Tasse Tee fragend an.
"Nein, ich geh auf die Jagd." "So früh."
Ich sah ihn verwundert an. "Ich jage im nördlichen Wald, da heißt es, je früher desto besser." Ich sprang auf, da mich eine Idee ereilte.
"Ist gut, ich komm mit." Wolf sah mich entgeistert an.
"Da...Das ist zu gefährlich, du kommst nicht mit."
Olav nickte zustimmend. Ich griff nach Wolfs Arm und schmiegte mich an ihn und setzte das süßeste Lächeln auf, das ich konnte.

"Was soll mir denn passieren, schließlich bin ich doch in der Obhut eines so starken und mutigen Jägers." Plötzlich wurde Wolf knallrot und sah weg, dann schüttelte er mich ab. "Du kommst nicht mit!" Ich kicherte. “Und wie ich mitkomme, du weißt es nur noch nicht, schließlich ist ein Jäger in einem verwunschenen Wald Zunder für eine gute Ballade.“

"Danke für Tee, Olav."
Ich stellte meine Tasse auf den Tresen ab und ging nach oben, um meine Sachen zu packen.
Ich warf meinen Mantel über und setzte den Hut auf und wartete darauf, dass Wolf die Taverne verließ. Als ich hörte, wie er ging, eilte ich die Treppe hinunter und folgte ihm in einem gewissen Abstand. Trotz der Dunkelheit war es leicht, ihm zu verfolgen, da kaum jemand auf den Straßen unterwegs war. Schließlich passierte er die Stadttore, und ich verlor ihn aus den Augen. Ich erhöhte mein Tempo, um ihn nicht zu verlieren und kaum, dass ich aus dem Tor war, wurde ich abgefangen. Es war Wolf, der mich verständnislos ansah.
"Du willst also wirklich mit? Mutig, kleines Mädchen", bemerkte er und seufzte genervt.
"Na schön, aber du tust das, was ich sage." Ich sah ihn unschuldig an.
"Ich tu, was du sagst, verstanden. Aber sag mal, wo ist dein Bogen?" "Für das, was ich jage, braucht man keinen Bogen und jetzt komm." Er ging los und legte dabei ein unglaubliches Tempo vor. „Wie leise er sich bei dieser Geschwindigkeit bewegt, er wäre sicher ein guter Attentäter." Er führte mich tiefer und tiefer in den Wald und sprach kein Wort, doch dann wurde er langsamer.
"Weißt du, dieser Wald wird auch Zauberwald genannt. Das liegt daran, dass es hier Wesen gibt, die es woanders nicht gibt, und auch die Tiere in diesem Wald sind nicht wie normale Tiere, aber das wirst du schon bald sehen." "Jetzt bindest du mir aber einen Bären auf",
entgegnete ich, dessen bewusst, dass es solche Wesen sehr wohl zu genüge gibt. Er blieb stehen.
"Vielleicht. Du kannst klettern, oder?",
fragte er und stieg einen großen Baum empor. Mit dem

langen Mantel zu klettern, war beschwerlich, doch schaffte ich es hinauf. Ich setzte mich auf den Ast einen über ihm "Und jetzt?" "Jetzt hörst du mir zu. Egal was passiert, du bleibst hier sitzen und rührst dich nicht, verstanden." Ich nickte schweigend. „So wie er gestern war, und so wie er noch heute Morgen war, hätte ich ihn für einen Anfänger gehalten, doch so wirkte er jetzt nicht mehr. Er ist nun Wachsam und konzentriert.“ Ich beschloss, nichts mehr in Frage zu stellen und verharrte daher stillschweigend auf dem Ast.

Es dauerte nicht lange, bis die ersten Leichtstrahlen der Morgensonne durch die Baumwipfel brachen und als sei es ein Zeichen, nahm Wolf sein Beil zur Hand und bedeutete mir nun, besonders leise zu sein. Wölfe eilten direkt unter uns über den Waldboden. Gebannt beobachtete ich, wie einer nach dem anderen an uns vorbei in die Ferne schoss. „Beeindruckend“, dachte ich mir und sah zu Wolf, welcher offensichtlich die Tiere zählte. Plötzlich sprang er in die Tiefe und enthauptete ein vorbeilaufendes Tier. Er federte den Sturz mir einer Rolle ab und erlegte aus dieser Bewegung heraus zwei weitere Wölfe. Ich starrte ihn fassungslos an. „Das...Das ist unglaublich“. Er stand schweigend da, doch dann sah er zu mir rauf.

"Du kannst jetzt runterkommen." Als ich unten war, konnte ich meinen Augen nicht trauen. Die Wölfe waren riesig, alleine ihr Kopf war so groß wie ich selbst. “Und er hat sie in nur wenigen Augenblicken erledigt“. "Jetzt weißt du, weshalb ich alleine gehen wollte. Hätte uns das Rudel durch eine Unachtsamkeit bemerkt, wären wir Geschichte." Er steckte das Beil weg und zog sein Messer und fing an, das erste Tier auszunehmen. Auch ich zog ein Messer und

ging zu einem der Tiere hinüber. Erstaunt betrachtete ich dessen Hals.
"Ein sauberer Schnitt",
murmelte ich und machte mich daran, das Tier auszunehmen. Ich war so in die Arbeit vertieft, dass ich nicht bemerkte, wie Wolf mich beobachtete.
"Du bist eine seltsame Frau, weißt du das? Du kommst ganz alleine von weiß nicht wo in diese Gott verlassene Stadt, hast nicht den Hauch von Angst, diesen verfluchten Wald zu betreten und jetzt hilfst du mir auch noch, die Wölfe auszunehmen". Er lächelte.
"Das gefällt mir." Ich sah ihn sprachlos an, doch sah ich schnell wieder weg, als ich merkte, wie mir die Röte ins Gesicht stieg. "Verdammt, wieso werde ich denn jetzt rot..." Als ich mit dem Wolf fertig war, wischte ich mir die Hände an dem Saum meines Mantels ab.
"Wie wäre es mit ein wenig Musik?"
Ich stand auf und zog eine weiße, unförmige Flöte aus meinem Mantel und fing an, zu spielen. Der Klang der Flöte hallte durch den Wald und vermischte sich mit dem eisigen Wind, während Wolf die Felle und das Fleisch für den Transport zusammenband.

Zurück in der Stadt, verstauten wir das Fleisch im Lagerraum der Taverne und brachten die Felle zu einem Händler. Ich staunte nicht schlecht, als ich sah, wie Wolf einen unverschämt großen Beutel Gold in die Hand bekam.
"Du machst ja eine ganze Stange Geld damit, als Barde kann ich von so was nur träumen",
bemerkte ich. Er betrachtete den Beutel, und ein schmerzlicher Ausdruck verdüsterte seine Mine.
"Weißt du, alles Gold dieser Welt nützt einem nichts, wenn man tot ist."

Er steckte das Gold weg und ging los. "Komm, gehen wir zurück zur Taverne."

Ich lächelte ihn aufmunternd an.

"Anstatt zurück zu gehen, könntest du mir doch die Stadt zeigen." "Hier ticken die Uhren ein wenig anders, der Tag gehört den Jägern und Arbeitern. Du würdest jetzt nur wenig Freude beim Erkunden haben." Ich seufzte gelangweilt.

"Wenn das so ist, dann werde ich meine Zeit dafür nutzen, neue Lieder zu schreiben.""Wir können ja heute Abend immer noch durch die Stadt“,

schlug Wolf vor, und ich lächelte zustimmend.

In der Taverne steuerte Wolf direkt die Treppe nach oben an. "Ich werde jetzt schlafen. Du kannst mich ja wecken, wenn die Sonne sich dem Untergang zuneigt." Auch ich ging hoch und hockte mich in mein Zimmer, um ein Lied über Wolf zu verfassen, doch bald hatte ich keine Lust mehr und entschloss mich, die Stadt schon mal alleine zu erkunden. Ich trat auf die Straße hinaus und lief die Hauptstraße entlang. "Tatsächlich, alles hat zu",

dachte ich laut und blieb schließlich vor dem großen Festungsturm in der Stadtmitte stehen. Ich rannte auf ein großes Haus zu und erklomm es mit nur wenigen Griffen. „Ist denn hier gar nichts los?“ Ich sah mich ausführlich um und erblickte im Schatten des Turms eine Vielzahl an Lichtern. „Da scheint etwas zu sein...“ Ich stieg wieder vom Haus und stolperte durch die Schatten. Bald erreichte ich den ersten Laden. "Todesröcheln? merkwürdige Namen haben die Läden hier." Voller Neugier betrat ich den Laden. Alles war vollgestellt mit allem möglichen Ramsch, manches sah sehr wertvoll aus, anderes hingegen nicht, doch waren die meisten Sachen mit eigenartigen Zeichen beschriftet, und die von der Decke hängenden toten Tiere

machten den Laden nicht gerade schöner. Schon bald breitete sich ein albtraumhaftes Unbehagen in mir aus, doch als ich mich umdrehte, stand plötzlich eine kleine, alte Frau vor mir:
"Oh, Kundschaft...Das ist aber schön“
krächzte sie und ging um mich herum. Das Herz schien mir aus der Brust springen zu wollen.
"Ich...Ich wollte gerade wieder....",
stotterte ich und stolperte rückwärts Richtung Tür. "Ich habe genau das richtige für Euch“,
sagte sie und hielt eine Kette hoch, an deren Ende ein grünblau leuchtender Kristall hing. Ich stockte. „Der ist wirklich schön“.
"Ich denke nicht, dass ich so etwas bezahlen könnte."
Die alte Frau lächelte ein unheilvolles Lächeln.
"Ihr müsst nichts bezahlen, was bereits Euch gehört“,
sagte sie und hängte mir die Kette um. Ich sah auf die Kette herab, die nun um meinen Hals hing. „Was bereits Euch gehört?..... Was meint sie?“ Ich sah wieder auf und hatte gerade Luft geholt, um etwas zu sagen, doch war die Frau verschwunden. Nun war es endgültig vorbei, ich eilte aus den Laden und blieb erst stehen, als ich eine mehr als übertriebene Strecke zurück gelegt hatte. "Das war unheimlich, selbst für meine Verhältnisse."
Als ich wieder zu Atem kam, setzte ich meinen Erkundungstrip fort, doch wurde ich bald aufgehalten. Ein kleiner, grimmiger Mann vertrat mir den Weg. "Na Kleines, hast du dich verlaufen."
Er grinste hämisch und ich bemerkte, wie er langsam nach etwas griff, “ Ein Messer vermutlich. Nur zu schade, dass ich mein eigenes habe.“
Ich zog mein eigenes Messer und wartete auf einen Angriff seinerseits, doch wurde ich plötzlich am Arm gepackt und

mit einem Ruck hochgehoben. Vor Schmerz ließ ich das Messer fallen, dann warf mich der Hüne wie ein Spielzeug in die nächste Ecke. Ich merkte deutlich, wie mir Blut über das Gesicht strömte. Benommen blickte ich auf und sah, wie die beiden langsam auf mich zu kamen. "Was sollen wir jetzt mir ihr machen?",
fragte der Koloss. Der Kleine grinste breit und trat auf mich zu.
"Ich weiß, was ich mit ihr mache." Ich versuchte, wieder aufzustehen, doch rührte sich mein Körper nicht. Alles war verschwommen und bewegte sich. Der Kleine hockte nun über mir und betrachtete mein Gesicht.
"Ihr seid hübsch“,
bemerkte er, zog sein Messer und zerschnitt meine Sachen. Panik stieg in mir hoch, doch noch immer konnte ich mich nicht richtig bewegen. „Nein !......Bitte. Nicht !......NEIN !!!“ Ich spürte seine eiskalten Hände auf meiner Haut, doch verlor ich bald das Bewusstsein, und Erinnerungen kamen hoch. "Schon wieder wurde ein Dorf überfallen“,
erklang eine helle sanfte Stimme.
"Ihr Pech ist unser Glück. Geht, Kinder und schaut, ob ihr noch was findet, das nicht Raub der Flammen wurde“,
sprach eine raue tiefe Stimme. Langsam wurden Bilder deutlich, und ein kleines Mädchen mit langem, blutrotem Haar erschien vor mir. Meine Schwester, sie sah mich fragend an.

"Wirklich, du hast am Fluss einen Jungen getroffen? Vielleicht ein anderer Nomadenstamm, wir........“
Das Bild verschwand, und ein neues erschien. „Scheinbar stimmt es, dass man im Angesicht des Todes sein Leben noch mal sieht...“
Es leuchtete, und Flammen erschienen. Zwischen den

Flammen lag eine Laute im Schnee..... ..."Shiida, Shaiin, euer Vater, er ist..."
Die Erinnerungen wechselten immer schneller, und schließlich schlug ich die Augen auf. Ich stand fast nackt auf der Straße, die Männer, denen ich noch eben schutzlos ausgeliefert war, lagen nun zerstückelt am Boden, und in der Hand hielt ich einen langen Zeremoniendolch.
"Das, das kenne ich", stotterte ich.
"Das ist mir schon mal passiert." Mein Kopf schmerzte und erneut stiegen Erinnerungen in mir auf.

~~ "Shiida! Wie hast du.. alle Banditen... Tod....du ha..." Erschöpft, niedergeschlagen und vollkommen fertig ging ich zurück zur Taverne. Wolf, der an der Bar saß und sich ausgiebig mit Olav unterhielt, sah mich entsetzt an, als ich die Tür reinkam.

Kapitel 2

Schweren Schritts kam ich die Treppe runter in den Schankraum und setzte mich zu Olav an die Bar. "Sie schläft jetzt. Abgesehen von der großen Wunde am Kopf und ein paar Prellungen scheint es ihr gut zu gehen." Ich griff nach dem Bier, welches Olav mir hingestellt hatte, doch bevor ich es heben konnte, legte Olav eine Hand darauf und sah mich an. "Was ist los mit dir, Wolf?" "Was soll schon mit mir los sein?" Er nahm seine Hand weg, sodass ich trinken konnte, doch sah er mich immer noch mit diesem sonderbaren Blick an.

"Du hast dich in den letzten Jahren sehr verändert. Noch vor zwei, drei Monaten wäre es dir egal gewesen, was mit diesem dahergelaufenen Mädchen passiert wäre" "Willst du behaupten, ich sei weich geworden!?"

Zornig sah ich ihn an, aber dann ließ ich seufzend die Schultern hängen. “Moment mal, kann es sein...“ "Machst du dir Sorgen um mich?" Plötzlich schlug er mir so hart ins Gesicht, dass ich vom Hocker fiel.

"Idiot, natürlich sorge ich mich. Ich kenne dich von klein auf. Du bist für mich wie ein Sohn, den ich nie hatte." Ich stand vom Boden auf und sah ihn mit gemischten Gefühlen an. Für einen Moment dachte ich daran, etwas Aufbauendes zu sagen... wie gesagt, für einen Moment. "Bist du von Sinnen!!! Gibst so einen sentimentalen Unsinn von dir und behauptest, ich sei weich geworden!?!"

Darauf erwiderte Olav nichts mehr, sondern sah mich nur betroffen an. "Ich geh nach Shiida sehen."

Ich verließ den Schankraum und blieb oben im Flur vor der letzten Türe stehen. Mit leisem Schritt betrat ich das kleine, schlicht eingerichtete Zimmer und setzte mich auf den Stuhl nah ihrem Bett. Skeptisch sah ich ins Leere. “Was mach ich hier eigentlich.....er hat wohl Recht, ich bin weich geworden“. Ich lächelte Shiida an. „Aber das ist mir jetzt egal, soll man doch denken, ich sei weich“.

Langsam wachte ich auf. Das Bild von diesem Mann blitzte in meinen Gedanken auf, und hektisch tastete ich mich ab. „Hat er mich...“ Ich seufzte erleichtert.
"Hat er nicht..."

Als ich mich noch leicht schlaftrunken umsah, fiel mein Blick direkt auf Wolf. Er kauerte auf einem Stuhl nah meinem Bett und schlief. „Hat er etwa die ganze Zeit dagesessen und über mich gewacht?“ Ich lächelte ihn voller Zuneigung an und stand auf. Erst, nachdem ich aufgestanden war, fiel mir auf, dass ich nur ein mir viel zu großes Nachthemd trug. Beschämt schlang ich die Arme um mich. “Was zum...“ Ich sah wieder zu Wolf und blickte mich um.
“Wo sind meine Sachen?“ Ich fand sie nicht, daher ging ich runter in den Schankraum. Es war mehr als ungewöhnlich voll und laut im Schankraum. Mir schmerzte der Kopf, und es war schwer für mich, bis zur Bar vorzudringen. Olav sah mich besorgt an.
"Shiida, was machst du hier? Geh und ruhe dich noch ein wenig aus." "Wo sind meine Sachen?",
fragte ich. "Die waren hinüber, wir haben sie weggeschmissen",
sagte er und drehte sich kurz, um jemanden zu bedienen. "Ihr habt was?" "Keine Angst, wir haben natürlich die Taschen geleert. Dein Kram liegt im Lager“,
sagte er und verschwand mit ein paar Bieren in der Menge. Erleichtert atmete ich auf, doch zuckte ich auf, als ich eine Hand an meinem Hintern merkte.
"Du bist mir eine Süße, stehst hier nur im Nachthemd“,

grölte der Besitzer der Hand, und Erinnerungen kamen hoch. "Nein!" Er zog mich zu sich ran.
"Bist du etwa zu unserer Unterhaltung hier?" "Nicht anfassen!"
stammelte ich. "Wie war das?", fragte er, und seine Hand wanderte vom Arsch nach vorne. "NICHT ANFASSEN !!!!!!!",
kreischte ich. Blut spritzte, und ich sah, wie der Mann neben seinem Arm auf die Knie fiel und sich den stark blutenden Stumpf hielt.
"Ahhhhhhaaa!" Wolf stand mit dem Beil in der Hand neben ihm, und mit einem Mal war es unheimlich still im Raum. "Wer das Mädchen anfasst, verliert den Arm",
sprach er und steckte das Beil weg. Ich starrte ihn einfach nur an, unentschlossen, was ich denken soll. "DU Verdammter BASTARD!!!"
Der Jäger zog sein Messer, doch noch bevor er es ganz gezogen hatte, hielt Wolf ihm bereits sein Messer an die Kehle.
"Wenn ich du wäre, würde ich den Stumpf mal schnell verbinden", sagte er und kam auf mich zu.
"Wie geht es dir?",
fragte er mit ehrlich besorgter Mine. Ich war wirklich glücklich, dass er mir geholfen hat, doch nicht so, nicht auf diese Weise. Ich schlug ihm ins Gesicht.
"Idiot, du hast es übertrieben!"
Er lächelte mich entschuldigend an, woraufhin ich rot wurde. Ich stürmte an ihm vorbei Richtung Lager.
Als ich mich im Lager hinter der Küche umsah, entdeckte ich einen Korb mit meinen Sachen drin. Sofort nahm ich meine Flöte und den Zeremoniendolch an mich und atmete erleichtert auf, da nur diese zwei Ding für mich von wirklichem Wert waren. Mit zügigem Schritt ging ich

wieder zurück und eilte die Treppe hinauf. Vor meinem Zimmer wartete Wolf, der einen kleinen Haufen Kleidung in den Armen hielt.
"Ich dachte mir, du könntest welche gebrauchen“,
sagte er lächelnd. “Da hat er verdammt noch mal recht“. Ich nahm das Bündel an, dann beugte ich mich zu ihm und gab ihm einen Kuss auf die Wange und sah gleich darauf zu Boden.
"Danke...,dass du mir vorhin geholfen hast, meine ich“,
sagte ich und verschwand mit rotem Kopf in meinem Zimmer. Im Zimmer ließ ich die Sachen fallen und schmiss mich aufs Bett.
"Verdammt, was ist mit mir los?",
schimpfte ich mich selber aus. "Ich wollte mich doch nur ein wenig umsehen, ein paar Geschichten für neue Balladen sammeln und weiter nach Osten ziehen."
Ich drehte mich auf den Rücken und starrte die Decke an.
"Ich kann mich doch nicht an ihn und diese Stadt binden?"
Ich richtete mich auf. „Was soll ich nur tun?....Ich...Ich liebe ihn doch....und er liebt mich....das tut er doch, oder?“
Zweifel wurden breit. Schließlich raffte ich mich wieder auf und durchwühlte das Kleidungsbündel nach Sachen, die zumindest ein wenig passten. Wolf erwartete mich bereits am Fuß der Treppe und sah mich mit offenem Blick an. Es war eindeutig, dass er versuchte, ein Lachen zu unterdrücken.

"Ein Wort, und ich reiß dir dein Rückgrat durch den Hals raus“, mahnte ich ihn. Er lächelte und ging vor. Es war bereits tiefste Nacht, und ich sah Wolf fragend an.
"Wie lange war ich weg?" "2 Tage“, antwortete er knapp und sah mich besorgt an. „2 Tage...?“
"Jetzt schau mich nicht so an. Ist dir das nicht peinlich?",

meckerte ich, als ich merkte, dass er mich auffällig anstarrte und übernahm die Führung
„Mir ist das peinlich“.
Es war unglaublich, die gesamte Straße erstrahlte unter einer Vielzahl von kleinen Laternen, und aus den verschiedensten Ecken drang Musik. Ich drängte mich durch die Menschenmassen in den nächsten Laden. Es war ein Geschäft extra für Kleider, und ich sah mich neugierig um. Alles sah so schick und vornehm aus.
"Ich glaube, ich bin hier falsch“,
dachte ich laut. "Geht mir nicht anders. Na komm, ich zeige dir einen passenden Laden."
Er reichte mir seine Hand. Eine ganze Weile zog er mich hinter sich durch die Menschenmenge, schließlich blieb er vor einem sehr krumm gebauten Haus stehen.
"Hier ist es, wenn's um robuste Kleidung geht, ist er der bestBeste." Als wir den Laden betraten, sah ich mich skeptisch um. Es waren nur wenige Kleidungsstücke zu sehen, dafür lagen überall Werkzeuge oder Stoffreste herum. „Sieht mir eher wie eine Werkstatt oder Schneiderei aus“. Es dauerte nicht lange, da kam von hinten ein sehr kleiner, spitzohriger Mann. "Ein Kobold“, sagte ich überrascht. Er schnipste mir gegen die Stirn.
"Ich bin kein Kobold, dummes Kind“, sagte er und sah zu Wolf.
"Du bist sicher wegen dem Mantel hier." Wolf nickte.
"Und wir wollen sie neu einkleiden“, fügte Wolf hinzu. Ich sah zwischen den beiden hin und her. "Das sehe ich“,
krächzte der Mann, und wir folgten ihm nach hinten. Der Mann nahm von einem Ständer einen prächtigen, mit Panzerplatten beschlagenen Langmantel und reichte ihn Wolf. Ich sah, wie er sich freute und freute mich innerlich mit, doch fragte ich mich. “Wie viel der wohl kosten mag?“

Der Kobold sah nun mich an.
"Was hättest du denn gerne?" "Äm also, ich dachte an eine lange Bardengewandung mi..." "Unsinn...",
unterbrach er mich.
"Was hältst du von mehrteiligen Roben, so wie sie die großen Magier damals getragen haben? Sie sehen nicht viel anders aus, können zu jeder Witterung getragen werden und sind leicht einzufärben, falls du es lieber farbenfroh haben willst..." Noch bevor ich was sagen konnte, nahm er bereits meine Maße und verzog sich nach hinten. Verunsichert sah ich zu Wolf, doch der war damit beschäftigt, seinen neuen Mantel zu bewundern. Es dauerte erstaunlich kurz, bis der Kobold mit der fertigen Robe kam und sie mir hinhielt.
"Anziehen!" Ich zog mich in einen kleinen Nebenraum zurück, wechselte die Kleidung und kam zurück. "Sie steht dir ausgezeichnet“, bemerkte Wolf. Ich wäre wieder rot geworden, hätte der Kobold nicht plötzlich angefangen, überall an mir rum zu zupfen, dann nahm er Abstand und sah mich fragend an. "Sind wir im Geschäft?" Unsicher sah ich an mir herab.
"Sie passt zwar hervorragend und sieht auch klasse aus, aber ich denke nicht, dass ich mir das leisten kann." "Ich übernehme das." Ich sah Wolf fassungslos an. "Als ein Geschenk für dich“,
sagte er nur lächelnd. Er feilschte nur kurz um den Preis und überreichte dem Kobold dann eine stolze Summe. Ich entschied mich, die Roben gleich anzubehalten und schließlich verließen wir den Laden und begaben uns wieder in die Menschenmenge, doch nach ein paar Schritten blieb ich stehen. Wolf bemerkte das und drehte sich zu mir um. "Danke für die Roben, ich werde es dir sicher bald zurück zahlen“, sagte ich, doch überspielte

Wolf meine Worte mit einem Lächeln und ging weiter. Wir steuerten Richtung Musik, und wann immer wir an einem Stand mit Essen vorbei kamen, genehmigte ich mir ein paar der Spezialitäten. "Für deine Größe verdrückst du aber einiges“,
bemerkte Wolf und gönnte sich auch ein paar Leckereien.
"Das ist verdammt lecker, also lass mich“,
sagte ich mit vollem Mund und kaufte mir aus Trotz noch mehr. Nachdem wir uns an den Ständen genug aufgehalten hatten, erreichten wir auch die Quelle der Musik. In der Mitte eines kleinen Platzes befanden sich Musiker mit einem Feuerschlucker und gaben ihr bestes, die Leute zu begeistern. Wir kamen genau richtig, da sie gerade erst mit einem neuen Lied anfingen. Voller Eifer zog ich meine Flöte aus dem Inneren meiner Robe und stimmte mit ein. Beeindruckt beobachtete ich den Feuerschlucker während des Spiels, doch sah ich dann zu Wolf, der mich voller Interesse beobachtete, und ich fing an, um ihn herum zu tanzen. Von mir angestachelt, fingen nun auch die jungen Musiker an, zu tanzen und zu springen, aber nicht nur sie, die gesamte Menschenmasse um uns herum setzte sich in Bewegung. Es war genau dieser Moment, der das Bardensein ausmachte.
All die Sorgen, all die Hektik des Alltags verschwanden in einem Feuersturm aus Musik und Tanz. Schließlich beendeten die Musiker ihr Spiel und nickten mir respektvoll zu.

"Gut gespielt, kommt, wir wollen dich und deinen Freund auf ein Bier einladen“,
sprach der junge Musiker mit einem freundlichen Lächeln. Ich lief rot an. „Mein Freund?...“ Ich versuchte, mir nichts anmerken zu lassen.

"Sehr gerne, danke." „Wieso ist mir das nur so peinlich?“ Wir machten es uns in einer großen, nicht zu vollen Schenke bequem. "Also, Ich bin Randorio, ihr könnt auch Ran sagen, wenn ihr wollt“, sagte er und sah zu seinem noch sehr jungen Begleiter.
"Das ist mein kleiner Bruder Rimaldin."
Er sah zu dem Feuerschlucker an der Bar hinüber.
"Und das ist Kirgo." "Rim, Ran und Kirgo also. Ich bin Wolf und das ist Shiida“, stellte Wolf uns vor, und ich lächelte die Brüder interessiert an.
"Und was verschafft uns das Vergnügen, von euch eingeladen zu werden?",
fragte ich und nahm Kirgo dankend ein Humpen ab, als er am Tisch ankam. Ran nahm seinen zur Hand.
"Wir können euch gut in unserer Gruppe gebrauchen. Dich..."
Er deutete auf mich.
"...weil du unglaublich gut spielst und Leute so begeisterst." Er lachte. Hast du gesehen, wie die Menschen um dich herum angefangen haben, zu tanzen?" Ich nickt nur, da ich es eigentlich nicht gesehen habe, da mein Blick hauptsächlich auf Wolf gerichtet war. "Und wie du der Melodie folgen konntest, obwohl du sie nicht kanntest." "Und wir könnten auf unseren Reisen einen Wächter gebrauchen“, sprach Rim an Wolf gewandt weiter. Wolf sah mich fragend an, und ich erwiderte seinen Blick mit dem gleichen fragenden Ausdruck. Ran fing an zu lachen.
"Hahaha, ihr müsst euch nicht gleich entscheiden, wir werden noch ein paar Tage bleiben, also habt ihr genug Zeit, euch zu entscheiden." Rim sprang auf. "Und jetzt hoch die Krüge." Nach etlichen Krügen Bier und Wein erhoben wir uns schließlich. "Es wird Zeit“,
sagte Wolf und sah mich seufzend an. Ich umklammerte

meinen bereits elften Krug wie ein Kopfkissen.
"Aber ich will noch nicht gehen“,
jammerte ich und leerte mein Getränk. "Na komm, du hast mehr als doppelt so viel wie ich getrunken, auch für dich ist der Abend vorbei“,
sagte er, packte mich einfach und trug mich in seinen Armen. Lächelnd kuschelte ich mich an seine Brust, doch dann sprang ich von seinen Armen.
"Ich jann laufn."
Ich war zwar ein wenig benommen, doch die kalte Luft draußen ließ mich klarer denken. Ich griff nach Wolfs Arm und hakte mich bei ihm ein. Zurück im Bösen Wolf gingen wir direkt nach oben. Wolf blieb vor seiner Tür stehen und sah mich fragend an, doch dann sah er zu Boden.
" Ich wünsche dir eine gute Nacht“,
sagte er und betrat sein Zimmer. „Es lief doch so gut.....das kann doch jetzt nicht einfach so enden...Das lasse ich so nicht enden.“ Ich trat mit in sein Zimmer ein und schloss die Türe hinter mir. Er sah mich unsicher an, und ich sah mit rot glühendem Gesicht zu Boden, doch dann legte ich meine Arme um seinen Hals und küsste ihn. Ich verspürte eine Woge der Lust und nicht nur mir ging es so, denn er erwiderte meinen Kuss und schloss seine Arme um mich. Mein ganzer Körper fing an zu kribbeln, und ich schubste ihn auf sein Bett, dann schälte ich mich aus meinen Roben. Nur noch in Unterwäsche dastehend sah ich verlegen zu Boden und hatte das Gefühl, jeden Augenblick in Brand zu geraten. „Gleich werde ich meine Jungfräulichkeit verlieren...“ Auch Wolf hatte sich entblößt, und zwar gänzlich. Ich legte nun auch die letzten Kleidungsstücke ab und setzte mich zu ihm, unsicher, was jetzt zu tun sei. Er richtete sich wieder auf und sah mich fragend an.
"Du bist noch Jungfrau?", fragte er sanft und lächelte mich

an. "Dann solltest du mir dir Führung überlassen“,
schlug er vor. Er beugte sich über mich und gab mir einen langen, lustvollen Kuss, und wir versanken in einem intensiven Liebeskampf.
Nach endlosen Stunden der Lust ging ich von ihm runter und kuschelte mich neben ihm. "Ich liebe dich“,
sagte ich und küsste ihn. Er erwiderte den Kuss und zog dann die Decke hoch.
"Ich liebe dich auch..."
Ich schloss die Augen und vergrub mein Gesicht in seiner Brust. „Der beste Tag meines Lebens“.

Kapitel 3

Schlaflos, doch geborgen lag ich in Wolfs Armen. Noch immer konnte ich ihn in mir spüren, und ich wurde rot bei den Gedanken an die letzten Stunden.
Ich schälte mich aus seinem Griff, zog mich an und ging nach unten in den Schankraum. Heute war ich wohl besonders früh, denn selbst Olav war noch nicht auf. Ich beschloss, mir dann selbst einen Tee zu machen und ging einfach in die Küche. „Olav wird sicher nichts dagegen haben, wenn ich mich einfach bediene“. Nachdem der Tee fertig war, setzte ich mich damit vor den Kamin und entzündete diesen. Ich saß einfach nur da und sah nachdenklich ins Feuer. Überraschenderweise betrat Wolf den Schankraum. Er sah mich mit müden Augen an, doch lächelte er.
"Was machst du denn hier?"
Er gab mir einen Kuss und setzte sich zu mir auf den Boden. "Ich konnte nicht schlafen, da dachte ich, ich arbeite noch an ein paar Balladen“,
sagte ich und holte meine Flöte hervor. Er sah mich interessiert an.
"Sag mal, wie kommt es eigentlich, dass du alleine reist?", wollte er wissen. Ich sah zu Boden.
"Das muss daran liegen, dass meine Familie nicht mehr lebt. Wir waren eine Nomadenfamilie, musst du wissen. Banditen tun für gewöhnlich nichts, da wir nie viel haben."
Ich sah ihn mit einem vorgetäuschten Lächeln an.
Doch hübsch auszusehen ist nicht von Vorteil, wenn man auf Banditen trifft. Und so wollten sie schließlich doch etwas, meine Zwillingsschwester und mich."
Ich sah zum Feuer.
"Ich habe als einzige überlebt, dennoch reise ich nicht

alleine, meine Schwester begleitet mich ja."
Wolf sah mich verwirrt an. Ich nahm einen großen Schluck vom Tee und deutete auf meine Knochenflöte.
"Es ist bei uns Brauch, aus dem Knochen eines gewaltsam verstorbenen Blutsverwandten ein Werkzeug zu formen."
Ich lächelte ihn an.
"Als Talisman, damit uns nicht das gleiche Schicksal widerfährt."
Sein Blick wurde mitfühlend, und schließlich lehnte er sich seufzend zurück.
"Ich weiß, wie du dich fühlst, auch ich verlor meine Familie." Sein Blick ging nachdenklich ins Leere.
"Meine Eltern starben so früh, dass ich mich nicht an sie erinnern kann, doch gehörte ich einem Clan an. Du solltest wissen, ein Clan ist nicht wie eine Gilde, die aus einem wild zusammen gewürfelten Haufen besteht, die einfach nur das gleiche Ziel hat. Ein Clan ist Familie."
Wolf lächelte mich an und ein mir unbekannter Ausdruck lag in seinen Augen.

"Wir waren erfolgreich mit dem, was wir taten, es hätte nicht besser laufen können, doch Hochmut kommt vor dem Fall. Wir haben uns in einen Krieg hineinziehen lassen, der nicht unserer war und wurden am Ende ausgelöscht."
Er blickte betrübt zu Boden, und ich rückte zu ihm.
"Kopf hoch, sie würden bestimmt nicht wollen, dass du so ein Gesicht machst, wenn du an sie denkst“,
sagte ich und gab ihm einen Kuss.
"Was wart ihr denn für ein Clan, was habt ihr denn so gemacht?", wollte ich wissen, und er sah mich fragend an.
"Glaubst du an Gott?"
Ich war verwundert über diese seltsame Frage, doch hielt ich drei Finger hoch.

"Ich glaube an die drei Mächtigen, Idashi, Tsandress und Röchije."
Er lächelte verträumt und sah ins Feuer.
"Wir nannten uns den Wolfs Clan, da wir die Riesenwölfe zähmten und für die Jagd einsetzten. Wir jagten alles, was für einen gewöhnlichen Menschen zu groß gewesen wäre, und so schrie man uns all mögliches hinterher. Trollschlächter, Drachentöter, Hexenjäger." Wieder trat ein Ausdruck von Wehmut in sein Gesicht. "Doch am Ende töteten wir hauptsächlich Hexen im Auftrag der Kirche."
Bei dem Begriff Hexenjäger sah ich ihn fast schon geschockt an, doch überspielte ich das mit einem Lächeln.
"Beeindruckend." "Du bist beeindruckender. Wie geht es deinem Kopf, die Wunde scheint ja erstaunlich schnell zu verheilen."
Wolf sah mich nachdenklich an.
"Mir kommt gerade in den Sinn, wie alt bist du eigentlich?"
Ich lächelte ihn an.
"Ich bin 17 und du?" Er grinste breit.
"Also doch noch fast ein Kind." Empört stand ich auf.
"Hey, ich bin kein Kind, oder kannst du dich nicht mehr an letzte Nacht erinnern?" "Schon gut, schon gut, ich nehme alles zurück, aber bei dem, was du getrunken hast, ist es erstaunlich, dass du dich noch erinnern kannst",
sagte er und stand auch auf.
"Ich bin übrigens 23."
Er gab mir einen weiteren Kuss und ging dann laut gähnend zur Treppe.
"Komm wieder ins Bett, es ist noch viel zu früh für Unternehmungen."
Ich sah meine bereits halb leere Tasse an. “Ich werde doch jetzt nicht mehr schlafen..“, dachte ich mir, doch stellte ich die Tasse weg und folgte ihm. Zurück im Zimmer entledigte

ich mich der überflüssigen Kleidung und legte mich zu ihm. Es vergingen etliche Augenblicke, in denen ich einfach nur nachdachte, dann fielen mir wieder die Musiker ein.
"Wolf...was hältst du eigentlich von Rans Einladung, ihn zu begleiten?"
Stille, doch dann drehte er sich irgendwann auf den Rücken und sah zur Decke hoch.
"Ich halte nichts davon, irgendwem einfach so zu folgen."
Ich schnaubte enttäuscht, und er sah mich an.
"Doch sah ich deinen begeisterten Blick, als sie den Vorschlag machten." "Bedeutet das, du bist dafür?"
Ich fiel ihm voller Freude um den Hals und küsste ihn euphorisch. "Ist ja schon gut, mir wurde es hier eh zu langweilig. Ich bin eine Kriegernatur ich brauche etwas Anständiges zu tun“,
sagte er und sah leicht verlegen zur Seite, eine Reaktion, die überhaupt nicht zu ihm passte.
Ich saß im Schankraum des Bösen Wolfs und war ungeduldig Noten am Schreiben. Seufzend sah ich zum Fenster.
"Wie lange will der denn noch schlafen?"
Schließlich ging ich hoch und in Wolfs Zimmer. Mit einem Katzensprung schmiss ich mich auf ihn und sah ihn mürrisch an.
"Nun steh schon auf und unternimm was mit mir." Er brummte lautstark.
"Du hättest mich auch sanfter wecken können." "Sprach die Kriegernatur“,
murmelte ich. "Wie war das."
Er packte mich an den Schultern und warf mich mit einem mal herum, so dass er nun auf mir lag. Dann gab er mir einen langen Kuss und stand auf, um sich anzuziehen. Ich lag noch einen endlos langen, verträumten Moment auf

dem Bett, doch dann sprang ich auf. "Was willst du denn unternehmen?",
fragte er mich. "Ich dachte an den nördlichen Wald, hier kursieren so viele Geschichten darüber, dass ich nicht anders kann, als mich dort umzuschauen." "Dann sollten wir ein wenig Proviant und etwas Warmes mitnehmen." Er schnappte sich eine Umhängetasche und packte alles Nötige, inklusive Waffen.

"Dann wollen wir mal." Nachdem wir uns Vorräte aus der Küche genommen hatten, verließen wir die Taverne und passierten schließlich das Tor. Nachdenklich sah Wolf zum Wald. "Woran denkst du?" "Ich überlege nur, wo sich die Wölfe zurzeit aufhalten Du hast gesehen, wie groß das Rudel ist, in einem offenen Kampf würde ich sicher verlieren."
Ich klopfte ihm auf die Schulter.
"Keine Sorge, ich beschütze dich“,
scherzte ich lachend und eilte voran. Wolff blieb erst stehen, doch ließ er sich den Spaß nicht nehmen und eilte mir schließlich hinterher. Es war anstrengend, durch den hohen Schnee zu rennen und so war ich erleichtert, als ich den Wald erreichte.
"Komm schon!",
rief ich Wolf zu und ging schon langsam vor. Ich holte meine Flöte raus und fing an, zu spielen, eine Melodie, die der Atmosphäre des Waldes entsprach. Wolf holte zu mir auf und ging lächelnd neben mir her. Es hatte etwas Entspannendes, spielend durch den Wald zu schreiten, nur ich, die Musik und der Mann, den ich liebe. Ich vernahm eine Stimme und hörte auf, zu spielen und sah mich um.
"Ist etwas?",
fragte Wolf mich verwundert. Ich sah ihn an.

"Nein, alles in Ordnung. Ich dachte nur, ich hätte was gehört."
Er bedachte mich mit einem musternden Blick. "Du hast dich nicht verhört", krächzte eine Stimme in meinem Unterbewusstsein. Mir stockte der Atem, doch ließ ich mir nichts anmerken. " Idashi !.....wie, wieso bist du wach...di...die Versiegelung..."
"Prophezeiungen über Prophezeiungen, jetzt bin ich jedenfalls wach.....und? Wen wollen wir töten?" "Shiida!" Ich sah Wolf fragend an. "Du siehst plötzlich so blass aus, fehlt dir etwas?",
fragte Wolf mich ehrlich besorgt. "Nein, alles in Ordnung", log ich und ging unbeirrt weiter. "Ich denke, wir sollten eine Pause machen, dort hinten ist ein Fluss, da rasten wir."
Er stampfte eine Anhöhe aufwärts und blieb dann wie angewurzelt oben stehen. Als ich neben ihn trat, sah ich den großen Fluss, der durch den Wald floss und am Fluss stand ein riesiger Troll. "Ein Troll? Hier gibt es seit über 10 Jahren keine Trolle mehr", sagte er verwundert, und ein breites Grinsen der Kampfeslust zierte dein Gesicht. "Worauf wartest du? Holen wir ihn uns."
Ich zog mein Messer und stürmte los. "Der erste Troll, den ich sehe.....und der erste, gegen den ich kämpfe", dachte ich mir und sah zu Wolf, der mit gezogenem Beil neben mir herlief. Der Troll, der uns schon bemerkt hatte, schwang seine gewaltige Keule. Leichtfüßig wich ich aus, doch kam ich durch die Erschütterung des Aufschlags ins Straucheln und stürzte böse. Wolf, der die Trägheit des Trolls ausnutzte, rannte auf der Keule, seinen Arm hoch und platzierte einen gut gezielten Hieb. Der Troll fasste sich an den Hals und brach zusammen. "Das war ja fast zu einfach", bemerkte er. Mit schmerzenden Knochen stand

ich auf und starrte den Troll an.
"Den ersten Troll, den ich in meinem Leben sehe, und du tötest ihn." Wolf sah mich seufzend an.
"Na gut, den nächsten bekommst du".
Er gab mir einen Kuss, und ich lächelte ihn verträumt an. Plötzlich zischte ein Pfeil an mir vorbei und bohrte sich tief in Wolfs Schulter. Keuchend taumelte er zurück und sah sich um. Nach und nach traten Jäger aus ihren Verstecken. 6..7...9...10...es sind 10 Jäger. Ich hielt mein Messer bereit und machte mich auf alles gefasst. "Es gibt da jemanden, der sich für seinen abgeschlagenen Arm rächen will“,
sagte einer der Jäger und ging langsam auf Wolf zu.
Wolf richtete sich zu seiner vollen Größe auf und sah den Jäger mit festem Blick an.
"Und wo ist er dann, wenn er sich doch rächen will?", höhnte er. Wieder kratzte die Stimme in meinem Unterbewusstsein. " Lass mich sie töten.......bitte......ich will töten..." Der Jäger stand nun zwei Schritt vor Wolf, und ich konnte nicht anders, als ein fieses Lächeln aufzusetzen.
"Das war zu nah." Wolf enthauptete den Jäger, warf ein Messer nach dem nächsten, griff meine Hand und brachte uns hinter dem Troll in Deckung. "Deine Schulter, ist es schlimm?",
fragte ich und sah, dass der Pfeil genau zwischen den Plattenbeschlägen saß. "Sauberer Schuss, ein Fingerbreit weiter oben oder unten, und alles wäre gut."
Er umklammerte den Pfeil und zog ihn heraus. Sofort quoll eine kritische Menge Blut aus der Wunde. Eine Mischung aus Sorge, Angst und Zorn machte sich in mir breit, und das Letzte, was ich noch wahrnahm, war Idashis finstere Präsenz.

Ich presste die Hand auf meine Wunde, um die Blutung zu stoppen und sah Shiida mit einem gespielten Lächeln an.
"Keine Sorge, das ist nichts mit dem ich nicht fertig werde."
"Schon gut, ich regle das“,
sagte sie mit einem finsteren, geradezu Angst einflößenden Lächeln. Ich wollte gerade meine Deckung verlassen, als mir bereits der erste entgegenkam, doch bevor ich reagieren konnte, hielt er sich röchelnd den stark blutenden Hals. Fast schon geschockt sah ich Shiida an, die nun neben ihm stand. “Das waren gute 8 Schritt...wie konnte sie diese Distanz so schnell....“ Sofort stürmte sie los, und ich konnte nur noch zusehen, wie die Jäger das Feuer eröffneten. Wie eine Feder im Wind, wich sie den Pfeilen mit einem leichtfüßigen Sprung aus. Noch bevor die nächsten Pfeile kamen, zerstückelte sie bereits den ersten bis zur Unkenntlichkeit, es war ein Massaker. “ Das kann doch nicht mehr menschlich sein.“ Noch nie in meinem Leben habe ich jemanden jemals so kämpfen sehen. Ich habe schon viele grausame Dinge gesehen und auch selbst getan, doch das verschlug mir den Atem. In wenigen Augenblicken war der Kampf schon vorbei, und es blieb nichts übrig außer blutiger Fleischpampe. Vollkommen blutverschmiert stand sie nun vor mir und leckte sich die blutigen Hände. Ich sah sie nur fassungslos an, dann fiel sie plötzlich auf die Knie.

Ich hatte wieder Kontrolle über meinen Körper, doch war es anstrengend und quälend, die Kontrolle zurück zu erlangen. Zitternd richtete ich mich auf und sah Wolf an. Tränen rannen mir über das Gesicht, als ich sah, wie misstrauisch sein Blick war, doch kam er auf mich zu und nahm mich in den Arm.

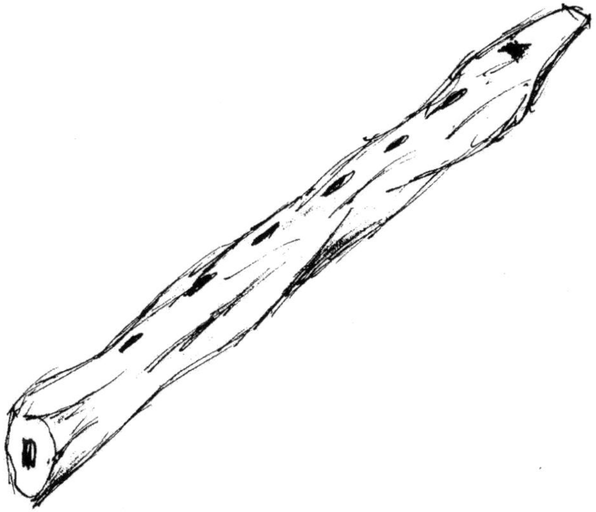

Knochen
- Flöte

Kapitel 4

Mürrisch sah er mich an, während ich ihm die Wunde verband. "Was war das da draußen?", fragte er mit Recht. Ich sah zur Seite.
"Ich ....Ich will nicht drüber sprechen“,
sagte ich, und mir wurde schlecht, als Bilder der Erinnerungen hoch kamen.
"Ich bin fertig."
Ich stand vom Bett auf und wollte gerade gehen, als Wolf mich am Arm fest hielt.
"Shiida, es ist mir wichtig. Nicht nur für mich, sondern für uns."
Er sah mich mitfühlend an, wieder ein Ausdruck der nicht richtig zu ihm zu passen schien.
"Ich werde dich wegen des Vorfalls nicht weniger lieben“, sagte er und sah mich flehend an. Ich seufzte und setzte mich wieder zu ihm aufs Bett.
"Na gut, doch fange ich von ganz vorne an."

Einst waren die Magier die führenden Herrscher dieser Welt. Wer mit dem magischen Talent geboren wurde, konnte sich sicher sein, ein wohlhabendes und gutes Leben führen zu können. Doch wer nicht dieses Talent besaß, hatte es schwer. Unterdrückt von den Magiern waren sie in ihrer Freiheit beschränkt. Doch eines Tages erhoben sich aus der Kaste der Magier drei Helden mit besonderem Talent. Tsandress, die die Klasse einer Priesterin bekleidete. Röchije, der im Rang und im Herzen die Klasse des Paladin stellte. Und Idashi, Röchijes jüngerer Bruder, er wählte den ungewöhnlichen Weg als Schatten. Zusammen lehnten sie sich gegen die magische Herrschaft auf, um den unterdrückten Menschen zu helfen. Und schon bald brach ein Krieg aus, ein Krieg zwischen Magiern und den drei Helden, die fortan als Halbgötter verehrt wurden. Der Krieg war erfolgreich. Nach und nach vernichteten sie die Magier und mit ihnen das magische Wissen, doch ob Mensch, Magier, oder Halbgott, Krieg verändert jeden. Idashi, der bisher mit seiner Illusions- und Schattenmagie nur für Unterstützung gesorgt hatte, fand Gefallen an dem Töten und zog immer öfter selbst in den Kampf. Schon bald war es ihm egal, wen er tötete....

....."Idashiiii !!!! Was hast du getan?"..... "Röchije, sieh nur, wie viele ich getötet habe....hehehe...bist du stolz auf mich?" ....."Das ist Wahnsinn...Du hast Unschuldige abgeschlachtet".

Von Tag zu Tag nahm Idashis Grausamkeit zu, doch bald stellten Tsandress und Röchije ihn. Doch bis zu diesem Tag war Idashi zu mächtig geworden um ihn einfach töten zu können, und so versiegelten sie ihn in seinem eigenen Kind, da nur seine eigenen Nachkommen als Gefäß mächtig genug waren, um Idashi, den Dämonen, wie er fortan genannt wurde, zu bannen.

Ich sah schuldbewusst zu Boden.
"Und heute trage ich Idashis Präsenz in mir."
Wolf sah mich nachdenklich an.
"Doch wenn Idashi versiegelt wurde, wie erklärt sich dann der Vorfall im Wald?" "Ich weiß es nicht, das Siegel muss wohl seine Wirkung verlieren." Wolf richtete sich auf und nahm mich in den Arm.
"Mach dir keine Sorgen, wir werden eine Lösung für das Problem finden."
Ich sah besorgt auf Wolfs Wunde. "Aber zuerst musst du

dich ausruhen."
Am nächsten Morgen stand Wolf auf, zog sich an und warf den Mantel über.
"Na komm, wir waren verabredet." Ich sah ihn besorgt an.
"Nein, du bleibst hier und ruhst dich aus!" Er lächelte nur und ging einfach vor. Schnell verließ ich das Bett, machte mich fertig und lief ihm hinterher.
"Unmöglich bist du, weißt du das?" "Ich nehme das mal als Kompliment“,
sagte er mit einem schelmischen Lächeln.

Als wir die Schänke betraten, war es ungewöhnlich still. Die meisten der Gäste scharten sich um Randorio, der am Kamin saß und eine mir nicht unbekannte Ballade sang. "Wolf, Shiida! Kommt, setzt euch“,
rief Rimaldin, der am Tisch nahe des Kamins saß und bereits Krüge für uns hatte. Wir setzten uns.
"Danke, Rim."
Ich nahm den Krug entgegen und lauschte aufmerksam Randorios Spiel. Auch Wolf hörte aufmerksam zu, bis Ran schließlich fertig war und zu uns kam. "Gut gespielt“,
sagte Wolf und prostete ihm zu. "Danke, ich liebe dieses Lied."
Er nahm einen kräftigen Schluck aus seinem Krug und lächelte uns an.
"Und, habt ihr euch entschieden?" "Das haben wir. Wir begleiten euch“,
verkündete ich voller Vorfreude. Wolf hob die Stimme.
"Unter einer Bedingung."
Wir alle sahen ihn an. "Ich werde euch das Kämpfen beibringen." Wir fingen an zu lachen.
"Dafür musst du aber ein Instrument lernen“,
sagte Rim, und ich sprang sofort auf.

"Das mach ich, ich bring es ihm bei."
Wolf seufzte lautstark.
"Na schön, wenn es sein muss." Rim schenkte allen nach und hob seinen Krug.
"Darauf feiern wir." Sofort zog ich meine Flöte und fing an, zu spielen. Rim und Ran begleiteten mein Spiel mit einem freudigen Tänzchen. Und schon bald hatten wir genug getrunken, dass wir das Tänzchen zu dritt auf dem Tisch fortführten.
Die Stimmung war gut, und ich schmetterte zusammen mit Ran und Rim ein Lied nach dem anderen, während sich Wolf zusammen mit Kirgo einen heftigen Trinkkampf lieferte. Schon bald kippte Kirgo vom Tisch, und Wolf sprang triumphierend auf. Ich lachte ihn an und griff nach seiner Hand.
"Komm, ich will tanzen." "Dann tanzen wir."
Er tanzte besser als ich erwartet hätte, woran aber auch zum Teil der Alkohol schuld sein musste. Wir tanzten noch bis in den frühen Morgen hinein, doch auch wir wurden irgendwann müde. "Lass gut sein, Shi, ich bin müde." "Oh, der große, böse Wolf ist müde“,
alberte ich. Wolf warf mich rum und gab mir einen langen, leidenschaftlichen Kuss.
"Ein wenig Kraft habe ich mir noch für später aufgehoben."
Ich erwiderte seinen Kuss.
"Wieso später, wieso nicht jetzt?"
Er sah mich lustvoll an, dann richtete er sich auf und sah zu Ran, der noch ziemlich fit wirkte.
"Wir verabschieden uns für heute." "Ist gut, morgen vor Sonnenaufgang am Nordtor." Wolf nickte zustimmend.
"Verstanden, also bis dann." Da wir dieses Mal beide ordentlich gebechert hatten, brauchten wir ungewöhnlich lange, bis wir die Taverne und schließlich unser Zimmer

erreichten. Doch im Zimmer ging dann alles ganz schnell. In nur wenigen Momenten hatten wir uns ausgezogen und wälzten uns leidenschaftlich auf dem Bett.
"Ich liebe dich“,
sagte ich und küsste ihn lang und leidenschaftlich. Er erwiderte den Kuss.
"Ich liebe dich auch“,
sagte er und legte sich neben mich. Verträumt sah ich die Decke an.
"Ich habe echt Glück, dich getroffen zu haben." "Sehe ich genauso, dass jemand wie ich so ein Glück hat....." Seine Stimme wurde zu einem verschwommenen Unterton, und schließlich schlief ich ein.
Viel zu früh wurde ich wach, weil ich etwas Nasses spürte. Ich öffnete die Augen und merkte, dass Wolf nicht im Bett lag. Müde entzündete ich eine Kerze und stellte mit Entsetzen fest, was das Nasse war. "Blut..." Ein großer Blutfleck durchzog Wolfs Betthälfte.
"Verdammt, wie kann eine so kleine Wunde nur so stark bluten“,
rief ich aus, während ich versuchte, die Blutung in den Griff zu kriegen. Ich erstarrte, als ich Shiida im Eingang des Waschraums sah.
"Es ist alles in Ordnung, geh wieder ins Bett." Schweigend sah sie mich an. „Das ist irgendwie unheimlich“. Langsam kam sie auf mich zu.
"Lass mich mal sehen."
Sie sah sich die Wunde an. Dann lächelte sie und rammte ihren Finger tief hinein. Ich keuchte auf vor Schmerz, doch es war nichts im Vergleich zu dem, was dann folgte. Was sie auch tat, es verursachte unvorstellbare Schmerzen. Mein ganzer Körper fühlte sich an, als würde er sich auflösen. Ich sank auf die Knie und war kurz davor, das

Bewusstsein zu verlieren, doch zog sie ihren Finger aus meiner Wunde und ging schweigend wieder. Ich griff mir an die Schulter und stellte fest, dass die Verletzung verschwunden war. "Das...das kann doch nicht."
Nicht nur das Loch in der Schulter, auch andere Wunden und alte Narben waren verschwunden. Ich machte alles wieder sauber und ging zurück in mein Zimmer. Nachdenklich sah ich Shiida an, die tief und fest am Schlafen war. Ich überdeckte den Blutfleck mit einem Tuch und legte mich dann zu ihr.
"Was ist bloß mit dir los?",
fragte ich mich und strich ihr eine Haarsträhne aus dem Gesicht.

Nachdem wir uns dazu entschieden hatten, den ganzen Tag im Bett zu bleiben, waren wir am nächsten Morgen topfit und in freudiger Aufbruchsstimmung. Wir hatten nur das Wichtigste dabei. Ich selbst besaß ohnehin nur das, was ich bei mir trug, doch auch Wolf hatte, bis auf eine Tasche, nur das dabei, was er bei sich tragen konnte, und das waren hauptsächlich Waffen. "Hee, ihr seid aber früh“,
rief Randorio, der zusammen mit den anderen beiden schwer beladen auf uns zu kam. "Habt ihr nicht ein bisschen viel dabei?",
fragte ich. Rim lächelte mich an.
"Das geht schon, sobald wir unten im Dorf sind, kaufen wir einen Karren und reisen damit." "Und damit es etwas schneller geht, nehmen wir die Abkürzung durch den Zauberwald“,
sprach Ran weiter. Wolf sah die beiden beeindruckt an.
"Und ihr habt keine Angst?" "Nee, wir Barden singen jeden Tag von gemeinen Hexen und bösen Flüchen, doch Kirgo ist sehr abergläubisch."

Kirgo nickte nur zustimmend und ging dann vor.
"Lass es uns schnell hinter uns bringen." Ich lächelte die anderen an.
"Kirgo hat Recht, wenn wir hier nur rumstehen, kommen wir nie an." Wir holten zu Kirgo auf, und Wolf sprach ihm aufmunternde Worte zu.
"Sei unbesorgt, die letzte Hexe sah ich vor 4 Jahren. Das Gefährlichste, das uns begegnen könnte, wäre ein Troll, und die sollte es schon lange nicht mehr geben." "Und was war mit dem Troll gestern?",
fragte ich. "Ihr habt einen Troll gesehen?",
fragte Rim begeistert. Wolf seufzte.
"Ausnahmen bestätigen die Regel. Ich war wirklich überrascht, als ich ihn sah." Langsam erreichten wir den Fluss, an dem wir angegriffen wurden, doch vom Kampf war keine Spur. "Das ist seltsam",
murmelte Wolf mit nachdenklicher Mine. "Ich habe mir den Wald magischer vorgestellt",
meldete sich Ran zu Wort. "Nun, seit vor 300 Jahren die Magier vernichtet wurden, hat sich die Welt stark verändert. Die große Jagd ging los, und nach und nach wurden die Zauberwesen dezimiert."
Wolfs Blick ging wehmütig in die Ferne.
"Nur die Bestien und Halbwesen wie Trolle, Harpyien und die Riesenwölfe konnten sich halten." Kirgo sah ihn bewundernd an.
"Du weißt ja gut Bescheid." "Nun, ich bin schließlich selbst Monster-Jäger, zumindest war ich das mal." Ran klopfte ihm auf die Schulter.
"Na na, nicht den Kopf hängen lassen, immer schön nach vorne schauen." Ich lächelte Ran an. "Seine freudige Art ist echt ansteckend", dachte ich mir und holte meine Flöte raus.

"Ran, Rim, wie wäre es mit einem Lied."
Sie nahmen ihre Lauten zur Hand und fingen gleich an, zu spielen.

Es war bereits Nachmittag, doch war das Ende des Waldes nicht in Sicht.
"Wenn ich mir vorstelle, wir hätten die Hauptstraße durch den hohen Schnee genommen...",jammerte Ran. "Da hast du Recht“,
stimmte Wolf zu.
"Durch den Schnee wären wir nicht mal halb so weit gekommen." Rim legte laut seufzend sein Gepäck ab.
"Pfff.....Ich brauch ne Pause."
Wolf verdrehte die Augen, und mir ging es nicht anders. "Er hat Recht, Wolf, nicht jeder kann so fit sein wie wir". "Na schön."
Er deutete tiefer in den Wald.
"Weiter hinten gibt es eine Anhöhe, wo wir rasten können."
Seufzend richteten wir uns wieder auf und erreichten zum Glück bald die Anhöhe. Auf der Anhöhe stand eine grob gezimmerte, verkommene Hütte. Wolfs Augen leuchteten.
"Sie steht also noch.."
Er legte einen Zahn zu, um die Hütte zu begutachten. Schließlich erreichten auch wir die Hütte, und ich sah Wolf fragend an.
"Die Hütte scheint ja was Besonderes für dich zu sein." "Nun, Die Hütte habe ich damals mit meinem Lehrmeister zusammen gebaut, als ich noch in der Ausbildung war. Ein Jahr gab es nur mich, meinen Lehrmeister und diese Hütte." Rim sah ihn bewundernd an.
"Ist das wahr, deshalb kennst du dich hier so gut aus." Wolf nickte.
"Man könnte sagen, ich wäre hier in diesem Wald groß

geworden." "Was haltet ihr davon, hier zu nächtigen?", schlug ich vor. Mit gemischten Gefühlen stimmten sie zu. "Ich sammle mit Ran das Feuerholz“, sagte Rim. "Und ich werde Wasser holen“,
sagte Kirgo und sah Wolf fragend an. Wolf deutete hinter die Hütte.
"Am Fuß auf der anderen Seite der Anhöhe sollte eine kleine Quelle entspringen." Ich sah Wolf fragend an.
"Und was machen wir, bis die anderen zurück sind?"
Er zog mich zu sich ran und gab mir einen lustvollen Kuss und trotz der dicken Roben merkte ich wie seine Hand zu meinem Arsch runter wanderte. Ich stieß ihn weg und verschränkte die Arme vor der Brust.
"Das ist wohl kam der richtige Zeitpunkt, noch der richtige Ort." Wolf seufzte.
"Du hast Recht." "Man könnte meinen, du hättest seit ewigen Zeiten keine Frau mehr gesehen." "Aber ich habe seit ewigen Zeiten keine Frau mehr gesehen“, sagte er gerade heraus. Ich sah ihn mitleidig an.
"Also was machen wir?" "Na gut, du kümmerst dich um die Feuerstelle, und ich werde den Zustand der Hütte betrachten, und schauen, ob sich dort drin was Schönes versteckt."
Ich lächelte.
"Geht doch."
Die Feuerstelle vorzubereiten, war keine Arbeit, und so legte ich die Füße hoch, bis die anderen wieder kamen. Auch Wolf war bereits fertig.
"Die Hütte war ja in einem noch besseren Zustand als erwartet. Ah, da kommt Kirgo." Kirgo lächelt Wolf an.
"Kleine Quelle, der war gut, da unten steht ein großer Teich."
Wolf zuckte mit den Schultern.

"Wie gesagt, ich war lange nicht mehr hier." Ich sah hoch, um durch die Baumwipfel den Himmel auszumachen.
"Wo bleiben nur Rim und Ran, es wird bereits dunkel." Doch wenn man vom Teufel spricht, kamen die beiden gerade die Anhöhe hoch.
"Tut uns leid, dass ihr warten musstet, doch mussten wir etwas weitergehen, um trockenes Holz zu finden." "Na jetzt seid ihr ja da“, sagte Wolf.
"Ich habe eine gute und eine schlechte Nachricht. Die gute, ich habe für jeden eine Hängematte, und die sind auch noch trocken. Die schlechte, in die Hütte passen nur 3 Mann." Ich sah Wolf schulterzuckend an.
"Halten einfach immer zwei Wache." "Das war auch mein Gedanke. Shiida und ich übernehmen die heutige Schicht, und über die nächste reden wir, wenn es so weit ist." Ich sah ihn leicht protestierend an, doch sagte ich nichts. „Er hat ja Recht, schließlich verbrachten wir fast den ganzen letzten Tag im Bett“. Nachdem wir alles geregelt hatten, war schnell das Feuer gemacht und ein kleines Süppchen gekocht. Wolf legte seine leere Schale beiseite und sah Kirgo überrascht an.
"Ich bin beeindruckt, ich hätte nicht erwartet, dass du so gut kochen kannst."
Kirgo zuckte nur verlegen mit den Schultern. "Also, ich finde, da hat Salz gefehlt“,
sagte Rim, woraufhin Ran ihm vor den Hinterkopf schlug.
"Du mit deinem Salz." "He, ich mag's halt etwas würziger."
Plötzlich fing Wolf an zu lachen. "Warum lachst du?",
wollte ich wissen. Sein Lachen verstummte langsam und Trauer zog in seine Züge.

"Ihr zwei, ihr habt mich gerade nur an meinen Clan erinnert. Tolfin und Kahan, die zwei konnten sich

stundenlang nur übers Essen unterhalten." Kirgo stand auf.
"Ich werde dann mal die Schüsseln und den Topf waschen." Er sammelte alles ein und ging. "Gähhhhn....Und ich werde jetzt schlafen gehen“,
sagte Rim und auch Ran stand auf.
"Genau wie ich." Wolf stand von seinem Baumstamm auf und setzte sich neben mich.
"Jetzt sind nur noch wir beide da."
Wolf lehnte sich zu mir und gab mir einen langen, leidenschaftlichen Kuss. Es kostete mich einiges an Überwindung, mich von ihm zu lösen, denn am liebsten hätte ich ihm gleich hier die Kleider vom Leibe gerissen.
"Nicht der Ort, oder die Zeit“,
sagte ich abermals. Wolf starrte mich mit einem erwartungsvollen Grinsen an. "Was, warum grinst du?" "Ich weiß, du willst es genau so gerne wie ich“,
sagte Wolf selbstsicher. "Das weißt du nicht." "Ich bin ein erfahrener Krieger, das sehe ich an deiner Haltung." Er sah wieder zum Feuer und seufzte. "Na schön, aber nur kuscheln."
Ich kuschelte mich an ihn ran, und er legte einen Arm um mich. Dann neigte ich mich zu ihm und küsste ihn lustvoll. Ich merkte wie seine andere Hand vorne an meinen Roben zugange war.
"Roben ein Punkt, Wolf null Punkte“,
kicherte ich. Verträumt sah ich in die noch vor sich hin schwelende Glut und vergrub meinen Kopf in Wolfs Schulter. Ich war schon fast eingeschlafen, doch blitzte ein helles Licht auf.
"Was war das? Da!"
Ein weiteres Licht erschien für den Bruchteil eines Moments. Es wurden mehrere, und ein leises Surren war

zu hören. Doch war es mehr wie die Erinnerung eines Geräusches, als das Geräusch selbst. Und dann, vor uns erschien plötzlich eine pulsierende, faustgroße Lichtkugel. Ihr sanfter grüner Schein hatte etwas Anziehendes. Noch bevor Wolf mich davon abhalten konnte, streckte ich meine Hand danach aus.

Als ich das Licht berührte, züngelten Blitze aus ihm hervor und kitzelten meinen Arm. Wolf sah mich fassungslos an. "Keine Sorge, es ist harmlos“,

kicherte ich.

"Das ist ein Irrlicht..." "Ich dachte, Irrlichter seien nur Geschichten." Ich schüttelte den Kopf.

"Wie du siehst, gibt es sie wirklich und ja, es sind verlorene Seelen, jedenfalls fast." Wolf sah mich interessiert an.

"Fast?" "Irrlichter sind Fragmente von menschlichen Seelen. Sie nähern sich der Magie, die jedes Lebewesen inne trägt“,

erklärte ich. "Los, fass es an."

Bedacht streckte Wolf den Arm aus und berührte das Irrlicht, welches langsam einen blauen Schein an nahm. "Je größer das Seelenfragment, desto mehr Magie benötigt es zum Überleben“,

sprach ich weiter.

"Und manche Fragmente sind sogar so groß, dass es ein eigenes Bewusstsein besitzt“,

sagte ich mit einem lieblichen Lächeln. Wolf sah mich an.

"Du meinst also, dass dieses Irrlicht..." Ich stand auf.

"Komm, unser Freund will uns etwas sagen." Er hielt mich am Arm fest.

"Warte, woher weißt du das alles?" Sanft lächelte ich ihn an und gab ihm einen liebevollen Kuss.

"Ein Geheimnis."

Ich nahm seine Hand und zog ihn mit, dem Irrlicht

hinterher. Es führte uns zur anderen Seite der Anhöhe, runter an den großen Teich. Deutlich mehr als ein Dutzend Irrlichter schwebten über dem Wasser, alle leuchteten in einem schwachen, grünen Licht. Wolf blieb staunend stehen, doch zog ich ihn weiter. "Wir müssen uns beeilen, sie sterben."
Als wir das Wasser erreichten, strömten die Irrlichter auf uns zu. Einige fingen sofort an, hell zu leuchten, andere brauchten etwas länger und wiederum andere verschwanden, bevor sie uns erreichten. Bald strahlten alle in einem hellen, silbern blauen Schein und tanzten um mich herum.
"Ich glaube, sie mögen dich“,
sagte Wolf und küsste mich sanft, dann sah Wolf mich ernst an.
"Ich frage mich, was so viele Irrlichter hier machen, oder besser gesagt, warum überhaupt Irrlichter hier sind." "Das kann nur das Werk eines Nekromanten sein“,
sprach ich und ich merkte, wie mir schwindelig wurde. Wolf machte ein besorgtes Gesicht. "Geht es dir gut, du siehst so erschöpft aus." "Es sind die Irrlichter......sie........zu viel."
Alles um mich herum wurde schwarz.....
" So schwach, sooo hilflos........zusammen mit mir wurde auch deine Magie versiegelt......lass mich frei, und du wirst sofort wieder aufwachen." “Nein ! Niemals !!!“ " Ich sagte, lass, mich, FREIIIII !!!!!!"
"NEIN !" Schweißgebadet wachte ich auf. Alle standen um mich herum und sahen mich besorgt an. Auch die Irrlichter waren immer noch da.
"Wie geht es dir?",
fragte mich Rim. Müde rieb ich mir das Gesicht.
"Besser." "Was bist du?",

fragte Kirgo mit angsterfüllter Stimme, doch war er versucht, es sich nicht anmerken zu lassen. Überrascht über diese Frage sah ich zu Wolf, doch wandte er den Blick ab und sah zum neu entfachten Feuer. "Ich weiß, was ihr denkt und ja, ich bin eine Hexe."
Erzürnt stand ich auf, wenn auch noch wackelig.
"Und ich bin stolz drauf. Nicht alles magische Wissen wurde vernichtet, und es ist mir eine Ehre, das restliche Wissen zu hüten." Kirgo nahm einen respektvollen Abstand zu mir. Wolf sah mich entschlossen an.
"Sag ihnen alles, sie haben ein Recht, es zu wissen." Ich sah mich seufzend in der Runde um. "Und ich trage die Präsenz eines Dämons in mir." "Dämon? Diesen Titel werde ich wohl nie los." "Halt deinen Mund!", schrie ich und merkte, wie mich plötzlich alle anstarrten. Plötzlich schlug Ran Kirgo ins Gesicht und packte ihn am Kragen. Ich hatte ihn noch nie wütend gesehen, es war ein seltsamer Anblick. "Reiß dich zusammen Kirgo, das ist immer noch Shiida, wir haben zusammen getrunken, wir haben getanzt und Musik gemacht." Mein Zorn verflog, und ich sah niedergeschlagen zu Boden.
"Deswegen habe ich nichts erzählt."
Ich ging zur Hütte, nahm eine der alten, rostigen Öllampen, mein Messer und ritzte Runen in die Lampe. Alle verfolgten mein Treiben mit gemischten Gesichtern. Ich hob die Lampe.
"Obscurant", rief ich aus, und augenblicklich flogen alle Irrlichter zur Lampe und füllten ihr Inneres.
"Ich bin müde, ich gehe jetzt schlafen",
sagte ich und zog mich in die Hütte zurück. Noch lange machte ich mir Sorgen darüber, was wohl die anderen von mir dachten, doch schaffte ich es schließlich doch noch, einzuschlafen.

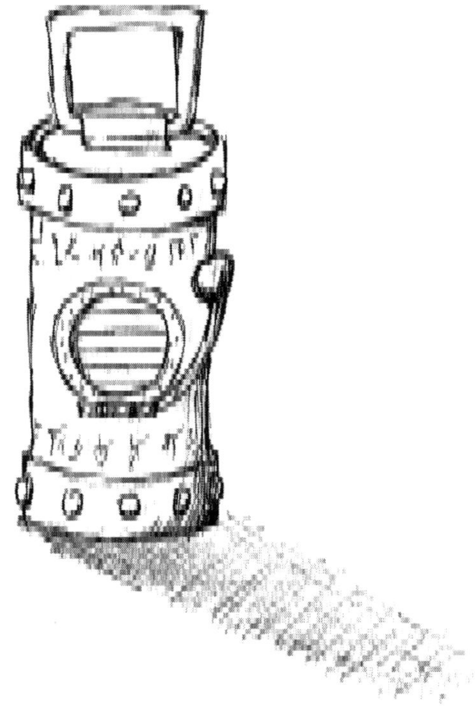

Kapitel 5

Am Morgen sind wir früh aufgebrochen umso noch vor dem Mittag im Dorf zu sein.
"Meinst du im Dorf gibt es einen guten Schmied?" Wolf sah mich fragend an, woraufhin ich die Öllampe mit den Irrlichtern hoch hielt.
"Ich brauche eine richtige Lampe für die Irrlichter, die hier reicht nicht, die Runen sind nur provisorisch und verlieren schnell an Wirkung." "Verstehe..." Ich sah über die Schulter zu Kirgo, der das Schlusslicht bildete, um mich im Auge zu behalten. "Mach dir nichts draus, Kirgo wird sich schon dran gewöhnen“, versuchte Wolf, mich aufzubauen, doch auch Rimaldin und Randorio hielten sich zurück, was hoffentlich nur an ihrer Müdigkeit lag.
"Sieh mal, wir sind da." Der Wald lichtete sich und gab eine große Lichtung frei, in dessen Mitte das Dorf stand. Das Dorf bestand aus nur wenigen Häusern, und bis auf die Taverne waren nur eine Handvoll mehr als ein Stockwerk groß. Geschützt wurde es von einer groben Holzpalisade, die zu drei Seiten hin offen war. Ich eilte sofort voraus.
"Ich geh zum Schmied und sehe mich dann um, wir sehen uns später in der Taverne“,
sagte ich noch, bevor ich sie abhängte. Sofort fand ich den Schmied des kleinen Dorfes, der eifrig auf seinen Amboss eindrosch.
"Kann ich was für dich tun?",
fragte der alte Schmied ohne aufzublicken. Aus meiner Robe zog ich ein Bündel Papier.
"Ihr müsstet mir eine Lampe schmieden, ich habe genau aufgezeichnet wie sie aussehen muss."
Nun blickte der Schmied doch auf, doch achtete er nicht auf meine Zeichnungen, sondern betrachtete mein Haar.

An seinen Bewegungen konnte ich ablesen, dass er erst daran dachte, sein Schwert zu ziehen, doch legte er dann das Eisen zurück ins Feuer und sah sich die Zeichnungen an.
"Ihr habt außergewöhnliches Haar. Das ist nicht das erste Mal, dass ich jemanden mit solch blutrotem Haar sehe."
"Wirklich?"
Interessiert sah ich ihn an. "Nun, es waren allesamt Hexen, die ich getötet hatte",
sprach er leichtfertig. Mir lief es eiskalt den Rücken runter und scheinbar bemerkte er meine Reaktion, denn jetzt griff er nach seinem Schwert. "Harald",
erklang Wolfs Stimme hinter mir, und der Schmied sah überrascht auf.
"Wolf?" "Sag, was machst du hier?",
fragte Wolf und sah dann zu mir.
"Das ist Harald. Er war unser Clanschmied." Harald sah zwischen uns hin und her.
"Du kennst das Teufelsweib?"
Wolf beugte sich zu mir runter und küsste mich entschlossen.
"Nun das Teufelsweib ist meine Freundin." Harald sah mich finster an, worauf ich mich hinter Wolf versteckte.
"Der macht mir Angst", sagte ich spielerisch, und Wolf fing laut an zu lachen.
"Jetzt Schluss mit dem Unsinn." "Na gut, Ich bin Shiida. Es freut mich, einen alten Bekannten von Wolf kennen zu lernen." "Sie ist Barde und sogar ein guter", ergänzte Wolf. Der Schmied seufzte lautstark.
"Wenn Wolf sagt, du bist in Ordnung."
Er sah auf die Zeichnungen, die er noch immer in der Hand hielt.
"Das wird aufwändig. Heute wird das nicht mehr fertig, ich

habe Joe versprochen, sein Dach zu reparieren." "Das können wir übernehmen, dann habt ihr genug Zeit für die Lampe?",
schlug ich vor, woraufhin der Schmied ungläubig aufsah. "Na schön, so kann man's machen."
Er sah noch mal auf die Zeichnung.
"Meint ihr das ernst, die Runen in reinem Silber, das wird teuer“, warnte er mich vor. "Wenn es da steht, dann muss es wohl so sein“,
sagte ich nur, und Harald sah wieder auf. "Joe ist Bauer, der zweite Hof, wenn ihr die Oststraße folgt, ist seiner." Wir zögerten nicht, sondern gingen gleich los. "Wenn es da steht, dann muss es wohl so sein? Hast du überhaupt genug Gold?", fragte Wolf, doch ich lächelte ihn nur scheinheilig an und ging schnell vor. Schon aus der Ferne war die Ursache für das kaputte Dach zu erkennen. Ein großer Baum war umgeknickt und hatte ein großes Loch in das Dach geschlagen. "Das sieht nach Arbeit aus“, beschwerte ich mich seufzend. Kaum hatten wir das Gut erreicht, kam schon ein auf Krücken gestützter Mann aus dem Haus. "Was kann ich für euch tun?", wollte er wissen, und Wolf lächelte ihn freundlich an. Harald schickt uns, das Dach zu reparieren." Der Mann sah zum Baum hinüber. "Nun, das Problem ist wohl offensichtlich."
Wie ich bereits vermutete, war es eine sehr lästige Arbeit, das Dach zu reparieren, doch war es erträglich, da Joes Frau uns gut bewirtete. Schließlich war die Arbeit getan, und Wolf richtete sich mit einem grimmigen Gestöhne auf. "Du hörst dich an wie ein alter Mann“, zog ich Wolf auf und sah zu Joe und seiner Frau. “Ob unsere Liebe auch so lange halten wird?“, dachte ich mir verträumt und sah wieder zu Wolf. "Komm, lass uns zurückgehen!"
Es war schon dunkel, als wir die Taverne erreichten.

"Verdammt, ich hätte nicht gedacht, dass wir das noch heute hin- bekommen."
Ich hatte gar nicht erst im Sinn, groß zu feiern und so zupfte ich an Wolfs Mantel. "Wo ist denn unser Zimmer?"
"Ich glaube, das letzte im oberen Stock“,
sagte er und führte mich hin. Mit einem lauten Gähnen betrat ich das Zimmer und schmiss mich gleich aufs Bett.
"Wo wart ihr denn die ganze Zeit?",
fragte Ran, und ich richtete mich überrascht auf.
"Was machst du hier?"
Mein Blick flog zu Wolf.
"Sag nicht, wir werden uns das Zimmer teilen müssen."
Wolf nickte.
"Es war nur noch das eine frei“,
sagte er und wandte sich an Ran.
"Wir waren außerhalb, das Dach eines Bauern reparieren, als Gegenleistung dafür, dass der Schmied Shis Lampe noch heute fertig macht." Ran saß auf dem Boden vor dem kleinen Kamin und studierte irgendein Pergament.
"Kommt mal, ich will euch was zeigen." Als ich vom Bett aufstand und an ihn herantrat, sah ich, dass es sich bei dem Pergament um eine Karte handelte. "Hier, das sind die Routen die wir geplant haben“,
erklärte er. "Entweder wir nehmen die Südstraße bis zur Hauptstadt und gehen von dort aus weiter nach Osten, oder wir nehmen die Oststraße und umgehen die Hauptstadt, denn weiter oben teilt sich die Straße und führt ins Gebirge, wo sich eine Harpyienfestung befinden soll." "Ob Kirgo das mitmacht?",
zweifelte Wolf, doch lächelte Ran nur. "Rim sitzt gerade unten bei ihm und versucht, ihn zu überzeugen". Begeistert sah ich Wolf an.
"Oh ja, ich will auch Harpyien sehen." Just in dem Moment

kam Rim ins Zimmer stolziert.
"Kirgo hat eingewilligt. Oh, Shiida, freust du dich auch schon, die Harpyien zu sehen?"
Ich lächelte ihn an.
"Und wie ich mich freu." Wolf schüttelte nur den Kopf.
"Sind eigentlich alle Barden lebensmüde und verrückt?"
Ein weiteres Gähnen quälte sich aus mir heraus, und so legte ich meine Roben bis auf die letzte Gewandung ab. Die Lampe mit den Irrlichtern, die ich noch in den Roben hatte, stellte ich neben mir ans Bett und legte mich hin.
"Ich werde jetzt schlafen", verkündete ich mit einem weiteren lauten Gähnen. "Und ich werde Harald mal besuchen, vielleicht ist deine Lampe ja schon fertig",
sagte Wolf und ging. Rim streckte sich laut gähnend.
"Ich geh auch mal schlafen."
Er legte sich zu mir, und ich konnte sein Verlangen förmlich spüren.
"Wenn du was versuchen solltest, werden deine Gedärme dieses Bett hier schmücken." "Ach verdammt, du bist gemein",
beschwerte er sich und drehte mir den Rücken zu.
Ran fing an zu kichern und legte ein Stück Holz in den Kamin. "Das war doch zu erwarten." Ich war einfach zu erschöpft, um auf irgendwelche Scherze und Sticheleien zu reagieren und beschloss, die beiden zu ignorieren.

Unsanft wurde ich aus dem Schlaf gerissen.
"Los Rim, steh auf." "Ist ja gut, ich steh schon auf."
Mit einem lauten Gähnen vertrieb ich die Müdigkeit und sah
mich um. "Die anderen sind schon unten",
sagte Ran.
"Also lass sie nicht warten."

Er verschwand aus der Tür, und ich machte mich schnell fertig und eilte aus der Taverne. Vor der Taverne stand ein großer Planwagen, neben dem Wolf auf einem hohen Ross thronte. An den Zügeln des Wagens saß Shiida. Lächelnd blickte ich auf und kletterte zu ihr hoch. "Morgen." Sie erwiderte nur mit einem Lächeln. "Dann können wir ja jetzt los“,
sagte Wolf und ritt voran. Ich drehte mich um und sah zu Ran in den Wagen.
"Warum habt ihr mich nicht früher geweckt?" "Du sahst so müde aus, da dachten wir, dass wir dich noch etwas schlafen lassen“,
erwiderte er. Ich drehte mich wieder nach vorne und sah erst zu Shiida und dann zu Wolf. “Endlich mal ein Mädchen in der Gruppe zu haben, habe ich mir irgendwie anders vorgestellt“. Verträumt ließ ich meinen Blick in die Ferne schweifen und bald fiel mir auf, dass ich Shiida die ganze Zeit anstarrte. Sie erwiderte mein Starren mit einem fragenden Lächeln.
"Ist irgendetwas?" Verlegen sah ich weg.
"Nein, nichts. Deine Haarfarbe ist nur sehr interessant." Sie seufzte.
"Das wird sich aber bald ändern". "Wieso denn das?",
fragte ich neugierig. "Bevor wir die nächste große Stadt erreichen, werde ich sie mir mit Tinte färben müssen, um kein Aufsehen zu erregen. Ich habe keine besondere Lust darauf, auf einem Scheiterhaufen zu enden." Ich lächelte sie an.

"Aber Schwarz wird dir sicher ausgezeichnet stehen“.
Sie bedankte sich mit einem zuckersüßen Lächeln und sah dann wieder nach vorne. Wieder starrte ich sie an, doch versuchte ich, wegzusehen. “Verdammt, hör auf, sie

anzustarren, das ist peinlich.“ "Hey Rim, wie wäre es mit ein wenig Musik?",
schlug Ran vor und reichte mir meine Gitarre.
Ich schüttelte den Kopf.
"Gib mir die Laute, ich habe Lust auf etwas Klassisches."
Ich nahm die Laute entgegen und fing an, einzelne Saiten zu zupfen. "Was schwebt dir vor, Brüderchen?" "Ich weiß noch nicht."

Wunderschöne Landschaften weiter und viele Balladen später, erreichten wir endlich die besagte Abzweigung. Wolf verringerte sein Tempo, bis er neben dem Wagen ritt. "Wie sieht es aus, wollt ihr hier Halt machen, oder lieber, wenn wir oben in der Festung sind?"
Wir entschieden uns einstimmig dafür, weiter zu reiten und so übernahm Wolf wieder die Führung.
Interessiert sah ich auf Shiidas neue Lampe, ein einfacher, mit Runen verzierter Metallzylinder, der mittig eine Klappe zum Öffnen besaß.
"Wofür brauchtest du eigentlich diese Lampe?" Sie sah mich aus den Augenwinkeln heraus an.
"Hm, das liegt an den Runen, sie verlieren nach einer Weile ihre Wirkung, doch nicht, wenn sie aus Silber sind“,
erklärte sie.
"Ohne die Runen könnten die Irrlichter frei herumschweben, und das wollen wir ja nicht." "Da hast du Recht“,
stimmte ich zu. Wir folgten dem Weg um eine große Felswand, die den Blick auf die Festung verbarg. Ein Kreischen war zu hören, und ich sah auf zu den unter der Sonne kreisenden Vögeln. Ohne weiteres Umschweifen fuhren wir bis in den Innenhof der Festung und fingen an, unser Lager aufzu- schlagen. Ran rieb sich den Magen.

"Kirgo, mach bitte was, das schnell geht, ich verhungere!“, sagte er, und Shiida stimmte ihm mit einem gequälten Gesichtsausdruck zu. "He, ihr hattet zumindest ein Frühstück, ich hatte heute noch gar nichts“,
tadelte ich die zwei.
"Also stellt euch nicht so an." Mit einem Kopfschütteln machte Kirgo sich ans Werk, und es dauerte nicht mehr lange, bis das Essen fertig war und wir gegessen hatten. Voller Vorfreude sprang Shiida auf.
"So, und jetzt erkunden wir die Festung." "Ich schlage vor, wir teilen uns auf.....",
schlug Ran vor. "Ich geh mit Shiida“,
pustete ich hervor und grinste Ran an, der gewiss das Gleiche sagen wollte. "Dann ist es entschieden, Rim geht mit Shi und ihr geht mit mir“, bestätigte Wolf und ging gleich los.
"Wir nehmen den Ostflügel." Shiida betrat gleich den dunklen Westflügel, und ich folgte ihr. Sie öffnete die Lampe, und ein gleißender Lichtkegel erleuchtete den Weg vor uns.
"Io, Is, blink."
Zwei pulsierende Lichtkugeln kamen aus der Lampe und hüllten alles um uns in einen hellen Schein, dann schloss sie die Lampe wieder. Ich trat an ihre Seite .
"Io, Is ?" "Na, irgendwie muss ich sie ja nennen." Ich sah zu den Irrlichtern auf.
"Haben die zwei denn wirklich ein richtiges Bewusstsein?" Sie nickte zustimmend. "Zumindest fast“, ergänzte sie und öffnete eine große, mit Runen verzierte Doppeltür.
Es war eine riesige Bibliothek, in der wir uns nun befanden. Ich sah hoch zu den wenigen Fenstern, die gerade genug Licht rein ließen, um das Ausmaß der Bibliothek erkennen zu können. "Ich glaube das ist keine Festung."

Sie ging zu einem der Bücherregale und durchblätterte ein Buch nach dem anderen.
"Das ist eine Magier- Universität." Ich ging zum Bücherregal auf der anderen Seite hinüber, worauf- hin mir eins der Irrlichter folgte. "Alchemie, hier steht nur was über Alchemie",
rief Shiida mir zu. Ich schlug auch ein paar Bücher auf und prüfte den Inhalt.
"Hier auch, alles Alchemie."
Ich übersprang ein paar Bücherregale und machte weiter hinten weiter.
"Das sind zwar keine Harpyien, aber das ist auch nicht schlecht." "Da stimme ich dir voll und ganz zu",
erwiderte sie. "Hier ist etwas anderes."
Ich überflog ein paar Zeilen des Buches und schlug es dann wieder zu.
"Sieht nach Geschichte aus." Wir gingen weitere Bücher durch, bis wir schließlich das Ende der Bibliothek erreichten.
"Also nur Geschichte und Alchemie",
dachte Shiida laut. Ich sah den langen Korridor entlang, vor dem wir standen.
"Wenn das eine Universität ist, dann sind das alles wahrscheinlich nur Unterrichtsräume",
mutmaßte ich. "Ein Astronomie-Turm. Der große Turm in der Mitte, das ist sicher ein Astronomie-Turm, komm mit."
Voller Eifer eilte Shiida voran, doch kaum, dass wir die Bibliothek verlassen hatten, blieb sie stehen und sah auf ihre Hände. "Was ist los?",
wollte ich wissen. "Deine Hände...." Ich sah verwirrt auf meine Hände.
"Was soll damit sein?" "Kein Staub....."
Sie blickte zurück in die Bibliothek.

"Alles ist vom Staub so gut wie unberührt." Geschockt sah ich sie an, denn nun wusste ich, was sie meinte. "Das bedeutet, hier ist noch jemand." Shiida ging wieder vor, und ich hielt mich dicht hinter ihr. "Du hast doch keine Angst, oder?",
fragte sie und lächelte mich über die Schulter hinweg an. Sofort nahm ich Abstand zu ihr.
"Nein, natürlich nicht."
Sie kicherte, und ich sah sie verärgert an. "Was ist denn so lustig?" Nachdem wir einen langen Korridor durchquert hatten, erreichten wir den Astronomie-Turm. Der Turm war sehr häuslich eingerichtet, und viele Bücherregale zierten die Wände. Ich sah zur großen Steintreppe, die sich an der Außenwand bis ganz nach oben schlängelte.
"Ist das hoch“,
murmelte ich und sah zu Shiida. "Sie dir all die Federn an."
"Also gibt es hier doch Harpyien“,
sagte ich und verzog das Gesicht.
"Riechst du das?"
Ich folgte der Quelle des Gestanks. Zwischen zwei Regalen an eine Wand gelehnt saß eine bereits stark verweste Leiche. Shiida trat neben mich.
"Der ist schon mindestens eine Woche tot“,
sagte sie und sah sich um.
"Er hat gegen die Harpyie gekämpft und verloren." Ein eisiger Schauer der Furcht kroch mir über den Rücken.
"Lass uns zurück zu den anderen gehen, vielleicht haben sie ja auch was gefunden." Sie sah die Treppe hinauf.
"Ja, gleich."
Mit einem neugierigen Lächeln stieg sie die Treppe empor.
"Doch erst will ich sehen, was da oben ist." Widerwillig folgte ich ihr und es lohnte sich, denn oben auf dem Astronomie-Turm befand sich ein riesiges Nest. Shiida

stellte sich ans Geländer des überdachten Turms und sah in die Ferne, dann drehte sie sich um und kam zurück.
"Gut, gehen wir zurück zum Lager." Wieder im Innenhof sahen wir, dass irgendjemand, oder irgendetwas in unserem Wagen randalierte. Sofort eilte Shiida herum, da flüchteten bereits mehrere kleine Harpyien aus dem Wagen. Sie schaffte es, eine zu packen, warf sie brutal auf den Boden und zog ihr Messer. "Warte, halt !!!",
rief ich und eilte zu ihr. Entsetzt stolperte sie zurück und ließ das Messer fallen. Währenddessen schrie die Harpyie entsetzlich vor Schmerz. "Es ist doch noch ein Kind." „Sie sind ja viel menschlicher als es die Erzählungen sagen…“, dachte ich mir und kniete mich neben dem Kind nieder. Die Harpyie kratzte und biss mich unablässig, während ich sie untersuchte.
"He he, ich tu dir doch nichts...Aua, ahh, jetzt hör doch mal auf." Langsam beruhigte sich die Harpyie. "Es, tut mir leid“, sagte Shiida und sah mich schuldbewusst an. Ich schenkte ihr ein liebevolles Lächeln. “Wie süß sie doch ist, wenn sie sich schuldig fühlt“. "Es ist ja noch mal gut gegangen, es ist nichts gebrochen". Die Harpyie hatte nun endlich aufgehört zu weinen und sah uns verwirrt an. Ich sah die Harpyie an, doch sah ich dann verlegen zu Boden. " Könntest du eine Decke aus den Wagen holen?" "Eine Decke? Oh..."
Scheinbar fiel ihr erst jetzt auf, dass die Harpyie nackt war. Sie holte schnell die Decke und wickelte die Harpyie darin ein, die uns weiterhin schweigend ansah. Ein monströses Kreischen hallte von oben herab. "Geht weg von ihr !!!" Als ich aufsah, war es bereits zu spät, ich spürte nur noch, wie ich niedergerissen wurde und sich Klauen tief in meinen Brustkorb bohrten, dann verlor ich das Bewusstsein.

Kapitel 6

Langsam wachte ich auf und sah in zwei wunderschöne grüne Augen. "Ein Glück, du bist wach",
lächelte mich die Harpyie an. Sie hatte ein sehr junges, keckes Gesicht, und ihr kurzes Haar und Gefieder waren schwarz wie die Nacht. Ich versuchte, mich aufzurichten, doch fesselten mich die Schmerzen an den Wagenboden. "Bleib liegen, es ist noch zu früh, zum aufstehen." Ich sah sie an.
"Wer bist du?" "Ich bin Krain, ich bin die älteste des Nests", sagte sie mit einem Stich der Trauer. "Bruder, wie geht es dir?",
fragte Ran und kletterte zu mir in den Wagen. Er warf Krain einen strafenden Blick zu und setzte sich dann neben mich. "Ich lebe, alles andere regelt die Zeit."
Ich bemerkte Krains schuldbewusste Mine und setzte ein Lächeln auf.
"Mach dir keine Vorwürfe, ich hätte nicht anders gehandelt", versuchte ich, sie auf zu muntern. Ran schüttelte nur den Kopf.
"Ein Heiliger wie immer." "Ich bin einfach kein nachtragender Mensch",
erwiderte ich und streckte ihm die Zunge raus, woraufhin er den Wagen wieder verließ. Ich sah raus in die Düsternis. „So lange war ich gar nicht weg, die Sonne ist noch nicht ganz untergegangen", dachte ich und musste die Augen zu kneifen, als plötzlich ein Irrlicht dicht gefolgt von Shiida in den Wagen schwebte.

"Ran sagte, du seist wach, daher habe ich Suppe für dich."
Ich lächelte sie begeistert an. "Du bist die Beste."
Sie nahm einen Löffel und führte ihn mir zu. Es war mir

peinlich, mich füttern zu lassen, doch gefiel es mir irgendwie.
"Es ist möglich, dass du dich morgen schon besser fühlst, dennoch solltest du liegen bleiben“,
mahnte sie mich mit einem strengen Blick. Krain sah Shiida fragend an.

"Gibt es wirklich nichts, was ich tun kann, um meine Schuld zu begleichen?" Sie schüttelte nur den Kopf.
"Ohne Hände ist es schwer einen Verletzten zu pflegen."
Eine der kleinen Harpyien kam herein geflattert und sah mich mit großen Augen an.
"Es tut mir leid, wegen mir hat Schwester dir so zugesetzt."
Krain lächelte.
"Das ist Mara, unsere jüngste. Sie ist 13."
„13? Ich hätte auf 9,....vielleicht 10 geschätzt“. Überrascht sah ich erst Mara und dann sie an.
"Wie alt bist dann du?"
Sie lächelte mich an.
"Ich bin 21. Wir Harpyien altern nicht so schnell wie ihr Menschen“,
erklärte sie. "Interessant..." Shiida sah mich säuerlich an.
"Jetzt hör doch mal auf zu reden, wie soll ich dich sonst füttern“, beschwerte sie sich. „Ach Shiida, ein Jammer dass du schon vergeben bist. Krain sah Shiida flehend an.
"Schiida, ich würde dich gerne etwas fragen.
Würde es euch etwas ausmachen, wenn wir mit euch reisen?", fragte Krain, woraufhin Shiida überrascht auf sah.
"Ich denke, das wäre nicht sicher, ihr solltet euch lieber von den Menschen fern halten." "Das ist mir bewusst, aber es gibt nichts mehr, was mich hier hält. Ich möchte was von der Welt sehen“,
erwiderte Krain, und ein leichtes Lächeln umspielte ihren

Mund, doch hielt es nicht an, und eine traurige Bitterkeit bebte in ihrer Stimme.
"Die Menschen uns immer töten wollen, weil wir für sie nur Monster sind." Shiida stand auf.
"Ich werde die anderen fragen“,
sagte sie und verließ den Wagen, ließ aber das Irrlicht hier.
"Für mich seid ihr keine Monster."
Ich sah Mara lächelnd an, die mit ihrem melancholisch blauen Gefieder schweigend da saß .
"Wie soll ein so süßes Kind ein Monster sein? Krain fing an zu lachen.
"Du hättest sie sehen müssen, als sie noch kleiner waren."
"Sag mal, wie viele Schwestern hast du denn noch?",
fragte ich neugierig. "Drei, die sind bei den anderen und streiten sich wahrscheinlich ums Essen“,
sagte sie lächelnd. "Und wie alt sind sie?" "Die sind 16, warum fragst du?"
Sie sah mich fragend an und ich lächelte ein spielerisches Lächeln. "Nur aus Neugier, dann sind deine Schwestern ja ein Jahr jünger als ich, denn ich bin 17."
Mein Blick fiel auf ihre Kleidung und ich verzog nachdenklich
das Gesicht.
"Sind das meine Sachen?",
dachte ich laut, worauf hin Krain an sich herab sah.
"Schon möglich, stört es dich?" "Nein, Hauptsache du trägst etwas."
Ich wollte noch etwas sagen, doch konnte ich ein lautes Gähnen nicht unterdrücken. "Du scheinst müde zu sein. Ich werde dir mal Ruhe gönnen“,
sagte sie verließ den Wagen. Protestierend sah ich ihr hinterher, denn obwohl es stimmte, dass ich müde war, so hätte ich mich gerne noch mit ihr unterhalten.

Der nächste Tag verging nur schleppend, da ich noch nicht aufstehen durfte, doch war es erträglich, da Krain bei mir war und sich mit mir unterhielt.
"Also war es deine Mutter, die im Astronomie-Turm gegen den Mann gekämpft hatte."
Bei dem Gedanken an den Gestank und der Leiche wurde mir übel. "Dein Verlust tut mir leid." "Schon gut, mir war bewusst, dass früher oder später jemand uns erwischen würde“,
sagte sie mit einem traurigen Ausdruck, doch blickte sie dann auf und lachte mich an.
"Aber jetzt hab ich euch kennen gelernt und das macht mich glücklich." „Sie hat ein wirklich schönes Lachen“, dachte ich und sah zum Ende des Wagens, als ich Stöcke auf einender schlagen hörte. "Ist das Wolf, der sie das Kämpfen lehrt?" Krain sah raus und nickte. "Wie macht sich mein Bruder?",
wollte ich wissen. "Sehr ungeschickt“,
sagte sie lachend. Entgegen der Vernunft richtete ich mich auf und lehnte mich gegen eine große Kiste, um so aus den Wagen schauen zu können. "He, du sollst doch nicht aufstehen“,
beschwerte sich Krain besorgt. "Ich will aber was sehen, auch beim Zusehen kann man lernen." Ich verfolgte Kirgos und Rans Bewegungen, da ich Wolf nicht sehen konnte. Mein Blick fiel dann zum Eingang der Festung, aus der Shiida mit einer großen Tasche kam. Als sie in den Wagen kletterte, sah sie mich böse an.
"Du solltest doch liegen bleiben!" Sie zog aus der Tasche eine Ampulle mit einer schwarzen Flüssigkeit drin.
"Hier, wenn du jeden Tag eine halbe Ampulle nimmst, wirst du bald wieder fit sein. Ich lüge dich nicht an, dir stehen unangenehme Tage bevor."

Sie reichte mir die Ampulle und verließ dann den Wagen , um dem Training beizuwohnen. Eine halbe Ampulle kam mir nicht viel vor, doch änderte sich meine Meinung, als ich den ersten Schluck zu mir nahm. Krampfartig fing ich an zu keuchen, und mir schnürte sich der Hals zu.
"Keuch, keuch....als würde man Säure trinken." Krain sah mich verzweifelt an. Es fühlte sich an, als würde ich von innen verbrennen, doch zwang ich mich, weiter zu trinken. Alles um mich herum wurde schwarz, und als ich die Augen wieder aufschlug, saß mein Bruder neben mir. Ich war nicht lange weg, da es noch hell draußen war. "Muss schlimm sein. Shiida sagte, es liegt daran, dass die Zutaten nicht frisch sind“,
erklärte Ran mit besorgtem Blick. Ich lächelte Ran an.
"Die Zutaten müssen also frisch sein“,
wiederholte ich zur Bestätigung.
"Na, freut es dich, dass wir jetzt endlich ein paar Mädchen in unserer Gruppe haben?" "Was, doch nicht die Spatzenhirne, also..." Ich unterbrach ihn mit einem Lachen.
"Ich weiß, ein paar Nymphen, Sylphen, oder Meerjungfrauen wären dir lieber." Er nickte.
"Du triffst den Nagel auf dem Kopf."
Er seufzte lächelnd. "Ich bin froh, dass du endlich aufgehört hast, für Shiida zu schwärmen."
Ich sah ihn entgeistert an und dann verlegen zu Boden.
"Ich bin dein großer Bruder, ich weiß so etwas." Noch bevor ich protestieren oder etwas erwidern konnte, stand Ran auf.
"Ich werde mal sehen, was die anderen so machen“,
sagte er und ging. “Ran hatte Recht, ich schwärmte für Shiida, doch war es nun nicht mehr so“, gestand ich mir ein.

Die nächsten Tage vergingen schnell, da ich auf Grund des Heiltranks fiel schlief. Doch wann immer ich wach war, war Krain da, um mir mein Leid zu versüßen und schließlich kam der Tag der Wahrheit. "So, heute kommt der Verband ab“,
verkündete Shiida und kletterte in den Wagen. Ich lächelte sie an.
"Das schwarze Haar steht dir nicht schlecht, aber deine roten Augen stechen noch hervor." "Dazu habe ich mir schon was überlegt, doch zuerst kommst du“, erwiderte sie und nahm mir den Verband ab. Ein Frösteln überkam mich, als ich die Wundmale sah.
"Es ist eine Sache, tagelang am Bett gefesselt zu sein, aber eine andere, die Verletzung mit eigenen Augen zu sehen...unheimlich“. Krain sah schuldbewusst zu Boden. "Du machst dir doch nicht immer noch Vorwürfe, oder."
Ich lächelte sie an.
"Das ist Unsinn, also mach nicht so ein Gesicht." Shiida zog die Fäden und holte dann eine kleine Phiole und ihr Messer.
"So, und jetzt gib mir dein Blut“,
sagte sie an Krain gewandt. Ich blinzelte überrascht.
"Was?" "Für den Trank brauch ich das Blut einer schwarz gefiederten Harpyie, ich brauche ja nur ein paar Tropfen“, erklärte sie. "An der Schulter wird es am wenigsten stören."
Krain drehte ihr lächelnd die Schulter zu. Shiida, sie machte einen feinen Schnitt und fing ein paar Tropfen mit der Phiole auf, dann trank sie den Inhalt.
"Und wie sehe ich aus?" Ich sah ihr in die Augen.
"Schwarz, deine Augen sind tatsächlich schwarz." Sie lächelte.
"Perfekt."

Dann steckte sie ihr Messer weg und ging. "Ich frage mich, ob das wirklich nötig ist. Die Menschen hier stehen der Magie noch sehr verfeindet gegenüber, aber deswegen wird man sie doch nicht gleich verbrennen wollen“, dachte ich halblaut vor mich hin. Ich richtete mich auf und sprang aus den Wagen. Ich stand noch etwas unsicher, doch war es gut, mal wieder mit beiden Beinen auf dem Boden zu stehen. Krain hopste auch aus den Wagen, und ich sah sie leicht verwundert an. Ich selbst war nicht der größte, doch Krain war fast einen ganzen Kopf kleiner als ich.
"Irgendwie dachte ich, du seist größer." "Meine Rasse wird nicht groß, dafür sind wir eben die Stärksten“, sagte sie mit Stolz. Ich sah mich neugierig um. Wir standen in- mitten eines dichten Waldes.
" Wo sind wir?" "Wir sind kurz hinter Retina."
Wolf kam von hinten auf mich zu, und ich drehte mich leicht erschrocken zu ihm um. "Schön, dich wohlauf zu sehen, Rim."
Er wandte sich an Krain.
"Ich lasse euch den Wagen hier, wir nehmen nur das Wichtigste mit." Krain nickte zustimmend.
"Danke." Shiida kam und sah uns ungeduldig an.
"Seid ihr soweit?" Wolf gab ihr einen lustvollen Kuss.
"Wir sind so weit, komm, Rim“,
sagte er und ging mit Shiida vor. Ich lächelte Krain an.
"Wir sehen uns dann also morgen."
Ich zögerte einen Moment, dann eilte ich den anderen hinterher. "Rim." Ich blieb stehen und drehte mich zu Krain.
"Ja." Sie sah mich an und dann verlegen zu Boden.
"Bis morgen." Ein breites Grinsen vertiefte sich auf meinem Gesicht, und ich eilte zu den anderen.
Nachdem wir unsere Zimmer in der Taverne gemietet

hatten, gingen wir durch die Stadt und suchten nach einen Ausstatter, der unseren Anforderungen entsprach. Schließlich wurden wir fündig und betraten einen Laden mit einer großen Vielfalt. Kaum hatten wir den Laden betreten, da kam uns der Verkäufer schon entgegen. "Ah, Kundschaft, was kann ich für euch tun?",
fragte er mit einer anerkennenden Verbeugung. Ich lächelte ihn an.
"Ich und mein Bruder Ran hier suchen ein leichtes Kampfgewand, es soll möglichst viel Schutz gegen alle Angriffsarten bieten." Sofort führte der Händler uns zu einer Rüstung und erklärte ein paar Eigenheiten. Scheinbar hatte er Ahnung von dem, was er sagte, denn als ich zu Wolf sah, nickte er nur.
"Wie ist der Preis." Nachdem wir den Preis noch drastisch drücken konnten, verließen wir den Laden in voller Montur. Wolf sah uns beeindruckt an.
"Ihr habt aber ein wahres Talent für den Handel. Naja, weiter zum Schmied, damit ich endlich mal eine neue Axt bekomme." Wolf war nicht der einzige, der sich beim Schmied ausrüstete, denn Shiida kaufte sich zwei schöne, geschwungene Kurzschwerter und Kirgo hatte sich gleich in ein ganzes schweres Rüstungsset verliebt, er strahlte über das ganze Gesicht. "Du scheinst ja echt glücklich zu sein“, bemerkte Ran. "Natürlich, wann bekommt man schon die Gelegenheit, eine so edle Rüstung zu tragen. Das war schon immer ein Traum von mir." Ich lächelte nur schief.
"Edel und teuer, aber wo habt ihr eigentlich das ganze Gold für die Sachen her?", wollte ich wissen. Shiida sah mich nur schulterzuckend an. "Die Festung war voller Schätze, die haben wir verkauft." Am Abend feierten wir dann unseren Erwerb wie gewohnt mit Wein und Gesang. Selbst Wolf

griff zur Laute, auch wenn wir froh waren, als er dann endlich wieder aufhörte. Irgendwann waren dann die Feierlichkeiten zu Ende, und wir gingen zu Bett.

Ich wälzte mich von der einen Seite auf die andere, doch fand ich keinen Schlaf, ich konnte nur an sie denken. Schließlich stand ich leise auf.

Ich zog mich an, nahm eine Öllampe und verließ die Taverne und schließlich die Stadt. Suchend irrte ich durch den Wald.

"Wo war denn der Wagen?",

fragte ich mich, als ich plötzlich niedergerissen und zu Boden gedrückt wurde.

"Krain." Als sie mich erkannte, sprang sie sofort erschrocken zurück.

"Rim? Was machst du hier?" "Ich konnte nicht schlafen“, sagte ich und rappelte mich auf. Sie lächelte verlegen.

"Ich kann auch nicht schlafen." Ich sah sie entschlossen an.

"Krain, Ich liebe dich....." Stille folgte, doch dann sprang sie mich an und warf mich mit einem leidenschaftlichen Kuss erneut um.

"Ich liebe dich ebenso." Eine Woge der Lust überkam mich und ich schob sie von mir. Ich legte alles ab, das störte, dann half ich ihr, aus ihren Sachen zu kommen. Sie war wunderschön, wie sie da lag, ihre zarte, weiße Haut, ihr schwarzes Gefieder, das im Schein der Lampe funkelte. Sie sah mich mit einem erwartungsvollen Blick an, und ich beugte mich über sie, doch zögerte. "Was ist?" "Nichts, nur...ist es mein erstes Mal“, antwortete ich und sah verlegen zur Seite. Sie sah mich mit einer Mischung aus Zorn und Scham an.

"Was glaubst du denn, was es bei mir ist?“,

erwiderte sie. Ich beugte mich zu ihr und küsste sie lustvoll.

Sie legte ihre Flügel um mich, und was folgte, war eine Nacht voller Lust und Leidenschaft.

Langsam wachte ich auf. Krain lag auf mir und hatte ihre Flügel um mich geschlungen, sodass ich auf ihnen, statt auf dem kalten Waldboden lag. „Als würde man auf Wolken liegen“, dachte ich mir und erfreute mich an ihrer Nähe. Eine Woge der Erregung überkam mich, doch wurde ich von einem Kichern hinter mir abgelenkt. Ich legte den Kopf in den Nacken und erblickte Krains Schwestern. Ich versuchte, mich an die Namen zu erinnern. „Wie war das.....schwarzes Gefieder, schwarze Augen, Kira, rote Augen Kiara, und blaues Gefieder, goldene Augen war Korra.“ "Hattet ihr euren Spaß?",
fragten sie vergnügt. Korra beugte sich zu mir runter. Sie machte mir ein wenig Angst, denn sie hatte einen wahrlich barbarischen Gesichtsausdruck.
"Brich meiner Schwester das Herz, und ich breche dir das Genick“, warnte sie mich und ging. "Also, ich wünsche euch beiden viel Glück, obwohl ich zugeben muss, dass ich ein wenig eifersüchtig bin“,
sagte Kiara lächelnd, dann gingen sie, und Kira folgte ihr. Nachdenklich sah ich ihnen nach, aber dann richtete ich meine Aufmerksamkeit wieder auf Krain, die anfing, unruhig zu werden. Schließlich hob sie den Kopf und gab mir einen verträumten Kuss. "Morgen."
Sie löste ihre Umarmung und stand unbeholfen auf. "Ahhh, meine Flügel fühlen sich so taub an“,
jammerte sie, und ich konnte nicht anders, als darüber zu lachen. Ich erspähte durch die Baumkronen den Himmel.
"Die Sonne ist schon vor einer Weile aufgegangen, ich sollte los“, stellte ich fest und zog mich schnell an.
Ich gab ihr noch einen Kuss.

"Bis nachher."
Und eilte dann zurück zur Stadt. In der Taverne wurde ich bereits erwartet. "Wo warst du denn den ganzen Morgen?", verlangte Ran zu wissen. "Ich war trainieren, damit ich bald besser bin als du",
erwiderte ich breit grinsend. "Lobenswert, doch übernimm dich für den Anfang nicht",
riet mir Wolf. Ich sah mich fragend um.
"Wo sind Shiida und Kirgo?",
wollte ich wissen. "Einkaufen, Kleidung und Vorräte",
sagte Wolf. "Aber wir haben doch noch genug?" Ran lächelte mich an.
"Ja, wenn wir den ursprünglichen Weg nehmen, doch kommen wir an einer heißen Quelle vorbei, wenn wir den Bergpfad nehmen. Klingt doch verlockend." Ich versuchte, mich an die Karte zu erinnern.
"Dann brauchen wir bis zur nächsten Stadt ja mindestens 3 Tage länger." "Daher die Vorräte. Wir warten noch, bis Kirgo und Shiida zurück sind und gehen dann sofort los", erklärte Ran. Mir kam das nur recht, so konnte ich die Zeit zum Frühstücken nutzen.
Als Shiida und Kirgo endlich vom Einkauf zurück waren, verließen wir die Stadt. Am Wagen angekommen begrüßte Krain mich gleich mit einem Kuss, woraufhin mich alle ansahen. "Du und Krain also, aber das habe ich mir schon gedacht",
sagte Shiida mit einem belustigten Grinsen. "Mein Bruder, eine Harpyie, hast du denn überhaupt keinen Geschmack?", scherzte Ran, woraufhin Kirgo ihn seufzend ansah.
"Hör auf mit dem Unsinn, wirst du denn nie erwachsen?" Nachdem nun alle ihre Späße gemacht hatten, machten wir den Wagen bereit und fuhren los. Ich saß mit Krain hinten im Wagen, während die anderen bei Shiida vorne auf der

Bank saßen und das schöne Wetter genossen. Ich sah Krain fragend an.
"Sag mal, kann es sein, dass Korra mich nicht mag?" "Mach dir darüber keine Gedanken, sie mag überhaupt keine Menschen." Ich sah zu Boden.
"Ich kann verstehen, warum." In Gedanken vertieft sah ich in die Ferne. "Woran denkst du gerade?",
fragte sie und legte den Kopf schief. "Ich habe mir gerade vorgestellt, wie du wohl in einer Rüstung aussehen würdest."
Ich lächelte sie an.
"Das sähe sicher eindrucksvoll aus." Krain bedankte sich mit einem verlegenen Lächeln und lehnte sich dann an mich. Gelegentlich kamen Kira und Kiara herein geflattert, um an dem einen oder anderen Gespräch teilzunehmen. Nachdenklich sah ich zwischen den dreien hin und her. "Wisst ihr, ich kann immer noch nicht glauben, dass Krain 5 Jahre älter ist. Für mich seht ihr alle gleich alt aus." "Hey, untergrabe nicht meine Autorität", beschwerte sich Krain, und Kiara fingen an zu kichern.
Die Reise zog sich noch eine Weile hin, doch erreichten wir am Abend schließlich die heiße Quelle, oder besser Quellen. Ein sehr weiträumiges Gebiet war von Wasser bedeckt, und die Straße führte mitten hindurch. Ungefähr in der Mitte wurde der Weg deutlich breiter, und eine kleine Anhöhe erhob sich daneben, wo wir schließlich den Wagen abstellten und das Lager aufschlugen. "So, uns gehört diese Seite des Hügels. Das Wasser sieht hier wärmer aus",
sagte Ran breit grinsend, schälte sich aus seinen Sahen und sprang als erster in die Quelle. Ich und Kirgo folgten ihm gleich, nur Wolf ließ auf sich warten, doch als er schließlich kam, kam er nicht unvorbereitet. In den Armen

trug er Becher, Wein und Schnaps. "Wolf, du bist der Beste."
Ich drehte mich zu ihm um, um ihm die Sachen abzunehmen. "Ah, das sieht ja furchtbar aus. Krain gehört wohl zu der kratzbürstigen Sorte“,
stellte Ran fest und sah von meinem Rücken hoch zum Nacken. "Sag mal, ist sie eine Harpyie, oder ein Vampir?" Ich sah ihn leicht sauer an und verdeckte die Wunden an meinem Hals mit der Hand.
"Werd erwachsen." Ich sah zu Wolf.
"Wie läuft es mit dir und Shiida?", versuchte ich, das Thema zu wechseln, doch grinste er nur.
"Bleiben wir bei dir, du hast die Harpyie als Freundin." Ran sah mich an.

"Genau, wie ist es denn so mit ihr und versuch nicht, auszuweichen, ich habe gesehen, wie du dich die Nacht raus- geschlichen hast." "Wieso sollte ich euch das erzählen." Ich sah Ran verärgert an, doch kam er nahe zu mir. "Komm schon, erzähl..." Ich schubste Ran von mir weg.
"Schon gut, ich rede."
Ich leerte meinen Becher Wein und füllte ihn mit Schnaps wieder nach, dann erzählte ich alles, was sie wissen wollten, was zum Glück nicht so viel war. "Verdammt, ich will auch eine Freundin“, bescherte sich Ran lautstark, woraufhin Kirgo anfing, zu lachen. "Ach hör auf zu lachen, alter Mann“, randalierte Ran und gönnte sich einen weiteren Becher Wein. Kirgo sah zum Hügel hoch.
"Was meint ihr, ob die Frauen über uns reden?" Ran fing an zu lachen.
"Es sind Frauen, natürlich reden die über uns."

"Wie es mit ihm ist?", wiederholte ich Kiaras Frage. "Also.... Shiida kam nah zu mir.
"Komm schon, erzähl..." Ich drückte sie von mir weg. "Ich will da nicht drüber reden, das ist mir peinlich", sagte ich und merkte, wie mir immer mehr die Röte ins Gesicht stieg. "Ihr Barden tratscht einfach zu gerne.", dachte ich und sah zu Kiara, die eine schmollende Mine zog. "Verdammt, ich will auch einen Freund",
beschwerte sich Kiara lautstark. Ich sah zum Hügel hoch.
"Ob die Jungs sich über ähnliches unterhalten?"
Shiida fing an zu lachen.
"Niemals", höhnte Shiida. "Ich will auch einen Freund", sagte Kira monoton. Ich seufzte.
"Ja, bei dir hört sich das sehr überzeugend an." Shiida sah Kira fragend an.
"Lächelst du auch mal?" "Aber ich lächle doch",
erwiderte Kira emotionslos. Kiara lachte.
"Lass sie, sie ist einfach kaputt, ihr Ei ist damals aus dem Nest gefallen." "Ihr Ei?"
Shiida sah verwundert in die Runde. Ich lächelte sie an.
"Ja, Harpyien legen Eier, eine ganze Menge sogar." Nachdem wir alle genug gebadet und vor allem genug getrunken hatten, legten wir uns schlafen. Ich legte mich an die Spitze des Hügels, um eine gute Sicht auf den Mond zu haben. Es dauerte nicht lange, da legte sich Rim zu mir.
"Es war eine gute Idee, hierher zu kommen",
sagte er und küsste mich. Ich drehte mich zu ihm und legte meinen Flügel wie eine Decke über ihn.
"Gute Nacht",
sagte ich lächelnd und vergrub mein müdes Gesicht in seiner Brust. "Gute Nacht, Krain."

Kapitel 7

Die kommenden 3 Tage machten wir nur wenige Pausen, da uns die Vorräte doch schneller ausgingen als gedacht.
"Ihr Harpyien seid ja richtig verfressen“,
bemerkte Kirgo. "Du bist doch selber so verfressen“, verteidigte Rim mich. "Ich werde mal sehen, wie weit es noch bis zur Stadt ist“,
schlug ich vor. Ich sprang aus den Wagen und erhob mich in die Luft. Betrübt sah ich in den Himmel.
"Sieht nach Regen aus." Ich flog einen Schlenker zur Seite, wodurch mich Kiara knapp verfehlte. Sie fing ihren Sturzflug ab und stieg auf meine Höhe. "Woher wusstest du das?",
fragte sie überrascht. Ich lächelte sie nur an.
"Das war doch zu offensichtlich." Plötzlich preschte mir Kira in den Rücken.
"Überraschungsangriff“,
sagte sie in ihrem gewohnt emotionslosen Tonfall. Nachdem wir uns eine ganze Weile gegenseitig fertig gemacht hatten, flogen wir nun Seite an Seite auf einer Höhe.
"Ihr seid stärker geworden“,
lobte ich sie und sah hoch zu Korra,
die etwa 100 Fuß über uns flog. "Was ist denn mit Korra los?"
Kiara seufzte genervt.
"Sie vertraut den anderen immer noch nicht." "Sie sagt, Menschen bringen nur Unheil“,
zitierte Kira. Bald kam die Stadt in Sicht, doch stimmte etwas nicht. Eine unheimliche Stille lag über ihr.
"Ich sehe keine Menschen auf den Straßen“,
dachte ich laut.

Wie üblich durchfuhren sie die Stadt und stellten den Wagen dahinter ab, damit man am nächsten Tag schnell weiter konnte. Ich landete neben dem Wagen und blickte mich um. Die Bäume waren karg und standen weit auseinander.
"Sollten wir den Wagen nicht weiter in den Wald stellen?" Wolf sah sich um.
"Ich denke, das geht schon." "Irgend einen Wunsch?",
fragte mich Rim und gab mir einen liebevollen Kuss. Ich sah ihn fragend an. "Na, etwas, das ich dir aus der Stadt mitbringen soll?" Ich schüttelte den Kopf.
"Ich bin wunschlos glücklich." Sie gingen fort, und ich ruhte mich mit Mara im Wagen aus, doch schon bald sah ich Wolf auf mich zukommen.
"Hast du was vergessen?",
fragte ich, und er sah mich mit finsterer Miene an.
"Jäger sind auf dem Weg hierher." Kira und Kiara, die bis weilen in den Baumkronen hingen, landeten neben dem Wagen.
"Was soll an Jägern so schlimm sein?" "Es sind Monster-Jäger, sie sind darauf spezialisiert, solche wie euch zu töten“,
erklärte Wolf und sah betroffen zur Seite. Mara, die bis gerade noch geschlafen hatte, hob nun fragend den Kopf. "Monster-Jäger?" "Woher weißt du das?“,
wollte ich wissen. "Die Leute in der Stadt haben es gesagt. Sie kommen jedes Jahr in diese Stadt, um ihre Erfolge zu feiern und dabei vergewaltigen sie die Frauen, die gerade greifbar sind und stiften Unruhe“, schilderte Wolf und verzog das Gesicht. "Ehrloses Pack“,
zischte er.
"Keiner ist in der Lage, ihnen Einhalt zu gebieten, selbst die Miliz fürchtet sich vor ihnen." "Und was machst du

jetzt hier?",
fragte ich. "Ich bin zu eurem Schutz hier. aber du kannst dich freuen Krain, Shiida und Rim werden mich nachher ablösen."
Ich lächelte ihn freudig an. "Wenn sie doch so gefährlich sind, wieso ziehen wir dann nicht weiter?", fragte Kiara. "Ich will die Leute hier nicht im Stich lassen, daher schätze ich erst mal ihre Stärke und entscheide dann."
Zorn lag in seinen Augen.
"Ich war selbst mal Monster-Jäger, daher kann ich nicht zulassen, dass sie den Ruf wahrer Monster-Jäger in den Dreck ziehen". "Zu viel Ehrgefühl verleitet einen Menschen zu unüberlegtem Handeln",
sagte Kira so monoton wie immer. Ein weit entferntes Grollen war zu hören.
"Ein Gewitter zieht heran",
bemerkte ich und sah zu Kira und Kiara.
"Wo ist Korra?" Die beiden schüttelten nur den Kopf. "Irgendwo über den Wolken." Wolf kletterte in den Wagen und kramte aus einer der Kisten etwas Trockenfleisch, dann sprang er wieder raus und legte sich gemütlich vor einen Baum. Kira und Kiara gesellten sich zu mir in den Wagen und beschlossen, zu schlafen. "Komm Mara, leg dich wieder hin", sagte ich und schlief auch, doch nach einer Weile weckte mich eine mir unbekannte Stimme.
"Ich wusste doch, ich habe was gesehen." Ich wollte erst aus den Wagen springen um zu sehen, wer da ist, doch bedeutete mir Wolf im Stillen, mich ruhig zu verhalten. Ich stupste Kira und Kiara an, die auch wach wurden.
"Schwestern, bleibt ruhig und achtet auf Wolfs Anweisungen", zischte ich ihnen zu. Ich hörte, wie sich einer dem Wagen näherte.
"Fass den Wagen, an und du stirbst",

warnte Wolf immer noch am Baum liegend. Der Fremde kam um den Wagen herum, um hinein zu schauen. Ich schubste Mara hinter mich, damit der Fremde sie nicht sehen konnte. Es war ein junger Krieger in einer sehr teuer aussehenden leichten Rüstung. Er lächelte uns an.
"He Leute, seht euch das an, Harpyien." Jetzt kamen auch die anderen herum. Es waren zwei, der eine trug schwere Panzerplatten, so wir Kirgo, der andere trug eine leichte Rüstung und zwei Schwerter. "Haltet euch von meiner Ware fern“,
warnte Wolf abermals. “Ware?“, dachte ich, doch verstand ich, worauf Wolf
hinaus wollte. Langsam fing es an zu regnen. "Ungewöhnlich für einen Monster-Jäger, sich Tiere zu halten und sie nicht gleich zu töten“,
bemerkte der mit den zwei Schwertern. Der schwer Gepanzerte sah uns lüstern an.
"Wie viel?",
fragte er. "Sie stehen nicht zum Verkauf...und auch nicht zur Vermietung“, setzte Wolf hinterher, als er den Blick des Dicken bemerkte. "Schade für dich, dass wir zu dritt sind“, sagte der Kleine in der teuren Rüstung und ging auf Wolf los. Ohne Aufwand wehrte er diesen ab, ohne dafür aufstehen zu müssen. Der große mit den zwei Schwertern betrachtete Wolf mit einem Blick, der mir so gar nicht gefiel.
"Fisk, Raoul, der gehört mir." Wolf stand auf und zog sein schönes, neues Beil, und sofort fiel ein Klingenregen auf ihn herab. Der Fremde war mit seinen zwei Schwertern schnell, doch wehrte Wolf alle Schläge ab. „Warum habe ich mir nur Sorgen gemacht?“,dachte ich und schreckte auf, als die anderen dann doch mit angriffen. Auch damit kam Wolf klar, dennoch gab er uns das Zeichen zur

Unterstützung. Wir sprangen aus den Wagen und nahmen uns Fisk und Raoul vor. Plötzlich schoss ein Pfeil an uns vorbei, der Wolf traf und ihn ins Straucheln brachte. Der Fremde nutzte dies aus, und aus einer Bewegung heraus schlug er ihm den linken Arm ab und schlitzte ihm den Bauch auf. Ein Schrei wurde laut und Shiida kam durch den Regen angerannt. Noch bevor der Fremde hätte reagieren können, enthauptete Shiida ihn, nur, um sich dann gleich neben Wolf fallen zu lassen. "Wolf, Nein, halte durch." Wolf hielt sich krampfhaft die Organe zusammen und lächelte Shiida an.
"Is....Ist schon....gut..........es musste so kommen." Auch Rim kam an und sah geschockt an mir vorbei. Ich drehte mich um und sah, dass neben dem Bogenschützen nun gut 12 weitere schwer gepanzerte Krieger standen. Verzweifelt schrie Shiida auf, doch dann verstummte sie. Rim trat an ihrer Seite und ich vernahm ein Flüstern.
"Idashi, töte." "Tu jetzt nichts Unüberlegtes“,
sagte Rim besorgt. Shiida sah auf, und in ihrem Blick lag eine dämonische Boshaftigkeit.
"Zu spät."
Sie legte eine Hand auf Wolf und ein leuchtendes Siegel breitete sich unter ihm aus, dann stand sie auf. Wir sahen sie geschockt an.
"Shiida?",
fragte ich, doch grinste sie breit.
"Shiida schläft“,
antwortete sie und wehrte mit Magie einen Pfeil ab, der mich fast getroffen hätte. Lachend sah sie auf ihre Hände.
"Das Siegel ist gebrochen“,
sagte sie lachend, wobei das Gewitter ihr Auftreten noch unheimlicher machte, als es ohne hin schon war. Weitere Pfeile flogen, doch schossen sie einfach durch Shiida

hindurch, als würde sie aus Luft bestehen. Ein Krieger kam auf sie zu gestürmt, doch bevor er sie erreichte, platzte er, und der Blutnebel tünchte ihre Kleidung in einem tiefen Rot. Panik brach aus, und die Krieger versuchten, zu fliehen, doch war es zu spät. Noch nie in meinem Leben sah ich etwas so Entsetzliches, doch ging es zu schnell, als dass ich den Blick hätte abwenden können. Das Zerplatzen von Körpern und Shiidas dämonisches Lachen brannten sich tief in meine Seele ein.

Nach dem, was geschehen war, blieben wir nur so lange wie nötig in der Stadt und zogen dann weiter. Den ganzen Tag tobte das Gewitter unerbittlich, und es sah auch nicht danach aus, als wenn es bald aufhören würde. Zusammengekauert saßen wir alle im Wagen, selbst Korra saß bei uns und das nicht nur, weil das Gewitter tobte. Schweigend sah ich zu, wie Shiida Wolfs Organe sorgsam zusammennähte. Sie würde ihn retten, hatte sie gesagt. Sie müssten dazu nur einen bestimmten Ort erreichen, hatte sie gesagt. Sonst hatte sie kein Wort mit uns gesprochen, sondern summte nur dieses unheimliche Lied. "Sieh nicht hin“,

sagte Rim und gab mir einen Kuss, woraufhin ich mich an ihn anlehnte und weinte.

"Sie macht mir Angst." "Sie macht uns allen Angst“,

erwiderte Rim und streichelte mir beruhigend über den Kopf. Plötzlich keuchte Wolf auf und schrie vor Schmerzen. Panisch rollten seine Augen hin und her, und wir alle starrten ihn

entgeistert an.

"Wolf. Beruhig dich....Es wird alles wieder gut...",

sprach Ran mit Tränen in den Augen auf ihn ein,

dann starb er, erneut. Ran sah Shiida zornig an.

"Was hast du getan, du wolltest ihn doch retten!" Sie lachte nur:
"Das werde ich auch, doch braucht alles seine Zeit." "Was was machst du mit ihm?",
fragte Rim zögerlich:
"Ich meine, wie willst du ihn retten?" Sie lächelte ihn interessiert an.
"Oh, da ist jemand neugierig, dann will ich es euch verraten. Nun, ich bin ein Meister der Hexerei und Nekromantie, für mich gibt es viele Wege, ihn zu retten, doch wollt ihr ihn so wieder haben wie er einst war, und da gibt es nur einen Weg, Wiederbelebung."
Sie legte die Organe beiseite, wischte sich die Hände ab und kramte etwas Trockenfleisch aus einer der Kisten.
"Das Problem ist nur, dass man einen Leichnam ohne Seele nicht wiederbeleben kann." Sie nahm einen großen Bissen Fleisch und sah uns gehässig an. "Daher habe ich seine Seele an seinen Körper gebunden. Bis wir unser Ziel erreichen, wird er immer wieder erwachen, nur, um dann gleich wieder zu sterben." Sie schlang das restliche Fleisch hinunter und fing dann wieder an zu arbeiten.
"Ich würde mir keine Hoffnungen machen, denn selbst wenn es klappt, wird wahrscheinlich nur noch ein sabberndes Häufchen Elend von ihm übrig bleiben."
Wieder erwachte Wolf schreiend und starb kurz darauf, und ich wusste, dass es eine endlos lange Reise werde würde.
Die letzten Tage waren hart für uns, denn mehrmals am Tag wachte Wolf auf und schrie. Es war entsetzlich. Trotz des Dauerregens hatte Ran sich zu Kirgo nach draußen gesetzt und selbst Korra und Kiara hatten den Wagen verlassen, weil sie das Geschrei nicht mehr ertragen konnten. Die letzte Stadt sahen wir vor 5 Tagen, und vor 2 Tagen gingen uns die Vorräte aus. Für die Harpyien muss

es besonders schlimm sein, da sie eigentlich viel zu essen brauchten. Ich kramte aus einer Kiste den letzten Gewürzbeutel und sah zu Krain.
"Der letzte, teilen wir ihn uns."
Das Gewürz konnte man zu einer dicken Brühe aufkochen, es würde den Hunger für einige Stunden vertreiben, doch war dies keine Dauerlösung. Ich füllte das Gewürz in zwei Tassen und übergoss sie mit Wasser.
"He, wach auf."
Ich trat nach Idashi, um ihn zu wecken. Er sah mich genervt an.
"Es ist schön, dass du deine Angst vor mir verloren hast, aber dieser Körper braucht Schlaf." "Mir egal, koch das Wasser",
forderte ich. Er seufzte, doch fing das Wasser sofort an
zu kochen. Ich gab Krain einen liebevollen Kuss und hob dann meine Tasse. "Zum Wohl.....ah, das tut mir leid, das habe ich vergessen."
Ich hob ihre Tasse mit, da sie sie mit ihren Flügeln schlecht greifen konnte. Sie lächelte mich müde an.
"Macht doch nichts, du bist müde, da vergisst man sowas schon mal", sagte sie und trank die Brühe und auch ich würgte meine hinunter. Etwas Warmes im Magen zu haben ließ mich schläfrig werden, aber bevor ich einschlafen konnte, schrie Wolf erneut auf.
"Wann sind wir da?!!!",
schrie ich Idashi an, und als hätten höhere Kräfte mein Klagen erhöht, blieb der Wagen stehen. "Wir sind da",
rief Kirgo von draußen, und ich sprang sofort aus dem Wagen. Vor uns war ein riesiges Tor, welches sich in einer großen Felswand abmalte. Idashi sprang auch aus den Wagen und trat vor das Tor. "Ich kann immer noch nicht glauben, dass das nicht Shiida ist", sagte Krain, die nun

neben mir im Regen stand. Idashi holte eine Kette hervor, an deren Ende ein blau leuchtender Kristall hing.
"Lernt eine weitere Lektion, dies ist ein Seelenschlüssel, nur sein Schöpfer, oder ein Seelenverwandter kann ihn verwenden“,
erklärte er und schloss mit dem Kristall das Tor auf. Ein merkwürdiges Surren war zu hören, und oberhalb der Felswand wurden Strukturen und Türme sichtbar.

Wir betraten eine große Eingangshalle und folgten Idashi, der sich offensichtlich freute, hier zu sein. Er führte uns durch einen großen Gang in eine weitere kleine Halle.
"Dies ist die Empfangshalle und gleich dahinter..."
Er stieß ein großes Doppeltor auf.
"...befindet sich der Speisesaal."
Ein riesiger Saal erstreckte sich vor uns, und zu beiden Seiten hin befand sich je ein großer Kamin. Idashi verließ den Saal gleich wieder und führte uns tiefer in das Gewölbe.
"Die Alchemieräume, das hier wird für die nächsten Tage unser Zuhause sein“,
sagte er, drückte mir einen Zettel in die Hand und führte uns zu einem großen Lagerraum.
"Sucht schon mal die Sachen auf der Liste raus“,
sagte er und wandte sich an Kirgo, den er damit beauftragte, nach Süden in die nächste Stadt zu reiten und einen Händler damit zu beauftragen, uns Vorräte zu liefern. Ich betrat mit Krain das Lager und kam aus dem Staunen nicht mehr heraus. Endlos erstreckten sich Regalreihen in die Ferne und ich fing an, diese eifrig abzuklappern.
"Sieh dir das an, Drachenblut, Dämonenherz, Donnerkeil...",

zählte ich beeindruckt auf. Krain seufzte.
"Rim, sieh auf die Liste, was suchen wir?" Ich entfaltete das Stück Papier.
"Wie es aussieht, eine ganze Menge." Eine ganze Weile irrten wir in den Gängen umher, doch hatten wir schließlich alles zusammen, was auf der Liste stand. Als wir das Lager verließen, erwartete Idashi uns bereits.
"Ihr habt alles, das ist gut, bringt es in den ersten Alchemieraum!“, wies er uns an.
"Ihr könnt euch dann umsehen oder machen, was auch immer ihr wollt, die Vorbereitungen werden ein paar Tage dauern." Wir folgten ihm in den Alchemieraum und legten die Sachen auf einem Tisch ab. "Allgemeine Informationen, im Ostflügel sind die Unterrichtsräume, im Westflügel die Quartiere und der Gemeinschaftssaal, oben befindet sich die Bibliothek, und hinter der Bibliothek sind die Gärten." Wir dachten erst daran, alles zu erkunden, doch überlegten wir es uns anders und suchten gleich die Quartiere auf. Scheinbar waren wir nicht die einzigen, die so dachten, denn auf dem Gang dorthin trafen wir Krains Schwestern. Offenbar waren sie genauso erschöpft und müde wie wir, denn sie nickten uns nur zu und verschwanden in einem der endlos vielen Zimmer, und wir taten es ihnen gleich. Das Zimmer war klein, doch besaß es einen eigenen Kamin und war recht luxuriös eingerichtet, aber mir war das alles egal, im Moment interessierte mich nur das große, breite Bett.
"Perfekt.“,
sagte ich lächelnd und ließ mich hineinfallen, nachdem ich meine überflüssige Kleidung abgelegt hatte. Krain legte sich mit ins Bett und kuschelte sich eng an mich.
Es mag grausam klingen, doch es stimmt, aus dem Auge, aus dem Sinn. Seit dem wir Wolf in den Keller verfrachtet

hatten, wo man ihn nicht hört, schien die allgemeine Stimmung besser zu sein. Wir saßen zusammen im Speisesaal und ließen uns das Frühstück schmecken. Ich beugte mich zu Krain und gab ihr einen sanften Kuss.
"Guten Morgen, was träumst du so vor dich hin?"
Sie sah mich irritiert an.
"Ach, ich dachte nur daran, wie der Saal nur voll aussehen würde." Ich lächelte sie an.
"Du solltest essen, bevor es kalt ist." "Nein! Ich will aber nicht!",
maulte Mara, die sich auf Kirgos Schoß breit gemacht hatte.
"Ihr versteht euch ja ausgesprochen gut." Kirgo legte Mara lächelnd eine Hand auf ihren Kopf.
"Nun, sie ist fast wie eine Tochter, die ich nie hatte." Mara grinste uns an, doch machte sie dann einen eher bedrückten Eindruck.
"Ich habe Hunger." "Dann nimm dir doch was zu essen, oder willst du etwa, dass ich dich füttere?",
fragte Kirgo sie. "Ich will das nicht essen, Ich..."
Sie sah nervös hin und her.
"Ich... Ich.... Ich geh raus."
Sie sprang von Kirgos Schoß auf und flog davon. Kirgo wollte erst aufstehen und ihr nach, doch hinderte Krain ihn.
"Lass, sie muss selbst damit klarkommen." Ran sah sie fragend an.
"Womit klarkommen?" "Blutdurst. Viele Klippenharpyien haben ihn, den Hunger nach frischem Fleisch." "Ich habe ihn nicht",
meldete sich Kiara.
"Ich auch nicht",
tat es Kira ihr im emotionslosen Ton nach. Ich sah zu Korra

und dann wieder zu Krain.
"Bei dir hätte ich es eigentlich wissen müssen, so wie du zubeißt“, sagte ich und griff mir in den vernarbten Nacken. Krain sah auf ihren Teller herab.
"Tut mir leid." „Irgendwas stimmt nicht mit ihr, sie war doch sonst immer so lebensfroh, so wie ihre Schwestern...naja, zumindest so wie Kiara“, dachte ich mir und gab ihr einen aufmunternden Kuss.
"Macht doch nichts, ich bin hart im Nehmen." Kirgo lächelte uns an.
"Habt ihr schon gewusst, im Magiertrakt gibt es ein riesiges Bad." Ich sah ihn an.
"Wirklich?"
Ich fing an zu grinsen.
"Das sollten wir uns heute Abend mal ansehen“,
sagte ich und lächelte Krain an. "Im Ganzen sind es sogar drei Bäder“, korrigierte Ran Kirgos Aussage.
"Aber leider wurden die anderen beiden nicht fertig gestellt, damit bleibt es dann doch bei einem".

Ich sah Kira und Kiara fragend an.
"Ihr wollt also, dass ich mitkomme und euch helfe, wollt mir aber nicht sagen, worum es geht." Kiara nickte eifrig.
"Genau, also komm." "Sehr verdächtig“,
sagte ich, doch legte ich das Buch mit dem Titel 'Die üblichen Verdächtigen' bei Seite und stand auf. Kiara sah mich mürrisch an.
"Eine ganze Bibliothek voller magischer Bücher, und du liest einen Krimi." Ich seufzte, und sie gingen vor.
"Der ganze Magiekram ist nichts für mich, ich bleibe lieber bei der Alchemie und ein wenig Unterhaltung." Wir verließen die Bibliothek und betraten einen langen Gang. "Sag mal, wisst ihr eigentlich, wo Krain ist, seit dem

Frühstück habe ich sie nämlich nicht mehr gesehen?", fragte ich, und Kira drehte sich zu mir:
"Krain wird abgelenkt." "Sie trainiert, Krain ist mit Korra draußen und trainiert“,
erklärte Kiara schnell. "Hm, wirklich verdächtig“,
dachte ich laut, woraufhin mich Kiara genervt ansah.
"Jetzt mal wirklich, du solltest weniger Krimis lesen."
Schließlich erreichten wir ihr Quartier, und kaum, dass ich drin war, schlossen sie die Tür und stürzten sich auf mich. Es ging zu schnell, als dass ich hätte reagieren können, und so hielt Kiara meine Beine fest, während Kira meine Arme fixierte. "Was soll das?“,
fragte ich überrascht und versuchte, mich zu befreien. Verdammt, Harpyien sind einfach so unglaublich stark. "Weißt du, früher haben wir uns immer alles geteilt“,
sagte Kira. "Genau, und wir finden es gemein, dass sie dich nicht teilt und den ganzen Spaß für sich behält“,
sprach Kiara weiter. Ich sah sie fassungslos an.
"Habe ich das richtig verstanden, ihr wollt..." "Sex Sex Sex Sex Sex”,
unterbrach mich Kira. Ich versuchte, mich zu befreien.
"Ahh, geht runter von mir, ihr Spatzenhirne, ihr könnt das mit meinem Bruder machen, aber nicht mit mir." Kiara sah beleidigt zur Seite.
"Dein Bruder ist gemein, ich mag ihn nicht." "Immer macht er sich darüber lustig, dass wir keine Hände haben“, erklärte Kira. Bruder, warum, du machst die Hand-Witze, und ich darf es ausbaden.
"Was würde Krain dazu sagen?" "Das ist jetzt gerade egal“, antwortete Kiara, und ihre Schwester sah sie fragend an.
"Was machen wir jetzt? Ohne Hände können wir ihn nicht ausziehen“,
bemerkte sie. Ich entspannte mich und sah Kiara ruhig an,

"Warum tust du das, bist du etwa neidisch auf Krain?" Jetzt, wo ich genauer darüber nachdachte, machte es Sinn. Schon zu Anfang hatte Kiara eine entsprechende Andeutung gemacht, und in letzter Zeit war ich immer zu von ihnen umgeben. "Ob eine solche Beziehung gut gehen würde, es wäre für mich gut vorstellbar", dachte ich und schämte mich gleich drauf für diesen Gedanken. Kiara sah mich sauer an.
"Ich bin doch nicht neidisch." "Warum dann ausgerechnet ich?", wollte ich wissen, obwohl ich die Antwort eigentlich schon kannte. "Sie mag dich",
sagte Kira in ihrem gewohnt emotionslosen Ton. "Und ich mag dich auch, aber nicht wie Kiara und Krain es tun. Ich will einfach nur Sex, und du bist das passende Opfer."
Ich sah sie schief an. "Zumindest ehrlich", dann sah ich wieder zu Kiara, die rot wurde. "Ja, ich mag dich! Ich will dich und nur dich, ein Problem damit?",
schrie sie mich an. "Du bist schon irgendwie süß, tu, was du nicht lassen kannst, doch denk daran, dass sie davon erfahren wird",
sagte ich mit fester Stimme.
"Ich liebe Krain, ich werde ihr das nicht verheimlichen." Kiara zögerte, doch dann zerriss sie mit ihren Klauen meine Kleidung, sodass ich nun nackt dalag. Geschickt zogen sie sich abwechselnd schnell aus, sodass eine mich immer festhalten konnte. Kira, die genau über meinem Gesicht stand und meine Arme fixierte, sah mich an.
"Gefällt dir die Aussicht?"
"Ein wenig", gestand ich. "Ich habe Probleme, von denen andere nur träumen..." "Dein Körper sagt mehr als nur ein wenig",
sagte Kiara. Sie zögerte erneut, doch hatte sie die Grenze bereits beim Zerreißen meiner Kleider überschritten. Nach

endlos langen Momenten, in der die beiden mich zu Lust und Leidenschaft zwangen, entspannte sich die Situation. Wir lagen im Bett, und Kira und Kiara lagen in meinen Armen. Zwischenzeitlich hatte ich sicher die Gelegenheit zur Gegenwehr gehabt, doch hatte ich auch was für Kira und Kiara übrig.

"Weißt du, ich mag euch auch, sehr sogar, doch werde ich euch niemals lieben können, zumindest nicht so, wie ich Krain Liebe, das muss euch bewusst sein."

Kiara kuschelte sich enger an mich.

"Das ist mir egal, solange du mich so hältst, wie du es jetzt tust." "Eine wirklich süße Antwort", dachte ich mir, gefolgt von einem "Ich bin so ein triebgesteuerter Idiot, Krain wird mir das nie verzeihen". Ich stand auf und zog mir was von ihren Sachen über. "Du willst es ihr wirklich sagen? Sie wird uns dafür hassen, das weißt du",

sagte Kira, doch nickte ich nur und ging. Nachdem ich mich in meinem Quartier umgezogen hatte, suchte ich Krain voller Schuldgefühle auf und fand sie schließlich auch. "Hey.....Krain, ich muss dir was gestehen.." Ich beichtete ihr alles, doch anstatt mich anzuschreien, davon zu fliegen, oder zu weinen, fing sie an zu lachen.

"Ich wusste bereits, dass sie etwas vorhatten Rim, ich kenne meine Schwestern."

Ich sah sie fassungslos an.

"Es tut mir wirklich leid, aber, es stört dich wirklich nicht?", fragte ich, und sie sah zu Boden. Dann sah sie mich liebevoll an.

"Ich bin enttäuscht, dennoch sind es meine Schwestern, ich werde sie genau so wenig hassen können wie dich. Es ist für mich in Ordnung." "Und du bist mir wirklich nicht böse?", hakte ich noch einmal nach. "Positiv denken, so weiß ich zumindest, dass ich ein Auge auf dich haben muss, wenn

Frauen in der Nähe sind." Ihre Worte versetzten mir einen tiefen Stich der Schuld. "Und schließlich habe ich ihnen etwas voraus“,
fügte sie hinzu, worauf hin ich sie verwirrt ansah.
"Und was?" Sie grinste breit.
"Das wirst du bald erfahren." Sie hatte ihren Schwestern etwas voraus, doch sollte ich zu diesem Zeitpunkt noch nicht ahnen, was auf mich zu kam.

Ich betrat auf der Suche nach Rim den Garten hinter der Bibliothek. Es war ein herrliches Idyll. Weiter hinten sah ich Kirgo, der mit Mara spielte. "Hey Kirgo."
Ich lächelte ihn und Mara an. "Die Kleine hat es dir echt angetan“,
bemerkte ich. Er nickte. "Ich hab es nur ihr und ihrem sonnigen Gemüt zu verdanken, dass ich meine Angst gegenüber der Magie überwunden habe."
Mara kam angeflogen und lächelte mich an.
"Ran, komm, spiel mit." "Tut mir leid, ich habe gerade keine Zeit."
Ich wendete mich wieder an Kirgo.
"Weißt du, wo Rim ist, er vernachlässigt in letzter Zeit immer mehr sein Training."
Kirgo überlegte.
"Wenn er nicht in der Bibliothek Bücher wälzt, dann hockt er sicher in seinem Zimmer."
Ich schlug mir vor die Stirn.
"Warum bin ich nicht selbst darauf gekommen." “ Ich bin gespannt, ob er überhaupt noch kämpfen kann, so wie er sein Training vernachlässigt“, dachte ich mir, während ich sein Quartier aufsuchte. Mit den Worten "Komm, Training" betrat ich sein Zimmer und musste feststellen, dass er nicht alleine war. Tatsächlich vergnügte er sich gerade, und

nicht nur mit Krain, denn auch Kira und Kiara räkelten sich nackt um ihn. Es war, als wäre die Zeit eingefroren. Wir starrten uns nur gegenseitig an. Langsam schloss ich wieder die Tür und ging. "Ich habe nichts gesehen, das ist niemals passiert“, redete ich mir ein. Ich ging wieder hoch in den Garten und ließ mich seufzend unter einem Baum nieder. "He, wieso so geknickt?" Ich sah hoch in den Baum und blickte in zwei bedrohliche Augen. "Korra, richtig?",
fragte ich. Sie sprang aus dem Baum und ließ sich neben mir nieder.
"Das ist richtig." "Wie kommt es, dass du dich so oft blicken lässt? Ich dachte, du hasst uns Menschen?",
fragte ich direkt. "Der Vorfall mit Wolf hat meine Sicht, zumindest was euch angeht, geändert“,
erklärte sie.
"Ihr könnt stolz darauf sein, mein Vertrauen zu haben." Ich lachte.
"Da bin ich aber froh, dass mir diese Ehre zu Teil wird“,
scherzte ich, woraufhin sie nur seufzte.
"Ich bin nicht gut in so was, aber erzähl, was liegt dir auf dem Herzen?" Ich sah tief in ihre mordlüsternen goldenen Augen.
"Ich , ich liebe dich."
Sie sah mich mit einem undeutbaren Blick an, dann fing ich an zu lachen.
"Nur ein Witz, dasselb...."
Sie schlug mich mit ihrem Flügel so hart, dass ich sie nur verwundert anblinzelte und aus irgendeinen Grund fühlte ich mich jetzt schlecht. "Es tut mir leid“,
sagte ich seufzend.
"Bei allen scheint es ja gut zu laufen, Rim hat deine Schwestern, Kirgo hat in Mara eine Tochter gefunden, die er nie hatte, und Wolf wird auch bald auf den Beinen sein.

Und ich? Ich bleibe auf der Strecke. Rim nimmt sich nicht mal die Zeit mit mir zu trainieren." Ich seufzte tief und wurde kurz darauf durch die Luft geschleudert. Ich sah Korra an, und sie erwiderte meinen Blick mit einer Kaltherzigkeit, die ich sonst nur von Idashi, dem Dämon kannte.
"Komm, trainieren wir." Ich stand auf und zog mein Schwert. Nachdenklich blickte ich auf die Klinge herab. "Bist du dir sicher? Das ist kein Übungsschwert." "Als wenn du mich mit deinem Zahnstocher verletzen könntest“, erwiderte sie nur, und ich konnte ganz deutlich die Mordlust in ihrer Stimme hören.
Die Sonne ging bereits unter, und wir kämpften immer noch, doch schließlich ließen wir uns erschöpft unter einem Baum nieder. "Du bist gut“,
bemerkte ich schwer atmend. "Für einen Menschen bist du auch nicht schlecht." Ich stand wieder auf.
"Trainieren wir morgen wieder?" Sie grinste mich an.
"Morgen werde ich gewinnen." "Das werden wir sehen“,
erwiderte ich und ging. Müde rieb ich mir den Nacken und blieb dann nachdenklich stehen.

"Moment mal, sagte Kirgo nicht was von einem großen Bad im Magiertrakt?", dachte ich laut. Ich suchte mein Zimmer auf, bewaffnete mich mit einem Handtuch und ausreichend Wein und suchte das Bad im Magiertrakt. Schließlich fand ich das Bad, doch bevor ich es betrat, sah ich Korra.
"Was machst du denn hier?" Sie grinste mich finster an.
"Wonach sieht es denn aus, ich nehme ein Bad." "Hm, wenn es dich nicht stört, mit mir zu baden, denn ich werde nicht warten, bis du fertig bist“,
sagte ich entschieden und betrat die Umkleide. "Und ich werde sicher nicht warten, bis du fertig bist“,

erwiderte sie und folgte mir. Ich beobachtete sie, während ich mich auszog, und sie tat das gleiche.
"Dafür, dass es dich nicht stört, wirst du aber ziemlich rot", sagte ich grinsend. Sie sah verlegen zu Boden. "Unglaublich, das ist das erste Mal, dass sie keine Bösartigkeit, oder Mordlust ausstrahlt.....Sie wirkte in diesem Moment wie eine normale Frau." Plötzlich setzte sie zu einem Klauenstoß an, dem ich gerade so ausweichen konnte. "Verdammt, hätte sie mich getroffen, wäre ich sicher tot".
"Bist du verrückt, willst du mich umbringen?",
schrie ich sie an. "Dann schau weg!",
schrie sie zurück, und mir wurde erst jetzt bewusst, dass ich sie die ganze Zeit anstarrte. Nun wurde ich rot und drehte mich schnell um.
"Tut mir leid, ich wollte dich nicht anstarren, ich war in Gedanken." "Ich möchte nicht wissen, was das wohl für Gedanken waren", sagte sie sauer und betrat das Bad. Ich folgte und staunte über die riesige, in den Boden eingelassene Wanne. Sofort ging ich rein und ließ einen Seufzer der Entspannung erklingen. Korra tat das gleiche und ich musste daraufhin lachen. "Was ist so lustig?" Ich lächelte sie an.
"Mir ist nur aufgefallen, dass wir uns ähnlicher sind, als wir vielleicht wahr haben wollen."
Sie überlegte, doch dann lächelte sie zurück.
"Du könntest Recht haben." Ich verließ kurz das Bad, um den Wein aus der Umkleide zu holen und stieg dann zu ihr in die Wanne. Ich machte mir mein Glas voll und reichte ihr die Flasche.
"Hier, die wirst du doch mit deinen Klauen halten können."
Sie nahm die Flasche an.
"Natürlich, unsere Flügelkralle ist fast wie der Daumen von

euch Menschen, nur Gegenstände, die zu groß oder zu klein sind, machen Probleme.
"Sie rückte ein Stück von mir weg.
"Versuch etwas und ich töte dich." Ich lächelte sie nur an.
"Keine Sorge, ich stehen nicht so auf Harpyien."
Ich hob mein Glas.
"Zum Wohl“, prostete ich ihr freudig zu.
Als ich am nächsten Morgen erwachte, dröhnte mir der Schädel, und ich bewegte träge den Kopf.
"War doch zu viel Wein“,
brabbelte ich vor mich hin und bemerkte, dass Korra neben mir im Bett lag. Sofort machte ich einen gewaltigen Satz aus dem Bett.
“Ich bin tot, ich bin so gut wie tot“, dachte ich und versuchte verzweifelt, mich an den gestrigen Abend zu erinnern. Korra erwachte mit einer ähnlichen Reaktion wie ich und sah mich fragend an.
"Haben wir etwa?",
fragte sie mich.
Erinnerungsfetzen zogen an meinem geistigen Auge vorbei, doch nichts, was andeuten würde, dass Korra und ich Sex hatten. Ich atmete auf, dennoch, so wie sie mich ansah, wusste sie mehr als ich. Sie hatte wohl den ersten Schreck überwunden, denn sie zog sich schnell an und verließ das Zimmer. "Das wird noch Ärger geben“,
dachte ich laut und zog mich auch an. Am Frühstückstisch ließ sich Korra nichts anmerken. Wir sahen alle auf, als Shiida überraschenderweise herein kam. "Idashi, bist du endlich fertig?", fragte ich mit festem Blick, doch ignorierte sie mich und stürzte sich auf das Essen. Nachdem sie etliches hinunter geschlungen hatte, sah sie mit vollem Mund in die Runde.
"Was denn, ich habe Hunger, ich habe seit Tagen nichts

mehr gegessen." "Shiida?",
platzte Kirgo überrascht heraus. Sie leerte ihren Mund und nickte.
"Heute Abend ist das Ritual, wenn der Mond seinen höchsten Stand erreicht." "Und er hat einfach so die Kontrolle wieder dir übergeben?",
fragte Rim, woraufhin sie nickte.
"Bis heute Abend, denn das Ritual kann nur er durchführen“, erklärte sie und ließ den Blick durch die Runde gehen.
"Was habe ich verpasst?"
Ich gähnte laut.
"Nicht viel, Rim führt jetzt ne dreifach Beziehung, Kirgo zieht ganz väterlich Mara auf, und ich habe in Korra endlich einen ebenbürtigen Gegner gefunden." "Ha, ebenbürtig, heute Mittag mach ich dich fertig“,
sagte Korra und sah mich wieder mordlüstern an. Shiida sah Rim und die Harpyien überrascht an, und diese sahen mich an.
"Was denn, wieso ein Geheimnis draus machen."
Ich stand vom Tisch auf und schlenderte davon.
"Hab noch viel vor, wir sehen uns heute Abend." Nachdem ich in der Bibliothek mehrere Bücher bezüglich Elementarmagie studiert habe, war es endlich Zeit für den Rückkampf. Als ich den Garten betrat, wartete Korra schon auf mich. Kaum, dass ich mein Schwert gezogen hatte, schlug sie schon erbarmungslos auf mich ein. Ihre Klauenhiebe wurden immer stärker. Um aus der Verteidigung zu kommen, holte ich zum Gegenschlag aus und traf sie tatsächlich. Sie wich zurück, und ich konnte sehen, wo ich sie am Bauch getroffen hatte, da sich dort eine Blutlinie abmalte.
"Damit habe ich gewonnen“,

sagte ich und wollte gerade mein Schwert wegstecken, als Korra plötzlich auf mich zustürmte. Ihr Angriff schleuderte mich gut 30 Fuß weg, und ich war mir sicher, dass drei meiner Rippen gebrochen waren. Ich wollte aufstehen, doch stürzte Korra sich auf mich und drückte mich zu Boden. "Das reicht. Ich habe verloren, ich habe verloren!",
schrie ich sie an, aber sie reagierte nicht. Sie beugte sich zu mir runter und gab mir einen wilden Zungenkuss und ich erkannte in Ihren Augen ein unstillbares Verlangen, dann biss sie mir ein großes Stück aus dem Nacken. Ich schrie vor Schmerz auf und spürte wie sich mein ganzes Hemd mit Blut vollsog. Verdammt, ich glaube, es ist der Blutdurst. Der Kampf muss sie in Rage versetzt haben. Sie Biss ein weiteres Stück aus meinem
Nacken, und ich schubste sie weg. Schnell zog ich ein Reagenzglas mit einem Heiltrank aus meiner Tasche und nahm ihn hektisch ein. “Das wird mich vorläufig vor den Tod bewahren, zumindest, wenn Rims Trank funktioniert“, dachte ich mir und rief laut um Hilfe. Wieder wurde ich von ihr zu Boden gepresst und ich merkte, wie meine Kräfte nachließen. Verzweifelt schlug ich nach ihr, doch biss sie mir als Folge ein riesiges Stück aus den Arm, wodurch ich ihn nicht mehr gebrauchen konnte, dann merkte ich, wie ihre Krallen meinen Bauch entlang fuhren, und alles wurde schwarz.

Langsam wachte ich auf und sah Shiida, doch ihr Blick verriet mir, dass es nicht Shiida war.
"Verdammt Idashi, ich war noch nie so froh, dich zu sehen."
Nicht nur Idashi war da, sondern auch Rim und Krain.
"Wie geht es dir?", fragte Krain schuldbewusst. Ich grinste

sie nur an und tastete mich ab.
"Alles bestens, zum Glück halte ich immer einen Heiltrank bei mir, so konnte ich mein Leiden verlängern."
Rim sah mich seufzend an.
"Das ist nicht lustig, du hättest sterben können." "Du hast Talent“,
bemerkte Idashi.
"Als ich dich fand, hatte sie sich bereits an dir satt gefressen, das zeugt von der guten Qualität deines Heiltranks."
Ich lächelte Idashi an.
"Das Talent bin nicht ich, mein Bruder hat den Heiltrank gemacht."
Rim lächelte verlegen. Plötzlich brach Idashi zusammen. Ich wollte ihm wieder aufhelfen, doch wehrte er mich ab.
"Es geht schon, er hat nur zu viel Magie verbraucht." "Er? Bist du das wieder, Shiida?",
fragte Rim. "Ahhh Mann, das wird langsam zu verwirrend. Mal bist du er, dann bist du wieder du."
Ich seufzte.
"Sagt mir lieber, wo Korra ist und wie es ihr geht?"
Ich stand auf und sah fragend in die Runde. "Meine Schwestern kümmern sich um sie“,
sagte Krain. Ich sah nachdenklich ins Leere, dann sah ich wieder auf.
"Nun ja, ich werde mich dann mal ein wenig ausruhen“,
sagte ich und ging. In meinem Zimmer zog ich mir frische Sachen an und schmiss mich aufs Bett. “Wie meinte er das, sie habe sich an mir satt gefressen?...“ Als mir ein kalter Schauer über den Rücken lief, schüttelte ich den Gedanken ab und versuchte, ein wenig zu schlafen. Am Abend beschloss ich, das Essen sausen zu lassen, um mich dafür im Bad zu entspannen. Ich ließ die Gedanken einfach

treiben, bis ich aus der Umkleide jemanden hörte. " Ist das Korra...hm, wieso kommt sie nicht?"
"Hey, steh da nicht rum, komm rein." "Bist du dir sicher?", erklang Shiidas Stimme und ich schreckte auf. "Shiida? Warum bist du da?"
Sie kicherte.
"Hattest du jemanden anderes erwartet? Wenn es dich stört, dann geh ich wieder." Ich seufzte. "Ich seufze viel in letzter Zeit", bemerkte ich. "Komm rein, schließlich weißt du nicht, wie lange du dich noch frei bewegen kannst",
sagte ich und füllte ein zweites Glas mit Wein, welches ich vorausschauenderweise mit gebracht hatte, falls Korra gekommen wäre. Als Shiida rein kam, musste ich eine Woge der Erregung unterdrücken. "Sie ist heiß", dachte ich und spürte das Brennen eines Schlages im Gesicht.
"Wenn du weiter starrst, schlage ich das nächste Mal mit der Faust zu",
warnte sie mich, und ich reichte ihr ein Glas.
"Ich hör ja schon auf zu starren, du hättest mich aber nicht gleich schlagen müssen. Wie geht es dir eigentlich?"
Sie nahm einen großzügigen Schluck.
"Den Umständen entsprechend. Es ist hart, denn auch wenn Idashi die Kontrolle hat, bekomme ich alles mit, aber viel wichtiger ist, wie es dir geht?",
erwiderte sie. Ich schüttelte nur den Kopf.
"Ich sagte doch, alles in Ordnung." Sie ist so süß, wenn sie sich Sorgen macht. Sie kam etwas näher.
"Habe ich was Falsches gesagt, oder wieso freust du dich so, mich zu sehen?",
fragte sie und starrte zu mir ins Wasser. Ich konnte nicht widerstehen. Ich packte sie und küsste sie, daraufhin brach sie mir mit einer Kopfnuss das Nasenbein und sah mich wütend an.

"Noch einmal und ich bringe dich um."
Ich stöhnte vor Schmerzen auf, trotzdem konnte ich mir einen Spruch nicht verkneifen.
"Du bist heiß, wenn du wütend bist“,
sagte ich und suchte schnell das Weite, doch blieb Shiida entspannt und seufzte nur. "Sag mal, wie kommt es, dass Idashi mich heilen konnte? Meine Verletzungen waren doch erheblich schlimmer, als die von Wolf." Bei dieser Frage veränderte sich ihr Blick, was mir verriet, dass Idashi wieder die Kontrolle hatte. "Guten Abend Randorio. Deine Frage ist leicht zu beantworten“, fing er an zu erklären. "Einen toten Körper kann man nicht heilen. Der Heiltrank hatte dich am Leben gehalten, so konnte ich dich heilen, doch Wolf war tatsächlich gestorben, und seine Seele war versucht, den Körper zu verlassen. Im Moment sind Körper und Seele nur durch ein Siegel verbunden, doch der Körper ist immer noch tot und da ein toter Körper verwest, ist es wichtig, ihn wieder zu beleben.

Seelnschlüssel

Kapitel 8

Es war so weit, das Ritual durchzuführen. Bei Nacht verließen wir die Akademie und gingen in den Wald unten im Tal. "Die Wiederbelebung muss an einem natürlichen Ort stattfinden“, hatte Idashi gesagt, und so brachten wir Wolf runter in den Wald, an einen kleinen See.

"Der stinkt“,

bemerkte ich und verzog das Gesicht. Rim sah mich säuerlich an.

"Halt die Klappe, natürlich stinkt er, er ist ja schon seit über zwei Wochen tot." "Glaubst du, es klappt?",

fragte ich. "Es muss klappen, es würde Shiida sonst zerstören." Ich sah auf.

"Da ist ja der See."

Die anderen warteten schon, und wir legten Wolf in die Mitte eines großen Runenzirkels. Im Zirkel waren drei Ecken hervorgehoben, dort stellten sich Rim, Kirgo und ich uns hin, Idashi stand in der Mitte und verabreichte Wolf einen Trank, dann sah er zu uns.

"Wenn Wolf erwacht, dann sprecht euren Vers, wiederholt ihn, bis ich euch sage, dass ihr aufhören könnt."

Idashi hob die Hand und vertrieb die Wolken, die den Vollmond verdeckten und fing an, eine Formel zu flüstern. Wolf erwachte, und wir flüsterten unsere Verse, immer und immer wieder. Der Runenzirkel fing an zu leuchten. “Das ist unglaublich“, dachte ich, unablässig meinen Vers wiederholend. Die Luft fing an zu vibrieren, und plötzlich wurde Idashi von einem Lichtblitz auf den See hinausgeschleudert. "Das Siegel wurde also wirklich gebrochen“,

hörte ich eine finstere Stimme, und aus dem Wald kam jemand. Es war ein Krieger in schwerer, östlicher Rüstung,

auf dem Rücken trug er schwarze Schwingen, und auf dem Kopf saßen die Hörner eines Dämons. Seine Erscheinung war furchteinflößend.
"Was auch passiert, unterbrecht nicht das Ritual!",
rief Idashi. Er kam auf uns zu und lächelte den Fremden an.
"Welch eine Überraschung, dich zu sehen, Röchije."
Wieder vibrierte die Luft, und Röchije feuerte einen weiteren Lichtblitz auf Idashi, der jedoch ausweichen konnte. "Tsandress prophezeite, dass das Siegel bricht, daher haben wir vorgesorgt, indem wir auch mich versiegelten“,
sagte Röchije und nährte sich dem Runenzirkel. "Lass es sein, ich bin nicht mehr der von damals“,
sagte Idashi und führte das Ritual fort. Röchije kam näher, als Krain ihm plötzlich den Weg vertrat.
"Ich bitte euch, hört auf, er will doch nur unseren Freund wieder holen." Er blickte zu ihr herunter.
"Ihr beschützt ihn? Hahaha, wie dumm kann man sein."
Er schlug sie beiseite.
"Ihr habt doch keine Ahnung wer das überhaupt ist."
Krain richtete sich wieder auf und sah Röchije an.
"Das wissen wir, sehr wohl!" Er blieb stehen und wandte sich an Krain.
"Ihr wisst es und verteidigt ihn dennoch." Ich sah zwischen Krain und Röchije hin und her. “Krain, bitte, tu nichts Dummes!“, dachte ich und war leicht verwirrt, als sie lächelte. Binnen eines Augenblicks stürzten sich Kira und Kiara auf ihn. Sofort zogen sie sich zurück und stellten sich schützend vor den Zirkel. Röchije stand auf, als sei nichts gewesen.
"Idashi, eins muss ich dir lassen, diese künstlichen Körper sind unglaublich."
Überraschenderweise fing Idashi an zu lachen. "Glaubst

du, der Körper verschafft dir einen Vorteil? Ihr wart damals zu schwach und heute ist es nicht anders." Der Zirkel leuchtete nun rot und löste sich dann auf. Schnell eilte Idashi zu Wolf, um nach ihn zu sehen. "Er schläft, aber es war erfolgreich“,
sagte er und knickte ein.

Als würde man in einer Blase sitzen. Man bekommt alles mit, doch ist man unfähig, etwas zu unternehmen, da ein anderer deinen Körper gerade benutzt. Tränen rannen mir über mein Gesicht, als ich Wolf wohlauf sah. "Unsere Magie ist verbraucht, damit ist unser Vorteil hin“,
sagte Idashi.
"Das Kämpfen überlasse ich dir, Shiida." Mit diesen Worten gab er meinen Körper wieder an mich frei, und für einen Moment war alles verschwommen, doch wurde es wieder klar. "Idashi, steh wieder auf!",
rief Ran mir zu.
"Ida......Shiida?" Ich richtete mich auf.
"Bringt euch und Wolf in Sicherheit, diesen Kampf übernehme ich."
Ich zog aus meinen Roben eine kleine Phiole und trank dessen Inhalt. Es war, als würde mein Blut anfangen zu kochen, mein Blick wurde schärfer und der Körper leichter.
Ich zog meine Schwerter und stürmte auf Röchije los. Es war ein harter Kampf, denn er wehrte fast jeden meiner Angriffe ab, doch wurde ich zunehmend schneller, und so kamen immer mehr Schläge durch. Schließlich holte ich zum finalen Schlag aus, doch zielte ich zu weit rechts, absichtlich und verwundete ihn dadurch nur. Schwer atmend stand ich vor ihm. "Es reicht, ich will nicht mehr töten!"
Ich starrte ihn fragend an. Plötzlich wurde ich in die

gedankliche Blase zurückgezogen, und Idashi übernahm die Führung.
"Keine Sorge Shiida, ich beseitige das Problem."
Er ließ die Schwerter fallen und zog dafür meinen Zeremoniendolch und rammte diesen in Röchijes Brust. Ich sah das Aufleuchten von Runen und spürte, wie mir die Magie entzogen wurde, dann war alles schwarz.

Langsam kam ich zu mir. Jeder einzelne meiner Knochen tat weh. Ich öffnete die Augen und sah Wolf, der auf einem Stuhl neben meinem Bett stand. Sofort fiel ich ihm küssend um den Hals, doch drehte er den Kopf weg. Mir schnürte es das Herz zu. "Wieso, wieso hast du mich nicht sterben lassen. Ich sagte, es sei in Ordnung und dennoch..."
Tränen liefen über sein Gesicht. Ich setzte mich zurück auf das Bett und sah bedrückt zu Boden.
"Ich weiß, es war egoistisch, was ich getan habe."
Ich blickte ihm weinend ins Gesicht.
"Aber ohne dich wäre ich nicht mehr glücklich geworden!"
Wolf setzte sich zu mir und nahm mich in den Arm.
"Es tut mir leid, dass ich so schwach bin."
Es klopfte, und Röchije betrat das Zimmer. Sofort zuckte ich auf, doch Wolf beruhigte mich.
"Schon gut, das ist Idashi." "Idashi?"
Ich sah ihn fragend an, und er machte eine anerkennende Verbeugung.
"Schön, dass ihr wohlauf seid. Ich möchte euch bitten, in die Eingangshalle zu kommen",
sagte er und ging wieder. Ich zögerte nicht lange, dann machte ich mich fertig und ging mit Wolf in die Eingangshalle, wo uns bereits die anderen erwarteten. Sie alle lächelten uns an, doch drehten sie sich nach vorne, als Idashi seine Stimme hob.

"Vor über 300 Jahren rebellierten wir gegen die Unterdrückung der Magier und gegen die Magie selbst, doch rettete ich das magische Wissen in diesen Hallen“, sagte er und breitete demonstrativ die Hände aus.
"Es wird Zeit, dass die Magie in die Welt zurückkehrt. Ihr habt hier das Wissen und die Mittel, ich schenke es euch“, sagte er. Ein Lächeln huschte über sein Gesicht, dann ging er. Während die anderen in einer regen Diskussion versanken, eilte ich Idashi hinterher:
"Idashi, wartet, wo willst du hin?"
Er blieb nicht stehen, doch verlangsamte er sein Tempo.
"Ich gehe und fang ein neues Leben an."
Er sah bedrückt in die Ferne.
"Seit vielen Generationen beobachte ich schon, wie meine Nachfahren das Glück und die Liebe finden. Ich bin neidisch, da ich so etwas nie hatte." "Aber was war mit deiner Frau?",
fragte ich verwundert, woraufhin er seufzte.
"Nur eine arrangierte Ehe, und selbst, wenn nicht, die Rebellion machte eine Beziehung unmöglich, und schließlich versank ich im Wahnsinn." Ich lächelte ihn an.
"Wirst du uns mal besuchen kommen?" Er erwiderte mein Lächeln.
"Ganz bestimmt. Bevor ich gehe, möchte ich noch eins."
Er kniete nieder, um mit mir auf Augenhöhe zu sein.
"Schließe deine Augen." Ich dachte nicht nach und tat es einfach, dann küsste er mich leidenschaftlich.
"Wolf kann sich wirklich glücklich schätzen, dich zu haben“,
sagte er und verschwand. Suchend sah ich mich verwirrt um.
Was....was hatte das denn jetzt zu bedeuten?
Es war eine lange Diskussion, bis wir uns geeinigt hatten,

wie wir weitermachen. Wir entschieden uns, Idashis Wunsch zu berücksichtigen und das Wissen weiter zu tragen, doch zuerst mussten wir uns selbst dieses Wissen aneignen. Shiida hoben wir einstimmig in den Rang der Akademieleiterin, worüber sie allerdings nicht besonders glücklich war. Ich lag draußen im Garten und sah in den tief roten Abendhimmel. "Ran." Ich richtete mich auf, und erblickte Korra.

"Guten Abend Korra." "Ran, also ich...."

Sie sah verunsichert zu Boden. "Wenn du dich entschuldigen willst, kannst du das vergessen", sagte ich, legte mich auf den Rücken und sah wieder in den Himmel.

"Es gibt nichts zu entschuldigen, leg dich lieber zu mir und genieße die Dämmerung."

Sie legte sich zu meiner Rechten und schwieg eine Weile.

"Es tut mir trotzdem leid." Ich lächelte.

"Das weiß ich doch."

Als die Sonne schließlich untergegangen war, stand ich auf. "Weißt du, was jetzt gut wäre? Ein schönes heißes Bad und ein guter Wein",

bemerkte ich und ging. Wie erwartet, kam Korra nach einer Weile zu mir ins Bad, und ich schenkte ihr Wein ein. Sie lehnte sich entspannt zurück.

"Es war eine gute Idee, ein Bad zu nehmen." Ich sah sie fragend an.

"Ich möchte dich was fragen."

Sie sah mich verwundert und gleichermaßen erwartungsvoll an.

"Ich kann mich an den Abend letztens kein Stück weit erinnern. Also hatten wir, oder hatten wir nicht?" Sie wurde rot und gab mir eine Kopfnuss.

"Das wolltest du mich fragen?"

Ich hielt mir das Gesicht.

"Nicht schon wieder die Nase“,
dachte ich laut.
"Was hast du denn erwartet?", fragte ich, was ihr noch mehr die Röte ins Gesicht trieb.
"Ach zur Hölle, ich muss es sagen." “ Bitte sag es nicht, bitte sag es nicht“,... dachte ich hoffnungsvoll. "Ich liebe dich."
Sie sah mich fest an.
"Hast du gehört, ich liebe dich."
“ Verdammt, sie hat es doch gesagt, was mach ich denn jetzt?“ Ich lehnte mich zu ihr rüber und gab ich einen Kuss.
"Ich mag dich und ich finde dich attraktiv, aber lieben kann ich dich nicht."
Ich nahm einen demonstrativen Abstand zu ihr und leerte mein Weinglas. Sie sah niedergeschlagen aus, doch dann blickte sie auf und rutschte zu mir.
"Ich werde nicht aufgeben." Ich seufzte.
"Das habe ich mir gedacht, obwohl ich nicht gedacht hätte, dass du dich in mich verliebst. Eigentlich habe ich sogar gedacht, dass sich jemand wie du in gar niemanden verlieben wird."
Sie drückte sich eng an mich und eine Woge der Erregung kam hoch. Sie bemerkte es und ihr gewohntes bösartiges Grinsen kam zum Vorschein.
"Auch wenn du mich nicht liebst, so können wir doch immer noch zusammen Spaß haben“,
bemerkte sie. Da könnte sie Recht haben, aber ob das eine gute Idee ist?
"Schwanger?"
Ich starrte Krain fassungslos an. "Eine ganze Weile sogar."
Ich setzte mich wieder an den Frühstückstisch und sah auf meinen Teller hinab. "Es tut mir leid, ich wusste nicht, wie ich es dir sagen sollte“, verteidigte sich Krain.

"Da du beim Essen am glücklichsten bist, dachte ich, ich sag es dir jetzt." "Glückwunsch Brüderchen, du wirst Vater“,
sagte Ran und hob sein Glas. Ich seufzte.
"Ein Kind, ich habe doch keine Ahnung von Kindern."
Plötzlich fingen Kira und Korra an zu kichern. "Was ist daran so lustig?",
wollte ich wissen. "Schatz, du weißt schon, Harpyien legen Eier."
Sie gab mir einen entschuldigenden Kuss.
"Das bedeutet, es wird nicht bei einem Kind bleiben, mit 5-10 solltest du schon rechnen." Ich schlug die Hände über den Kopf.
"Ich glaub, mir wird schlecht."
Ich stand vom Tisch auf und verließ fluchtartig den Speisesaal.

"Ich habe doch gesagt, die Bibliothek ist morgens am schönsten“, sagte ich, nahm ein Buch aus dem Regal und reichte es Wolf.
"Hier." Das ist das Richtige für dich, das direkte Kanalisieren und Manifestieren."
Wolf gab mir ein Kuss und lächelte mich an. "Du nimmst die Sache ja ziemlich ernst“,
bemerkte er. "Ich weiß nicht, die Leitung zu übernehmen, ist Arbeit, doch macht es mir Spaß."
Ich ließ meinen Blick durch die Bibliothek schweifen.
"Stell dir vor, hier würden Dutzende von Novizen herum laufen, auf der Suche nach bestimmten Büchern und sich dann gemütlich in einen der Sessel werfen, um die Lektüren ausgiebig zu studieren." Wolf starrte mich lächelnd an.

"Was ist, wieso siehst du mich so an?",
fragte ich. "So, wie du redest, lässt mich nachdenken."
Er seufzte, doch war es kein genervtes Seufzen, sondern ein fröhliches Seufzen. "Shi, kann es sein, dass du dir Kinder wünschst?" "Was, Kinder, nein",
stritt ich es sofort ab. "Und bitte, lass dieses Shi sein, ich kann diese Verniedlichungen nicht leiden", setzte ich mürrisch nach.
"Außerdem werden hier in Zukunft genug Kinder rumrennen, oder besser gesagt rumflattern."
Ich zog ein Buch mit dem Titel 'Geschichte der Magie' aus dem Regal und setzte mich dann damit zu Wolf, der mich wissend ansah. "Das hörte sich nicht überzeugend an",
sagte er. "Na gut, irgendwann will ich mal Kinder, aber nicht jetzt. Andere Frage, was machen wir mit Kirgo, er hat ja überhaupt kein Interesse an Magie?" "Das habe ich schon geregelt",
sagte Wolf und sprach weiter.
"Kirgo wird vorerst unten ins Dorf gehen und sich als Schmied betätigen, und wenn es soweit ist, wird er die Tierwesen und Halbmenschen betreuen."
Ich nickte zustimmend.
"Klingt nach einem Plan. Also fassen wir zusammen",
fing ich an und holte Luft.
"Du übernimmst Kampf und Verteidigung, Rim die Alchemie und Astronomie, Ran wollte Elementarmagie lehren, ein umfangreiches Thema",
bemerkte ich.
"Krain unterrichtet Wesenkunde und ich, ich übernehme dann Runenmagie und Formelzauber." Wolf gähnte laut.
"Jetzt müssen wir unsere Gebiete nur noch meistern und genug Schüler zusammentrommeln." Ich seufzte.
"Letzteres wird am schwersten, denn wir sind ausgerechnet

in der Region, in der die Magie am meisten verhasst wird." Wolf hob seine Hand und fuhr mir mit den Fingern durchs Haar. "Verhasst, oder nicht, dein Haar gefiel mir in Rot besser." Ich sah auf meine Strähnen runter und lächelte schief. "Eigentlich habe ich sie nur aus Gewohnheit wieder gefärbt, obwohl ich zugeben muss, dass mir Schwarz ganz gut gefällt“, sagte ich und lächelte Wolf an. "Aber, wenn du es dir wünscht, dann lasse ich das Färben sein."

Kapitel 8

7 Wochen später

Alles lief gut, sogar besser als erwartet, und die Fortschritte, die wir täglich machten, waren enorm, doch blieb ein Problem, das es noch zu lösen galt, die Akzeptanz der Mitmenschen. So kam es dazu, dass wir, also Krain, Kira, Kiara und ich, zum Einkauf in die nahe gelegene Stadt gingen. Ich sah Krain an, die sich verunsichert umsah.
"Ob das eine gute Idee war? Die Menschen starren mich alle an." Ich lächelte sie an und gab ihr einen Kuss.
"Sollen sie doch starren, immerhin ist es vermutlich das erste Mal, dass sie eine Harpyie sehen."
Kiara fing an zu kichern.
"Und eine schwangere noch dazu."
"Es ist aufregend, unter Menschen zu sein“,
sagte Kira in ihrem gewohnt emotionslosen Ton.
"Stimmt, du klingst wahnsinnig aufgeregt“,
bemerkte ich und erblickte den Schneider. Als wir die Schneiderei betraten, wichen die Kunden angsterfüllt vor uns zurück und ein Raunen ging durch den Laden. Ich ging auf den lang gewachsenen Schneider zu, der mich mit großen Augen anstarrte.
"W....was, kann ich für euch tun?",
fragte er zitternd. Ich lächelte ihn freundlich an.
"Ich bräuchte ein paar neue Kleider für meine Freundinnen“,
sagte ich und deutete auf die drei, die versuchten, nicht bedrohlich auszusehen. Der Mann zögerte und sah zwischen uns hin und her, dann fing ich an zu lachen.
"Nur keine Angst, die tun doch nichts."

Krain sah mich sauer an.
"Hör auf zu lachen, alle haben Angst vor uns."
"Und die, die keine Angst haben, sehen in uns Trophäen, die sie sich über den Kamin hängen können“,
fügte Kira hinzu.
Nachdem der Schneider seine Angst überwunden hatte, fing er an, Maß zu nehmen. Wir warteten, bis er das Probestück fertig hatte, dann reichte er es Kiara.
"Hier, probiert es an."
Kiara verschwand damit in einer kleinen Kabine und kam kurz darauf wieder raus.
"Es passt, und es war wirklich leicht anzuziehen“,
sagte sie freudig. Der Schneider machte eine tiefe Verbeugung.
"Es freut mich, dass es euch gefällt."
Kiara verschwand wieder in der Kabine und kam mit ihren alten Sachen wieder raus. Nachdem wir uns ein paar Muster ausgesucht hatten, feilschte ich noch ein wenig um den Preis und wies ihn dann an, die fertigen Kleider hoch in die Akademie bringen zu lassen. Als nächstes schlenderten wir über den Marktplatz, wo wir großes Aufsehen erregten. Eine der Wachen wurde sogar so nervös, dass sie ihr Schwert zog, doch hielt ihn sein Kamerad im Zaum.
"Ihr seid Harpyien?",
fragte die Wache. Ich sah ihn verwundert an.
"Ihr seid anders als die anderen“,
bemerkte ich. Die Wache lächelte mich schief an.
"Meine Mutter hatte mir immer viele Geschichten vorgelesen. Aber in den Geschichten waren Harpyien nie so süß“,
sagte er und zog einen seiner Panzerhandschuhe aus.
"Darf ich mal anfassen?",

fragte er und kam näher.
"Krain legte ihre Flügel vor den Bauch und starrte die Wache finster an.
"Fass mich an und ich töte dich."
"Tu lieber, was sie sagt, sie meint es ernst“,
warnte ich ihn und er nahm sofort Abstand, doch kamen Kira und Kiara auf ihn zu.
"Weil du uns süß genannt hast, darfst du mal anfassen“,
sagte Kiara und streckte ihren Flügel aus. Lächelnd fuhr die Wache mit der Hand darüber.
"Ist wirklich wie bei einem Vogel. Könnt ihr denn auch wirklich fliegen?"
"Bosmier“,
sagte die andere Wache ungeduldig.
"Ah, es tut mir leid, ich muss los. Es freut mich, euch kennen gelernt zu haben“,
sagte er mit einer höflichen Verbeugung und eilte dann seinem Kollegen hinterher.
"Schön, dass nicht alle Menschen gleich sind, nicht?",
sagte ich. Ich legte meinen Arm um Krain und küsste sie, doch stieß sie mich weg.
"Fass mich nicht an."
Unsicher sah sie zu Boden.
"Hier sind zu viele Menschen, ich will hier weg, ich mag die Stadt nicht."
Ich seufzte.
"Ihr habt sie gehört, auf nach Hause." "Rim, morgen kommen wir aber noch mal her?!", fragte Kiara mit Nachdruck. "Wenn du mich sooo darum bittest“, antwortete ich, woraufhin sie mir entgegensprang und einen freudigen Kuss gab. Einige Leute blieben stehen und starrten mich an, ein paar erschrocken, andere eher angewidert.

Ich kam gerade aus dem Speisesaal, als ich Rim und seine Freundinnen sah.
"Hey, ihr seid ja wieder zurück."
Rim zuckte die Schultern.
"Krain konnte keine Menschen mehr sehen“,
sagte er und sah mich fragend an.
"Weißt du wo, Ran ist, da ich ja jetzt Zeit habe, werde ich dem Training doch mal beiwohnen."
Ich zuckte nur die Schultern. "Shiida“,
rief Kirgo, der gerade mit Mara die große Treppe herunter kam.
"Ich habe mir ein paar Bücher eingepackt, wenn das in Ordnung ist?"
Ich nickte zustimmend.
"In Ordnung, mach nur." "Gut, dann bin ich jetzt weg“,
sagte er und ging. "Shiida! Kirgo darf nicht gehen“,
beschwerte sich Mara, und ich seufzte.
"Er kommt ja wieder, wir sind ja auch noch da." "Ich will aber bei Kirgo bleiben!!!",
zeterte sie weinerlich. Das ist ein Grund keine Kinder zu mögen. Rim kniete sich zu ihr herunter.
"Wenn du willst, können wir ihn ja morgen besuchen." Mara sah zu ihm auf.
"Wirklich?" "Aber nur, wenn du artig bist, sonst gehen wir allein“,
zog Kiara sie auf. "Versprochen, ich werde ganz artig sein“,
sagte Mara mit einem niedlichen Lächeln. "Es tut mir leid, aber eigentlich wollte ich schon längst bei Wolf sein“,
sagte ich, eilte die große Treppe hinauf und dann weiter zum Astronomieturm.
Wolf stand am Geländer und starrte geistesabwesend in die Ferne. Traurigkeit lag in seinen Augen, doch verflog diese, als er mich sah. Ich beschloss, es zu ignorieren. “Wolf wird

schon von alleine auf mich zu kommen und sagen was er auf dem Herzen hat", dachte ich. "Da bist du ja", sagte er und nahm mich in den Arm. Ich überblickte das Land und sonnte mich in der Herrlichkeit des Panoramas. "Hier oben ist wirklich ein schöner Ort", bemerkte ich und genoss einfach Wolfs Nähe.

Wie versprochen, ging ich am nächsten Tag mit Kira und Kiara in in die Stadt, auch Mara hatten wir dabei, da sie unbedingt Kirgo besuchen wollte. Als wir das Dorf nahe der Akademie erreichten, steuerten wir gleich die Schmiede an. "Wir halten uns aber nicht lange auf, schließlich wollen wir noch zur Stadt", erklärte ich, doch hörte Mara mir nicht zu, sondern stürmte gleich davon, als sie Kirgo sah. Kirgo nahm sie in den Arm und sah uns freudig an. "Guten Morgen." "Morgen Kirgo. Wie ist dein erster Tag?", erwiderte ich und sah auf einen Haufen Steine herab, vor dem Kirgo noch gerade gesessen hatte. "Kaum, dass ich gestern hier ankam, kehrte der Alte die
Erze hier aus und meinte, ich solle sie sortieren", schilderte Kirgo und zuckte zusammen, als sein Meister ihm seinen Gehstock vor den Schädel schlug. "Du sollst nicht reden, sondern sortieren...
.....und wen nennst du hier alt?", krächzte der Greis und sah dann zu uns, insbesondere hatte er die Harpyien im Blick. "Ihr seid Freunde von ihm?", fragte er, und wir nickten einstimmig, dann scheuchte er uns weg. "Geht ihn ein anderes Mal besuchen." Wir verabschiedeten uns wieder und gingen dann weiter. "Ein strenger Lehrmeister", stellte Kiara fest und setzte ein freudiges Grinsen auf. "Aber so haben wir mehr Zeit, uns in der Stadt umzusehen", sagte sie, wodurch sie sich böse Blicke von Mara einfing.

Endlich in der Stadt angekommen, erkundeten wir einen Laden nach dem anderen. Es war erstaunlich, wie verschieden die Reaktionen der Menschen waren. Schließlich trafen wir Bosmier, die Wache vom Vortag. "He, ihr, da seid ihr ja wieder“, sprach er uns an, und ich erkannte ihn gleich an seiner freudigen Art. "Weshalb seid ihr alleine?", fragte ich und hielt nach seinem Kollegen Ausschau. "Meine Schicht ist gerade um, und ich wollte was trinken gehen, ich lade euch ein?" Mir kam das komisch vor, doch Kira und Kiara nickten gleich drauf. "Klingt gut, ich bin ohnehin durstig“, erwiderte Kiara. Die Wache sah an mir vorbei und erblickte Mara, die sich hinter mir versteckte. "Und wer bist du?" Mara klammerte sich an mir fest. "Der macht mir Angst......ich mag ihn nicht." “Seine freundliche Art kommt mir auch falsch vor“, dachte ich mir und nahm sein Angebot an.
Die Taverne, in die er uns führte, war klein und hatte nur wenig Kundschaft, doch dafür waren die Krüge umso größer.
Skeptisch sah ich zu Kira und Kiara. "Ob es eine gute Idee ist, denen Alkohol zu geben?", dachte ich laut und wandte mich an Bosmier, der mich wiederum anlächelte. "Ich glaube, wir hatten uns noch nicht vorgestellt. Mein Name lautet Bosmier." Ich erwiderte sein Lächeln. "Ich bin Rimaldin, aber Freunde können mich auch Rim nennen und diese reizenden Damen“, ich deutete auf Kira und Kiara, "Sind meine Geliebten, Kira und Kiara." Kiara fing an zu kichern. "Das hast du aber schön gesagt, Rim." Bosmier sah verwundert zwischen uns hin und her und nahm dann erst mal einen kräftigen Schluck Met. Ich lächelte Mara an, die ihren Krug Honigmilch schon halb leer hatte. "Und das ist momentan die jüngste Harpyie in unserem Heim, Mara." Als Mara bemerkte, dass Bosmier sie ansah, rückte sie nahe

an mich heran und versteckte sich hinter ihrem Getränk. "Sie ist wohl schüchtern“, bemerkte Bosmier lachend. Wir unterhielten uns über die verschiedensten Dinge, doch je mehr wir tranken, desto mehr steuerte das Gespräch in eine bestimmte Richtung. Schließlich kam Bosmier dicht an mich ran. "Sag mal, wie ist es so, mit ner Harpyie als Freundin?", fragte er, und ich grinste ihn anerkennend an. "Da hat wohl jemand Geschmack an exotische Frauen“, stellte ich fest und sah, wie Bosmier sich verlegen zurücklehnte. Ich sah zu Mara, die eingeschlafen war und nun halb auf meinem Schoß lag, dann sah ich aus dem Fenster und stellte fest, dass wir doch schon länger tranken als gedacht. "Ich denke, wir sollten los." Ich nahm Mara auf den Arm und dankte Bosmier für die Einladung, dann stieß ich Kira und Kiara an. "Kommt ihr zwei, wir gehen." Zurück in der Akademie brachte ich Mara in ihr Zimmer. Auf dem Weg in unser Zimmer versuchte ich, mich leise und unauffällig zu verhallten, doch als ich die Zimmertüre öffnete, stand Krain bereits dahinter. Sie sah erst mich und dann Kira und Kiara an. "Ihr habt getrunken. Nicht nur, dass ihr erst so spät zurück seid und mich die ganze Zeit alleine lasst, ihr seid auch noch betrunken." "Zu meiner Verteidigung, ich bin nur angetrunken“, erwiderte ich und bereute es gleich drauf, da Krain anfing auf mich loszugehen. Ich versuchte, die Schläge abzuwehren, doch bevor sie mich ernsthaft verletzen konnte fiel sie auf die Knie und fing bitterlich an zu weinen. "Gib es zu, du liebst mich nicht mehr, du hast nur noch Augen für meine Schwestern." Restlos überfordert mit der Situation sah ich zu Kira und Kiara, doch waren diese in ihrem Rausch bereits an der Türe eingeschlafen. Ich ließ mich neben Krain nieder und nahm sie in den Arm. "Das stimmt nicht, ich liebe dich mehr als alles andere, der Beweis dafür ist

doch hier", sagte ich und legte eine Hand auf ihren Bauch. Erleichtert atmete ich auf, als ich merkte, dass sie sich beruhigte. Sie hob den Kopf und sah auf meinen stark blutenden Arm. "Tut mir leid." Kopfschüttelnd zog ich einen Heiltrank aus einer meiner Taschen und nahm diesen ein.
"Schon gut, ich weiß ja, dass du es nicht so meintest. Komm, lass und schlafen." Nachdem ich das Blut weggewischt hatte und Kira und Kiara zu Krain ins Bett gelegt hatte, legte ich mich zu ihnen.

Sommeranfang In den letzten Monaten hatte sich nicht viel geändert, alle arbeiteten hart an ihrem jeweiligen Fachbereich und machten dementsprechende Fortschritte. Die Menschen im angrenzenden Dorf und der nahe gelegenen Stadt fingen allmählich an, sich die Magie, insbesondere die Harpyien, zu gewöhnen. Im Gegenteil sogar, bei einigen Menschen in der Stadt fanden die Harpyien ein gewisses Maß an Beliebtheit.

"Was willst du mir denn zeigen?",
wollte ich von Ran wissen. "Rim, jetzt trödle doch nicht“, sagte er und führte mich zum Astronomieturm und weiter in dessen Keller. Ich atmete erleichtert auf, als ich merkte, wie die Temperatur fiel.
"Na wenigstens ist hier die Sommerhitze nicht zu spüren." Er führte mich einen immer größer werdenden Gang entlang und blieb schließlich vor einem riesigen Doppeltor stehen.
"Das hat Shiida letzte Woche entdeckt."
Er öffnete grinsend die Tore. Vor mir lag eine gewaltige runde Halle. Auf der anderen Seite befand sich ein identisches Tor und zu den Seiten, links und rechts,

schichteten sich lange Sitzreihen, für mehrere hundert Mann.
"Das ist eine Arena." Erleuchtet wurde die Arena von einer großen Kristallformation, die von der Decke hing. Ran lachte laut.
"Pass mal auf“,
sagte er und schleuderte einen Blitz in Richtung Sitzreihen. Noch bevor der Blitz die Sitzreihen erreichte, stieß er auf Wiedersand. Ein helles Leuchten kräuselte entlang einer unsichtbaren Wand. "Der Kristall spendet nicht nur Licht. Er projiziert eine Barriere, die das Publikum schützt“,
erkläre er. Ich war erst begeistert, doch ließ ich dann seufzend die Schultern hängen.
"Das ist schön und gut, aber gerade habe ich keine Zeit. Ich muss nach ein paar Tränken sehen, wenn ich zu lange warte, kann ich sie nicht mehr mischen." Ran ließ sich nichts anmerken, aber ich wusste, dass er verärgert war.
"Ich bin ja daran gewöhnt, dass niemand Zeit hat." "Ich wusste, dass du das verstehst“,
sagte ich mit einem gespielten Lächeln und eilte davon. Ich stürmte die Gänge entlang Richtung Alchemielabor.
„Bitte, seid blau, bitte seid blau, bitte seid blau, bitte, dieses Mal muss es klappen“, dachte ich, als ich das Labor betrat. Als hätte jemand einen Regenbogen in Flaschen gefüllt, standen auf einer großen Arbeitsfläche etliche Tränke, die im Sekundentakt die Farbe wechselten. Ich hätte beinahe aufgeschrien, als ich sah, dass vier von ihnen noch blau waren. Ich stellte diese auf einen anderen Tisch und wartete darauf, dass sie schwarz wurden, bevor ich die nächsten Reagenzien hinzugab. "Puh, geschafft." "Was hast du geschafft?" "Ahh, Mara!" Vor Schreck ließ ich eine Flasche fallen, die auf dem Boden zerbrach und zu leuchten anfing.

"Raus! Sofort RAUS!",
schrie ich sie an und drängte sie die Tür hinaus, dann verschloss ich die Tür hinter mir und setzte mich davor auf den Boden.
"Verdammt, das ist der vierte Raum diese Woche",
beschwerte ich mich lautstark. Mara sah mich entschuldigend an.
"Tut mir leid." Ich starrte sie nur an und wusste nicht, was ich sagen sollte. "Du siehst überarbeitet aus",
bemerkte sie, und ich legte ihr eine Hand auf den Kopf.
"Da könntest du Recht haben."
Ich stand wieder auf und setzte mich langsam in Bewegung Richtung Quartiere. "Am besten gehst du zu Ran, der langweilt sich im Moment viel zu oft",
sagte ich, woraufhin sie enttäuscht nickte und ging. An den Quartieren angekommen, betrat ich mein Zimmer, wo mich Krain erwartete. "Hast du dich verlaufen, oder hast du dich endlich mal dazu entschieden, zu schlafen." Ich lächelte sie an.
"Ich habe mich dazu entschieden, zu schlafen. Aber was machst du hier, du wolltest doch mit deinen Schwestern in die Stadt?",
fragte ich neugierig. "Ich konnte nicht mehr laufen",
sagte sie mit einem gequälten Ausdruck. Ich legte mich zu ihr und legte meine Hand auf ihren prallen Bauch. "Bald ist es soweit, bald werde ich Vater",
dachte ich laut und drehte mich dann auf den Rücken.
"Es ist gerade mal Mittag, und wir liegen im Bett, nicht sehr vorbildlich." Krain fing an zu lachen. "So lustig war es nun auch nicht",
sagte ich und gab ihr einen Kuss. "Weißt du, ich kann es kaum abwarten, bis sie endlich da sind." "Das bin ich auch, immerhin ist das eine ziemliches Gewicht, das ich mit mir

herumtrage“, sagte sie, und ich stimmte da voll und ganz zu. Ich setzte mich zu ihren Füßen und fing an, die mächtigen Klauen zu massieren. Entspannt lehnte sich Krain zurück. "Weißt du, ich frage mich nur, ob ich das hinbekomme, Vater zu sein, meine ich. Ich bin doch selbst noch ein halbes Kind." "Wir sind ja nicht alleine, du schaffst das schon“, versuchte Krain mich zu beruhigen.

Ich huschte die Gänge entlang und blieb nur stehen, um einen kurzen Seufzer los zu werden. "Ich bin die Akademieleiterin, und als solche muss ich allen einen Schritt voraus sein“, versuchte ich mir immer wieder einzureden. Tagsüber schulte ich mein Wissen und trainierte meine Fähigkeiten und abends, wenn ich dann noch die Kraft dazu besaß, ging ich alles Organisatorische durch. Es war eine harte Arbeit, doch hatte ich Spaß daran, etwas so Großes zu bewirken. Ich bog um die nächste Ecke und stieß mit jemandem zusammen.
"Aaaa....das tat weh“, beschwerte sich Mara und richtete sich mühsam wieder auf. Auch ich war gestürzt und musste wieder auf die Beine kommen. Ich entschuldigte mich, doch sah Mara mich nur böse an. "Nein, keine Entschuldigung. Du siehst schlimm aus, so sollte kein gesunder Mensch aussehen!" Ich war geschockt, denn ich wusste, sie hatte recht, dennoch, ich klopfte mir den Staub von den Roben und wollte weiter. "Halt!", rief Mara, und ich sah diese sonst so schüchterne und zurückhaltende Harpyie an. "Du gehst mit mir jetzt in die Stadt, dort werden wir Kirgo besuchen, einkaufen gehen und noch andere Sachen machen!", forderte sie und man sah ihr an, dass sie es ernst meinte. “Was ist, wenn ich "nein" sage......in dieser Stimmung wird sie dann sicher alleine gehen...“, dachte ich und seufzte.

"Na schön, ich hatte noch so viel vor, aber für dich mache ich eine Ausnahme."
Mara grinste mich schelmisch an. In Gedanken erweiterte ich die Liste an Tätigkeiten, die ich noch zu erledigen hatte und ging dann vor. "Ihr dummen Erwachsenen, immerzu nur am Arbeiten“, schimpfte Mara vor sich hin. Ich wollte ihr widersprechen, doch wusste ich, dass sie Recht hat. Es ärgerte mich, mich von ihr belehren zu lassen.

Als wir die Dorfschmiede erreichten, waren wir überrascht, niemanden zu sehen. Erst nach mehrmaligem Klopfen öffnete der alte Meister dann die Tür. Er grüßte erst Mara, dann musterte er mich. "Kirgo ist drüben in der Stadt. Ich habe ihm für das Meistern einer Lektion frei gegeben“, krächzte er und schloss dann wieder die Tür. Verwundert schüttelte ich nur den Kopf und sah dann zu Mara. "Kirgos Lehrmeister ist ja ausgesprochen nett“, scherzte ich, woraufhin Mara zu lachen anfing und sich wieder in Bewegung setzte.
Auch ich fing an zu lachen, doch sicherlich aus einem anderen Grund. "Weißt du, ich denke, du hattest Recht, damit mal eine Pause zu machen."

Kapitel 9

Wie sonst nur selten, gönnte ich mir mal eine Pause und saß mit Wolf im Garten, welcher in einem herrlichen Grün erstrahlte. "Was hältst du davon, heute Abend mal auszugehen, wir alle meine ich und dann ein paar Lieder in der Taverne spielen, wie früher?", schlug Wolf unerwartet vor. Ich sah ihn überrascht an, dann küsste ich ihn liebevoll.

"Eine gute Idee."
Ich sah auf, als ich Krain sah.
"Hey, wo hast du denn Rim gelassen?" "Der trainiert mit Ran in der Arena“,
sagte sie und lächelte mich an. Ich erwiderte ihr Lächeln.
"Du hast wohl deine Klammerphase überwunden“,
bemerkte ich und seufzte.
"Wenn ich so sehe, was du alles durchgemacht hast, da vergeht mir wirklich die Lust auf eigene Kinder“,
sprach ich weiter und sah sie fragend an.
"Wie geht es dir eigentlich?" "Im Moment ganz gut."
Sie strahlte förmlich. "Nächste Woche müsste es soweit sein." Ich rechnete zurück.
"6 Monate sind es dann." "Und dann noch mal 3 Wochen, bis die Kleinen schlüpfen“,
erklärte Krain lächelnd. Sie zuckte kurz zusammen und ich blinzelte sie besorgt an. "Vergiss, was ich sagte“, murmelte sie, und Wolf sah sie fragend an.
"Wie war das?" "Sie kommen JETZT!!!"
Krain ging mit schmerzverzerrtem Gesicht in die Knie, und wir sprangen sofort auf. Ich sah Wolf an.
"Sag du Rim Bescheid, ich bring sie in ihr Zimmer."
Ran schleuderte einen gewaltigen Blitzstrahl auf mich, der

mich quer durch die Arena schleuderte. Erstaunt sah ich ihn an.
"Du beherrschst schon den Donnerkeil?" Ran grinste mich an.
"Nicht nur den, aber dein Schild ist nicht schlecht, sehr stabil“, lobte er mich und sah dann an mir vorbei. Ich drehte mich um und sah Wolf, der im Eiltempo angerannt kam.
"Was ich los?" "Krain, es ist soweit."
Sagte er knapp. "Schon, es sollte doch frühestens nächste Woche soweit sein?" Wolf sah mich nur ungeduldig an.
"Es läuft eben nicht alles nach Plan, und jetzt komm!“,
drängte er und eilte davon. Ich rannte ihm hinterher, durch die ganzen Gänge, bis schließlich zu meinem und Krains Zimmer. Während Wolf wieder davon lief, atmete ich tief durch und ging hinein. Krain saß bereits hab nackt vor dem Kamin auf ein paar ausgebreiteten Decken, bei ihr war Shiida. Krains gedrungenes, doch monströses Schreien machte mich panisch. Sofort setzte ich mich zu ihr und nahm sie mit zitternden Händen in den Arm.
"Ich bin jetzt da, alles wird gut“, versuchte ich eher mich selbst, als sie zu beruhigen. Bald war es soweit, und die ersten birnengroßen Eier kamen, und ich fing nur noch an zu zählen. Eine knappe Stunde zog es sich hin, was sich für mich deutlich länger anfühlte.
"11, 12, 13.....13 Eier“,
zählte ich. Krain lag vollkommen erschöpft neben den Eiern. Ich gab ihr einen liebevollen Kuss.
"Jetzt müssen wir uns nur noch viele Namen überlegen."
Shiida lächelte mich an.
"Glückwunsch." "Du kannst uns gratulieren, wenn sie geschlüpft sind, denn noch steht nicht fest, wie viele tatsächlich schlüpfen“,

hauchte Krain mit schwacher Stimme. Besorgt sah ich sie an. Ich legte meine Hand auf ihre Brust und horchte in sie hinein. Ich atmete auf, denn alles war in Ordnung, sie war nur erschöpft. Dennoch heilte ich ihre Erschöpfung ein wenig mit Magie. „Hat schon ihre Vorteile, die Magie“, dachte ich so und legte mich zu Krain, doch stand ich wieder auf, als Kira und Kiara mit noch mehr Decken herein kamen. "Wolf hatte uns Bescheid gegeben“, meinte Kiara und umarmte mich mit einem liebevollen Kuss. "Glückwunsch, du bist jetzt Vater, zumindest fast." Auch Kira gratulierte mir und Krain. Ich nahm ihnen die Decken ab, und wir setzten uns gemeinsam zu Krain. "Ich denke, ich werde nicht mehr gebraucht“, sprach Shiida und verließ das Zimmer. Ich zählte noch einmal die Eier und sah Krain dann fragend an. "13, sagtest du nicht, es würden nur 5-10 werden?" Unweigerlich musste ich mir vorstellen, wie 13 kleine Harpyien um mich herumflatterten und ein Seufzen huschte über meine Lippen. “Die ruhigen Tage sind wohl endgültig vorbei.“ "Ist doch gut, wenn es so viele sind“, meinte Kiara mit einem freudigen Lächeln. "Klingt eher nach Arbeit“, nahm mir Kira die Worte aus dem Mund. Ich sah Krain entschuldigend an. "Hey, ich muss nachher noch mal ins Alchemielabor, um nach ein paar Tränken zu sehen, aber dann bin ich sofort wieder hier." "Geh nur“, antwortete sie und gab mir dankend einen Kuss, was mir missbilligende Blicke von Kira und Kiara einbrachte, na ja, zumindest von Kiara. "Nur weil Krain Mutter wird vernachlässigst du uns“, sagte Kira in ihrer gewohnten Monotonie. Ich wollte erst widersprechen, doch hatte sie schon irgendwie Recht. "Tut mir Leid, das mache ich wieder gut."

Am nächsten Morgen gab es leckeres Spiegelei zum Frühstück, was passte, da ich einen Bärenhunger hatte,

doch rührte ich mein Ei nicht an. "Rim, wieso isst du nichts?",
wollte Shiida wissen. Ich schob den Teller von mir weg und nahm mir stattdessen was von dem Brot.
"Ich kann das nicht essen." "Du kannst das nicht essen? Ich habe mir sehr viel Mühe damit gemacht!",
protestierte Ran und pickte sich mein Ei vom Teller, um es selbst zu verschlingen.
"Dann esse ich es eben selbst." Ich merkte, wie mir die bittere Galle hochkam und mir meinen ohnehin geringen Appetit nun endgültig verdarb.
"Mir wird schlecht."
Ich stand auf und ging. Zurück im Zimmer lächelte ich Krain an.
"Hey, ich war kurz noch am Vorrat und habe dir Fleisch, Wasser und ein paar Früchte mitgebracht."
Sie saß immer noch bei den Eiern am Kamin. Ich setzte mich zu ihr und legte die Sachen ab. "Danke, du bist mein Held."
Sie strahlte mich glücklich an und stürzte sich dann auf das Essen.
"Willst du nichts essen?" Ich spielte ein Lächeln vor und schüttelte den Kopf.
"Ich habe gerade schon gegessen",
log ich, damit sie sich keine Sorgen um mich machte und vertrieb den Hunger mit ein wenig Magie. "Na, freust du dich schon auf heute Abend?",
fragte ich, und sie hörte auf zu essen.
"Ich werde nicht mit feiern. Ich will bei meinen Kindern bleiben." Ich sah Krain mürrisch an.
"Glaubst du etwa, ich könnte nicht auf sie aufpassen?" Sie schüttelte den Kopf.
"Das ist es nicht, ich kann es einfach nicht, sie hier

zurücklassen, auch wenn ich weiß, dass du auf sie aufpasst." Ich gab Krain einen langen zärtlichen Kuss.
"Ich weiß, was du meinst. Dennoch, du solltest mal raus und Spaß haben."

Als Kirgo mich kommen sah, legte er den Schmiedehammer bei- seite, um mich zu begrüßen.
"Hey Wolf, schön, mal ein vertrautes Gesicht zu sehen." Ich schüttelte nur den Kopf.
"Wenn du uns mal besuchen würdest, dann würdest du öfter mal vertraute Gesichter sehen",
gab ich ihm zu bedenken, doch lächelte er nur.
"Ja, das tut mir leid, aber ich habe hier viel zu tun." Aus dem Haus kam ein alter Mann mit Stock und sah Kirgo böse an, der daraufhin sofort weiter arbeitete. "Ihr müsst sein Lehrmeister sein",
stellte ich fest und deutete eine Verbeugung an. "Das bin ich",
krächzte er.
"Und ihr sein offensichtlich ein Freund von ihm und dazu einer mit Manieren." "Wie macht er sich denn?",
wollte ich wissen, und der alte Mann dachte nach.
"Er macht sich erstaunlich gut und lernt auch schnell, doch wird er mich niemals ersetzen können." Ich sah ihn fragend an.
"Warum denn nicht?" Auf meine Frage fing er laut an zu lachen.
"Natürlich, weil ich der Beste bin, warum denn sonst." " Oh Kirgo, da hast du dir aber einen tollen Lehrmeister ausgesucht", dachte ich mir. Ich sah zwischen Kirgo und dem Alten hin und her.
"Wäre es in Ordnung, wenn Kirgo sich heute Abend frei nimmt. Es gibt nämlich was zu feiern, ein Freund von uns

ist Vater geworden." Der Alte nickte zustimmend.
"Das ist tatsächlich ein Grund zum Feiern. Also gut, er kann sich heute Abend frei nehmen." "Gut, dann sehen wir uns in der gleichen Schenke wie immer“, sagte ich und ging wieder, da ich noch was zu erledigen hatte.
Nahe der Akademie versteckten sich zwei Jungs in einem Busch und beobachteten offensichtlich den Eingang. Neugierig kam ich auf sie zu geflogen und nährte mich ihnen leise. "Ich sagte dir doch, dass sie hier hausen."
Sagte der etwas größere zum kleineren. "Hast du denn einen von ihnen selbst gesehen, oder sind das nur die Geschichten der Wache?", fragte der Kleine, was den Großen sauer werden ließ. "Was beobachtet ihr denn da?", wollte ich von den beiden wissen. Sie schraken hoch und sahen mich entsetzt an.
"Ich hab's dir doch gesagt."
Sie wichen immer weiter zurück, doch sah ich sie nur fragend an. Dann zog der große ein Messer und ging auf mich los. Es war zu leicht, ihm auszuweichen.
"Das ist langweilig“,
sagte ich, packte ihn mit meinen Klauen und rammte ihn zu Boden. Der Kleine kam sofort weinerlich angerannt.
"Bitte, friss ihn nicht, ich flehe dich an."
Ich starrte ihn nur an und schmiss mich dann lachend zu Boden. Der Große richtete sich wieder auf, und beide blickten mich fragend an.
"Du willst uns also nicht fressen?" "Ihr seid lustig, ich mag euch."
Ich richtete mich wieder auf.
"Ich bin Mara und wie heißt ihr?" Sie sahen mich verunsichert an, doch fing der Große dann an zu sprechen.
"I..... ich bin Alrik und das ist mein kleiner Bruder Armin."
Ich grinste die beiden an.

"Freut mich. Wollen wir was spielen?" Alrik sah mich fragend an.
"Bevor wir was spielen, lebst du da oben?" "Ja, ich lebe dort mit meiner Familie“,
erwiderte ich, verwundert über diese Frage.
"Wollt ihr es von innen sehen?" Sie waren beide verunsichert, doch quälten sie sich zu einem Ja. Ich grinste breit.

"Dann kommt." Nur zögerlich kamen sie mit und blieben schließlich staunend vor dem großen Eingangstor stehen.
Ich führte sie in einen Raum nach dem anderen, und mit jedem weiteren Raum wurden ihre Augen größer. Auf unseren Erkundungen eilte Shiida an uns vorbei. "Morgen Shiida." "Morgen Mara."
Sie blieb in ihrer Bewegung stehen und drehte sich dann um.
"Moment mal, wer seid ihr?"
Alrik und Armin starben förmlich unter Shiidas strengem Blick. "Das sind meine neuen Freunde“,
erklärte ich schnell. Sie sah mich mit einem strengen, mütterlichen Blick an.
"Warst du alleine in der Stadt, du weißt doch, dass du nicht alleine gehen sollst, die Menschen müssen sich doch erst an euch gewöhnen."
Sie rieb sich müde die Augen.
"Ich habe gerade viel zu tun, wir reden später noch darüber“,
sagte sie und eilte weiter. Ich seufzte genervt. "Ihr seid ja fast schon normale Menschen“,
bemerkte Alrik. "Wie war das?",
fragte ich und führte sie weiter. "Nichts, ich sagte nur, dass sie unheimlich ist“,

versuchte er sich rauszureden, mit Erfolg. "Du weißt nicht, wie unheimlich sie sein kann."

Ran ging erschöpft in die Knie, und ich ließ schwer atmend meinen magischen Schild fallen. "Dein Schild ist einfach unglaublich, ich komm nicht durch“, sagte er und ich sah auf, als ich eine Bewegung von den Zuschauerplätzen wahrnahm. Mara kam sofort auf mich zu geflogen.
"Schöner Kampf, doch dachte ich wirklich, dass Ran gewinnen würde." Ich sah an Mara vorbei zu Alrik und Armin. "Wer sind die zwei?",
fragte ich, während diese ihre Plätze verließen und zu uns kamen. "Das sind meine neuen Freunde, Alrik und Armin“, erklärte sie. Ran sah die beiden nachdenklich an.
"Wissen denn eure Eltern, dass ihr hier seid?" "Natürlich nicht, sie haben uns verboten, herzukommen“,
sagte Alrik und sah mich an. "Gefällt euch die Magie?",
fragte ich ihn und tauschte ein paar Blicke mit meinem Bruder. Die beiden sahen einander an und nickten dann. "Wie alt seid ihr?",
fragte ich weiter. "Ich bin 14, und Armin ist 11“,
sagte Alrik und drehte sich zu Mara.
"Wie alt bist du eigentlich? Mara musste erst überlegen und grinste die beiden dann an.
"Ich bin seit letzter Woche 14, wieso?" "Was haltet ihr davon, wenn wir euch in der Magie unterrichten?" Die Jungs sahen mich mit funkelnden Augen an.
"Wenn ihr 15 seid, unterrichten wir euch, nicht früher“,
sagte ich und lächelte.
"Und jetzt geht spielen." Sie bedankten sich und eilten davon.
"Warte, Mara! Denk daran, vor Einbruch der Dämmerung zurück zu sein“, ermahnte ich sie, was mir einen

eindringlichen Blick von Ran einbrachte. "Mach ich“,
sagte sie und eilte den anderen hinterher. "Die Vaterrolle steht dir eigentlich nicht schlecht, weißt du“, bemerkte Ran, doch entgegnete ich ihm nur mit einem Seufzer. "Das muss sie auch, denn jetzt gibt es kein Zurück mehr."

Ich gab Rim einen Kuss und sah ihm besorgt über die Schulter, doch packte er mich und schob mich die Tür raus. "Jetzt hör auf, dir Sorgen zu machen, ich werde gut aufpassen, schließlich sind es auch meine Kinder." "Aber.."
"Nichts aber, geh, und habe Spaß für mich mit“,
sagte er und zog die Türe zu. Seufzend drehte ich mich um und ging in die Eingangshalle, wo bereits alle auf mich warteten. Schiida lächelte mich liebevoll an. "Das ist aber ein schönes Kleid“,
bemerkte sie und sah auf ihrer Bardenkutte herab. Ich trug ein mittellanges, schwarzes Sommerkleid, welches zu meinem schwarzen Gefieder passte. Ich sah an mir herab und lächelte Shiida an.
"Danke, es ist wohl nicht unbedingt passend für den Besuch in der Schänke, doch wollte ich es einfach mal anziehen."
Wolf sah in die Runde.
"Wenn alle soweit sind, dann können wir ja jetzt los." Es kostete mich Überwindung, zu gehen, da ich gedanklich immer noch bei Rim und den Kindern war. Am Eingang der Stadt erwartete uns bereits eine Wache.
"Guten Abend, es war eine gute Idee, euren Besuch anzukündigen, so konnte ich die restlichen Wachen und einige Bürger informieren“,
sagte er und ging vor. "Wenn man bedenkt, dass in dieser Region die Magie am meisten verhasst wird, ist es generell eine gute Idee, einen Besuch anzukündigen“,
sagte Ran und ließ sich zurückfallen, damit er mit Korra

auf einer Höhe ging. Schließlich erreichten wir die Schenke und hatten schnell einen großen Tisch gefunden, und als die erste Runde auf dem Tisch stand, waren alle glücklich, fast alle. "Krain, ist alles in Ordnung?",
fragte Korra und setzte sich neben mich. Ich nickte und nippte dann an meinem Wein. "Du machst dir Sorgen um die Eier, habe ich Recht?" Ich sah sie mit gequälter Miene an.

"Was ist, wenn nun doch etwas passiert, nur, weil ich nicht da bin?", fragte ich, vollkommen verunsichert. Korra sah mich seufzend an.
"Rim ist doch bei ihnen, denk einfach daran, dass er sie beschützt." Ihre Worte machten mir ein wenig Mut und zuletzt wurde ich von meiner Sorge abgelenkt, als Shiida, Wolf und Ran nach vorne gingen und anfingen, zu spielen. Meine Aufmerksamkeit richtete sich auf die Tür, als Kirgo die Schänke betrat und direkt auf mich zusteuerte. Er nahm mich herzlich in den Arm. "Mein Glückwunsch“,
sagte er und trank dann meinen Wein aus.
"Danke, das habe ich gebraucht."
Ich sah ihn mürrisch an, woraufhin er zu lachen anfing.
"Ich hol dir ja einen neuen." Er grüßte die anderen, organisierte eine neue Runde und setzte sich dann zu mir.
"Wolf ist gut geworden“,
bemerkte er, und ich stimmte ihm zu.
Die Stimmung in der Schänke stieg, und nachdem sie nun ein paar Lieder gespielt hatten, richtete sich Shiida an die Gäste. "Zum Abschluss wollen wir ein recht bekanntes Lied spielen und bitten alle, die es kennen, aus vollem Herzen mitzusingen2;
Sagte sie lächelnd.
"Jetzt kommt, Unter den Toren." Es war ein sehr festliches

Lied, welches selbst ich kannte; und nach und nach merkte ich; wie die Sorgen von mir abfielen.

Verkatert wachte ich auf und tastete neben mir das Bett ab.
"Nanu, Wolf ist ja schon auf?",
wunderte ich mich. Ich griff nach meinen Roben neben dem Bett und zog eine silberne Taschenuhr heraus. Mit müden Augen versuchte ich, die Zeichen zu entziffern.
"4 Uhr“,
brummte ich. Ich stand auf, zog mich an und streifte durch die Gänge.
"Wo ist er zu dieser Stunde nur hingegangen?"
Bald hatte ich alles abgesucht, bis auf
"Der Astronomieturm!"
Und tatsächlich, als ich die letzten Stufen erklommen hatte, sah ich Wolf an der Brüstung stehen und in den Nachthimmel starren. "Was machst du hier mitten in der Nacht?",
fragte ich und stellte mich zu ihm. Er schwieg eine Weile, doch dann seufzte er. Weißt du, manchmal frage ich mich, ob wir hier das Richtige tun“, sagte er, ohne mich anzusehen. Ich wusste erst nicht, was er meinte, doch dann gab ich ihm einen sanften Kuss.
"Es ist nicht wichtig, ob wir das Richtige tun. Wichtig ist, ob es das ist, was uns glücklich macht." "Aber es gab einen guten Grund, die Magie zu vernichten“, erwiderte er. Ich zog meine Taschenuhr.
"Ich glaube, diesen Grund gibt es schon lange nicht mehr. Die Technik hat sich, besonders im Süden, sehr schnell entwickelt." "Dennoch, du weißt, was ich früher war."
Er ballte die Hände zur Faust.
"Mit 11 tötete ich meine erste Hexe, und es sollte nicht die letzte sein." Ein eisiger Schauer lief mir über den Rücken.

"Ich verbrannte Mädchen, kaum älter als ich selbst bei lebendigem Leib, weil es Hexen waren und heute nutze ich selbst Magie." Ich sah Wolf einfach nur sprachlos an, dann nahm ich ihn in den Arm und gab ihm einen weiteren Kuss. "Gib dir nicht die Schuld, du hast nur das getan, was man dich gelehrt hat, jeder macht mal Fehler." Er erwiderte die Umarmung, und Tränen liefen ihm über das Gesicht.
"Ich habe dich gar nicht verdient, du bist einfach zu gut für mich." "Sei nicht so streng zu dir und glaub ja nicht, dass ich ein Engel bin“, erwiderte ich und sah ihm fest in die mit Wehmut gefüllten Augen. "Seit meiner Geburt trug ich Idashis Seele in mir. Er verleitete mich zu vielerlei Taten, und oft übergab ich ihm nur zu leichtfertig die Kontrolle. Auch wenn die, die er tötete, niemals wirklich Unschuldige waren, so hatte es doch niemand verdient, auf so grausame Weise getötet zu werden, wie Idashi es tat." Ich griff nach seiner Hand und zog ihn zur Treppe. "Komm, gehen wir zurück ins Bett."

Schweißgebadet wurde ich wach. Die Erinnerungen daran, bei lebendigem Leibe ausgeweidet und gefressen zu werden, zogen durch meinen Kopf. Der Schmerz von damals kehrte zu mir zurück, und ich krümmte mich vor Qualen. Schließlich ließ der Schmerz wieder nach, und ich stand auf. So komisch es auch klingt, doch fühlte ich mich immer besser, wenn ich etwas aß und so suchte ich die Vorratskammer auf. "Ran?" Ich drehte mich zu der Stimme und sah, dass es Shiida war und nicht nur sie, Wolf war bei ihr. "Ich weiß, dass ihr eure Aufgaben ernst nehmt, aber so früh aufzustehen, das ist bestimmt nicht gut“, sagte ich breit grinsend, doch sah Shiida mich nur besorgt an. "Du siehst fertig aus, wieder Phantomschmerzen?". Ich seufzte.

"Du solltest dir weniger Sorgen machen, du bekommst nämlich eine Falte, genau da“, sagte ich und tippte ihr gegen die Stirn. "Shiida hat Recht, Rim könnte dir sicher etwas dagegen geben.“, meinte er und gab ein Gähnen von sich. Ich sah ihn nachdenklich an, dann schüttelte ich den Kopf. "Natürlich könnte er mir etwas geben, aber das will ich nicht, ich muss alleine damit zurechtkommen."
Ich sah von Wolf zu Shiida.
"Was haltet ihr von Frühstück, da wir schon mal wach sind?" Sie nickten zustimmend, und gemeinsam machten wir uns Essen. Wir suchten uns nur Sachen, die einfach zuzubereiten sind, da keiner wirklich die Kraft und Lust besaß, etwas Ordentliches zu machen. "Sag mal, Shiida, du triffst dich doch die Tage mit Fürst Fey. Wo liegt denn seine Burg?",
wollte ich wissen, und Shiida sah mich skeptisch an. "Wieso willst du das wissen?",
erwiderte sie. "Nun, ich und Korra, wir haben uns dazu entschieden, weiter nach Süd-Ost zu reisen."
Ich lächelte sie an. Wolf sah fragend auf.
"Ihr wollt wirklich gehen?" "Nur für ein Jahr ungefähr, wer weiß, vielleicht finden wir ja ein paar willige Rekruten." Shiida sah mich immer noch skeptisch an. "Du und Korra also. Läuft etwas zwischen euch?",
fragte sie neugierig. Ich dachte an die letzten Wochen und die Nächte, die wir zusammen verbrachten und sah Shiida dann schulterzuckend an.
"Nicht wirklich." Sie schluckte einen Bissen hinunter und überlegte.
"Zurück zum ursprünglichen Thema. Feys Burg liegt kurz hinter Fenbri im Süden." Ich versuchte, mich an die Karte zu erinnern. "Hmm, dann begleiten wir dich bis Fenbri." Erwiderte ich. "Unser Abenteuer war noch lange nicht

vorbei, daher wollte ich noch ein wenig von der Welt sehen, bevor wir uns hier sesshaft machen. Habe ich mir zumindest so gedacht", sprach ich mit halb vollem Mund weiter. Shiida hatte nun diesen abenteuerlichen Blick, den Blick, den sie auch hatte, als ich sie fragte, ob sie uns begleiten wollen. "Ich kann dich verstehen, ich möchte eigentlich auch noch nicht sesshaft werden, aber..." "Es läuft nicht immer alles nach Plan“, führte Wolf Shiidas Satz fort. "Geht nur, noch ist jede Menge Zeit dafür, denn selbst, wenn wir Rekruten bekommen, so müssen doch erst mal die Grundlagen sitzen."

Langsam wachte ich auf. Mit müden Augen sah ich zu Krain hinüber, die wie immer bei den Eiern lag. Mein Gefühl verriet mir, dass es bereits Zeit zum Aufstehen war, aber entschied ich mich dagegen und kuschelte mich wieder in Kiras und Kiaras Gefieder, doch vernahm ich ein kratzendes Geräusch und war sofort hell wach. Ich flog förmlich aus dem Bett und ließ mich neben Krain nieder.
"Hey, Krain, wach auf, es ist so weit."
Müde hob sie den Kopf und fing gleich darauf zu funkeln an. Mit einem lieblichen Lächeln sah sie mich an und ich erwiderte ihr Lächeln mit einem lieblichen Kuss.
"Guten Morgen." Bald war es so weit, und die erste war geschlüpft. Sie hatte ein weißes Gefieder und rote Augen.
"Luna“,
sagte Krain, und ich nickte zur Bestätigung. Wir hatten uns in den letzten Wochen viele Namen überlegt, doch schließlich einigten wir uns darauf, die Namen spontan zu verteilen. Ich blickte kurz zum Bett hinüber. „Die zwei schlafen ja wie Tote“, dachte ich mir und verfolgte dann weiter das Schlüpfen der Kleinen. Die zweite war geschlüpft. Sie kam ganz nach ihrer Mutter, mit ihrem

schwarzen Gefieder und den goldenen grünen Augen.
"Rika."
Fiel mir ein. Auch die nächsten kamen nach ihrer Mutter. Mia, Chizuru, Chizuki und Samin. Ich sah lächelnd auf. Samin hatte ein weinrotes Gefieder und ein goldenes und ein weißes Auge. Ich sah Krain lächelnd an. "Sieh mal her, auch Samin schlägt aus der Reihe."
Krain erwiderte mein Lächeln. Die jungen Harpyien wirkten erst orientierungslos, doch standen sie bald fest auf beiden Beinen und suchten instinktiv die Nähe ihrer Mutter. Neugierig betrachtete ich sie. Sie entsprachen der Entwicklung eines 1-2 Jahre alten Menschenkindes. Das würde aber nicht so bleiben, von Krain wusste ich, dass sie in den nächsten Monaten sehr schnell heranwachsen würden.
Gespannt betrachteten wir die Eier und die Nächste schlüpfte, allerdings war sie sehr schwach und starb kurz darauf, die anderen schlüpften gar nicht. Krain betrachtete die zuletzt geschlüpfte und fing bitterlich an zu weinen. Tröstend nahm ich sie in den Arm. "Immerhin, 6 von 13, das ist doch eine gute Bilanz“,
sagte ich in der Hoffnung, dass es hilft. Schließlich wurden Kira und Kiara dann doch wach. Augenblicklich kamen sie angeflogen und nahmen Krain in den Arm. Es dauerte eine Weile, doch hörte sie dann auf zu weinen. Schließlich kamen mir selbst die Tränen, doch nicht aus Trauer, sondern vor Freude.
"Ich bin Vater."

Kapitel 10

Mit einem breiten Lächeln eilte ich die Gänge entlang und wäre in meiner Hast fast mit Shiida und Wolf zusammengestoßen, die gerade aus dem Speisesaal kamen.
"He, warum hast du es denn so eilig?",
beschwerte sich Wolf, und ich drehte mich kurz zu ihnen um.
"Die Kinder, sie sind geschlüpft und sie sind hungrig“,
sagte ich und eilte weiter. In der Speisekammer fing ich nicht an zu suchen, sondern nahm gleich zwei große Schinken, da diese das erste waren, was ich erhaschen konnte. Auf dem Weg zurück rannte ich Shiida und Wolf fast wieder um. Ich blieb stehen und sah die zwei an.
"Wollt ihr die Kinder sehen?"
Shiida verschränkte die Arme vor der Brust.
"Dumme Frage, natürlich wollen wir sie sehen." Wir gingen weiter und erreichten mein Zimmer. Als ich die Tür öffnete, stürzten sie sich gleich auf den Schinken. "Guten Morgen ihr zwei“,
sagte Krain, die immer noch bei den restlichen Eiern saß.
"Morgen Krain“,
erwiderte Wolf und gesellte sich zu ihr, während Shiida die Küken bewunderte.
"Die wären sooo süß, wenn sie nur nicht so über das Fleisch herfallen würden." Sie sah zu Krain auf.
"Was ist mit dem Rest?" Krain verzog das Gesicht zu einem bedrückten Lächeln.
"Manche brauchen eben etwas länger. Aber 6 sind schon ganz gut." Die Kinder hatten den Schinken bis auf die Knochen sauber abgenagt und sahen mich fragend an.
"Nein, ihr könnt doch nicht immer noch Hunger haben?",
fragte ich seufzend. Shiida stieß ein freudiges Kichern aus,

was sie sofort bereute, denn die jungen Harpyien sahen sie fasziniert an und stürzten sich dann mit einem brutalen Eifer auf sie. Es ging wahnsinnig schnell, und sie konnte nicht anders, als sich mit einem magischen Schild zu schützen, doch unbeirrt griffen sie den Schild an, bis Krain ein monströses Kreischen ausstieß. Die Kinder erstarrten und ließen von Shiida ab. Sie sah schlimm aus. Sie hatte am ganzen Körper stark blutende Biss- und Kratzwunden. Sofort lief ich zu einer Kommode hinüber und holte einen Heiltrank aus einer der Schubladen.

"Hier."

Ich reichte ihr den Trank und sah sie nur fassungslos an.

"Harpyien sind echt unglaublich, dabei sind sie vorhin erst geschlüpft."

Die Kleinen schmiegten sich nun an mich und schliefen ein.

"Meine Kleinen“,

sagte ich lächelnd. Shiida richtete sich mühsam auf.

"Ich geh und so bald werde ich nicht wieder kommen“,

sagte sie und auch Wolf stand auf.

"Ich begleite dich."

Sie sah erst die Kleinen und dann mich an. "Stellt sicher, dass diese kleinen Monster nicht das Zimmer verlassen“,

sagte sie und verließen den Raum. Ich war erbost über Shiidas Ausdrucksweise, auch wenn 'Monster' genau das richtige Wort war. Ich überlegte, wie ich mich aus den Kleinen rauswinden könnte ohne sie zu wecken, doch gab ich es auf und versuchte, es mir gemütlich zu machen. Krain fing an zu kichern.

"He, lachst du mich aus?",

beschwerte ich mich. "Nein, dennoch ist es lustig anzusehen." "Wir werden noch zu einer richtig großen Familie“, bemerkte Kira und stand mit einem lauten

Gähnen auf, dann setzte sie sich zu mir und schmiegte sich eng an mich. Kiara, die immer noch Krain tröstend im Arm hatte, sah Kira eifersüchtig an, doch ließ sie es auf sich beruhen. "Na na, was soll dieser eifersüchtige Blick?", fragte ich, woraufhin Kiara rot wurde und weg sah. "Bitte lass es mich nicht bereuen, dass ich mich auf eine so komplizierte Beziehung eingelassen habe, okay?"

Es war soweit, Tag der Abreise. Der Wagen stand auf dem Vorplatz und war mit allem Nötigen beladen. Shiida saß bereits auf dem Wagen, bereit, aufzubrechen. "Ran! Wo bleibt Korra?",
beschwerte Shiida sich. Aus dem Augenwinkel bemerkte ich eine Bewegung und sah, dass es Rim war und nicht nur er, die Küken hatte er im Schlepptau. Er sah zerschunden aus.
"Was denn, sind dir die Heiltränke ausgegangen?",
fragte ich spottend. Rim zuckte nur mit den Schultern.
"Es wäre Verschwendung, für so etwas einen Heiltrank zu benutzen",
sagte er und zuckte auf.
"Ah, Samin."
Samin hatte sich in Rims rechten Arm festgebissen und sah nicht so aus, als wenn sie los lassen wollte, doch sah Rim sie böse an. "Samin!",
sagte er nur erwartungsvoll, woraufhin sie dann doch losließ. Beeindruckt sah ich ihn an. "Du hast sie ja gut im Griff." Er seufzte. "Ich sag dir, das ist nicht so leicht." Die jungen Harpyien fingen an sich zu balgen, als plötzlich ein Kreischen vom Himmel hallte. Ich blickte auf und erspähte einen Schatten.
"Da ist Korra",
bemerkte ich und stieg zu Shiida auf den Wagen. Rim

winkte mir zu.
"Eine gute Reise!“,
wünschte er und kümmerte sich dann um seine Kinder. Der Wage setzte sich in Bewegung, und ich sah Shiida fragend an.
"Was glaubst du, wird Fey uns akzeptieren?" Sie überlegte nicht lange.
"Fürst Fey ist jung, ohne Frage wird er uns als Magier akzeptieren, doch wird er unser Vorhaben unterstützen?",
erwiderte sie.

Wir waren schon eine ganze Weile unterwegs, und schon bald konnte ich die Stadt Fenbri erspähen. Im Sturzflug stürzte ich auf den Wagen nieder, um dann sanft auf dem Planendach zu landen. Shiida und Ran sahen fragend zu mir auf. "Wir sind bald da“,
sagte ich und gähnte laut. Ran lächelte mich an.
"Hört sich gut an." Als wir Fenbri erreichten, mussten wir zunächst warten, bis wir in die Stadt konnten, da noch viele andere vor uns waren.
"Sieht aus, als wenn ein Markt stattfinden wird“,
meinte Shiida. Es ging schnell voran, daher mussten wir nicht lange warten.
"Halt!"
Der Hauptmann sah misstrauisch zu mir auf und sah dann Shiida an. "Ihr müsst die Magierin sein, aber wer sind eure Begleiter?", wollte er wissen. "Das sind Freunde von mir. Sie sind auf der Durchreise, wir mussten zufällig in die gleiche Richtung."
Der Hauptmann nickte zur Bestätigung.
"Wir müssen in den Wagen sehen“,
sagte er und wies eine Wache an, den Wagen zu durchsuchen.

"Ihr nehmt ja eure Aufgabe sehr ernst“,
bemerkte Ran. "Man bezahlt Steuer, abhängig davon, was man in die Stadt einführt." "Hauptmann, hier ist nichts zu besteuern“,
sagte die Wache, als sie fertig war. Der Hauptmann wollte gerade etwas sagen, als es hinter uns laut wurde.
"Verzeiht, wir halten den Betrieb auf, eine Wache wird euch alles erklären“,
sagte er und schickte uns weiter. Eine noch sehr junge Wache kam auf uns zu und verneigte sich.
"Mein Name lautet Martin, ich bringe euch hoch in die Kaserne“, sagte er und ging vor.
"Eure Audienz bei Fürst Fey wird in 3 Tagen sein, solange werdet ihr warten müssen".
Er blickte kurz zu mir auf.
"Und eure Freunde werden in der Kaserne einquartiert“, erklärte er, und wir sahen und mit großen Augen um. Fenbri war eine außergewöhnlich große und volle Stadt. Erneut mussten wir stehen bleiben, weil die Straße blockiert war.
"Ist es hier immer so voll?",
fragte Shiida, woraufhin sie von Martin einen verwirrten Blick bekam.
"Wisst ihr es nicht? Fenbri ist ein Handelszentrum“,
erklärte er.
"Einmal im Jahr, um genau zu sein, jetzt, findet der Weltmarkt statt. Händler aus der gesamten Welt, selbst aus feindlichen Ländern, kommen hierher, um zu handeln." Bald erreichten wir die Kaserne im Zentrum der Stadt. Martin sprach kurz mit der Kasernenwache, dann wurden wir rein gelassen. Die Kaserne war eine massive Festung mit einem großen Innenhof, auf dem uns bereits jemand in einer prächtigen Rüstung erwartete. "Seid gegrüßt, ich bin

General Andre“,
sagte er mit einer höflichen Verbeugung. "Ich bin Shiida, die Magierin und zeitweilig in Begleitung meiner Freunde, Randorio und Korra."
Währenddessen
saßen alle anderen am See nahe der Akademie, um vor der Sommerhitze zu fliehen. Ein kalter Schauer lief mir den Rücken hinunter, als ich an meine Wiederbelebung dachte. "Wolf, bist du in Ordnung?",
fragte Rim.
"Du bist so bleich." "Alles bestens, ich dachte nur, dies hier ist doch der Ort meiner Wiederbelebung?" Rim nickte.
Und ein wunderbarer Ort zum Entspannen."
Er sah zum See, an dessen Ufer die jungen Harpyien im Wasser spielten. Als ich sah, wie Krain und Rim sich küssten, blickte ich verträumt in den Himmel. “Ach, Shiida, wann bist du nur wieder zurück, ich vermisse dich jetzt schon“, dachte ich und blickte mich um, als ich jemanden kommen hörte. Es waren Alrik und sein jüngerer Bruder Armin. Mara, die mit den Kleinen am See spielte, sprang gleich auf und flatterte zu ihnen.
"Hey, da seid ihr ja." "Und wir haben Kuchen mit gebracht, wie versprochen“,
erwiderte Alrik lächelnd. Ich stand auf und setzte mich zu den anderen. "Kuchen klingt gar nicht schlecht." “ Ob, Shiida jetzt gerade auch Kuchen isst?“, dachte ich mir. “Nein, dafür wird sie viel zu beschäftigt sein“.
"Shiida, wenn du weiter so viel Kuchen isst, wirst du fett“,
sagte Ran lächelnd und ich sah ihn böse an.
"Ich habe Hunger, und der Kuchen schmeckt gut, also lass mich." "Aber was würde Wolf sagen, wenn du mit so einem Bauch wieder kommst“,
sagte er und machte eine entsprechende Geste. Ich schob

den Kuchen von mir weg.
"Danke, jetzt habe ich keinen Hunger mehr."
General Andre fing an zu lachen.
"So wie ihr miteinander sprecht, müsst ihr euch wirklich nahe stehen.
"Ich sah Ran an, dann sah ich wieder zum General.
"Wir haben eben viel zusammen durchgestanden, so etwas stärkt den Zusammenhalt und die Freundschaft." Ich stand auf und streckte mich.
"Danke für die Einladung, General, ich werde mich jetzt schlafen legen".
Ich verließ die Kasernentaverne und steuerte Richtung Quartiere.
Die Sonne würde noch lange nicht untergehen, doch wollte ich nun nichts lieber als schlafen, da mir die Müdigkeit der letzten Monate tief in den Knochen saß. Ich war froh, dass der General darauf bestanden hatte, mir ein separates Quartier zu geben, denn so würde ich nicht von vorbeihuschenden Soldaten geweckt werden.

Eigentlich wäre ich noch nicht aufgestanden, doch das Geräusch von aufeinander schlagenden Schwertern ließ mich nicht schlafen. Mit einem lauten Gähnen stand ich auf und zog mich an. Ich betrat den Innenhof, wo mehrere dutzend Krieger in Reihe standen und trainierten. Ich bemerkte eine Bewegung aus dem Augenwinkel und wich einem Schwerthieb mit einer einfachen Drehung aus. Vor mir stand ein junger Krieger mit einem scharfen Blick und einem grimmigen Lächeln.
"Ich wusste gleich, dass ihr kämpfen könnt, Magierin",
sagte er und erhob sein Schwert erneut gegen mich.
"Na los, zieht eure Waffe."
Alles um uns herum war still. Alle anderen Krieger hatten

aufgehört zu trainieren und sahen uns jetzt zu. Ich streckte meine müden Knochen, dann stürmte er auf mich zu. Seine Angriffe waren nicht nur kräftig, sondern auch schnell, doch nicht so schnell wie Wolf und lange nicht so schnell wie ich. Ich wartete einen weiteren Hieb ab, dann packte ich sein Handgelenk, verdrehte ihm den Arm und brach diesen dann mit einem Schlag. Aus derselben Bewegung heraus versetzte ich ihm einen Schlag vor den Hals und brach ihm mit einen kräftigen Tritt auch noch das Knie. Fluchend und keuchend krümmte er sich am Boden, doch ich rieb mir nur die müden Augen.
"So früh am Morgen, das muss doch nicht sein." Korra stürzte auf den Innenhof nieder und landete neben mir: „Shiida, was hast du getan?" Ich sah Korra an.
"Morgen, er hat angefangen“,
verteidigte ich mich. Ich ging zu ihm hin und stemmte einen Fuß auf seine Brust, dann zog ich die Brüche gerade, um sie heilen zu können. "Die Heilung ist nicht perfekt“,
sagte ich und gab ihm einen Heiltrank.
"Hier, trink das und du bist bis heute Abend wieder fit." "Was ist hier los!",
verlangte General Andre zu wissen, der gerade den Innenhof betrat. Sofort stand der junge Krieger vom Boden auf und verneigte sich vor Andre.
"Es ist meine Schuld, ich konnte mich nicht zügeln." Andres Gesicht verriet mir, dass dies nicht das erste Mal war, dass so etwas vorkam. "Schande über mich, ich wurde waffenlos geschlagen“,
sagte der Krieger, woraufhin Andre mich fassungslos ansah.
"Ihr habt Kalito besiegt?"
Ich sah Andre verwirrt an und nickte nur.
"Ist das so ungewöhnlich?" Andre nickte.

"Das will ich meinen. Kalito ist unser bester Krieger, doch hat er einen schlechten Charakter, wie ihr feststellen musstet." Ich betrachtete den gut aussehenden Krieger. "So schlecht kann er gar nicht sein, wenn ich sehe, wie demütig er dasteht." General Andre lächelte selbstzufrieden. "Nun gut, in seiner Loyalität ist er unübertroffen, das muss man ihm lassen."

Langsam wurde ich wach, und als erstes tastete ich Shiidas Seite des Bettes ab. „Shiida, wann kommst du nur nach Hause?", dachte ich und stand schließlich auf. Als ich auf den Gang hinaus trat, wurde ich fast von Mara umgerannt.

"He, warum so stürmisch?" "Ich treff mich mit Alrik am See",

sagte sie und war dann auch schon weg. " Na, scheint ja für jeden ganz gut zu laufen", dachte ich mir lächelnd und machte mich auf den Weg in den Speisesaal. Ich wollte mich gerade setzen und das Frühstück genießen, als Kirgo den Speisesaal betrat.

"Nanu, hier ist es aber leer",

bemerkte er, und wir grüßten uns per Handschlag.

"Greif zu",

sagte ich und setzte mich, doch Kirgo schüttelte nur den Kopf.

"Ich habe schon gefrühstückt, aber danke",

erwiderte er und setzte sich. "Was macht deine Ausbildung?" Kirgo seufzte.

"Mein Meister ist ein richtiger Sklaventreiber, aber er versteht sein Handwerk",

sagte Kirgo und nahm sich dann doch ein Stück Brot. Er wollte gerade etwas sagen, als die Jjngen Harpyien in den Speisesaal stürmten. Sie scharten sich um uns und sahen uns erwartungsvoll an. Ich atmete erleichtert auf, da ich damit rechnete, dass sie wieder versuchen würden, mich zu

fressen. "Wieso hat mir niemand gesagt, dass sie geschlüpft sind?",
fragte Kirgo und sah sich erstaunt um. "Es ist auch erst 3 Tage her",
erwiderte ich und aß weiter. "Drei Tage?",
fragte Kirgo erstaunt.
"Sie sehen aber nicht so aus, als wenn es erst drei Tage her wäre." "Du vergisst, dass es Harpyien sind",
sagte Rim, der im Eingang des Speisesaals stand.
"Und außerdem lernen sie sehr schnell in den ersten paar Monaten."
Die Harpyien sprangen auf und stürzten sich auf Rim.
"Papa! Papa! Papa!",
sagten die Kleinen im Chor. Krain, die nun auch den Saal betrat, sah Rim nur verärgert an.
"Warum sagen sie zuerst Papa?" Rim kämpfte sich unter den Harpyien hervor.
"Vielleicht, weil ich ihnen das meiste beibringe." Kirgo fing laut an zu lachen.
"Ihr seid wie ein altes Ehepaar."
Ich stimmte in Kirgos Lachen ein.
"Wo er Recht hat, hat er Recht."

Ich kämpfte mich gerade mit Korra und Ran durch die Stadt und bewunderte die vielen Sachen, doch noch mehr bewunderte ich die Vielfalt an Speisen.
"Shiida, sieh dir das mal an!",
sagte Korra, die gerade einen Stand mit seltsamen Masken betrachtete. Mit vollem Mund drehte ich mich zu ihr um, in den Händen hielt ich undefinierbare, auf Holzstäben aufgespießte Speisen. Korra und Ran sahen mich beide seufzend an.
"Was ist? Das müsst ihr mal probieren",

sagte ich und schluckte den riesigen Bissen in meinem Mund hinunter. Ran fing an zu lachen.
"Du änderst dich wohl nie“,
sagte er und steuerte Richtung Süd-Tor. "Wo willst du hin, der Marktplatz liegt aber in der anderen Richtung“,
sagte Korra. Ran zuckte die Schultern. "Der Marktplatz ist sicher voll, dazu ist der Viehmarkt sicher viel interessanter.“,
argumentierte er und ich überlegte. "Ran hat Recht. Ich würde auch lieber den Viehmarkt sehen."

Hinter dem Süd-Tor reihte sich Zaun an Zaun. Die meisten waren bestückt mit gewöhnlichen Nutztieren, wie Ochsen, oder Schafen, doch weiter hinten wurden die Gehege von Rittern bewacht, denn in ihnen befanden sich Tierwesen aus aller Welt. In dem ersten Gehege befanden sich große, vogelartige Wesen. Sofort kam der Händler auf uns zu.
"Das sind Terrorvögel, sie sind vielseitig einsetzbar..."
Er zählte uns die Vorteile auf, und sofort kam ein weiterer Händler. "Ich verkaufe südländische Terrorvögel, sie sind kleiner und daher leichter zu hand...." "Nein danke“,
unterbrach ich ihn und ging weiter. Ran sah mich fragend an.
"Was meinst du, Korra, sollte ich mir einen Terrorvogel zulegen?" Ich schlug ihn mit meinem Flügel.
"Idiot, viel zu teuer, vor allem brauchen wir dann auch noch entsprechendes Sattelzeug, um unsere Vorräte unterzubringen“, sagte ich. Ran lächelte mich an.
"Ich denke du hast recht." Mit großen Augen kam ein Händler von weiter hinten auf uns zu geeilt und zupfte gleich an meinen Flügeln rum.
"He, was soll das?",
fragte ich ihn und schubste ihn weg, doch ignorierte er

mich und sah zwischen Shiida und Ran hin und her.
"Wie viel wollt ihr für eure Harpyie?" Zorn stieg in mir auf, und ich packte ihn mit meinen Klauen und rammte ihn gen Boden. Sofort hielten die Ritter mir Schwerter an die Kehle.
"Wie kannst du nur glauben, dass ich käuflich bin“,
sagte ich und ließ ihn los. Sofort flüchtete er zurück, und die Ritter steckten ihre Schwerter weg. "Immer mit der Ruhe, Korra, hier ist einiges anders als im Norden“, versuchte Shiida mich zu beruhigen, doch ergriff mich erneut der Zorn, als ich in einem der Gehege einen Halbmenschen sah. Es war ein junger Zentaur, in Ketten gelegt und lange Narben, die nur von einer Peitsche stammen konnten, zierten seinen Rücken. Wir blieben vor dem Gehegen stehen und Shiida wollte gerade ihre Schwerter ziehen, als Ran sie zurück hielt.
"Wie viel?",
fragte Ran nur, und Shiida sah ihn böse an.
"Andere Länder, andere Sitten“,
flüsterte er ihr nur zu. Ich teilte Shiidas Meinung, doch hatte Ran Recht. Der Händler grinste breit.
"300 Gold." "Unsinn, 60 Gold höchstens. Die Harpyie hat mich nur 30 gekostet“, sagte Ran und deutete auf mich, doch bevor ich etwas sagen konnte, stieß er mich an.
"Spiel mit!",
flüsterte er. Der Händler lachte.
"Wie ich sehe, habt ihr Ahnung, na gut. 130 Gold."
Ran lachte.
"Wir haben vor, nach Südost zu reisen, wie vielen Zentauren werden wir wohl dort begegnen? 45 Gold, mein letztes Angebot."
Der Händler seufzte
"75." "75 und passendes Sattelzeug“, erwiderte Ran, und der Händler schlug ein.

"Selten, dass jemand so hart feilscht",
lobte der Händler ihn. Er bereitete den Zentaur vor und übergab ihn dann Ran.
"Wie ist dein Name?",
wollte Ran wissen. Der Zentaur verneigte sich.
"Mein Name lautet Gin, Meister."
Ran lächelte.
"Gut erzogen ist er",
sagte er und befreite ihn dann von den Zügeln.
"Du bist frei, Gin",
sagte Shiida, und Gin und der Händler sahen Ran sprachlos an, doch grinste Ran nur. Gin lächelte, doch sah er dann betrübt zu Boden. "Du weißt nicht wohin, habe ich Recht?", fragte ich ihn, und er antwortete mir mit Schweigen. Ran streckte sich.
"Begleite uns einfach, bis du weißt, was du machen willst", schlug er vor und Gin sah auf. "Das werde ich", sagte er entschlossen, und Shiida sah uns belehrend an. "Uns zu begleiten ist in dieser Region ohnehin eine gute Idee, da man Gin sonst nur wieder einfangen würde." Wir sahen uns noch eine Weile auf dem Viehmarkt um und blieben schließlich vor den Terrorvögeln, welche wir am Anfang gesehen hatten, stehen. Die beiden Händler sahen mich neugierig an. "Ihr habt es euch also anders überlegt?" "Kommt darauf an, erklärt mir doch erst mal den Unterschied zwischen zwei Arten", entgegnete Ran, woraufhin ich ihm einen heftigen Schlag mit meinem Flügel verpasste. "Verschwende nicht schon zum Anfang unserer Reise das ganze Geld, du Idiot", beschimpfte ich ihn, und die Händler sahen nun mich an. "Erst mal muss man erwähnen, dass Terrorvögel nicht teuer sind", fing der Händler an. "Für Terrorvögel gilt, große Gruppe, Terranischer Terrorvögel. Sie sind stark, unverwüstlich und

für schweres Terrain geeignet." Er machte eine Pause und sah dann zu seinem Kollegen, welcher nun weiter sprach. "Der Südländische Terrorvogel ist klein und schnell, um einiges schneller als ein Pferd", erklärte der Händler und ich sah seufzend zu Shiida, die mit der Weile auch ganz interessiert zuhörte. "Neben ihrer Geschwindigkeit besitzen sie eine nahezu unendliche Ausdauer und sind sehr pflegeleicht." Nach einer gefühlt endlos langen Diskussion hat Ran schließlich doch einen der Südländischen Terrorvögel erworben. "Nun komm, ich will langsam was trinken", beschwerte ich mich und sah auf den schwarzen Terrorvogel, welcher nur knapp größer war als Ran. "Ich finde, es war eine gute Idee, den Tevo zu kaufen, so fühlst du dich nicht so einsam", scherzte Ran lachend, doch sah ich ihn nur fragend an. "Tevo?" "Kurzform für Terrorvogel, meinte zumindest der Händler." Ich zuckte nur die Schultern und ging dann vor.

Es war schon spät, als wir endlich eine Schenke fanden, die nicht gnadenlos überfüllt war. Als wir den Schankraum betraten, blieb Gin draußen stehen. Ich drehte mich zu ihm um. "Hey Gin, jetzt steh da nicht rum, komm rein",
sagte ich und setzte mich zu Shiida und Ran an einen großen freien Tisch. Ran sah sich neugierig um. Die meisten Gäste waren düstere Gestalten, die uns feindselig beäugten. "Meine ich das nur, oder sehen hier alle aus wie Verbrecher?", fragte Ran, doch Shiida zuckte nur die Schultern.
"Gut möglich, wenn ich bedenke, dass man 6 mal versucht hat, mich zu bestehlen."
Wir sahen alle auf, als der Riese von einem Wirt, jedem einen großen Krug Bier hinstellte.
"Ihr solltet austrinken und dann gehen. Heute ist dies kein

guter Ort für Fremde“,
warnte er uns und ging dann wieder, als sei nichts gewesen. Ran und Shiida sahen sich an, dann hob Ran den Krug.
"Schmeckt jedenfalls nicht vergiftet“,
scherzte er. Ich sah auf meinen eigenen und sah dann zu Gin.
"Wenn er sagt, da ist nichts drin."
Gin hob seinen Krug nur zaghaft und lächelte dann.
"Das erste Mal, dass du Bier trinkst?",
fragte ich und Gin nickte.
"Wo kommst du eigentlich her? Man muss dich doch irgendwo geschnappt haben?",
fragte ich weiter und Gin schüttelte den Kopf.
"Ich komm nirgendwo her. Solange ich denken kann, war ich Besitz irgendeines Händlers."
Ich wollte gerade etwas Aufbauendes sagen, doch wurde die Tür aufgestoßen, und eine Gruppe von Männern betrat den Schankraum und stellte sich an der Türe auf. Ein unpassend gut gekleideter Mann betrat nun die Schenke und steuerte gleich den Wirt an. Der Wirt flüsterte dem Man etwas ins Ohr, dann schnitt er ihm die Kehle durch, doch bevor die Männer an der Tür reagieren konnten, wurden sie schon von den anderen Gästen getötet. Gin sprang auf.
"Ganz ruhig Gin, setz dich“,
sagte ich. "Eine wirklich interessante Schenke“,
sagte Shiida und hob ihren leeren Krug.
"Noch eine Bitte."
Ich lächelte sie an. “Schlagfertig wie immer“, dachte ich mir und betrachtete die Gestalten, die uns umzingelten. "Ihr hättet auf meine Warnung hören sollen, denn ich schätze keine Zeugen“,
sagte der Wirt. Ran lächelte Shiida an.

"Es ist unvernünftig, einen Magier angreifen zu wollen“, warnte Ran und hob die Hand. Blitze zischten durch den Schankraum und schockten den Wirt und seine Handlanger. Gin sah Ran beeindruckt an.
"Ihr seid Magier?" Ran stand auf und sah zu Shiida. "Wir sollten gehen und das General Andre melden“, meinte Ran, doch schüttelte Shiida nur den Kopf. "Gehen ja, aber nicht melden. Ich mische mich ungern in Angelegenheiten ein, über die ich nicht im Bilde bin." Ran seufzte. "Dann eben so, auf, auf!"

Kapitel 11

Es war bereits Mittag, bis Ran, Korra und Gin so weit waren, ihre Reise anzutreten.
"Und ihr habt auch genug?",
fragte ich.
"Bis zur nächsten Stadt sind es 11 Tage." Ran lächelte mich nur an.
"Natürlich, wir haben alles, was wir brauchen, bis auf das Fleisch, das besorgt uns Korra frisch“,
sagte Ran, und Korra lächelte stolz. Ich winkte den dreien zum Abschied und seufzte. “Wenn doch nur Wolf hier wäre“, dachte ich und ging wieder hoch zur Kaserne, wo mich Kalito bereits erwartete. "Willst du wieder mit mir kämpfen?",
fragte ich ihn genervt. Er verneigte sich vor mir auf eine übertriebene Art.
"Im Gegenteil, bitte erlaubt mir von euch zu lernen?"
Verlegen wich ich vor ihm zurück.
"Steht bitte vom Boden auf."
Er stand auf und folgte mir auf dem Schritt. "Hör zu, ich bin nicht hier, um irgendwem das Kämpfen beizubringen."
Enttäuscht sah er zu Boden. Ein Bote kam hergeeilt und verneigte sich vor mir.
"Ihr seid die Magierin Shiida?",
fragte er, und ich nickte. "Eine Nachricht von Fürst Fey. Eure Audienz wurde verschoben. Ihr werdet heute Abend beim großen Bankett dabei sein. Das Bankett beginnt bei Sonnenuntergang“,
sagte der Bote und überreichte mir einen großes Paket. Sofort zog ich mich in mein Quartier zurück und öffnete das Paket. In ihm befanden sich drei Abendkleider in verschiedenen Größen. Natürlich war es das kleinste,

welches mir passte, bis auf die Oberweite, die mir noch zu viel Luft ließ. Betrübt sah ich auf meine Brüste. "Ich habe gehört, wenn man Kinder bekommt, wachsen sie“, dachte ich laut und schüttelte den Kopf.
"Quatsch, das ist keine Option, dazu würde es zu lange dauern“, dachte ich mir und sah mich nach einem Spiegel um, welcher selbstverständlich nicht vorhanden war. Dann fiel mir Kalito ein, er würde nicht um meiner Position wegen lügen und ehrlich sagen, was er denkt. Ich öffnete die Tür, und wie erwartet stand er davor. "Du lässt wohl nicht locker, aber egal. wie sehe ich aus?“, sagte ich mit einer Drehung. Kalito sah mich ehrlich überrascht an und lächelte dann zuversichtlich. "Es steht euch ausgezeichnet, das Rot des Kleides schmeichelt Eurem Haar, doch könnte es um die Brust herum etwas enger sitzen." "Ich hab´s gewusst“, sagte ich und ließ die Schultern hängen. Als Mara mich sah, sprang sie mir gleich um den Hals.
"Kirgo!" "Ich freu mich auch, dich zu sehen“,
sagte ich und betrachtete den Jungen hinter ihr.
"Ist das dein Freund?",
fragte ich neugierig. Sofort wurde er rot, doch Mara lächelte mich nur an.
"Ja, Alrik und sein jüngerer Bruder Armin ist auch mein Freund." „Spatzenhirn“, dachte ich nur.
"So habe ich das mit Freund nicht gemeint."
Mara legte den Kopf schief.
"Wie denn?",
wollte sie wissen. “ Sagte Krain nicht, dass Harpyien sich sehr schnell entwickeln, Mara ist wohl eine Ausnahme“, dachte ich und seufzte.
"Das wirst du früh genug erfahren. Wo wolltet ihr denn gerade hin?"
Mara lächelte mich an.

"Nach unten an den See."
Ich überlegte.
"Der See, ein guter Ort, um meinen letzten freien Tag zu genießen."
Von Alrik war ein schwaches Seufzen zu hören. Wie erwartet, ging Mara voller Freude vor, und wir folgten ihr. Ich vergrößerte den Abstand und wartete, dass Alrik auch langsamer wurde. "Du magst Mara, oder?“,
stellte ich fest, und wieder wurde Alrik rot.
"So ein Unsinn." "Mach mir nichts vor, dein Gesicht verrät alles“,
sagte ich und senkte meine Stimme. "Doch merke dir zwei Dinge. 1. Mara ist jung und für eine Harpyie unglaublich naiv. 2. Denk immer an Rim und seine 6 Kinder. Harpyien sind keine Menschen, auch wenn sie ihnen sehr ähnlich sind."
Ich fing an zu lachen, da Alrik vor Scham im Boden zu versinken schien. "Worüber lachst du?",
fragte Mara und drehte sich zu uns um.
"Über nichts, über rein gar nichts“,
log ich sie an.

Ich war nach all der Zeit so an meine schweren Roben gewöhnt, dass ich mich mit diesem dünnen Abendkleid nun nackt fühlte. Nur zaghaft stieg ich aus der Kutsche. So wie die Akademie, stand auch die Festung von Fürst Fey erhöht, sodass man die gesamte Stadt und das umliegende Land betrachten konnte. Geistesabwesend betrachtete ich die mit Tausenden von Lampions geschmückte Festung.
"Magierin Shiida....Magierin Shiida....Shiida!"
Ich blinzelte den kleinen Diener an.
"Ihr habt geträumt“,
sagte er und führte mich dann in die Festung. Der große

Vorplatz der Festung war reich geschmückt, und in der Mitte des Platzes prasselte ein riesiges Feuer. Um das Feuer standen zwei lange Tische für unzählige Gäste und dahinter ein großer Tisch für die Fürstenfamilie. Eine bleiche, hoch gewachsene Gestalt mit einem goldgemusterten Gewand kam auf mich zu.
"Ihr müsst die Magierin sein. Ihr seid kleiner als ich angenommen habe“,
sagte er. Ich wollte gerade wütend werden, als er sich plötzlich niederkniete und meine Hand küsste.
"Dafür seid ihr aber auch weit aus schöner, als ich es je erträumt hätte."
Verlegen sah ich zu Boden.
"Ihr seid also Fürst Fey."
Der Fürst nickte und stand dann wieder auf. Mir war es unangenehm, so viel Aufmerksamkeit zu erregen, alle starrten uns an und ich atmete tief durch. “Ganz ruhig, als Barde erregt man doch immer Aufmerksamkeit.... aber das ist etwas Anderes“. "Kommt.“,
sagte Fey und ging zurück zu seinem Platz. Mich positionierte er direkt zu seiner Linken. Nachdem nun auch die restlichen Gäste hergefunden hatten, eröffnete Fürst Fey das Fest. Diener brachten große Platten mit herrlich duftenden Speisen und für einen Moment vergaß ich die Etikette und stürzte mich einfach drauf. Schnell wurde mir mein Fehler bewusst, und ich nahm mir nur noch kleine Bissen. Der Fürst fing an zu kichern und ich sah ihn böse an.
"Ihr lacht mich aus." "Ein wenig“,
sagte er und sein Blick wurde eiskalt.
"Wollt ihr weiter essen, oder lieber über das Geschäft reden?", fragte er, und ich machte sofort den Mund leer.
"Das Geschäft. Wir würden uns gerne in eure Dienste

stellen. Gerüchten und Erzählungen zufolge, sollt ihr ein aufrechter und guter Fürst sein."
Der Fürst lächelte.
"Wenn ihr das sagt."
Er überlegte.
"Eure Bitte klingt ganz gut, doch brauche ich euch nicht. Mein Fürstentum ist zwar klein, doch haben wir die besten Krieger." Ich musste unweigerlich an Kalito denken und fing laut an zu lachen. "Jetzt seid ihr diejenige die mich auslacht“,
beschwerte er sich. "Halme im Wind sind eure Krieger“,
sagte ich nur.
"Wenn ich an die Banditen im Norden denke, Ihr hättet nicht den Hauch einer Chance." Fey sah mich ungläubig an.
"Unsere Akademie steht zwar noch am Anfang, doch wollen wir das bald ändern und um das zu tun, brauchen wir ein regelmäßiges Einkommen“,
erklärte ich ihm. "Nun gut, ein Vorschlag“,
sagte er und lächelte mich an.
"Euch sind sicher die vielen Diebe aufgefallen."
Ich nickte kichernd.
"Wie könnten sie einem nicht auffallen." "Das ist nicht nur zum jährlichen, großen Markt ein Problem. Tatsächlich hat sich eine Diebesgilde in meiner Stadt eingenistet und unser einziger Informant wurde gestern in einer Schenke am Stadtrand getötet."
Ich dachte an den Vorfall letzten Abend.
"Ich glaube, ich weiß, wer es war“,
dachte ich laut, woraufhin Fey mich fragend ansah.
"Ist das so?" "Eins zum anderen, Ihr wollt sicher, dass ich herausfinde, wer Kopf der Diebesgilde ist, und wo sie sich versteckt." "Ihr seid sehr klug, doch ist es nicht genau das,

was ich will."
Ich legte den Kopf schief. "Vernichten wir die Diebesgilde, wird sich einfach eine neue breitmachen. Es gilt herauszufinden, wo die Lücken im System sind, finde die korrupten Wachen." Ich sah ihn verwundert an.
"Und die Diebe?" "Die Diebe gehören eben zur Stadt dazu. Eine Stadt, in der es keine Diebe gibt, mit der stimmt etwas nicht. Lösen wir das Problem mit den Wachen, verschwinden die Diebe von ganz alleine." "Weise Worte von einem noch so jungen Fürsten",
lobte ich ihn. "Danke und jetzt lasst uns das Fest genießen. Musik ertönte, und Fürst Fey stand auf.
"Lasst uns tanzen",
sagte er und reichte mir seine Hand, die ich annahm.
"Gerne." Ein paar der anderen Gäste folgte unserem Beispiel, doch die Mehrheit blieb sitzen. "Von wo stammt ihr?",
fragte er, während ich versuchte, ihm nicht auf die Füße zu treten. "Ich komme aus einem Nomadenstamm, weit im Nordischen Gebirge, wo sich nur die Banditen hin trauen",
sagte ich geradeheraus. "Nun lasst mich eine Frage stellen."
"Nur zu, fragt",
sagte er und lächelte mich an. "Ihr seid kein Mensch, habe ich Recht?"
Fürst Fey nahm einen Schritt Abstand und sah mich geschockt an, doch lächelte ich ihn nur an.
"Ich habe es an euren Augen gesehen und an der Art, wie ihr euch bewegt."
Er kam wieder zu mir her, um kein Aufsehen zu erregen.
"Ich bin immer mehr von euch beeindruckt."
Es wurde ein ruhigeres Lied gespielt, und Fürst Fey trat nun ganz nah an mich heran.
"Euer Blut riecht verführerisch." "Ich muss euch

enttäuschen, ihr bekommt weder mich, noch mein Blut“, sagte ich ihm und war froh, als die Musik wieder schneller wurde, damit ich wieder Abstand gewinnen konnte.
"Ich bin vergeben und außerdem seid ihr nicht mein Typ, tut mir leid."
Ich blieb stehen und verneigte mich vor ihm.
"Ich denke, ich werde jetzt gehen“,
sagte ich und verließ die Festung mit einer gewissen Selbstzufriedenheit. “Läuft doch ganz gut, nur ein paar korrupte Wachen ausfindig machen und fertig“, dachte ich mir, als ich mich am Wald wieder fand. "Warum habe ich nicht die Kutsche genommen?",
fragte ich mich selbst und legte einen Zahn zu.
"Ist ja nicht weit." Als ich schließlich die Kaserne erreichte, lief mir Kalito über den Weg.
"Ihr seid schon zurück, ist wohl nicht gut gelaufen“,
höhnte er, doch winkte er mich dann ran.
"Kommt, ich gebe einen aus."
Wir machten es uns in der Kasernen-Taverne gemütlich. Kalito sah mich erwartungsvoll an.
"Wo drückt der Schuh?" Lächelnd nahm ich einen großen Schluck Bier. "Er drückt gar nicht." "Und wieso gebe ich Euch dann einen aus?",
fragte er verwundert. "Weil ihr euch an mich ranmachen wollt." Kalito fing an zu lachen.
"Dafür seid ihn nicht mein Typ, Magierin. Ich wollte gerade das gleiche sagen, doch wäre das gelogen. Tatsächlich war er wie die Südländische Version von Wolf, nur aufgeschlossener. "Ich weiß noch nicht, ob es gut oder schlecht ist“,
fing ich an.
"Der Fürst geht auf meinen Handel ein, unter der Bedingung, dass ich die Diebesgilde ausfindig mache." “

Besser, keiner weiß, dass ich hinter den korrupten Wachen her bin und nicht hinter den Dieben“. Kalito schüttelte sich die Hand, als hätte er sich verbrannt.
"Die Diebesgilde, da hab ihr euch etwas eingebrockt."
Ich seufzte.
"Ich weiß, daher brauche ich eure Hilfe. Ihr kennt euch hier aus und könnt kämpfen." Am nächsten Morgen war ich früh wach, um mit General Andre Informationen auszutauschen. Schließlich überreichte ich ihm einen Brief.
"Könnt ihr einen Boten zur Akademie schicken, ich habe nämlich schon einen Plan, wie ich der Diebesgilde auf den Grund gehe." Andre nahm den Brief wenig begeistert an.
"Nun, ich werde tun, was ich kann, doch wurde die Nord-Straße von einem Erdrutsch blockiert, daher kann es ein paar Tage dauern." Ich seufzte.
"Fängt ja schon gut an, trotzdem danke."

Die nächsten Tage saßen Kalito und ich zusammen und haben uns die Hand voll Informationen immer wieder angesehen. Seufzend ließ ich mich auf mein Bett fallen.
"Verdammt, ohne weitere Informationen hat das alles keinen Sinn." Kalito sah mich kichernd an.
"Du bist süß, wenn du so bist."
Ich warf ihm einen vernichtenden Blick zu.
"Wenn ich wie bin?" "Und noch süßer, wenn du sauer bist“, sagte er und nahm schon mal Abstand. Ich stand auf und ging auf ihn zu. "Das ist es, das ist genau das was ich meine“,
sagte er und flüchtete nach draußen. Ich kam ihm hinterher, doch blieb ich stehen und sah in den immer dunkler werdenden Himmel.
"Schon so spät. Ich habe das Mittagessen verpasst." "Und das Abendmahl auch“,

fügte Kalito breit grinsend hinzu. Entspannt verschränkte er die Arme hinter dem Kopf.
"Du arbeitest viel zu viel. Wir können ohnehin nichts tun, also genieße die Zeit, bis deine Freunde endlich da sind“, sagte er. Seufzend ließ ich die Schultern hängen.
"Du hast recht." "Ihr sagtet mal, ihr seid Barde, dann kenne ich genau den richtigen Ort“,
sagte er und führte mich in die Stadt. Zauberflöte, war der Name der Schenke, zu die er mich führte. Kalito lächelte mich an.
"Eine Barden-Schenke, hier gibt es den besten Wein der Stadt." Ich fing an zu lachen.
"Kalito, du bist der beste."
In der Schenke wurde gesungen, getrunken und getanzt. Es war wirklich eine Schenke nach meinem Geschmack. Kalito hatte nicht zu viel versprochen, der Wein war wirklich gut und es dauerte nicht lange, bis ich betrunken war. Ich nahm meine Knochenflöte heraus, fing an zu spielen und tanzte dabei auf dem Tisch. Die Menge war begeistert, doch merkte ich irgendwann, wie alles zu viel wurde und ich schließlich vom Tisch fiel.
"So, sas reischt für heude“,
sagte ich und stand schwankend auf.
"Isch glaube so viel habe isch noch nie getrunkn. Bring mich zurück“,
sagte ich und winkte Kalito herbei, der auch sehr erheitert wirkte, aber wohl noch weit davon entfernt war, betrunken zu sein.
Er stützte mich, und ich sah ihn grinsend an.
"Ein richtiger Kampftrinker."
Kalito lächelte.
"Ich glaube, jetzt wäre auch ich in der Lage, dich zu besiegen." Ich kicherte.

"Du? Niemals, ein Mens...Mensch ist keine Herausforderung."
Ich deutete auf ein paar herumstehende Kisten, die ich zerplatzen ließ.
"Ich mach einfach booom."
Kalito zuckte erschrocken zusammen.
"Bitte lasst das."
Als ich einen kühlen Windhauch spürte, blieb ich stehen. Ich zog Magie in mich hinein und vertrieb einen Teil der Benommenheit.
"So ist es besser."
Kalito, der wohl verstanden hatte, was ich getan hatte, lächelte.
"So würdet ihr sicher jedes Kampftrinken gewinnen". Sagte das nicht, mit Magie zu heilen ist sehr anstrengend. Und jetzt weiter." Er stützte mich noch, bis wir mein Quartier erreichten, dann lächelte er mich an und küsste mich einfach. Es dauerte einen Moment, bis ich reagierte, doch dann drückte ich ihn weg.
"Das ist keine gute Idee, ich bin betrunken und vergeben."
Kalito lächelte nur.
"Ihr seid also vergeben. Ich habe schon bessere Ausreden gehört", sagte er und gab mir einen weiteren Kuss, den ich sogar erwiderte und mich überkam eine Woge des Verlangens.
Langsam und mit schmerzendem Kopf wurde ich wach. Ich drehte mich zur Seite und wollte Wolf einen Morgenkuss geben, als ich feststellte, dass es gar nicht Wolf war, der neben mir lag. Erschrocken sprang ich aus dem Bett und bemerkte, dass ich gänzlich nackt war. Mir wurde schlecht, und Panik stieg in mir hoch.
"Nein....Nein.....das kann nicht sein",
sagte ich und ging im Zimmer auf und ab.

"Das kann nicht passiert sein, ich liebe Wolf, ich würde ihn niemals betrügen.....Nein."
Ich wurde klamm und brach zitternd auf die Knie zusammen.
"Das ist nicht passiert." "Doch, das ist es und es hat nicht nur mir gefallen“,
sagte Kalito und lächelte mich müde an. Machtvoll riss ich ihn mit Magie aus dem Bett und schleuderte ihn gegen die nächste Wand, sodass es vermutlich die ganze Kaserne hörte. Er krümmte sich vergeblich, um nach Luft zu ringen, doch presste ich ihn noch fester an die Wand.
"Das ist niemals passiert, verstanden.....NIEMALS!" Ich ließ ihn los, und er brach auf dem Boden zusammen, am Schlucken und Keuchen. Als er wieder halbwegs zu Atem kam, schmiss ich ihn, halbnackt wie er war, aus meinem Quartier. Ich setzte mich auf mein Bett und zog die Beine bis zur Brust. Tränen der Verzweiflung liefen mir über das Gesicht. „Was mach ich nur......Wolf, es tut mir leid.....Es tut so leid“.

Kapitel 12

Wie jeden Morgen war ich in der Arena und trainierte stumm vor mich hin, als ich Kirgo hereinkommen sah, in der Hand hielt er einen Brief.
"Kirgo, was machst du hier?",
fragte ich, doch reichte er mir nur den Brief.
", Wolf, lies!" //Lieber Kirgo, lieber Wolf, Ich bin in Fenbri auf ein paar Schwierigkeiten gestoßen und bitte euch beide, so schnell wie möglich herkommen. Wichtig: Verhaltet euch unauffällig. Bezieht das Zimmer 13 in der Taverne Spielmannsfluch. Alles weitere werde ich vor Ort erklären.\\ Ich sah Kirgo an.
"Das heißt wohl, auf nach Fenbri." “Was kann nur so wichtig sein, dass wir nach Fenbri kommen müssen?“, dachte ich besorgt.

Es klopfte an der Tür.
"Schiida, Ich bin es, Kalito, mach auf." "Geh weg!",
sagte ich, immer noch auf das Bett gekauert. "Du bist jetzt den ganzen Tag da drin. Hast du nicht gesagt, es sei niemals etwas passiert? Dann verhalte dich auch so und komm raus." “ Du hast Recht, du hast vollkommen Recht“, dachte ich. Ich stand auf und zog mich an, dann machte ich die Türe auf. "Na endlich." Ich sah ihn unsicher an und schreckte schließlich auf, als sich mein Magen mit einem entsetzlichen Knurren meldete. "Ich glaube, du könntest etwas zu essen vertragen“, bemerkte er und machte eine einladende Geste. Ich seufzte und folgte ihm zögerlich. Als die Kaserne schon in der Ferne lag, eröffnete er das Gespräch. "Weißt du, heute Morgen habe ich mit allem gerechnet, nur nicht mit 'Nein, Nein, das kann nicht sein, das ist niemals passiert'. War ich so schlecht, dass du das

lieber vergessen möchtest?", fragte er scherzhaft, doch sah man ihm an, dass er eine Erklärung erwartete. Ich blieb stehen, und mir schoss die Röte ins Gesicht, als Bilder der letzten Nacht hoch kamen. "Das ist es nicht, eigentlich war es sogar ganz schön“, musste ich zugeben. "Es ist nur, ich bin wirklich vergeben, und wenn er was merkt, tötet er dich." Kalito, leichtfertig wie er war, lächelte nur. "Soll er ruhig versuchen." Ich schlug ihm ins Gesicht. "Idiot, er ist auch Magier und selbst wenn nicht, für Wolf bist du bei weitem kein Gegner." Kalitos Blick wurde nachdenklich. "Dann sollte er das mit uns besser nicht herausbekommen." Ich vernahm den Geruch von Essen, und erneut meldete sich mein Magen zu Wort. Wir folgten dem Geruch und landeten schließlich bei einem Stand, der allerlei frittierte Speisen anbot. Reichlich bediente ich mich, natürlich auf Kalitos Kosten. Nach einer Weile hörte ich auf zu essen, da er mich die ganze Zeit anstarrte. "Warum starrst du mich so an?", fragte ich verunsichert, doch schüttelte Kalito nur lächelnd den Kopf. "Nichts Besonderes, ich liebe Frauen, die richtig essen können." "Die Schmeicheleien bringen dich nicht weiter“, entgegnete ich, woraufhin er sich entspannt zurücklehnte. "Das werden wir noch sehen." Wir standen auf und gingen weiter. Heute führte er mich in ein ganz anderes Viertel der Stadt. Es erinnerte mich ein wenig an den schwarzen Bezirk in Thandur im Norden, wo ich Wolf kennenlernte. Doch standen die schlichten Steinbauten weiter auseinander und waren zum Großteil mit Wandteppichen geschmückt, wodurch das gesamte Viertel sehr freundlich und einladend aussah. Musik war zu hören, doch kannte ich diese Art der Musik nicht, sie war sehr schnell und farbenfroh. "Das ist das Südviertel, es heißt so, weil hier sehr viele Südländer leben“, erklärte Kalito und jetzt, wo er es sagte, fiel mir auf, dass die

meisten Menschen hier einen südländischen Hautton hatten wie er.
Als Barde lagen mir Musik und Tanz im Blut, so konnte ich nicht anders, als mich von der Melodie treiben zu lassen. Wir kamen an einen großen Marktplatz, wo alle Menschen tanzten und feierten und sofort tauchte ich in der Menge unter und feierte mit. Ich hatte großen Spaß, doch nach einer Weile war ich erschöpft und entfernte ich mich von der Menge. Kalito, der ganz offensichtlich an diese Art des Feierns gewöhnt war, sah mich fragend an. "Du gibst schon auf?
"Ich bin das nicht gewöhnt, so wie du. Wir sollte auch langsam wieder zurück“, sagte ich und sah in den immer dunkler werdenden Abendhimmel. Kalito gab ein enttäuschtes Seufzen von sich und ging dann vor. "Aber trotzdem danke, das hat mich wieder aufgeheitert“, gestand ich, doch machte Kalito nur eine abwertende Geste. "Nichts zu danken, immerhin war es meine Schuld, dass du so schlecht drauf warst." „Sehr einsichtig“, dachte ich, und ein Stich der Zuneigung durchzuckte mich. Als wir die Kaserne erreichten, begleitete Kalito mich noch bis zu meinem Quartier und sah mich erwartungsvoll an. Mit gemischten Gefühlen hielt ich seinem Blick stand. "Was erwartest du, dass ich jetzt tue?", fragte ich ihn gerade heraus. "Ich weiß es nicht, vielleicht, dass du mir sagst, dass ich mehr war als ein großer Fehler...." “Aber es stimmt, es war ein großer Fehler.....das war es doch?“, dachte ich mir, unsicher, was ich wirklich über ihn dachte. "Gute Nacht, Kalito“, sagte ich, ging in mein Zimmer und schließlich ins Bett.
Am Nächsten Morgen wurde ich durch ein lautes Hämmern an der Tür geweckt. "Shiida, steh auf, es gibt was zu tun." Hastig stand ich auf und zog mich an. Müde

und schlecht gelaunt öffnete ich die Türe. "Du hättest mich auch sanfter wecken können!", blaffte ich ihn an, doch grinste er nur. "Hier, der ist für dich“,
sagte er und reichte mir einen alten, abgetragenen Mantel. "Ein Bote war gerade hier und sagte, deine Freunde seien hier."
Ich lächelte Kalito an.
"Dann kann es ja jetzt endlich losgehen."
Ich holte tief Luft und kanalisierte ein wenig Magie, um meine Augen und Haare tief schwarz zu färben, dann zog ich den Mantel über. Der Spielmannsfluch, eine unscheinbare, doch immer volle Taverne. Schnell ging ich rein und suchte Zimmer 13. Ich klopfte nur kurz und trat dann ein. Als ich Wolf sah, fiel ich ihm gleich küssend um den Hals.
"Da hat dich wohl jemand vermisst“,
sagte Kirgo und sah dann misstrauisch zur Tür. Wolf erwiderte den Kuss und sah ebenfalls zur Tür. Kalito hielt Wolf fest im Blick und schloss die Tür.
"Kalito, das sind Kirgo und Wolf“,
stellte ich sie vor.
"Und das ist Kalito, er ist ein Krieger aus der Kaserne." "Gut, was ist hier los?",
fragte Wolf. "Fürst Fey hat unsern Handel angenommen. Unter der Voraussetzung, dass wir die Diebesgilde schnappen“,
sagte ich und lächelte sie an.
"Ihr müsst in die Gilde gelangen und herausfinden, was es heraus- zufinden gibt. Ihr seid hier noch unbekannt. Versucht, bei den Dieben aufzufallen, um jeden Preis. Nur lasst euch von den Wachen nicht erwischen, sie wissen nichts davon. Besteht sie, wenn nötig." Kirgo grübelte.
"Um jeden Preis sagst du. Und wenn ein Mord dafür nötig

wäre?" Ich sah ihn geschockt an. “ Daran habe ich gar nicht gedacht“. "Das müsst ihr selbst entscheiden, doch solltet ihr das am besten vermeiden. Redet euch heraus, dass es nicht eurer Art entspricht, oder ähnliches“,
schlug Kalito vor, und Kirgo nickte nur zustimmend. "Gut, ich werde jetzt gehen. Wir sehen uns dann hier in genau zwei Wochen. Kontaktiert mich, wenn sich etwas ändern sollte“, sagte Kalito und verschwand. Kirgo streckte sich.
"Ich werde mich mal in der Stadt umsehen“,
sagte er und verschwand ebenfalls. Wolf gab mir einen langen, sehnsüchtigen Kuss.
"Endlich sind wir alleine."
Ich erwiderte den Kuss und legte den Mantel ab. "Was habe ich dich vermisst“,
sagte er und küsste mich erneut. Küssend fing ich an mich auszuziehen, doch zögerte ich, als die Erinnerung an die Nacht mit Kalito in meinen Gedanken aufblitzte. Wolf sah mich fragend an.
"Stimmt etwas nicht?" Ich lächelte nur.
"Alles bestens, jetzt, wo du da bist“,
sagte ich und machte weiter.
Es dauerte nicht lange, da war Korra auch schon zurück und hielt in den Klauen ein großes Wildschwein.
"Korra du bist die Beste“,
sagte ich und fing an das Tier auszunehmen.
Sie grinste nur:
"Hast du an mir gezweifelt,
erwiderte sie. Gin lächelte uns an.
"Es hast seine Vorteile, mit einer Harpyie zu reisen."
Ich sah Gin fragend an.
"Hast du dich schon entschieden, was du machen willst?"
Er nickte.
"Das habe ich. Ich denke, ich werde euch verlassen, sobald

wir auf andere Zentauren treffen".
Ich lächelte ihn an.
"Noch drei Tage bis wir Aureyi erreichen und dann beginnt das eigentliche Abenteuer."
Gin sah mich fragend an.
"Wie meint ihr das?",
wollte er wissen. Korra lachte ihn an.
"Na hinter Aureyi beginnt das Sylphengebiet und es heißt, Sylphen seien Menschen gegenüber sehr feindselig",
erklärte sie. Ich schnitt große Stücke aus dem Wildschwein und hing sie an Stöcken aufgespießt über das Feuer, dann stand ich auf und ging zum Wagen.
"Wisst ihr, was hervorragend zu Wildschwein passt, ein guter Wein",
sagte ich und kramte eine Flasche und Kelche hervor. Gin lächelte mich an.
"Ihr habt einen wirklich erstaunlichen Lebensstil",
bemerkte er. Passend zum Feuer, zum Schwein und Wein, holte ich meine Laute hervor und fing an zu spielen. Das Feuer, das Essen und die Musik schmeichelten der Seele, doch war es nicht das gleiche ohne meinen Bruder Rim. Denn nichts ist schöner als mit einem anderen Barden zusammen Musik zu machen.

Als Ich mit meinem Frühstück den Speiseraum betrat, suchte ich mir einen freien Tisch am Rand, doch als sich Kalito zu mir setzte, stand ich wieder auf. Er hielt mich am Arm fest und sah mich flehend an.
"Bitte, beschimpft mich, schreit mich an, oder schlagt mich, doch hört auf, mir aus dem Weg zu gehen."
Seufzend setzte ich mich. Ich hatte mich dazu entschlossen, Kalito so weit wie möglich aus den Weg zu gehen, um so einen klaren Kopf zu bekommen, was

allerdings nicht so richtig zu funktionieren schien. "Danke." "Das habe ich nicht für Euch getan“, erwiderte ich und machte ihn mit einem Nicken auf die Krieger aufmerksam, die uns alle ansahen. Mit nur wenig Begeisterung fing ich an zu essen, doch verdarben mir die Schuldgefühle den Appetit. “ Wieso, wieso bin ich nur so dumm gewesen? Ob mir Wolf verzeiht, wenn ich ihm es erkläre?“, dachte ich seufzend. “Was will ich erklären, ich war betrunken, aber das alleine ist doch kein Grund, also warum, warum ha....“ "Hört auf euch den Kopf zu zerbrechen“,
riss Kalito mich aus meinen Gedanken.
"Es ist nun mal passiert und ich bereue nichts“,
sagte er und lächelte mich liebevoll an.
"Isst du das nicht mehr?"
Ich erwiderte sein Lächeln und gab ihm mein Frühstück.
“Hör auf zu lächeln, du Idiot. Er ist der Grund für diese Situation, also lächle ihn nicht an“, beschimpfte ich mich gedanklich selbst. Als Kalito fertig war, stand er auf und winkte mich zu sich.
"Komm mit, ich zeige dir etwas."
Nur widerwillig stand ich auf und seufzte. “Nun, ich kann ihm auch nicht ewig aus dem Weg gehen“, musste ich mir schließlich eingestehen und folgte ihm. Er führt mich aus der Stadt an Feys Festung vorbei in den Wald. "Wohin bringst du mich?" "Das wirst du gleich sehen“,
sagte er und lächelte mir zu. Wir erreichten eine kleine, grün bewachsene Lichtung. Auf ihr befanden sich eine von Moos überwucherte Hütte und ein kleiner Brunnen.
"Ich dachte mir, du brauchst einen Ort zum Nachdenken."
Er legte sich beim Brunnen auf den Boden und schien sofort einzu- schlafen. “ Jetzt weiß ich, wieso ich so dumm war“.

Ich setzte mich auf den Rand des Brunnens und beobachtete ihn.
“Ähnlicher könntet ihr euch gar nicht sein, auch Wolf hätte mich in so einer Situation an einen solchen Ort gebracht“, dachte ich lächelnd. “Wenn ich so darüber nachdenke, ihr unscheinbares Lächeln, wenn sie über etwas nachdenken, die Entschlossenheit, wenn sie etwas wollen, die Gelassenheit, sich einfach irgendwo hinzulegen und gleich zu schlafen“.
"Ach, verdammt, das macht die Situation auch nicht leichter“, dachte ich laut. Ich blickte hinter mir in den Brunnen und zog dann einen Eimer Wasser hoch und schüttete ihn über Kalito aus. Sofort sprang er auf.
"Hahaha, es war eine wirklich gute Idee, herzu- kommen“, sagte ich und wäre vor Lachen beinahe in den Brunnen gefallen. Kalito ließ das nicht auf sich sitzen und stieß mich einfach hinein, im letzten Moment konnte ich mich noch an ihm festhalten, so- dass wir beide in den Brunnen fielen.

"Eine tolle Magierin bist du, kannst nicht mal die Kleidung trocknen“,
beschwerte sich Kalito. Mit Magie presste ich so viel Wasser aus den Roben wie es ging und legte sie in die Sonne.
"Beschwere dich nicht, die paar Sachen trocknen im Handumdrehen, meine Roben brauchen da wesentlich länger."
Ich stand nur noch im untersten Gewand da und sah ihn böse an, doch Kalito grinste nur erfreut.
"Was ist so lustig?",
fragte ich, dann fiel mir auf, dass sich alles an dem nassen Gewand abmalte. Sofort wandte ich mich ab.

"Sieh mich nicht an!" "Wie sollte ich eine solche Schönheit nicht ansehen, aber schön, wenn ihr es so wollt“,
sagte er und setzte sich gegen den Brunnen gelehnt auf den Boden, so, dass er von mir weg sah. Leicht errötet setzte ich mich auf die andere Seite des Brunnens. Es war unangenehm, im Nassen zu sitzen.
"Verdammt, du musstest mich auch unbedingt in den Brunnen schubsen“,
jammerte ich seufzend. "Du warst diejenige, die angefangen hat“,
erinnerte er mich. Ungeduldig stand ich auf und zog auch den Rest aus.

"Das hat so keinen Sinn. Wenn du rüber schaust, töte ich dich“, warnte ich ihn vor. "Darf ich darauf hinweisen, dass es keinen Unterschied machen würde, da ich bereits alles von dir gesehen habe." Wütend verschränkte ich die Arme vor der Brust.
"Erinnere mich nicht daran. Zum Glück scheint die Sonne, dadurch trocknen die Sachen wenigstens schnell."

Es war noch mitten in der Nacht, als ich aufstand und durch die Gänge der Akademie streifte. Immerzu musste ich an Alrik denken und daran, was er mir wahrscheinlich sagen möchte. Meine innere Uhr sagte mir, dass es noch ein paar Stunden sind, bis die Sonne aufgeht. "Mara“,
sagte Rim, der gerade um eine Ecke kam.
"Wieso bist du wach, kannst du nicht schlafen?"
Ich schüttelte nur den Kopf.
"Und was ist mit dir?"
Rim lächelte mich an.
"Ich habe gearbeitet. Ich versuche immer noch, herauszufinden, wieso das Heilmittel gegen den Blutdurst

bei dir nicht so wirkt wie es sollte."
Rim sah mich musternd an.
"Nimmst du das bisherige Mittel noch?" Ich schüttelte den Kopf.
"Ich bekomme davon einen ganz trockenen Hals und werde müde." Rim sah mich immer noch mit diesem analytischen Blick an.
"Hast du jetzt gerade Hunger? Ich kann es an dem Glänzen deiner Augen erkennen." Ich nickte.
"Sehr sogar, doch ist es nicht der Blutdurst, der mich wach hält", sagte ich. Wir bogen um einer weiteren Ecke, dann blieb Rim vor seiner Tür stehen. Er öffnete sie und nickte mich rein.
"Erzähl mir, was los ist, ich werde mich bemühen, dir zu helfen." Ich betrat den nicht gerade kleinen Aufenthaltsraum, und Rim deutete auf einen der Sessel vor dem noch glühenden Kamin. "Ich brauch auch ein Magierquartier",
dachte ich laut und setzte mich. Rim setzte sich in den Sessel neben mich und sah mich fragend an. "Die Sache ist die, Alrik will sich mit mir am See, bei Sonnenaufgang treffen und ich habe so ein ungutes Gefühl, dass ich weiß, was er mir sagen will."
Ich sammelte mich kurz und sprach dann weiter.
"Ich mag Alrik, sogar sehr, aber nicht so. Ich will doch...Ich will." "Dass alles so bleibt, wie es ist",
unterbrach mich Rim, und ich nickte zur Bestätigung. "Gefühle und Ansichten verändern sich mit der Zeit. Es wird sich was verändern und du kannst nichts dagegen tun, also versuch nicht, dich krampfhaft an das Jetzt zu klammern." Ich sah ihn flehend an.
"Aber..." "Versuch, auf dein Herz zu hören. Es wird dir sagen, was du zu tun hast",

sagte er und streckte sich gähnend. Ich zuckte auf, als hinter mir plötzlich eine Tür geöffnet wurde. Kiara kam aus einem der zwei Nebenräume.
"Da bist du ja, jetzt komm endlich ins Bett“,
sagte sie und blinzelte mich halb nackt an. Ich sah erst Kiara und dann Rim wieder an. Ich verabschiedete mich und ging.
“Sicher war er nicht wegen seiner Arbeit so lange wach“,
dachte ich mir und wurde rot bei dem Gedanken, wie Rim und Kiara, vermutlich auch noch mit Kira.
Ich flüchtete mich auf das Dach der Akademie, um dort auf den nächsten Tag zu warten. "Ich soll auf mein Herz hören, sagte er“,
brummte ich.
"Aber, wenn ich doch gar nicht weiß, was mein Herz will."
Schließlich waren die ersten Sonnenstrahlen zu sehen, und ich flog runter zum See. Alrik wartete dort bereits auf mich. Es war ein herrliches Szenario, der noch kühle Wind, der See, der hinter Alrik in der aufgehenden Sonne glitzerte. “Alrik weiß, was er tut“, dachte ich lächelnd und ging nur zaghaft auf ihn zu.
"Du wolltest mich sprechen?" Alrik sah erst verlegen zu Boden, doch dann hob er entschlossen den Blick.
"Ich liebe dich, Mara, und ich möchte mit dir zusammen sein!" Mit festem Blick sah er mich an, wartend auf eine Antwort. “Er hat es wirklich gesagt“. Verlegen wandte ich den Blick ab. "Es tut mir leid, aber ich kann deine Gefühle nicht erwidern."
Als ich wieder zu ihm sah, stand er direkt vor mir und küsste mich. Mein Herz fing an zu rasen und mir kam es so vor, als wenn mit jeder Sekunde meine Sinne schärfer wurden. Ich riss ihn nieder und presste ihn mit einer Klaue zu Boden. Ich konnte hören, wie das Blut durch seine

Adern pumpt und das Verlangen, ihn zu fressen, wurde immer größer. Mit angstverzerrtem Gesicht sah er mich an. "Das hättest du nicht tun sollen“, sagte ich. Es kostete mich große Überwindung, doch ließ ich von ihn ab und floh hoch in die Lüfte, um mich von dort auf das nächstbeste Opfer zu stürzen.

Wie sonst nur selten, saßen wir heute alle zusammen am Frühstückstisch. "Ich habe gehört, du hast Mara einen Tipp in Sache Liebe gegeben?", fragte Krain. Ich nickte müde.
"Ob es geholfen hat, werden wir noch sehen."
Ich wollte mir gerade ein Stück Schinken nehmen, als ich sah, dass der bereits leer war.
"Verdammt, Kinder, ihr fresst mir noch die Haare vom Kopf“, beschwerte ich mich. "Sie sind doch noch im Wachstum“,
sagte Krain, was meine Stimmung nicht besserte. "Ich weiß, aber ich will auch mal Fleisch." Kira und Kiara, die zu meinen Seiten saßen, rückten näher an mich ran und küssten mich lustvoll.
"Wenn du Lust auf Fleisch hast, können wir dir helfen."
Ich seufzte.
"So habe ich das doch gar nicht gemeint, und das wisst ihr."
Plötzlich sprang Krain auf und eilte zu Mara, die blutgetränkt den Speisesaal betrat. Ich eilte auch zu ihr, und sie fiel Krain weinend in den Arm. "Mara, bist du verletzt?",
fragte Krain und tauschte mit mir ein paar Blicke aus. "Sie scheint unverletzt. Geht erst mal ins Bad und wascht euch“, wies ich sie an. Kaum, dass sie weg waren, erhallte ein donnerndes Klopfen. Sofort ging ich zum großen Tor. Eine Wache stand draußen und sah mich fragend an, als ich hinaustrat.
"Was ist passiert?",

fragte ich nur. "Nun, es gab eine Beschwerde. Von einem der Bauern wurden 8 Tiere zerfleischt, 3 davon wurden fast vollständig aufgefressen“, sagte er und seufzte.
"Ich weiß nicht, wen oder was ihr hier noch habt, doch solltet ihr darauf achten, dass so etwas nicht wieder vorkommt." Ich sah ihn beinahe geschockt an. “ 8 tote Tiere, Mara muss wohl in einen richtigen Blutrausch verfallen sein“. "Wie hoch ist der Schaden?", wollte ich wissen. "9000 Gold, aber das ist denke ich nicht das Problem. Nicht alle Bewohner der Stadt sind der Magie gegenüber so tolerant wie ich“,
warnte er und ging. Als ich mich umdrehte, standen alle hinter mir und sahen mich fragend an.
"Was ist passiert?", fragte Kira, wie immer vollkommen emotionslos. Plötzlich kam mir ein schrecklicher Gedanke „Alrik....Sie wird doch nicht Alrik gefressen haben....“
Als ich mich gewaschen und wieder beruhigt hatte, ging Rim mit mir zu besagtem Bauern, um sich zu entschuldigen. Kaum hatten wir das Gut betreten, kam der alte Bauer auch schon und sah uns missmutig an. Er musterte mich mit einem abfälligen Blick, wodurch ich mich noch schlechter fühlte.
"Was wollt ihr?" Rim reichte ihm das Geld und verbeugte sich tief. "Wir wollen ihnen den Schaden ersetzen und uns für das entschuldigen, was passiert ist." Weiter sah er mich böse an. "Es...Es tut mir leid“,
sagte ich und brach in Tränen aus. Schließlich wurden seine Züge weicher.
"Ist schon gut, ich nehme eure Entschuldigung schon an, doch hoffe ich, dass es nicht wieder vorkommen wird." Rim verbeugte sich abermals.
"Versprochen, das war ein einmaliges Versehen." Der Bauer lächelte ein abfälliges Lächeln.

"8 tote Tiere, besser ich frage nicht, wie so etwas ein Versehen sein kann."
Geschockt sah ich zur Weide. "8 Rinder...wie komme ich dazu, 8 Rinder zu töten......aber das würde den starken Blutgeruch hier erklären". Ich sah auf, als Rim mich anstieß.
"He, Kopf hoch, es ist nun mal passiert",
sagte er. Auf dem Rückweg ging Rim noch kurz zum Fleischer, um eine neue Bestellung aufzugeben, ich wartete draußen. Ich sah Alrik und wollte zu ihm, doch als er mich sah, rannte er weg.
"Alrik, warte",
rief ich und eilte ihm hinterher. Als ich ihn erreicht hatte, zog er ein großes Messer.
"Bleib weg von mir!",
sagte er, und ich sah immer noch die Angst in seinen Augen. "Komm mir oder meiner Familie nicht zu nahe!".
"Aber Alrik, ich b...." "Geh WEG!!!",
schrie er mich an. Ich flüchtete mich in die Luft, zurück zur Akademie und schließlich in mein Zimmer. Weinend saß ich auf dem Bett gekauert und fragte mich, wieso das alles passieren musste.

Endlich erreichten wir die Waldstadt Aureyi. Aureyi wurde Waldstadt genannt, weil sie nicht auf einer Lichtung, oder auf freiem Feld gebaut wurde, sondern in den dichten Wald hinein. Die große Stadtmauer schlängelte sich geradezu planlos durch den Wald. Alles war grün und machte einen idyllischen Eindruck. Die Wachen waren nicht einfache Soldaten, es waren hochgewachsene Krieger in goldverzierten Rüstungen. Ich blieb vor ihnen stehen und bewunderte die Schmiedekunst.
"Ob Kirgo jemals so etwas hinbekommen wird?",

dachte ich laut.
"Jetzt bleib nicht stehen, wir haben noch genug Zeit, uns alles anzusehen“,
schimpfte Korra mich aus, und ich brachte den Wagen wieder in Fahrt. Auch von innen war die Stadt grün und machte einen gemütlichen Eindruck. Alle Häuser standen weit auseinander, und an jeder zweiten Ecke waren Stände, wo Händler ihre Waren anpriesen. Nicht nur ich, auch Gin war beeindruckt. Er blickte suchend auf, dann sah er mich an.
"Ich werde mich hier erst mal verabschieden, ich glaube, ich habe gerade einen Artgenossen gesehen“,
sagte er und eilte davon. Ich brachte den Wagen bei einem Stallknecht zum Stehen uns stieg ab. Ein kleiner Junge kam aus dem Stall.
"Bleibt ihr nur eine Nacht?" "Wir bleiben nur eine Nacht“,
sagte Korra und sprang vom Wagen. "Dann sind das 2 Goldmünzen“,
sagte der Kleine und hielt erwartungsvoll die Hand auf. Ich staunte nicht schlecht.
"2 Münzen, für eine Nacht“,
wiederholte ich. "Dafür wird ihr Tevo auch bestens gepflegt“, sagte er und sah sich den Terrorvogel interessiert an. Ich gab ihm das Gold und ging dann mit Korra weiter.
"Nun, sehen wir uns erst die Stadt an, oder gehen wir erst zum Gasthaus?" Korra grinste mich an.
"Natürlich erst die Stadt." Es gab viele interessante Stände und Läden in der Stadt, doch gab es einige, die für mich besonders herausstachen. Interessiert betrachtete ich die mit Runen verzierten Waffen und Rüstungen. Ich hatte leider keine Ahnung von Runen und konnte daher nicht sagen, welche echt und welche nur Verzierung waren.

"Ach, wenn Shiida nur hier wäre“, seufzte ich, woraufhin mich Korra fragend ansah. "Du überlegst dir doch nicht ernsthaft, eins dieser verfluchten Dinger zu kaufen?" "Wer weiß, schöne Stücke sind da auf jeden Fall dabei“, entgegnete ich nur, und wir sahen uns weiter in der Stadt um.

Kapitel 13

5 Wochen später Alles lief nach Plan. Wolf und Kirgo waren mitten drin, und ich hatte auch schon eine kleine Liste mit den korrupten Wachen, doch warteten wir noch, da es noch zwei korrupte Gardisten in Fürst Feys Festung geben soll. Die Gilde plante, die Schatzkammer leer zu räumen. Das Vorhaben der Gilde erforderte noch Zeit, und so lag ich, wie allzu oft, an der alten Hütte im Wald auf dem Boden und grübelte über so manches nach. Ich sah betrübt in den Abendhimmel und schloss die Augen. Ich wäre eingeschlafen, wäre ich nicht von einem liebevollen Kuss wach gehalten worden. Ich erwiderte den Kuss nur zögerlich und öffnete die Augen. "Kalito, hast du dich etwa davongeschlichen?" In den letzten Wochen hatten wir uns immer besser verstanden und schließlich wurden wir zu mehr als nur Freunden, was meine Situation nicht gerade besser machte. Kalito lächelte mich an, doch verging sein Lächeln, und er seufzte. "Was ist passiert?",
fragte er mich. "Ich war heute wieder bei einem Heiler." "Das ist schon der 5. Heiler. Du solltest anfangen, es zu akzeptieren“,
sagte er und lächelte mich aufmunternd an. "Ich akzeptiere es ja, aber es bleibt immer noch die Frage wie ich es Wolf erklären soll."
Ich richtete mich auf und ich merkte, wie mir die Tränen kamen. "Ich liebe ihn und ich will ihn nicht verletzen, doch ist es unvermeidbar."
Ich hob meine dünnen Sommerroben an und entblößte meinen Bauch.
"Wie soll ich ihm das erklären."
Kalito nahm mich in den Arm.
"Du machst dir zu viele Gedanken, außerdem ist doch noch

gar nichts zu sehen. Die kleine Beule kann man auch auf den Kuchen schieben, den du immerzu isst", scherzte er.
"Sobald das mit den Dieben endlich vorbei ist, werde ich es ihm sagen",
flüsterte ich vor mich hin. Kalito lächelte mich an.
"Und ich werde da sein, um dir den Rücken zu stärken." Ich erwiderte sein Lächeln.
"Das ist lieb von dir, aber er wird dich töten, das weißt du", gab ich zurück. Er küsste mich lange und gefühlvoll.
"Ich habe ja dich, die mich beschützt",
sagte er, was meine Laune nicht besserte.
Frustriert sprang ich auf.
"Verdammt, alles ist so kompliziert geworden, nur wegen eines Fehlers." "Ich und unser Kind, wir sind also ein Fehler?",
fragte Kalito und sah mich strafend an.
"Ich dachte, wir seien über diesen Punkt hinweg?" Ich ließ die Schultern hängen.
"Es tut mir leid." "Schicksal klingt doch viel besser als Fehler, meinst du nicht?",
schlug er vor, und ich fing an zu kichern.
"Du hast Recht. Auf Anhieb schwanger zu werden, das muss Schicksal sein."
Die letzten Wochen waren enttäuschend, besonders für Ran, der sich bereits freute, Sylphen zu treffen, doch keine zu Gesicht bekam. Gin verließ uns bereits in Aurey, wo er auf andere Zentauren gestoßen war, und heute trennten wir uns von unserem Wagen. Wir tauschen diesen gegen einen großen Gepäcksattel für Rans Terrorvogel, denn wir hatten , den Weg zu verlassen und quer durch den Wald weiter Richtung Küste zu reisen. In einem angenehmen Tempo rauschten wir durch den Wald. Da der Wald zu dicht zum Fliegen war, saß ich bei Ran auf dem Terrorvogel. Ich

hatte das Reiten unangenehm erwartet, doch trotz des unsteten Geländes bewegte sich das Tier anmutig und ruhig. Ran grinste mich an.
"Es war eine gute Idee, einen Terrorvogel zu kaufen." "Offensichtlich macht es dir Spaß",
erwiderte ich, und als Antwort erhöhte er das Tempo. Bald lichtete sich der Wald ein wenig, und eine Quelle war zu sehen, an der wir stehen blieben. "Willst du jetzt schon eine Pause machen?",
fragte ich ihn verwundert. Ran streckte sich.
"Warum nicht? Die letzten Wochen sind wir kaum stehen geblieben. Auf dem letzten Stück unserer Reise sollten wir mal ein paar Pausen mehr einlegen." "Und dieser Ort ist auch ausgesprochen friedlich",
pflichtete ich ihm bei und streckte meine Flügel aus.
"Ich will endlich aus dem Wald raus, damit ich wieder fliegen kann",
jammerte ich. Ran zog sein Schlachtgewand aus und bereitete eine Feuerstelle vor. Normalerweise wäre ich losgeflogen und hätte uns was zu essen gefangen, doch verhinderte das der dichte Wald und so sah ich Ran einfach nur zu.
"Ich will auch was tun. Ich kann dir doch nicht die ganze Arbeit überlassen",
meckerte ich. Ran küsste mich.
"Du kannst mich für meine harte Arbeit ja gleich verwöhnen", sagte er breit grinsend und ging zur Quelle, um einen Topf zu füllen. Mit kraus gezogener Mine kam er wieder.
"Die Quelle entspringt dem Meer, das Wasser ist also versalzen." "Dann sind wir der Küste doch schon näher als gedacht", bemerkte ich. Während Ran das Essen machte, sah ich mich um, in der Hoffnung, eine Lücke zwischen den

Baumkronen zu finden, durch die ich den Wald hätte verlassen können, doch fand sich nichts. Der Essensgeruch führte mich wieder zurück zu Ran, doch betrachtete ich den Topf mit wenig Begeisterung.
"Gemüsesuppe. Wirklich? Ich will Fleisch." "Also ich finde, es riecht herrlich." Wir sahen uns überrascht um. In der Quelle befand sich ein Mädchen mit dunkelblonden, langen Haaren. Mit dem Kopf in die Hände gestützt lächelte sie uns an. "Wer seid ihr, und wo kommt ihr so plötzlich her?", fragte Ran. "Ich...bin Ella“,
antwortete sie und streckte sich bei dem Versuch, in den Topf zu sehen. Ran winkte sie heran.
"Setz dich zu uns, ihr könnt auch etwas haben." Sie setzte ein schiefes Lächeln auf.
"Ich würde gerne, doch wird es mir schwer fallen, bis zu euch zu kommen." Ran verstand, was sie meinte, denn ihm war ein innerlicher Aufschrei der Freude deutlich anzusehen. “Toll, ausgerechnet jetzt muss eine Meerjungfrau auftauchen und unsere Zweisamkeit zerstören“, dachte ich mir.
"Dann kommen wir mit dem Topf zu Euch."
Sie lächelte verlegen.
"Welch eine höfliche Ausdrucksweise, aber ihr braucht nicht so förmlich zu sein." Wir setzten uns an den Quellrand, und Ran füllte drei Schüsseln mit Suppe. Mürrisch betrachtete ich die beiden. "Ich sehe hier nie Menschen, müsst ihr wissen“,
sagte Ella, und Ran sah sie lächelnd an.
"Vermutlich, weil nie jemand den Weg verlässt." "Wenn diese Quelle zum Meer führt, dann muss die Küste doch ganz nahe sein?",
fragte ich. Ella nickte und deutete nach Süden.
"In etwa 15 Meilen liegt die Hafenstadt Kraken, aber wenn

ihr nach Osten geht, kommt ihr schon nach 8 Meilen an ein Fischerdorf."
Sie sah mich fasziniert an.
"Darf ich fragen, was du bist?" Ich sah sie überrascht an.
"Ich bin eine Harpyie. Gibt es hier keine Harpyien?" Sie schüttelte den Kopf und sah zwischen uns beiden hin und her. "Ihr scheint euch ja sehr nahe zu stehen, seid ihr ein Paar?" Ran lächelte verunsichert.
"Du stellst aber Fragen." "Sag schon?", wollte Ella mit Nachdruck wissen. "Nicht wirklich",
sagte er seufzend. Obwohl ich mit dieser Antwort gerechnet habe, versetzte sie mir doch einen schweren Schlag. Ich stand auf.
"Ich werde mich hinlegen."
Ich ging zum Terrorvogel und kuschelte mich an ihn. "Ich wusste, worauf ich mich einlasse, er hat von Anfang an gesagt, dass er mich nicht liebt, dennoch schmerzt es, so etwas zu hören", dachte ich und fing an zu lauschen. "Ihr Menschen seid so faszinierend." Ein Platschen war zu hören.
"He, jetzt bin ich nass",
beschwerte sich Ran. "Ist mir gar nicht aufgefallen",
kicherte Ella.
"Vielleicht solltest du die Sachen zum Trocknen ausziehen."
Ich merkte, wie Wut in mir aufstieg, Wut und Trauer.
Entgegen meinen Erwartungen war mein Schlaf alles andere als erholsam, doch weckte mich ein ausgesprochen feuchter Kuss. Als ich die Augen öffnete, sah ich in Ellas Gesicht. "Ist alles in Ordnung, du hast dich plötzlich so verkrampft und geschüttelt. Das war unheimlich." Ich lächelte sie an.
"Alles gut, es nennt sich Phantomschmerz, lange

Geschichte“, schnaubte ich erschöpft. “Und ich hatte Hoffnungen, dass es endlich vorbei sei“. "Wie lange habe ich geschlafen?",
fragte ich und blickte nach oben.
"Geht die Sonne etwa schon unter?"
Ella schüttelte den Kopf.
"Sie geht auf." Ich gab ihr einen langen lustvollen Kuss.
"Danke, du hast mir einen Kindheitstraum erfüllt“,
sagte ich und stand auf. "Was für einen Traum denn?",
wollte Ella wissen. Ich grinste sie an.
"Na, einmal mit einer Meerjungfrau zu schlafen. Wer kann schon so etwas von sich behaupten." Ella legte lächelnd den Kopf schief. "Jeder, der eine Meerjungfrau trifft und sie nicht gleich versucht zu töten, odereinzufangen. Wir Meerjungfrauen sind nämlich ziemlich euphorisch." "Deswegen bist du also gestern gleich zur Sache gekommen“,
sagte ich laut gähnend und sah dann zu Korra.
"Korra, steh auf, wir wollen weiter." "Ihr geht schon?“,
beschwerte sich Ella.
"Aber was ist mit uns?" Ich lächelte sie kurz aufmunternd an und packte dann weiter meinen Kram.
"Es gibt kein 'Uns'. Ich bin kein Mensch, der sich an irgendwas oder irgendjemand bindet. Die einzige Person, an die ich mich binde ist Korra. Sie ist meine beste Freundin und obwohl sie mich schon fast getötet hat und viel zu oft meckert, so würde ich mir doch keine andere an meiner Seite wünschen." "Meinst du das ernst?" Fragte Korra zaghaft. "Natürlich meine ich das ernst."
Ich drehte mich zu ihr um und sie fiel mir gleich mit Tränen in den Augen um den Hals.
"He, he, jetzt werde mal nicht sentimental."
Ella hatte nicht gelogen. In nur kurzer Zeit erreichten wir

die Stadt Kraken. Kaum waren keine Bäume mehr im Weg, schoss Korra laut lachend in die Luft. Ich winkte sie zu mir ran. Sie zog noch ein paar Schleifen, aber dann landete sie vor mir.
"Schaff du dir von der Stadt einen Überblick, aber bleib weit genug oben. Bedenke, Ella sagte, hier gibt es keine Harpyien, die Leute könnten versuchen, dich zu fangen und zu verkaufen."
Korra nickte.
"Verstanden."
Dann stieg sie wieder auf. Ich hielt mich in der Stadt nicht lange auf und sprach gleich eine vorbei kommende Wache an. "Verzeihung, hättet ihr kurz Zeit? Ich bin neu hier." Die Wache blieb zwar stehen, schien es aber doch eilig zu haben. "Dann macht es kurz, Fremdländer." Ich verneigte mich höflich.
"Wo kommt man hier schnell zu Geld?" Die Wache musterte mich kurz.
"Ich seht aus, als wenn ihr kämpfen könnt. Geht zum Hafen, die Arbeit auf See ist ein Knochenjob, aber gut bezahlt."
Ich bedankte mich und ging weiter. "Zum Hafen also". Ich hörte mich noch bei ein paar Händlern um und verkaufte schließlich den Terrorvogel, da ich ihn auf See nicht brauchen würde. Am Hafen war viel los. Ich sah mich ausgiebig um und steuerte dann die Schenke an. Ein grimmiger Mann stand vor dem Eingang und grinste mich an.
"Du willst hier rein. Das kostet dich 3 Goldmünzen."
Ich ignorierte ihn und wollte an ihm vorbei, doch als er ein Messer zog, brach ich ihm kurzerhand den Arm. In der Schenke ging es drunter und drüber. Ich setzte mich an die Bar und bekam vom Wirt gleich ein Bier.

"Du kommst nicht von hier“,
bemerkte er. "Wie habt ihr das erkannt?",
erwiderte ich. Der Wirt lächelte.
"Nicht direkt an Eurer Kleidung, aber an eurem Schwert. Niemand, der von hier kommt, könnte sich so etwas leisten, es sei denn, er ist Pirat." Ich legte eine Hand auf das Schwert.
"Ihr habt einen guten Blick, wenn ihr den Wert nur an dem Griff erkennen könnt“,
sagte ich und zog die schwarze Klinge aus ihrer Scheide.
"Eine von Schattenelfen geschmiedete Runenklinge, hat mich 960 Gold gekostet."
Mit großen Augen bewunderte er mein Schwert und nicht nur er, plötzlich war es unangenehm still im Schankraum. Ich steckte das Schwert wieder weg und grinste den Wirt an.
"Das ist der Grund, wieso ich Geld brauche. Könnt ihr mir ein Schiff empfehlen?"
Der Wirt lachte und nickte zu einem Tisch in der Ecke hin, an dem ein unmotivierter Bursche saß.
"Empfehlen kann ich ihn nicht, aber er zahlt das meiste."
"Wieso könnt ihr ihn nicht empfehlen?",
wollte ich wissen. "Er sucht Männer für ein Eskortenschiff nach Syrii und es gibt kein Meer, in dem mehr Piraten leben, als das syrische Meer."
Ich zuckte die Schultern.
"Wenn es das nur ist."
Kalito seufzte entspannt.
"Und wieder neigt sich ein Tag dem Ende." Lächelnd betrachtete ich den durch die Dämmerung gefärbten Himmel.
"Ich wünschte, Wolf wäre hier." "Genug von Wolf“,
sagte er und fiel über mich her. Lustvoll sah er mir in die

Augen. "Ich liebe dich, Shiida“,
sagte er, er küsste mich und fing an, mich auszuziehen.
"Warte! Ist Sex während der Schwangerschaft denn in Ordnung?" Kalito lächelte mich an.
"Es sind erst knapp mehr als 5 Wochen, und ich werde vorsichtig sein, versprochen“,
sagte er, und ich dachte erst daran, ihn von mir zu schubsen, doch überkam mich eine Woge der Lust und ich verwarf diesen Gedanken. Ein paar lustvolle Stunden später lag ich inmitten der Lichtung in Kalitos Armen und betrachtete die Sterne. "Ich liebe dich“,
flüsterte er mir abermals zu und gab mir einen flüchtigen Kuss. "Ich liebe dich auch."
Auch wenn es mir nur rausrutschte, so meinte ich es ernst. Ich setzte mich auf Kalitos Bauch und sah auf ihr herab.
"Ich liebe Wolf, so wie ich keinen anderen liebe."
Ich lächelte ihn an.
"Aber dich liebe ich auch."
Kalito erwiderte mein Lächeln mit großer Freude. Ich beugte mich zu ihm runter und küsste ihn liebevoll.
"Auf zu Runde zwei",
hauchte ich, und er antwortete mir mit einem Lächeln.
"So eine bist also. Kaum ist die erste Runde vorbei, kommt gleich die nächste“,
Sagte er, und ich schenkte ihm einen langen, lustvollen Zungenkuss.

Endlich war es so weit, in des Fürsten Schatzkammer einzudringen. Alle diebischen Vorbereitungen wurden getroffen. Ich sah Kirgo fragend an, während wir uns zum Treffpunkt begaben.
"Du hast Schiida kontaktiert?" Kirgo nickte.

"Das war das erste, was ich heute Morgen gemachte habe. Sie wird jetzt sicher schon auf uns warten."
Als wir den Treffpunkt im Wald vor der Stadt erreichten, war ich ein wenig überrascht. Gut zwei Dutzend Diebe standen uns gegenüber.
"Sag mal, Wolf, sind wir nicht ein bisschen viele, um unbemerkt rein und wieder rauszukommen?",
fragte Kirgo, und ich musste ihm Recht geben. “Die zwei korrupten Gardisten werden sicher die vor der Schatzkammer sein, aber wie will er mit so vielen unbemerkt hineingelangen? Er muss ein Ass im Ärmel haben“.
Fisk, ein kleiner, unscheinbarer Mann war der Kopf der Diebesgilde. Er kam durch die Menge auf uns zu.
"Da seid ihr ja."
Er sah zwischen mir und Kirgo hin und her.
"Gut, Kirgo wird draußen bleiben und uns den Rücken frei halten und Wolf, du hältst uns die Wachen innen vom Hals." "Erklärt ihr mir, wie genau wir vorgehen?",
wollte Kirgo wissen. Fisk lächelte.
"Also gut, es ist einfach. Hinten im Wald gibt es einen kleinen Turm, dieser ist direkt mit der Festung verbunden, als Fluchtweg gegen eine Belagerung“,
erklärte er und sah mich an.
"Der Tunnel wird vermutlich von Paladinen bewacht, deshalb brauchen wir dich, du musst die Paladine ausschalten, bevor sie Alarm schlagen können. Sind wir erst mal drin, trennen uns drei Gardistentrupps von der Schatzkammer. Zwei Truppen werden von den bestochenen Gardisten fern gehalten. Der Rest ist dann einfach, den dritten Trupp umgehen wir, und die Kammerwachen legen wir mit Giftpfeilen schlafen."
Ich lächelte Fisk an.

"Du wärst sicher ein guter Stratege. Wieso bist du also Dieb geworden?"
Fisk ignorierte die Frage und führte uns zum Turm. Wie besprochen, ging ich vor. Als ich den Fluchttunnel betrat, überlegte ich die ganze Zeit, wie ich die Paladine ausschalten soll, ohne sie zu töten. "Das wird Arbeit“,
dachte ich laut. Ich fing an zu rennen, und als der erste Paladin zu sehen war, kanalisierte ich ein wenig Magie in meiner Hand zu einem Blitz. Der Paladin wurde voll getroffen, doch stand er wie eine Mauer. “Das kann nicht sein....seine Rüstung bricht meinen Zauber“. Der Paladin schwang sein gewaltiges Schwert, und ich wich zurück. “Denk nach...du darfst keine Zeit verlieren!“. Dann kam mir eine Idee. Ich kanalisierte erneut Magie, doch nicht in meiner Hand, sondern in der Luft um den Paladin und entzog diesem die Luft zum Atmen, so lange, bis er bewusstlos wurde. Auch die restlichen Paladine setzte ich so außer Gefecht. Schwer atmend erreichte ich wieder den Eingang.
"Der Weg ist frei“,
sagte ich, und die Diebe stürmten an mir vorbei.
"Gute Arbeit“,
lobte mich Fisk, dann eilte er den anderen hinterher. "Du siehst fertig aus“,
bemerkte Kirgo. "Paladine sind eben ziemlich zäh. Ich werde jetzt wieder reingehen, du blockierst den Ausgang, schließlich soll uns kein Dieb entwischen“,
sagte ich und eilte den Dieben nach. Alles war so, wie Shiida es sich vorgestellt hatte. Wir schnappten die Diebe, entlarvten die korrupten Gardisten und verhafteten die korrupten Wachen in der Stadt. Schließlich trafen wir uns alle in der Kaserne, wo General Andre uns seinen Dank aussprach.

Ich lächelte Wolf an.
"Endlich geschafft. Komm mit, ich muss mit dir reden“, sagte ich und ging vor. Wolf sagte kein Wort, vielleicht dachte er, ich wolle ihn überraschen, was nicht ganz falsch wäre. Ich führte Wolf auf die Lichtung, wo ich die letzten Wochen mit Kalito verbracht hatte, denn hier gab es nicht viel, was er in einem Tobsuchtsanfall zerstören könnte. Wolf blieb lächelnd auf der Mitte der Lichtung stehen.
"Einen schönen Ort hast du hier entdeckt, aber nun sag, worüber wolltest du mit mir sprechen?"
Ich legte eine Hand auf meinen Bauch und lächelte liebevoll.
"Ich, bin schwanger." Er kam freudig auf mich zu, doch blieb er plötzlich stehen, als ihm einfiel, dass das nicht sein konnte. Anders als andere Methoden, war die Verhütung durch Magie unumstößlich. Sein Blick bebte vor Entsetzen. Wie um seine Gefühle zu verdeutlichen, kam Wind auf und dunkle Wolken verhangen den Himmel.
"Wer ist der Vater?",
fragte er ruhig. Ich sah ihn flehend an.
"Versprich, dass du ihm nichts tust." "Wer, ist der Vater?", wiederholte er und seine Stimme bebte. "Erst wenn du versprich..." "Sag mir wer der Vater ist!!!",
schrie er fast. Wolf machte mir ein wenig Angst, ich hatte ihn noch nie wütend gesehen, sonst war er immer gelassen und selbstsicher. "Das reicht! Ich bin der Vater!",
rief Kalito, der gerade aus der Hütte kam und sich neben mich stellte. Ich konnte deutlich die Vibration von Magie in der Luft spüren und zog zur Vorsicht einen möglichst starken Schild um mich und Kalito. Wolf starrte Kalito an, dann sah er zu Boden. "Verstehe, du hast also jemand besseren gefunden“,

sagte er und wandte sich zum Gehen. Ich ließ den Schild fallen und rannte zu ihm.
"Wolf warte, es hat sich zwischen uns nichts geändert."
Ich lächelte ihn an und gab ihm einen entschlossenen Kuss.
"Ich liebe dich immer noch so, wie vom ersten Tag an. Niemals könnte ich dich für einen anderen verlassen."
Wolf sah mich mit tränenden Augen an und Schmerz und Enttäuschung verzerrten sein Gesicht.
"Dennoch ist er der Vater von deinem Kind. Was empfindest du für ihn?" Da war sie, die Frage, vor der ich die meiste Angst hatte. Ich nahm all meinen Mut zusammen.
"Wolf, ich liebe dich, doch ich kann es nicht leugnen, dass ich auch ihn liebe",
sagte ich und sah schuldbewusst zu Boden.
"Es tut mir leid. Bitte, kannst du mir verzeihen?" "Du kennst mich, ich bin nicht nachtragend, natürlich verzeihe ich dir",
sagte er, was mich glücklich machte, doch verdüsterte sich seine Miene. "Schön, dass das geklärt ist",
sagte Kalito und kam auf uns zu. Wolf hob den Blick.
"Dir verzeih ich nicht und akzeptieren werde ich dich schon gar nicht."
Ein ohrenbetäubender Knall war zu hören, und Kalito wurde tief in den Wald geschleudert. Ich starrte Wolf an.
"Was hast du getan...Warum hast du das getan?"
Ich merkte, wie sich Angst breitmachte und mir die Tränen kamen. "Ich habe dir vertraut. Ich habe gehofft, dass du mich genug liebst, dass du es akzeptierst."
Ich stieß Wolf von mir weg.
"Ich hasse dich!!!!", schrie ich ihn in Rage an und stürmte in den Wald.
"Bitte sei nicht tot, bitte sei nicht tot, bitte sei nicht tot",

flüsterte ich vor mich hin. Schließlich fand ich ihn schwer verletzt. Sofort gab ich ihm einen Heiltrank und horchte mit meiner Magie in ihm hinein. Er hatte etliche gebrochene Knochen und verletzte Organe. Es war kritisch, doch nichts, was der Trank nicht heilen könnte, doch würde es Zeit brauchen.
"Bitte halte durch!",
sagte ich, obwohl er bewusstlos war. Mit Magie richtete ich die Knochen und brachte ihn dann von hier weg.

Kapitel 14

Als ich die letzte große Kiste auf das Deck stellte, haute mich der Kapitän Greg an. Greg war ein graubärtiger alter Seemann mit Augenklappe und einen Akzent, der den Eindruck machte, er sei dauertrunken.
"Sach ma Jüngchen, wo is n diese Freundin von der du gefaselt hast? Ich bezahle nur Leute, die auch wirklich anwesend sind“,
sagte er und sah mich skeptisch an. Ich seufzte und deutete dann nach oben, wo ein Schatten seine Kreise zog. "Willste mich ob den Arm nehmen? Deine Freundin is n Flattermann?"
Ich winkte ihr zu, und sie stürzte augenblicklich zu uns runter und landete neben mir. Die Matrosen starrten Korra an, und einer war sogar vor Schreck ins Wasser gefallen. Greg war ein merkwürdiger Geselle. Er war weder verängstigt, noch erschrocken, stattdessen betrachtete er Korra interessiert.
"Na dat is mal ne Überraschung."
Er musterte Korra, die ihn nur verwirrt ansah.
"Mir egal, was du bist. Taugst du denn wat, siehst so zerbrechlich aus?",
fragte er und zog an ihrem Flügel. Sofort schleuderte sie ihn mit einem kräftigen Tritt auf das Schiff und sah ihn böse an.
"Niemand fasst meine Flügel an, ich mag das nicht."
Greg richtete sich lachend wieder auf.
"Du gefällst mir“,
sagte er und richtete sich dann an die allgemeine Besatzung.
"Alle die wat dajegen haben, dat der Flatterman mitkommt, verlassen das Schiff, die anderen machen das Schiff lous,

die Golden Sun hat schon abgelegt." Sofort fingen alle an, das Schiff zu lösen und die Segel entsprechend zu hissen. Auch wenn die meisten recht angespannt waren, so verließ doch keiner das Schiff. Neben der Death Sea, auf der wir uns befanden, gab es noch die Blue Sky, die die große Handelsgaleere, die Golden Sun, beschützten. Wir fuhren an erster Stelle, damit wir zuerst angegriffen werden, wenn wir auf Piraten stoßen. Kaum hatten wir den Hafen verlassen, drückte mir der Kapitän einen Eimer und Mob in die Hand.

"Bis du weißt, wie man ne Schiff bedient, wirst du dat Deck schrubben, klar."

Ich seufzte.

"Dann werde ich es mal schnell lernen."

Greg schlug mir lachend auf die Schulter.

"Dat is die richtige Einstellung".

Der Vorfall auf der Lichtung liegt nun 2 Tage zurück, seit dem hatte Shiida kein Wort mit mir gesprochen. Betrübt saß ich in der Kasernentaverne an der Bar und hatte mittlerweile das elfte Bier in der Hand. Kirgo kam herein und sah mich mit einer Mischung aus Wut und Enttäuschung an.

"Wolf, was ist mit dir los." "Sie hasst mich...", sagte ich und leerte mein Glas. "Shiida hasst dich doch nicht. Du weißt, wie stur sie sein kann."

Ich seufzte und wollte etwas sagen, doch sah, ich wie Kalito die Schenke betrat und auf mich zu kam.

"Ich will mit dir reden",

sagte er und sah mich sonderbar an. "Ich mit dir aber nicht. Geh!"

Ich merkte, wie wieder Zorn in mir aufstieg. "Es ist wichtig, es geht um Shiida",

argumentierte er und setzte sich neben mich. Kirgo

betrachtete uns beide, dann ging er kopfschüttelnd. Ich sah Kalito besorgt an.
"Ist etwas mit ihr?" Kalito schüttelte den Kopf.
"Ich weiß, dass sie dich mit Schweigen straft, aber nicht nur dich straft sie, sondern auch sich selbst."
Kalito seufzte.
"Ihr müsst euch aussprechen. Sie ist stur, doch versuche ich, sie dazu zu bringen, dich anzuhören und wir sollten versuchen, miteinander klarzukommen. Alle Mühen wären umsonst, wenn wir uns weiterhin bis auf den Tod hassen würden." Kalito erklärte mir genau, wie es zu dieser Situation gekommen war und tatsächlich half es mir ein wenig, meinen Zorn zu vergessen. Ich sah ihn feste an.
"Gut, aber nur für Shiida versuche ich, mit dir klar zu kommen." Kalito lächelte mich mit diesem, alles ist gut, Blick an und stand auf.
"Nun, ich werde dann versuchen, Shiida zu überzeugen. Komm zur Lichtung heute Abend“,
sagte er und ging. Ich stand selbst auf und ging zur Kaserne.
“Ein wenig Training wird mir gut tun“, dachte ich und trainierte, bis die Sonne unterging. Ich suchte die Lichtung auf und war erleichtert, Shiida zu sehen. Sie saß gegen den Brunnen gelehnt und las ein Buch, doch als sie mich sah, stand sie auf.
"Shiida, bitte hör mir zu. Es tut mir leid, wie ich reagiert hab. Kalito hat mir alles erzählt, ich verstehe es jetzt ein wenig besser. Bitte, bitte Shiida, hasse mich nicht!“,
flehte ich mit Tränen in den Augen, und auch Shiida sah aus, als würde sie jeden Moment anfangen zu weinen. Dann sprang sie mich an, und ich nahm sie in den Arm.
"Ich hasse dich doch nicht, du Dummerchen."
Sie seufzte.

"Es tut mir auch leid, ich hätte so was nicht sagen sollen." Ich gab ihr einen langen liebevollen Kuss. Shiida erwiderte den Kuss und stürzte sich lustvoll auf mich.
"Was ist, wenn Kalito kommt?",
fragte ich sie küssend.
"Soll er nur, dann kann er mitmachen."
Ich sah sie entsetzt an, doch lachte sie nur.
"Das war ein Scherz, keine Angst." Ein paar endlose Momente der Lust ging ich runter von ihr und sah in den Himmel. "Was ist los, wieso hörst du plötzlich auf?“, wollte Shiida berechtigterweise wissen. "Ich kann das einfach nicht, wenn ich daran denke, wo er überall seine Finger an dir hatte“, antwortete ich und merkte selbst die unterschwellige Abneigung in meiner Stimme. "Stört es dich wirklich so sehr, dass mich ein anderer Mann angefasst hat? Ich dachte immer, du wärst nicht so befangen mit solch eifersüchtigen Gedanken." Ich sah sie an, doch als sie meinen Blick erwiderte, sah ich weg. "Nun, bisher konnte ich mir auch deiner Treue immer sicher sein, aber nun...." Shiida kuschelte sich an mich und gab mir einen verführerischen Kuss, den ich allerdings nicht erwiderte. "Du verstehst einfach nicht, wie sehr so etwas einen Mann verändern kann." Ich seufzte. "Gib mir etwas Zeit, mich an diese Situation zu gewöhnen."
Heute war mein freier Tag, da Krain mit Kiara und den Kindern unterwegs war. Nur Kira blieb hier und nutzte die Gunst der Stunde, um mich für sich alleine zu haben. So kam es, dass wir uns in einer Ecke der Bibliothek im Liebeskampf auf dem Boden wälzten. "Ich liebe dich, Rim“, sagte sie und sah mich mit lustvollen Augen an, doch begegnete ich ihren Blick nur seufzend.
"Du könntest zumindest dabei versuchen, ein kleinen wenig Emotionen zu zeigen." "Aber Sex ist eine Art,

Emotionen zu zeigen, also mach weiter, es war gerade so schön“,
sagte Kira so emotionslos wie immer und küsste mich. “Spatzenhirn“, dachte ich scherzhaft und machte beharrlich weiter. Ihr Atem wurde immer schwerer und schließlich brach sie in ein lautes Stöhnen aus. Lächelnd sah ich sie an, doch bemerkte ich, dass sie nicht mich, sondern an mir vorbei sah. Ich wandte mich um und sah Shiida, die sprachlos und mit rotem Gesicht hinter uns stand. Ohne ein Wort ging sie, und ich hörte von hinten andere Stimmen. Schnell zog ich mich an und half Kira beim Anziehen. Als wir den großen, offenen Hauptsaal der Bibliothek betraten, sahen wir Kirgo, Wolf und einen fremden Krieger. Shiida, die vor ihnen stand, sah uns wütend an.
"Ihr habt meine schöne Bibliothek entweiht, Schande über euch“, sagte sie. Ich nahm sie herzlich in den Arm.
"Ich habe schon verstanden, willkommen zurück“,
sagte ich und sah sie verwirrt an.
"Das gibt es nicht, ich war mal größer als du“,
sagte ich erstaunt darüber, dass Shiida mich knapp überholt hatte. "Was hast du in Fenbri gegessen, dass du so schnell gewachsen bist?"
Kirgo lachte.
"In der Kaserne gibt es jeden Tag Kraftpampe, da steckt viel drin“, sagte er und mein Blick fiel auf Ihren Bauch, der unter ihrer dünnen Sommerrobe etwas hervorstand.
"Süßspeisen gab es auf jeden Fall genug, nehme ich an“,
lachte ich, woraufhin Shiida mir eine Ohrfeige gab.
"Ich bin schwanger, du Idiot!"
Der Fremde fing genüsslich an zu lachen.
"Es freut mich, zu sehen, wie gut ihr euch versteht." Ich sah ihn fragend an. "Ich bin Kalito, ich habe Shiida bei der

Sache mit den Dieben geholfen“,
sagte er. "Stimmt, da war mal ein Brief, da stand so etwas“, dachte ich laut. "Da ist noch etwas."
Shiida sah uns fast schon verlegen an.
"Außerdem ist er der Vater, ich dachte, ich sage es besser gleich, als später."
Ich war fassungslos.
"Nein, nein, Shiida, bitte, das ist nicht war. Ich hatte Hoffnungen in dich und Wolf, dass zumindest eine normale Familie zustande kommt und jetzt das."
Ich beruhigte mich ein wenig wieder und sah zu Kalito.
"Ich bin Rimaldin und das neben mir ist Kira."
Ich sah zu Wolf, doch wich er meinem Blick aus. "Wo sind die anderen?",
fragte Kirgo, der sich über die Ruhe wunderte. "Die machen einen Ausflug, erkläre ich später“,
antwortete ich und blickte Shiida ernst an.
"Lass Kalito heute Abend nicht alleine, wenn die Kinder heute Abend zurück sind, werden sie ihn fressen, wenn du nicht aufpasst."
Kalito sah mich entsetzt an.
"Das ist ein Scherz, nicht wahr, ein Scherz?"
Ich seufzte.
"Lasst uns alles ausführlich beim Mittagessen besprechen“, schlug ich vor, und alle stimmten zu. "Lass dir Zeit, ich werde nämlich jetzt erst mal ein Bad nehmen“, verkündete Shiida und ging. Nachdem ich in der Küche unterm Speisesaal das Essen gemacht hatte und Shiida mit ihrem Bad fertig war, setzten wir uns an einen der großen Tische im Saal.
Alle sahen mich fragend an.
"Das ist alles?",
wollte Kirgo wissen, und ich nickte.

"Es sieht zwar nach wenig aus, aber glaubt mir, es macht satt, schließlich muss ich 6 hungrige Harpyien ernähren“, sagte ich. Ich sah in die Runde.
"Also, zum Thema. Was habt ihr für Neuigkeiten?" Shiida sah mich lächelnd an.
"Zum einen haben wir jetzt die Unterstützung des Fürsten, dazu erhält jeder Magier den Titel 'Lord'. Des Weiteren werden nächste Woche 12 junge Kämpfer kommen. Das werden unsere ersten Schüler sein“,
erklärte sie und ich grübelte.
"Ist es nicht noch zu früh für Schüler?" "Das sind nicht einfach nur Schüler“,
mischte sich Wolf ein.
"Das werden unsere ersten Kollegen. Sieh dich doch um, diese Akademie wurde darauf ausgelegt, Herberge für mehrere hundert Schüler zu sein." "Da hast du Recht“,
stimmte ich ihm zu. Nachdem wir gegessen hatten, suchten wir wieder die Bibliothek auf und diskutierten ausführlich darüber, was wir als erstes unterrichten sollten. "Nun, fassen wir nochmal zusammen“,
fing ich an und holte tief Luft.
"Shiida, du lehrst Runen-Magie, Elementar-Magie und klärst die allgemeinen Grundlagen. Wolf bleibt rein beim Kampf, so wie wir es schon einmal besprochen hatten, und ich bleibe auch beim Alten. Ich unterrichte Alchemie, Astronomie, Heilung." "Das klingt nach sehr viel Arbeit“,
bemerkte Kalito und lehnte sich entspannt zurück. Ich lächelte ihm zu.
"Du kannst nachher mal mitkommen, dann gebe ich dir ein Buch, das du dir durchlesen musst. Da stehen alle alchemistischen Grundlagen drin“,
erklärte ich, und Kalito nickte mit nur wenig Begeisterung. Ich sah auf, als ich Kira kommen sah.

"Was gibt es?",
fragte ich, doch sprang sie mich wortlos an und kuschelte sich an mich. Ich lächelte sie an und legte meine Arme um sie.
"Manchmal ist sie einfach so. Springt mich einfach an und schläft dann ein“,
erklärte ich.
"Manchmal ist es wirklich lästig, doch eigentlich ist es..."
"Süß“,
nahm mir Shiida die Worte lieblich lächelnd aus dem Mund. Ich gab das Lächeln zurück. "Das ist genau das, was ich sagen wollte." Ich seufzte. "Noch etwas zu den anderen." Alle sahen mich aufmerksam an. "Es geht um den Blutdurst. Vor ein paar Wochen hat Mara 8 Rinder gerissen, und auch meine Kleinen zeigen Anzeichen von Blutdurst." Ihre Blicke wurden ernst, doch bevor einer was sagen konnte, meldete sich Kalito zu Wort. "Blutdurst, was kann ich mir darunter vorstellen?" "Es ist ein Urinstinkt, ähnlich wie Angst, oder Zorn und äußert sich durch ein großes Verlangen nach frischem Fleisch“, erklärte ich, und Kalito sah besorgt zu Shiida. "Ich denke, du verstehst, was ich meine, aber macht euch keine Sorgen, wir haben eine Lösung gefunden. Da der Trank nicht richtig funktioniert, gehen sie jetzt gemeinsam einmal die Woche auf die Jagd“, erklärte ich, woraufhin Shiida aufsah. "Deswegen sind die anderen also nicht da?", fragte sie, und ich nickte zur Bestätigung. Wolf stand gähnend auf und streckte sich. "Gut, dass wir alles geklärt haben. Ich geh jetzt in die Arena und trainiere ein wenig“, verkündete Wolf und ging.

Erschöpft ließ sich Korra neben mich fallen.
Aaaaaa, mir fallen die Flügel ab“,
jammerte sie.

"Der Kapitän ist ein Sklaventreiber. Schon seit drei Tagen lässt er uns das Deck schrubben."
Sie hatte Recht, doch schrubbte ich unbeirrt weiter. "Na wer würde denn da wohl Pause machen?“,
sagte Der Kapitän und musterte Korra lächelnd. "Und die Pause hab ich auch verdient." Greg nickte.
"Hmm, hab auch ne Pause verdient“,
sagte er und klopfte mir auf die Schulter.
"Jud, Kleiner, dann wolln wa ma sehn, ob du wad gelernt hast“, sagte er und fragte mich ein paar Sachen, die ich größtenteils beantworten konnte.
"Ich bin beeindruckt, ich pflege immer zu sagen, erst beim Schrubben lernt man ein Schiff richtig kennen."
Er sah zum Horizont.
"Morgen erreichen wa das offne Meer. Bereit, ein paar Piraten zu treffen?",
fragte Greg. Ich lächelte ihn nur an.
"Ich freue mich schon."
Der Kapitän fing an zu lachen.
"Die Einstellung gefällt mir."
Er hob schnuppernd die Nase.
"Riecht, als sei das Essen bald fertig."
Ich musste ihm Recht geben. Greg machte eine einladende Geste. "Komm, heute isst du mit mir."
Er hob den Blick und sah zu Korra, die es sich gerade am Bug gemütlich gemacht hatte.
"He, Flattermann!",
rief er und winkte sie heran. Wir folgten ihm in ein kleines Esszimmer, welches eigentlich nur den wichtigsten Leuten auf dem Schiff vorbehalten war, doch heute würden wir auch hier speisen. Es wurde zu einem richtig gemütlichen Abend. Wir aßen zusammen leckeres Essen und tranken guten Wein. Plötzlich zuckte Korra zusammen, als sie an

Kapitän Greg vorbei ging, um neuen Wein zu holen. Korra sah ihn böse an, doch lachte der Kapitän nur.
"Verzeiht, ich konnte einfach net widersten."
Er zog sie wieder zu sich ran und küsste sie langanhaltend. Korra entspannte sich in seinen Armen und schien es zu genießen. Ich konnte es nicht genau sagen, aber etwas störte mich an diesem Anblick. Als ich meinen Blick wieder von ihnen löste, fiel mir auf, dass ich die Gabel in meiner Hand zu einem glühenden Klumpen zusammen geschmolzen hatte, der sich nun langsam in mein Fleisch brannte. Schnell ließ ich es fallen und heilte die Wunde. Ich nahm mir eine neue Gabel und wollte weiter essen, doch hatte ich irgendwie keinen Hunger mehr. Stattdessen, griff ich zum Wein und schenkte mir voll ein. Schließlich bin ich als erstes aufgestanden, unter dem Vorwand, dass ich müde sei, was allerdings nicht der Wahrheit entsprach.
Es war mitten in der Nacht. Ich stand am Bug an der Reling und dachte nach.
"Kannst du auch nicht schlafen?",
fragte Korra und sprang neben mir auf die Reling. Ich erwiderte nichts und sah weiter aufs Meer hinaus.
"Bist du sauer auf mich?",
fragte sie und sah mich genauer an.
"Doch nicht etwa wegen dem Kuss?"
“Sie kennt mich wirklich gut“, dachte ich, doch wurden meine Gedanken schnell von Eifersucht vergiftet.
"Für jemanden, die behauptet, sie würde mich lieben, war das aber ein treuloses Unterfangen“,
bemerkte ich nur. "Und für jemanden, der behauptet, er würde mich nicht lieben, denkst du ziemlich viel über diesen einen Kuss nach“,
entgegnete sie und blickte rauf zum Mond. Verträumt folgte ich ihren Blick und bedachte das, was sie gerade

gesagt hatte. Endlose Momente vergingen, doch brach Korra dann das Schweigen.
"Weißt du, ich bewundere dich. Wie du sorglos in jeden Tag hinein , und obwohl du anderen Frauen hinterher siehst und keine Gelegenheit auslässt, diese zu verführen, so gibst du mir dennoch das Gefühl, geliebt zu werden“,
sagte sie, und ihr Blick verdüsterte sich.
"Vor allem nach dem, was ich dir angetan hatte, habe ich das eigentlich gar nicht verdient." "Hey, sieh mich an."
Sie zögerte, doch als sie mich anblickte, küsste ich sie, lange und entschlossen. Erst als ich mich wieder von ihr löste, merkte ich, wie sehr ihre Augen leuchteten, und Tränen rannen ihr über das Gesicht.
"Es tut mir leid“,
brachte sie noch hervor, bevor sie mich ansprang und sich in meiner Schulter festbiss. Aus Reflex wollte ich sie erst von mir stoßen, doch legte ich statt- dessen meine Arme um sie und hielt sie fest.
Ihr Biss lockerte sich, doch trank sie weiter mein Blut, bis mir schließlich schwindelig wurde. Endlich ließ sie von mir ab und stöhnte erleichtert auf.
"Wir müssen schnell in die Nähe einer Insel kommen, damit ich meinen Hunger stillen kann."
Ich stimmte ihr zu und wollte sie erneut in den Arm nehmen, doch wich sie zurück.
"Am besten, du hältst dich von mir fern. In deiner Nähe kann ich mich noch weniger beherrschen“,
erklärte sie und ging. Seufzend betrachtete ich die grell leuchtende Mondsichel.
"Hätten wir nur mehr von Rims Medizin eingepackt“, brummte ich seufzend vor mich hin. Es war ein ungewohntes Gefühl, am nächsten Morgen alleine aufzuwachen. Es ist seltsam, wie sehr man sich doch an eine

Person gewöhnen kann und wie einsam man ist, wenn diese dann plötzlich nicht mehr da ist.
Aus meinen Gedanken gerissen, sah ich auf, als der Matrose am Ausguck plötzlich "Piraten" rief. "Unda wecher Flagge segeln sie?",
fragte Greg. "Es ist ein gehörnter Schädel mit brennenden Augen“,
gab der Matrose wieder, doch Greg winkte nur ab.
"Sollen wir nicht abdrehen?",
fragte der Steuermann unsicher, doch Greg lächelte nur.
"Nehmt Fahrt raus und haltet auf sie zu."
Der Kapitän kam auf mich zu, als er meinen verwirrten Blick sah. "Keine Bange. Kleiner, ik jenne diese Piraten."
Schnell hatten wir das Piratenschiff eingeholt und zogen nun langsam daran vorbei. Kapitän Greg stellte sich an die Reling und nickte dem Piratenkapitän zu.
"He Pitti, wat macht die Pirateri?"
Rief er rüber. "So glücklos wie imma."
Ich war verwundert, die beiden hatten nicht nur etwa das gleiche Alter, sondern auch die gleiche, trunkene Sprechweise.
"Sag mal, Kapitän, kennt ihr euch schon länger."
Greg fing an zu lachen.
"Jud erkannt. Tatsächlich segelten wir unter die gleiche Flagge, doch bin ik schon vor langer Zeit ausgestiegen."
Ich sah ihn erstaunt an. "He Greg, nehmt euch in Acht, einige Piraten habn sich zu ne Flotte zusammen geschlossen. Ihr seid zwar schnell, doch werdet ihr an denen nicht so einfach vorbeikommen“,
sagte Pitti und gab seinen Männern den Befehl, das Schiff abzudrehen. Auch Greg gab einen Befehl, wieder Fahrt aufzunehmen. Er sah nachdenklich aus.
"Ist es so ungewöhnlich, dass sich Piraten zusammentun?",

fragte ich. "Dat will ich meinen. Piraten sind die Bank durch habgierig, wenn sie sich zusammenschließen, dann haben die was vor."
Er seufzte.
"Das letzte Mal haben sie sich zusammengeschlossen, um an die Golden Sun zu kommen“,
sagte er mit einem Nicken auf das Schiff hinter uns.
"Damals hätten sie uns erwischt, wären sie nur ein Schiff mehr gewesen." "Was befindet sich in der Golden Sun?",
wollte ich wissen, doch schüttelte Greg nur den Kopf.
"Dat wes ich selbst nich, dat wissen nur die Schiffswachen“,
sagte er und zog sich dann unter Deck zurück. Ich legte eine Hand auf mein Schwert. “Vielleicht kommst du doch noch zum Einsatz“, Ddchte ich, brennend darauf, die sündhaft teure Klinge auszuprobieren. Mir war so, als hätte ich ein kratzendes Flüstern gehört, doch beschloss ich schnell, dass ich es mir nur eingebildet habe. Als ich den Blick so über das Deck schweifen ließ, sah ich Korra, die ich den ganzen Tag noch nicht gesehen hatte, doch als ich auf sie zuging, flüchtete sie unter Deck. Ich folgte ihr in den Bauch des Schiffes. Sie verzog sich nach ganz unten in den Lagerraum und machte sich zwischen ein paar Kisten breit.
"Du willst mir also wirklich aus dem Weg gehen?",
fragte ich, und Korra drehte sich erschrocken um.
"Das versuche ich zumindest“,
erwiderte sie. Sie zitterte vor Anstrengung, sich zu beherrschen. "Bitte, geh!“,
sagte sie und wandte sich von mir ab. "Das werde ich nicht."
Ich zog eine kleine Ampulle mit einem Heiltrank und nahm diesen zu mir.
"Du musst dich nicht so quälen, du hast ja mich. Es ist besser als sich hier zu verkriechen und am Ende doch noch

jemanden zu töten, weil du es doch nicht mehr aushältst", sagte ich und nahm sie in den Arm.
"Ich kann das nicht, ich sollte das nicht", sagte sie schwer atmend. "Nur zu, mir macht das nichts aus, ich sterbe je eh nicht so schnell und schlimmer als das erste Mal kann es nicht werden", scherzte ich. Ich küsste sie und dann gab es kein Halten mehr für sie. Es war nicht wie letzten Abend, denn sie schlug nicht einfach nur ihre Zähne in meine Schulter, sondern sie riss mir gleich ein großes Stück Fleisch aus der Schulter. "Ich hoffe, ich mache hier das Richtige?", fragte ich mich. Ich konnte spüren, wie sie sich zurückhielt, doch zog das mein Leiden nur in die Länge. Korra musste ihren Blutdurst lange versteckt haben, denn als sie endlich fertig war, blieb von meiner linken Schulter und meinem linken Arm so gut wie nichts übrig. Schluchzend saß sie da, sich immer und immer wieder entschuldigend. Vor Schmerzen schwer atmend sah ich auf meinen Arm. Es war ein sehr befremdliches und unangenehmes Gefühl, wie sich der Arm, Faser für Faser regenerierte. Ich versuchte, einen klaren Kopf zu kriegen und half dann mit Magie nach. Zu meinem Glück klappte es erstaunlich gut und so war mein Arm im Handumdrehen wieder ganz. Ich sah Korra aufmunternd an. "Siehst du, alles wieder in Ordnung. Und wenn wir demnächst auf Piraten treffen, gibt es genug zu fressen für dich", scherzte ich, doch bekam ich nur ein weinerliches "Das ist nicht lustig" zurück.

Kapitel 15

Träge öffnete ich die Augen, und obwohl ich gut geschlafen hatte, seufzte ich. Es war ungewohnt, neben einem anderen Mann aufzuwachen. Ich hatte ihnen die die Wahl gelassen und sowohl Wolf, als auch Kalito haben sich dagegen entschieden, beide bei mir zu schlafen. So wechselten sie sich ab, was mir persönlich nicht gefiel, denn wenn es um mich ging, war Wolf genauso kindisch und eifersüchtig wie Kalito. Keiner war mit dieser Situation voll zufrieden, aber..... "Worüber zerbrichst du dir den Kopf?",
fragte Kalito und gab mir einen Guten-Morgen- Kuss. "Nur über Kleinigkeiten“,
erwiderte ich und stand auf. Kalito griff nach meiner Hand. "Komm zurück ins Bett, es ist noch viel zu früh." Ich sah ihn enttäuscht an.
"Wenn du das denkst, dann hast du dich im Zimmer geirrt“, sprach ich vorwurfsvoll. Ich zog mir meine Roben über und öffnete die Tür.
"Kommst du?",
fragte ich mit einem Nicken, doch brummte Kalito nur vor sich hin.
"Du bist kein Mensch“,
meinte er nur und drehte sich um. Ich verließ das Zimmer und nahm Kurs Richtung Arena. Kalito hatte Recht, selbst in der Kaserne war nie jemand so früh wach, doch Wolf und ich waren immer früh auf den Beinen. Als ich die Arena betrat, war Wolf bereits warm trainiert. Ich wollte ihn nicht stören, daher sagte ich nichts und blieb hinten, dennoch schien er mich bemerkt zu haben. Wolf steckte sein Beil weg und kam auf mich zu.
"Guten Morgen, Shiida“,

sagte er und gab mir einen Kuss. Ich lächelte ihn an.
"Was dagegen, wenn ich mit dir trainiere?" Er sah mich fast schon entsetzt an.
"Und was ist mit dem Kind, ist das kein Risiko?" Ich hatte da noch gar nicht so darüber nachgedacht, doch musste ich ihm Recht geben.
"Dann eben nur Übungen",
schlug ich vor und ging weiter zur Mitte der Arena. Wolf folgte mir lächelnd.
"Übungen sollten in Ordnung sein." Ich zog meine zwei Schwerter und fing mit einfachen Bewegungsabläufen an. Nach einer Weile musste ich feststellen, dass Wolf mich schon die ganze Zeit ansah. "Was ist, mache ich etwas falsch?", wollte ich wissen, doch lächelte Wolf nur über meine Frage hinweg. "Sag schon, wenn ich was falsch mache!", forderte ich ihn auf, und er zwang sich zu einem Lächeln. "Das ist es nicht. Ich habe nur überlegt, wie es weiter gehen soll, wenn das Kind da ist, meine ich." "Das ist eine gute Frage", dachte ich und konnte mir ein sarkastisches Lachen nicht verkneifen. "Ich bin schon fast so schlimm wie Rim." Unsacht wurde ich aus meiner Hängematte geschmissen, und ich war nicht der einzige.
"Alle Mann bereit fürs Gefecht machen!",
rief einer, und alle machte sich bereit. Ich zog mein Schlachtgewand an und legte das Schwert an. Ich lächelte, als ich das Deck betrat, denn der blutrote Mond rückte die Situation in das rechte Licht. „Ich erinnere mich, Rim hatte doch vor meiner Abreise davon erzählt. Irgendwann sollte ich wirklich mal anfangen, ihm ernsthaft zuzuhören", dachte ich mir. "Ik hab es doch jesagt, die Piraten schließen sich nur zusammen, um an die Golden Sun ran zu kommen",
sagte Kapitän Greg und wirkte besorgt.

"Dennoch hädde ich nich erwartet, dat se nachts angreifen“,
gab er zu und sah mich an.
"Biste bereit Frischling?" Ich fing an zu lachen.
"Die Frage ist, ob die Piraten bereit sind“,
sagte ich, und aus einem unerklärlichen Grund freute ich mich auf den Kampf.
"7 Schiffe, 5 direkt vor uns und 2 weitere flankieren uns“,
rief der Matrose vom Ausguck. Ich sah mich nach Korra um und sah sie schließlich. Sie stand mitten auf dem Deck und starrte in den Mond. Ich trat an sie heran. "Korra, bist du bereit?"
Sie sah mich mit ihren goldleuchtenden Augen an, und sie schien eine Aura der Mordlust auszustrahlen. Ich schimpfe mich selbst gerne als furchtlos, doch dieser Blick von ihr versetzte mich in Todesangst. "Wollen wir Greg mal zeigen, wozu wir in der Lage sind?",
sagte Korra lächelnd.
"Dann bring uns mal rüber“,
entgegnete ich und hielt mich an ihrem Bein fest. Mit einem einzigen Flügelschlag katapultierte sie uns weit in die Luft.
Als wir über dem ersten Schiff waren, ließ ich mich fallen. Aus einer Bewegung heraus teilte ich drei der Piraten, ein weiterer versuchte, meinen Schlag zu blocken, doch schnitt die schwarze Klinge einfach durch seinen Säbel und ihn hindurch. Mit jedem weiteren Piraten schien die Klinge immer leichter zu werden. Eine unergründliche Sorglosigkeit paarte sich mit immer größer werdender Mordlust. Schon bald flüchteten die noch übrigen Piraten, und ich sah zum nächsten Schiff. “Ich wollte schon immer mal den Donnerkeil ausprobieren“, dachte ich und kanalisierte meine Magie. Es dauerte einen Moment, doch

als ich genug Magie kanalisiert hatte, zischte ich eine knappe Formel und schleuderte gleich darauf einen gewaltigen, energetischen Blitz auf das andere Schiff, welches regelrecht zerfetzt wurde und nicht nur dieses, sondern auch das Schiff dahinter wurde vom Donnerkeil zerrissen. Ich sah zum Schiff auf meiner anderen Seite, auf dem sich Korra befand. Es waren keine Bewegungen zu erkennen, doch kam es immer näher, sodass ich nach wenigen Augenblicken einfach rüberspringen konnte. Was ich hier sah, verschlug mir den Atem. Ich selbst bin nicht zimperlich mit den Piraten umgegangen, doch hier gab es nicht eine Leiche, die nicht vollkommen zerfetzt und halb aufgefressen war.
"Verdammt, Korra, was ist los mit dir?",
dachte ich laut. Schließlich fand ich sie. Sie war gerade dabei, einem Piraten bei lebendigem Leibe die Organe rauszureißen und zu fressen. Sie war förmlich getränkt in Blut. Als sie mich bemerkte, sah sie auf und kam auf mich zu. Ich erkannte sie nicht wieder, daher machte ich mich auf alles bereit. Sie umarmte mich und gab mir einen lustvollen Kuss, den ich in Anbetracht der Situation nur zögerlich erwiderte.
"Alles in Ordnung mit dir?",
fragte ich, doch warf sie mich nur zu Boden in einer großen Blut- lache. Sie versuchte, mir die Sachen auszuziehen und küsste mich abermals.
"Ich will dich, hier und jetzt“,
forderte sie. Ich vernahm eine leise, kratzende Stimme in meinem Unterbewusstsein, und erneut überkam mich die Mordlust. Ich stieß Korra von mir und sah sie mit einem gehässigen Grinsen an. "Dafür haben wir später noch Zeit, aber jetzt lass uns erst mal die anderen töten." Korra grinste nur. "Aber die Piraten sind doch schon alle tot“,

bemerkte sie, doch vertiefte sich mein Grinsen. "Ich weiß."

Am Mittagstisch blickten alle plötzlich auf, als Rim mit einem Brief wedelnd den Speisesaal betrat.
"Seht mal, ein Brief von Ran“,
sagte er breit grinsend und setzte sich zu uns an seinen gewohnten Platz. Kalito sah mich fragend an.
"Ran war doch der Kleine, der mit dir nach Fenbri gekommen ist und dann mit der Harpyie weiter zog?"
Ich nickt Kalito zu und sah dann wieder zu Rim.
"Was sagt dein Bruder?",
fragte ich, und Rim entfaltete den Brief. //Lieber Bruder, wenn du das hier liest, sind wir sicher schon weit auf dem Meer. Unsere Reise verläuft fast schon zu ruhig. Es war enttäuschend, nicht eine Sylphe zu treffen und das, obwohl wir tief in ihr Territorium eingedrungen sind. Dafür haben wir eine Meerjungfrau getroffen mit dem Namen Ella. Wusstest du, dass Meerjungfrauen ......\\ Rim hörte auf zu lesen und wurde leicht rot. "Was hast du, lies weiter!",
forderte ich ihn auf. "Wenn du nicht lesen willst, dann mach ich es“,
bot sich Wolf an. Rim seufzte.
"Ich lese ja schon weiter, aber den Abschnitt überspringe ich." //.......Jetzt sind wir noch in Kraken, doch morgen geht es rauf aufs Meer, wir haben nämlich Arbeit auf einem Schiff gefunden. Sobald wir wieder Land erreichen, werde ich erneut schreiben und von den Abenteuern auf See erzählen, also bis bald.\\ Ich lächelte Rim an.
"Scheint, als hätten die zwei viel Spaß."
Rim sah erneut auf den Brief.
"Drei Wochen hat der Brief gebraucht, das heißt, bis der nächste kommt, vergeht noch viel Zeit."
Ich sah zu Mara, die kaum etwas gegessen hatte.

"Was ist mit dir, hast du keinen Hunger?"
Mara antwortete nicht, sonder schüttelte nur den Kopf.
"Hat sich deine Theorie bestätigt?",
fragte ich Rim, der sich gerade eine dicke Kartoffel in den Mund gesteckt hatte. Mühsam würgte er diese runter, um den Mund zum Sprechen leer zu haben.
"Es scheint so. Vorgestern war Blutmond und auch von den Kindern war da der Hunger am stärksten. Der Blutmond verstärkt also den Blutdurst tatsächlich, und das nicht zu knapp." Rim schnaubte.
"Ich bin froh, dass zumindest Luna und Samin vom Blutdurst verschont sind."
Sein Blick wurde besorgt, und er seufzte.
"Ich hoffe, dass es Ran gut geht, immerhin hat auch Korra das Problem mit dem Blutdurst. "Irgendwie beunruhigend, so jemanden um sich zu haben“, dachte Kalito laut, wofür ich ihn vor den Arm schlug. Er wollte erst protestieren, doch unterbrach Rim ihn. "Na, na, nicht streiten, Kalito hat ja nicht ganz unrecht, denn durch den Blutmond gestern hatte sich nicht mal Krain im Griff“, erklärte Rim. Ich stand vom Tisch auf und streckte mich, dann sah ich Wolf und Kalito erwartungsvoll an. "Kommt, wir haben noch ein bisschen was zu tun. wir müssen nämlich noch die Unterrichtsräume kontrollieren." "Was gibt es denn da zu kontrollieren?", wollte Wolf wissen und stand auf. Kalito stand auch auf, und beide folgten mir langsam. "Ich denke mal, ob alles in Ordnung ist, oder irgendwo was fehlt“, vermutete Kalito und sollte damit nicht falsch liegen. "Genau, denk zu Beispiel mal ans Bad, bisher ist immer noch nur das Magierbad im ersten Stock fertig“,
erinnerte ich ihn, woraufhin Wolf zu schmunzeln anfing. "Dann sollten wir mal dafür sorgen, dass die anderen Bäder auch fertig werden."

7 Monate später. Dicke Nebelschwaden umhüllten die Akademie, als die frühsommerliche Sonne aufging. Wie gewohnt, drehte ich meine Runden durch die Akademie. Alles war sehr hektisch geworden, nachdem die jungen Krieger in die Akademie einzogen, doch legte sich bald die Unruhe, und alles fand einen geregelten Alltag. Als Fürst Fey junge Krieger sagte, dachte ich, es seien erfahrene Kämpfer in meinem Alter etwa, doch handelte es sich bei diesen Kriegern um einen Haufen Kinder, die gerade mal ihre Grundausbildung hatten. Mara kam es zugunsten, Gleichaltrige um sich zu haben, denn seit dem Vorfall mit Alrik war sie sehr zurückgezogen. Nicht nur das Leben in der Akademie hatte sich verändert, sondern auch die Akademie selbst. Wir waren dazu gekommen, den unfertigen Trakt fertig zu stellen, so hatten wir nun endlich auch ein weiteres Bad, nur für die Frauen und zwei Bäder für die Novizen. Munter summend war ich auf dem Weg zur Bibliothek. Von weitem hörte ich eine Stimme rufen und ich drehte mich zu ihr um.
"Lady Shiida, Lady Shiida...."
Es war Rikaria, ein schönes blondes Mädchen und die beste Freundin von Mara.
"Was gibt es, Rikaria?" Sie sah mich unsicher an.
"Könnten sie mir vielleicht helfen?" "Der Test ist bereits heute, mich jetzt um Hilfe zu bitten erscheint mir ein wenig spät",
erwiderte ich betroffen. "Es geht nicht um den Test."
Sie holte tief Luft.
"Ich brauche ihren Rat in persönlichen Dingen." Ich überlegte. "Ob ich ihr wirklich helfen sollte.....wenn ich so an Wolf und Kalito denke, dann hätte sie besser jemanden anderes gefragt". Ich dachte erst daran, sie zu Rim zu schicken, doch, dass sie mich fragt, zeugt von großem

Vertrauen, welches ich nicht zerstören wollte. Ich seufzte und winkte sie mir hinterher. Ich führte sie in einen verwinkelten Teil der Bibliothek und bot ihr einen der drei Sessel an, die um einen kleinen, runden Tisch standen. Ich setzte mich selbst und blickte erwartungsvoll in Rikarias Gesicht. "Nun, also, es geht um Liebe un....." Sie stockte und sah mich mit großen Augen an, als ich plötzlich zusammenzuckte. "Keine Angst, es ist noch nicht soweit. Das Kind hat mich nur getreten, ihr wird es langsam zu eng",

sagte ich, und Rikaria atmete erleichtert auf.

"Erzähl weiter, du sagtest, es geht um Liebe." "Ich weiß nicht, wie ich es sagen soll und ob ich es sagen soll."

Sie sah besorgt zu Boden.

"Ich weiß noch nicht mal, ob sie meine Gefühle erwidern kann." Ich starrte Rikaria an.

"Sagtest du SIE?" Sie seufzte und fing an, nervös auf ihrem Platz herum zu zappeln.

"Nun, es......es geht um ein Mädchen. Deswegen ist es ja so schwierig. Sie ist meine beste Freundin, und ich will unsere Freundschaft nicht kaputt machen."

Ich fasste mir seufzend an die Stirn.

"Du meinst nicht zufällig Mara?",

fragte ich, und sie nickte leicht.

"Hör zu, Mara ist wirklich schwer einzuschätzen."

Ich atmete tief durch.

"Ich bin ehrlich. Ich glaube, sie wird dir einen Korb geben, doch wird sich dadurch zwischen euch nichts verändern. Versuch es einfach, du hast nichts zu verlieren."

Rikaria sah mich unsicher an.

"Ich soll es ihr einfach direkt sagen?" "Richtig, geh mit ihr an einen schönen Ort, mach es aber nicht zu auffällig. Ah, und geh nicht an den See, das würde nur schlechte

Erinnerungen wecken“,
riet ich ihr. Sie stand auf und machte eine höfliche Verbeugung. "Danke für ihren Rat“, sagte sie und ging dann. "Wir sehen uns dann im Unterricht“, rief ich ihr hinterher, bevor sie verschwand. Ich seufzte. “Erst Rim, dann ich und jetzt Rikaria mit Mara. Wann hier wohl die erste normale Beziehung zustande kommt?....Da gibt es noch Ran und Korra, aber ob man ihre offene Beziehung als normal bezeichnen kann?“, dachte ich so vor mich hin, doch schüttelte ich diese Gedanken bald beiseite. "Soll jeder doch lieben, wen er will, egal ob Mann, Frau, Harpyie, oder was auch immer“, dachte ich laut und versuchte, mich daran zu erinnern, warum ich eigentlich in die Bibliothek wollte.
"Die Zeit ist um“,
verkündete ich und sammelte den Test ein. Wie erwartet, versuchte die Hälfte der Novizen um mehr Zeit zu feilschen, doch blieb ich standhaft. Der Test war zwar etwas verfrüht, doch sinnvoll. Schnaubend ließ ich mich auf meinen Stuhl nieder und winkte die Klasse aus dem Raum.
"Ihr dürft jetzt gehen“,
sagte ich und hielt mir den Bauch, als das Kind mir mal wieder einen Tritt versetzte.
"Da will wohl jemand raus“,
bemerkte Krain, die im Eingang stand. Ich sah sie leidend an.
"Ich beneide dich, du musstest dich nicht so lange herumschlagen“,
zeterte ich, woraufhin Krain mich verständnislos beäugte.
"Du kannst doch froh sein. Bei dir ist es nur ein Kind."
Krain nickte mich raus.
"Komm schon, Kira und Kiara warten sicher schon."

Ich packte schnell meine Sachen weg und folgte ihr. Zusammen gingen wir runter an den See, wo wir schon länger ein Picknick planten. Nur wir Mädels, damit wir ausgiebig über die Männer tratschen konnten. Krain hatte nicht gelogen, tatsächlich warteten die beiden bereits am See. Sie saßen auf einer großen Decke und hatten einen verführerisch großen Korb dabei. Sofort sprang mir Kiara um den Hals und tätschelte mir den Bauch.
"Da ist ja die Mutter." "He, he, beruhige dich“,
sagte ich und setzte mich auf die Decke. "Wann soll es denn so weit sein?",
fragte Krain und setzte sich auch.
"Immer mit Geduld, bei uns Menschen dauert es eben deutlich länger, aber es dauert nicht mehr lange. Es bewegt sich schon wie verrückt, und wie es sich bewegt."
Erneut hielt ich mir den Bauch.
"Das ist zumindest ein gutes Zeichen." Wir fingen an, über die verschiedensten Dinge zu diskutieren und aßen dabei Kuchen, bis in den Abend hinein. Entspannt lehnte ich mich zurück.
"Mir gefällt es so, wenn die letzten Sonnenstrahlen über dem See glitzern, ein warmer Wind, der die restliche Kälte des zurückliegenden Winters vertreibt."
Krain lächelte mich an.
"Ich verstehe, was du meinst." "Wie willst du dein Kind überhaupt nennen?",
fragte Kira, so monoton wie immer. Ich zuckte die Schultern.
"Das habe ich meinen Männern überlassen. Wenn es ein Junge wird, sucht sich Kalito den Namen aus und bei einem Mädchen entscheidet Wolf“,
erklärte ich. "Jetzt sag schon die Namen“,
drängte mich Kiara. Ich seufzte.

"Na gut, es ist Lucy, oder Malek." Kiara funkelte mich an.
"Lucy ist ein schöner Name." Ich belächelte sie nur.
"Was ist nur los mit dir, du bist in letzter Zeit so......."
Ich stockte, als ein krampfartiger Schmerz mich zusammenzucken ließ.
"Es kommt“,
sagte ich, und alle starrten mich an.
"Wie war das?",
fragte Krain entsetzt. "Es kommt!!!!",
schrie ich sie an, als eine Wehe kam.

Ich war gerade dabei, den Novizen zu erklären, warum man vorsichtig beim Erwärmen bestimmter Reagenzien sein soll, als plötzlich Kiara, völlig abgehetzt in den Alchemieraum platzte. "Rim, Shiida.......sie liegt in den Wehen“,
brachte sie schwer atmend hervor. Ich sah zur Klasse.
"Ihr habt es gehört, meine Dienste werden benötigt. Lernt alle Zutaten, die wir heute besprochen haben, ich werde diese bald abfragen“,
sagte ich und wandte mich wieder an Kiara, die mich entsetzt ansah.
"Jetzt schau nicht so. Eine Geburt ist ein langanhaltender Prozess, es bringt nichts, sich zu hetzen."
Kiara schnaubte verärgert.
"Zu spät, jetzt komm, sie ist schon in ihrem Zimmer“,
sagte sie und ging vor. Als wir Shiidas Zimmer oben im Magiertrakt erreichten, erwartete uns Kalito bereits an der Tür. Unruhig ging er auf und ab, doch stürmte er gleich auf uns zu als er uns sah.
"Das bist du ja, warum hat das so lange gedauert, wir haben schon alles bereit gestellt." "Immer mit der Ruhe. Das ist deine erste Geburt nehme ich an“, fragte ich und Kalito

nickte nur. Ich selbst war auch ein wenig nervös, auch wenn ich unserem Dorfheiler schon bei ein, zwei Geburten assistiert hatte, so war es dennoch etwas anderes, auf sich alleine gestellt zu sein. Ich betrat das Zimmer und sah, dass Shiida, nur im Nachthemd bekleidet, schon im Nebenraum auf dem Bett lag. Wolf saß auf einem Stuhl neben ihr, auch wenn man ihm die Nervosität ansah, so blieb er doch deutlich ruhiger als Kalito.
"Hey“,
sagte er nur breit grinsend. Shiida konnte man die Schmerzen deutlich ansehen. Ich hatte ihr verboten, sich selbst zu heilen, da sie dadurch das Kind gefährden könnte. Ich legte ihr eine Hand auf die Stirn und die andere direkt auf ihren Bauch, dann sendete ich meinen Geist in sie hinein und suchte nach dem Schmerz und dem Kind. Ich kanalisierte ein wenig Magie und betäubte ihren Geist. Erleichtert atmete Shiida auf.
"Danke." Ich lächelte sie an und sah zu Krain, die mit Kira am Rand stand. "Wie schnell kamen die Wehen, und wann fing es an?",
fragte ich sie. "Es fing unten am See an und sie kamen sehr schnell." "Das klingt doch gut. Wenn ihr Glück habt, wird es eine schnelle Geburt“,
sagte ich an Wolf und Shiida gewandt und sah dann wieder zu Krain.
"Ihr könnt jetzt gehen und schickt das Nervenbündel endlich herein."
Die zwei nickten und gingen. Nur zögerlich betrat Kalito den Raum, doch zuckte er auf, als Shiida plötzlich aufschrie.
"Du verdammter Bastard, du wirst mir nicht davonkommen“, fauchte sie. Sie zog Kalito mit Magie zu sich ran und verschloss die Tür.

"Du hast mir das angetan, also wirst du auch mit mir leiden!!!" Die Panik stand Kalito im Gesicht geschrieben.
"Du hast mein Leben ruiniert, ich bin doch noch viel zu jung für ein Kind."
Ich konnte mir ein Kichern nicht verkneifen.
"Eigentlich bist du genau im richtigen Alter dafür. In anderen Ländern erwartet man schon mit 15 das erste Kind“,
bemerkte ich. "Halt du dich da raus. Mach einfach deine Arbeit!!!",
schrie sie mich an. “Wie gut, dass ich Alchemist bin, denn die Alchemie hat mich eins gelehrt....duldsam zu sein“. Ich stand auf und verfrachtete Kalito auf meinen Stuhl, sodass Shiida ihre Männer nun rechts und links neben sich hatte. Ich selbst setzte mich vor Shiida und legte die Schale Wasser und die Handtücher in greifbare Nähe.
"Shiida, wenn ich bitten dürfte“,
sagte ich, doch sie zierte sich, sich zu bewegen.
"Shiida, wenn du nicht die Beine auseinander nimmst, kann ich dir nicht helfen." "Nein, ich, will nicht, dass du mich siehst“, jammerte sie zwischen den Wehen. "Es ist wohl der falsche Zeitpunkt, auf peinlich berührt zu tun. Aber wenn es so ist, dann muss ich wohl den Dorfheiler holen“, drohte ich ihr. "Nein, den lass ich auf keinen Fall an mir rumfummeln."
Sie sah flehend zu Wolf. "Mach du es, bitte. Wolf legte ihr sanft eine Hand auf die Wange.
"Shiida, wir haben das doch besprochen, also lass Rim seine Arbeit machen."
Endlich gab Shiida nach, sodass wir weiter machen konnten, und nach nur wenigen Stunden war es so weit. "Glückwunsch, es sind zwei gesunde Mädchen“,
verkündete ich und legte sie ihr in die Arme. Erschöpft und

in Tränen aufgelöst gab sie ihren Männern einen Kuss.
"Das sind sie, Lucy und..."
Sie sah Kalito erwartungsvoll an.
"Tira.....Lucy und Tira“,
sagte er lächelnd. Ich ging zur Tür, um den anderen Bescheid zu sagen, doch als ich die Tür öffnete, warteten dort nicht nur Krain, Kira und Kiara. Die gesamten Novizen standen draußen auf dem Gang und sahen mich erwartungsvoll an. "Es sind Zwillinge, zwei kerngesunde Mädchen“, verkündete ich voller Freude.

Die Geburt lag nun mehrere Tage zurück, und da sich Shiida schnell erholt hatte, entschieden wir uns alle, mit der gesamten Akademie feiern zu gehen. Und kein Ort war besser zum Feiern geeignet als die Bardentaverne in Fenbri. Auf die dumme Idee, die Novizen mit zunehmen war Kalito gekommen, als ein Novize die Frage stellte, ob Magier betrunken werden können. Natürlich ließ sie Kalitos Einfall nicht ungestraft, und so durfte er auf die Zwillinge aufpassen, während wir hier feierten. Ich hob meinen Kelch.
"Auf die Zwillinge, dass sie wenn möglich nicht nach ihrer Mutter kommen“,
prostete ich scherzhaft, was Shiida mich sofort büßen ließ, in- dem sie meine Roben in Brand setzte. Wolf schlug die Flammen aus und hob seinen Kelch.
"Auf dich, Rim, dass du uns bei der Geburt so sehr geholfen hast." Mit einer fächernden Handbewegung schüttelte ich das Kompliment ab. "Na, na, das war doch kein Ding, hättet ihr mehr Ahnung von Medizin, hättet ihr mich gar nicht gebraucht." Auch die Novizen hoben ihre Getränke. Ich blickte in die Runde und nickte Wolf dann anerkennend zu. Die Stimmung war ebenso gut wie die Musik, und der

Wein war sogar noch besser, doch merkte ich bereits, wie mir der Wein zu Kopf stieg. Angeheitert stieß ich Wolf an.
"Wir müssen dringend mit dem Besitzer der Taverne sprechen, ich will eine Kiste von dem Wein mit nach Hause nehmen",
sagte ich und wunderte mich, dass es plötzlich so leise wurde, doch als ich aufsah, wurde es mir klar. An der Bar saß Shiida und hatte ihre Flöte in der Hand. "Nun, das ist ein Duett", sagte Wolf. Er ging zu ihr und nahm eine Laute zur Hand. "Das wird interessant....Ich dachte, die hätten keine Zeit für die Musik", dachte ich und hörte aufmerksam zu. Sie spielten ein ruhiges Liebeslied. "Oder doch kein Liebeslied?" Die Melodie, sie erinnerte an unsere Reise, an den magischen Wald am Anfang, der Moment, als wir in der Bergfestung die große Bibliothek fanden. Nun wurde die Musik dunkler und schneller, und ich lächelte.
"Als Krain mich verletzte", dachte ich laut und verzog das Gesicht, als ich an den widerwärtigen Heiltrank von damals dachte.
"Es erinnert an unsere Reise, meinst du nicht?",
fragte Krain. Die Melodie wurde wieder fröhlicher und romantischer. Ich gab Krain einen lieblichen Kuss.
"Das müssen die heißen Quellen sein",
sagte ich und schloss entspannt die Augen. Jetzt, wo ich die Melodie hörte, konnte ich mich an alles genau erinnern, und für einen Moment vergaß ich alles um mich herum. Shiida hat wirklich Talent. Nicht nur ich dachte so, auch die Stammbarden hörten ihr gebannt zu. Ich hätte ihnen ewig zuhören können, doch wurde ich von einem flüchtigen Blick abgelenkt. Zufällig sah ich Mara mit Rikaria in einer Ecke sitzen, und was die beiden miteinander trieben brachte mich zum Schmunzeln.
"Das hätte ich nicht erwartet",

gestand Krain.
"Das würde erklären, warum sie kein Interesse an Alrik hatte“, erwiderte ich. Ich wollte mich wieder Shiidas und Wolfs Musik widmen, als es bei Mara und Rikaria wilder zu ging und sie nicht nur beim Küssen blieben.
"He, nehmt euch ein Zimmer."
Zischte ich ihnen zu und wandte mich dann kopfschüttelnd ab. Normalerweise wäre ich dazwischen gegangen, aber da es beide Mädchen waren, musste ich mir keine Gedanken um eine plötzliche Schwangerschaft machen, und so ließ ich sie einfach machen.

Ich war froh, dass Rikaria und ich mit den Magiern in einem Planwagen saßen und nicht mit den Novizen. Alle hatten es mitbekommen, alle wussten jetzt, dass Rikaria und ich ein Paar waren. Obwohl ich sonst so aufgeschlossen bin, war mir das jetzt doch ein wenig peinlich. Am schlimmsten aber wird es für Rikaria, sie ist das glatte Gegenteil vom mir, unauffällig und ruhig. Dazu kann sie Aufmerksamkeit nicht leiden, doch diese wird sie jetzt zu genüge bekommen. Rim grinste mich nur breit an.
"He, das ist nicht lustig“,
meckerte ich ihn an.
"Doch, es ist lustig, wenn man darüber nachdenkt“,
nuschelte Rikaria und vergrub ihr Gesicht weiter in meinem Flügel.
"So schön weich." Ich lächelte sie an. "Ist nur unglücklich gelaufen, dass die anderen Novizen es mitbekommen haben“, bemerkte Kirgo und ich sah ihn böse an. "Aber sie sind ja alle ganz vernünftig, ich denke also nicht, dass sie euch damit aufziehen werden“, versuchte Rim mich zu beruhigen. Wolf sah Kirgo fragend an.
"Sag, ich habe dich gestern gar nicht mehr gesehen, wo hin

bist du verschwunden?",
wollte Wolf wissen und Kirgo lächelte ein wenig verlegen ins Leere.
"Nirgendwo hin."
Ich sah Shiida an, die ein wenig verloren wirkte.
"Was ist los mit dir?" "Nichts, alles in Ordnung, ich will nur zurück zu meinen Kindern“, antwortete sie und setzte ein gespieltes Lächeln auf. "Wir hätten wohl doch nicht außerhalb feiern sollen“,
bemerkte ich und musste an Krain denken, wie verbissen sie damals bei ihren Eiern ausharrte. Gut, man musste bedenken, bei uns Harpyien kommen noch die Instinkte zur Nestverteidigung dazu, dennoch muss es gerade schlimm für Shiida sein. Als ich gerade etwas sagen wollte, drehte sich Wolf zu ihr um und küsste sie.
"Jetzt entspann dich mal, wir sind ja gleich da."
Ich lächelte die beiden an.
"Ihr passt wirklich gut zueinander." Shiida sprang als erste aus dem Wagen, als wir die Akademie erreichten. Der Fuhrmann brachte die Pferde zum Stehen und auch wir stiegen dann aus. Rim und Krain schafften es kaum durch das Tor, da wurden sie schon von ihren Kindern überrannt.
“Ja, Harpyien haben es schon leichter......von Geburt an selbstständig und nicht so gebrechlich wie ein Menschenkind“, dachte ich mir so und ging an ihnen vorbei , auf der Suche nach Shiida.
"Komm, Rika, trödle doch nicht." "Wieso bist du so früh am Morgen schon so gut gelaunt?", erwiderte sie. Ich drehte mich zu ihr um, schlang meine Flügel um sie und küsste sie lustvoll.
"Weil ich einfach so bin und jetzt komm, ich will die Zwillinge sehen."

In den letzten Wochen waren die Novizen sehr anstrengend. Besonders, da sie immer wieder anfingen, Rikaria und Mara zu hänseln. Dazu kommt noch, dass ich Mutter geworden war, daher war ich froh, zwei Männer zu haben, so konnte ich mich immer noch auf meine Arbeit konzentrieren. "Eine wirklich schlechte Zeit, Mutter zu sein", dachte ich seufzend und setzte meinen Weg zum Astronomieturm fort, als mir Rikaria entgegen kam.
"Lady Shiida, habt ihr Mara gesehen?",
fragte sie. "Mara? Sie ist nicht hier, sie ist mit den anderen jagen", verplapperte ich mich, woraufhin mich Rikaria skeptisch ansah. "Jagen?" Wir hatten uns einstimmig entschieden, den Novizen das Problem mit den Harpyien und ihrem Blutdurst zu verschweigen, um sie nicht zu beunruhigen. "Mara hat es ihr nicht gesagt? Diese Beziehung fängt ja schon gut an".
"Mara hat dir also nicht gesagt, wohin sie heute geht?" Rikaria schüttelte bedrückt den Kopf.
"Sie hat gar nichts gesagt, deshalb suche ich sie auch." Ich seufzte. "Wir wollten es ihnen ohnehin bald sagen".
"Gut, dann komm mit, ich erkläre dir alles",
sagte ich und ging vor. Auf dem Weg erklärte ich ihr die genauere Situation, ließ aber einige unschöne Details weg. Rikaria sah mich verständnisvoll an.
"So ist das also, aber was ist denn so Schlimmes vorgefallen, dass sie es mir nicht erzählen will?" Ich lächelte sie an.
"Das muss sie dir schon selbst sagen. Und jetzt geh und nutze deinen freien Tag, denn morgen steigen wir in ein neues Thema ein."
Rikaria nickte und ging. Ich gähnte laut und stieg dann den Astronomieturm empor. Ich war nicht verwundert, Rim hier oben zu sehen, schließlich kam er in letzter Zeit sehr

oft hier hoch. Auch Wolf war hier oben. Er saß mit den Zwillingen im Arm auf einem Stuhl und sah in die Ferne. Auch er kam in letzter Zeit öfter hier hoch, was mir weniger Sorgen bereitete als Rim.
"Morgen Shiida“,
sagte Wolf und lächelte mich an.
"Na komm, ich löse dich ab“,
gab ich zurück und nahm sehnsüchtig die Kinder entgegen, dann sah ich zu Rim, der mich scheinbar gar nicht bemerkt hatte.
"He! jetzt reiß dich mal zusammen!",
meckerte ich ihn an, woraufhin er zusammenzuckte.
"Oh, morgen Shiida." "Deinem Bruder geht es bestimmt gut." Rim seufzte, dennoch habe ich noch immer nichts von ihm gehört. Es ist jetzt fast ein Jahr her." "Es ist noch lange kein ganzes Jahr. Shiida hat recht, du solltest dir nicht so viele Gedanken machen“, stimmte Wolf mir zu. "So kennen wir dich gar nicht, also Kopf hoch." Ich lächelte Rim an.
"Wenn du dir Sorgen um ihn machst, dann such ihn doch“, schlug ich vor. Er sah mich entgeistert an. "Das meine ich ernst, ich habe gestern ein Schreiben von Fürst Fey erhalten."
Nun sah auch Wolf mich fragend an. "In den letzten 8 Wochen sind 3 seiner Handelsflotten verschwunden, was ein großes Problem ist, da seine Beziehungen zu Syrii anfangen zu brechen“,
erklärte ich und holte Luft zum Weitersprechen.
"Ich soll mich um die Angelegenheit kümmern und dabei die Novizen mitnehmen. Ich dachte erst daran, abzulehnen, da ich alle Hände voll zu tun habe, doch kamst du mir dann in den Sinn."
Rim sah mich skeptisch an, und auch Wolf schien nicht sonderlich überzeugt.

"Ich dachte, wenn du mit Wolf gehst, dann könnt ihr bei der Gelegenheit gleich nach Ran und Korra suchen." Rim lächelte, nach langer Zeit lächelte er wieder, doch verging ihm das Lächeln.
"Ich kann nicht..." "Du meinst, weil du selbst Familie hier hast",
sprach ich seinen Gedanken aus.
"Nimm sie doch mit, bei dir ist das kein Problem, aber ich kann meine Kinder nicht auf eine solche Reise mit nehmen."
Ich lächelte die Kleinen an.
"Menschenkinder sind eben sehr gebrechlich." Rim überlegte und während er überlegte, wachten Lucy und Tira auf und fingen an zu schreien. Sanft schaukelte ich sie hin und her. "Ich glaube, sie haben schon wieder Hunger."
Wolf fing an zu lachen.
"Genau so verfressen wie ihre Mutter." "Gib Ruhe und nimm mir eine ab."
Ich reichte ihm Tira und setzte mich dann mit Lucy in den Stuhl und fing an, sie zu stillen.
"Halt ihr den kleinen Finger hin, dann hört sie auf zu schreien", riet ich Wolf, und er versuchte es. Tatsächlich hörte Tira auf zu schreien.
"Sie wird zwar bald merken, dass da nichts rauskommt, aber bis dahin bin ich mit Lucy fertig." Rim sah mich erstaunt an.
"Du hast ja ziemlich schnell den Bogen raus",
bemerkte er, doch machte ich nur eine wegwerfende Bewegung. "Alles Tipps, die ich schon während der Schwangerschaft gesammelt habe. Aber zurück zum Thema."
Ich sah ihn erwartungsvoll an. Rim seufzte.
"Ich mach es, aber bist du sicher, dass ich die Novizen

mitnehmen soll?" "Sie kennen die Grundlagen, wie man ein Schild projiziert, Siegel-Runen und Zauber zur alltäglichen Anwendung, aber du bist ja auch nicht alleine."
Ich sah Wolf an.
"Wie lange wäre ich weg?",
fragte er mürrisch. "Ich würde ja Kirgo fragen, aber er steckt in den letzten Zügen seiner Ausbildung." "Wie lange?!?",
fragte er erneut, und wir tauschten die Kinder, damit ich auch Tira stillen konnte.
"3 Monate, mindestens." Wolf war entsetzt.
"3 Monate, wie soll ich 3 Monate ohne dich auskommen?",
fragte er zu Recht, und ich lächelte ihn an. "Bis ihr fahrt, gehöre ich auch voll und ganz dir und gebe mich all deinen Vorlieben hin“,
schlug ich grinsend vor. Rim haute Wolf an.
"Zöger nicht, du Idiot, nimm das Angebot schon an." Wolf seufzte.
"Wenn du mich so energisch darum bittest, muss ich wohl ja sagen." Rim japste auf.
"Ja, jetzt bin ich nicht alleine mit den Novizen." "Du klingst ja, als sei das eine Strafe“, bemerkte ich, was Rim nur mit einem eifrigen Nicken bejahte. Rim trat von der Brüstung weg und steuerte auf die Treppe zu. "Ich werde dann mal Krain in Kenntnis setzen."

"3 Monate?" Ich sah Krain seufzend an.
"Ich weiß, 3 Monate sind lange, aber es gibt sonst niemanden anderen“,
argumentierte ich.

"Kirgo ist mit seiner Lehre beim Schmied voll beschäftigt, Shiida hat die Neugeborenen, und Kalito ist kein Magier,

außerdem ist das die Gelegenheit, nach meinem Bruder zu suchen."
Krain sah mich fassungslos an, doch lag in ihren Augen Verständnis.
"Gut, vielleicht ist das eine gute Gelegenheit, die Kinder an die Gesellschaft zu führen."
Ich lächelte sie an und wollte sie küssen, doch versetzte sie mir einen energischen Tritt in den Magen.
"Wenn sie jemanden fressen, bist du daran schuld, verstanden?" "Verstanden",
wiederholte ich, und sie küsste mich zur Entschädigung. "Vielleicht haben wir auf dieser Reise dann auch mehr Zeit für uns",
sagte Krain und küsste mich lustvoll. "Und für uns."
Kira und Kiara standen in der Schlafzimmertür und Kiara grinste uns an." "He, wer passt auf die Kinder auf?",
wollte ich wissen.
"Rikaria, sie sagte, sie wolle gerne mal auf die Kleinen aufpassen", erklärte Kira, monoton wie immer. Dann schlossen sie die Tür und stürzten sich auf mich.
"Hey, was glaubt ihr, was ihr da tut?",
fragte Krain empört. "Vielleicht ist es ihr unangenehm, wir haben es schließlich noch nie zu viert getan",
sagte Kira trocken.
"Rim hat uns immer nur einzeln, oder nur uns zwei beglückt."
Ich sah zu Krain und musste schmunzeln, als ich sah, dass sie rot wurde.
"Wir haben noch nie zu viert?",
überlegte Kiara und sah dann zu Krain.
"Dann wird es Zeit."
Sie nickte Kira zu, dann stürzten sich beide auf Krain und fingen an, ihr die Sachen auszuziehen.

"He, lasst das, Rim, hilf mir doch."
Mit Magie zog ich die beiden von Krain runter.
"Hört auf, ihr die Sachen auszuziehen ist meine Aufgabe“, sagte ich breit grinsend.

Kapitel 16

Nachdem alles geklärt war und alle ihre Sachen gepackt hatten, kam auch schon der Tag des Aufbruchs.
"Ich werde sie schon irgendwie vermissen",
dachte ich laut und winkte den Karren hinterher. "Du wirst doch nicht sentimental?"
Fragte Kalito und küsste mich.
"Jetzt gibt es nur noch uns zwei",
sagte er lächelnd.
"Und die Kinder",
fügte ich hinzu, was ihn seufzen ließ, dann blickte er auf und sah den Weg entlang. Als ich seinem Blick folgte, sah ich einen etwas älteren Mann mit einem langen Krückstock auf uns zu kommen. Er lächelte mich an und nahm mich in den Arm, und ich sah Kalito verwirrt an. "Shiida, gut siehst du aus",
sagte er, nachdem er mich wieder los ließ. Dann fing er an zu kichern, als er meine verwirrte Mine bemerkte.
"Oh, natürlich erkennst du mich nicht. Ich bin es, Idashi."
Ich sah ihn überrascht an, doch noch überraschter war Kalito, der zwischen uns beiden hin und her sah.
"Idashi, DER Idashi, einer der drei Mächtigen, der Idashi?",
fragte er ungläubig. Idashi sah ihn grinsend an.
"Hast du ein Problem damit, oder schüchtert es dich ein, neben einem Halbgott zu stehen?"
Kalito wurde ein wenig bleich, und ich fing an zu lachen.
"Genug gelacht, wollt ihr mich nicht herein bitten, ich habe nämlich einen weiten Weg hinter mir." "Nun gut, dann komm",
sagte ich und führte ihn herein.
"Was ist mit euch geschehen, ihr seid so, na ja, so alt?",
fragte ich, doch schüttelte Idashi nur den Kopf.

"Zuvor verrate mir, wer das ist?"
Er deutete mit einem enttäuschten Blick auf Kalito.
"Das ist Kalito, er ist einer von Fürst Feys Elite-Rittern..."
"Und ihr Geliebter",
beendete Kalito meinen Satz. Idashi blieb stehen und sah mich entsetzt an.
"Wolf wird doch nicht?" Ich lächelte ihn an.
"Nein, Wolf geht es gut. Ihr müsst ihn gesehen haben, er saß in einem der Karren vorhin."
Wir betraten nun den Magiertrakt, und ich führte sie weiter.
"Die Karren habe ich nur noch von hinten gesehen. Waren das Novizen in den Karren?"
Fragte er nach, doch hob Kalito nun die Stimme.
"Ich glaube, ihr lenkt vom Thema ab." "Ahh stimmt. Also ich habe meine Hülle gegen diesen menschlichen Körper getauscht und auch meine Kräfte habe ich versiegelt."
Ich blickte ihn über die Schulter hinweg an.
"Das bedeutet, ich seid jetzt nur noch ein gewöhnlicher Mensch, ohne magische Kräfte?" Idashi lächelte mich an.
"Ich habe es dir gesagt. Ich möchte ein neues Leben als Mensch anfangen." "Und du hast es geschafft",
meldete sich Kalito.
"Glückwunsch." Wir erreichten unser Quartier, und ich führte Idashi hinein.
"Setzt euch",
sagte ich zu ihm und kramte aus einem Schrank eine Flasche Wein und drei Gläser. "Groß bist du geworden, besonders oben drum",
bemerkte er und wie ein Reflex fasste ich mir an die Brüste. "Recht hat er", dachte ich und schenkte ihnen ein, dann sah ich zu Kalito.
"Schaust du kurz nach den Kindern?"

Kalito stand wieder auf und ging ins kleine Hinterzimmer.
"Also hast du Wolf wirklich für ihn verlassen?",
mutmaßte er, doch schüttelte ich nur den Kopf.
"Nein, habe ich nicht. Wir führen nur eine etwas umständliche Beziehung und bevor du fragst, Kalito ist der Vater."
Idashi wirkte etwas enttäuscht. Kalito setzte sich wieder zu uns und sah uns skeptisch an.
"Ihr wirkt so vertraut, gibt es etwas, das ich wissen sollte?",
fragte er, und Idashi wurde hellhörig.
"Oh, du weißt es nicht." "Ich weiß was nicht? Ich kenne nur die alten Geschichten über euch, also sollte ich etwas wissen?",
fragte Kalito nach, doch langsam kam er selbst darauf, dass Idashi und ich blutsverwandt sind, doch war es nicht das, worauf Idashi hinaus wollte. Idashi grinste mich an.
"Das ist nicht richtig, du solltest ihm erzählen, dass wir uns ein und denselben Körper geteilt haben“.
Kalito stand auf und wirkte mit der Situation überfordert.
"Ihr habt was?" "Nun, ich kenne all ihre intimsten Geheimnisse, ich kann dir ausführlich darüber berichten“, fügte er mit einem verwegenen Grinsen hinzu. "Kalito, beruhige dich, es ist nicht so schlimm, wie es sich anhört“, versuchte ich, ihn zu besänftigen. "Also ist es wahr was er sagt?",
fragte er und sah mich unsicher an.
"So wahr ich hier sitze“,
setzte Idashi noch einen nach. Sofort verließ Kalito den Raum und murmelte etwas davon "Bevor ich ihm den Hals umdrehe."
Idashi nippte lachend an seinem Wein. Erbost sah ich ihn an.
"Das ist nicht lustig." "Es tut mir leid. Alte Gewohnheiten

sind schwer abzulegen.",
sagte er und er machte den Eindruck, als wenn es ihm auch wirklich leidtun würde.
"Das ist der Grund, warum Wolf besser zu dir passt."
Ich seufzte, da ich ihm in diesem Punkt nicht widersprechen konnte, dennoch.
"Auch Kalito liebe ich, das lässt sich nicht ändern."
Ich schenkte ihm nach und sah ihn dann ernst an.
"Möchtest du mir verraten, warum du hier bist?" Idashi lachte. "Natürlich, um das eifersüchtige Nervenbündel zu ärgern", scherzte er, doch dann seufzte er. "Du wirst mir nicht glauben wenn ich sage, dass ich dich einfach sehen wollte." "Nein, das werde ich nicht",
antwortete ich und sah ihn erwartungsvoll an. Idashi seufzte erneut.
"Es ist aber so. 17 Jahre war ich in deinem Körper. Ich habe gesehen, wie du aufwächst, wie du dich entwickelst. In deinen Gedanken las ich, in wen du dich als erstes verliebt hast. Ich war dabei, als die Bergbanditen vor deinen Augen deine Familie töteten. Ich habe dich beschützt und auf dem rechten Weg gebracht. Also natürlich interessiert es mich, wie es dir geht. Meine Mordlust ist groß, doch nicht alles an mir ist schlecht."
"Stimmt, du hast, besonders zuletzt, viel für mich getan. Und jetzt geh und bring das mit Kalito in Ordnung!",
befahl ich ihm, und er richtete sich mühsam auf. "Nun, vielleicht tue ich das, vielleicht werde ich ihn auch noch ein wenig ärgern."

Die ersten 3 Wochen unserer Reise vergingen reibungslos. Die Novizen nahmen das Problem mit dem Blutdurst von uns Harpyien sehr gelassen auf und auch die Hänseleien wegen meiner und Rikarias Beziehung flachten ab. Die

Reise war ruhig, zu ruhig. Die meisten Novizen langweilten sich, und so haben sie angefangen, sich Energiebälle hin und her zu werfen. Erneut zerschellte eine dieser an Rikarias Schild und Funken sprühten in alle Richtungen. Tito, ein junger Blondschopf und guter Freund von Rikaria, sah uns eindringlich an.
"Muss das hier sein. Wenn ihr rum machen wollt, geht in den anderen Wagen."
Ich ließ von Rikaria ab und sah Tito entschuldigend an.
"Tut mir leid." "Ach schon gut“,
jammerte er und seufzte.
"Ich hatte nur gehofft, dass du dich vielleicht in mich verlieben würdest, Rika“,
sagte er an Rikaria gewandt, woraufhin sie ein wenig rot wurde. "Stopp, stopp, so habe ich das nicht gemeint. Ich meinte, sieh mich an, als ob ich bei Nancy, oder Ria jemals eine Chance hätte, also warst da nur noch du“,
erklärte Tito sich. Ich sah ihn grimmig an.
"Worte sind nicht gerade seine Stärke, denn das gerade war für sie bestimmt nicht aufbauend. Du solltest versuchen, nicht immer das zu sagen was du gerade denkst, dann würde es mit den Mädchen besser klappen“,
schlug ich vor, und Tito lächelte wieder.
"Und so schlecht siehst du doch gar nicht aus“,
fügte Rikaria hinzu.
"Wenn ich nicht auf Frauen stehen würde, wäre das mit uns vielleicht tatsächlich etwas geworden."
Tito fing an zu strahlen, und ich sah Rikaria nur strafend an. "Was ist, zu viel?",
fragte sie mich und ich nickte.
"Viel zu viel." Plötzlich blieb der Wagen stehen und noch bevor ich raus sehen konnte, rief einer los.
"Wir sind da."

Alle schienen aufgeregt.
"Das ist Kunvar, der größte Handelshafen in Fürst Feys Besitz und einer der größten an dieser Küste“,
erklärte Tito, und ich sah ihn beeindruckt an.
"Da hat sich jemand schlau gemacht“,
bemerkte ich. Nachdem wir noch ein paarmal stehen geblieben sind, erreichten wir endlich den Hafen und wir stiegen alle aus. Wie gewohnt, scharten wir uns alle um Wolf und Rim. Ein grau- bärtiger Seemann mit Augenklappe kam auf die beiden zu. "Moin, Moin. Ik bin Greg, der Kapitän der Death Sea“,
sprach er mit einem sonderbaren Akzent und deutete auf den großen Klipper, der neben der großen Handelsgaleere lag.
"Ihr seid also die Magier, die Fürst Fey mir zur Unterstützung schickt?"
Rim nickte.
"Ich bin Lord Rimaldin, das ist Meister Wolf und",
Rim deutete nun auf uns.
"Das sind unsere Novizen“,
sagte er und lächelte Greg an und aus persönlichen Gründen habe ich auch meine Familie mit genommen, bitte erschreckt nicht." Rim gab ein Zeichen, und augenblicklich stürzten meine Schwestern und Rims Kinder aus dem Himmel und landeten um ihm herum. Der Kapitän lachte laut auf.
"Weste, von nem Joar bin schon mal einen Magier bejegnet und spielte dat gleiche Spielchen. Jut, er war alleine mit seiner Harpyien Freundin, aber so schnell erschreckt mich jar nichts." Rim starrte den Kapitän an.
"Ihr sagtet, ein Magier mit einer Harpyienfreundin?",
fragte Rim nach.

Der Kapitän konnte mir leider nicht viel über Ran sagen. Er berichtete mir von der Nacht, in der sie von den Piraten angegriffen wurden und davon, dass Ran mit Korra zusammen die Piraten vernichteten, danach hätten sie das Schiff nicht wieder betreten. Ich stand am Bug des Schiffes und beobachtete die Matrosen beim Ablegen, während ich über Gregs Worte nachdachte. Ich wurde aus meinen Gedanken gerissen, als meine Kinder plötzlich über mich herfielen.
"He, he, nicht so stürmisch. Wollt ihr spielen?",
fragte ich und schuf eine kleine, rot pulsierende Lichtkugel und ließ sie davon flitzen. Sofort stürzten die kleinen hinterher, alle bis auf Luna. Sie sah mich mit ihren tief roten Augen an und wirkte ein wenig verängstigt. Ich kniete mich nieder und sah sie an.
"Was ist los?",
fragte ich, und sie stürzte auf mich zu und hielt mich fest.
"Schon seit ein paar Tagen hat sie Albträume",
erklärte Krain. Ich sah sie fragend an.
"Albträume? Einen tiefen Schlaf zu haben, ist wohl nicht immer ein Vorteil." "Anscheinend träumt sie von dir."
Ich lächelt Luna an.
"Deswegen bist du so anhänglich geworden",
sagte ich, und Tränen rannen Luna über das Gesicht.
"Papa, nicht gehen......"
Ich nahm sie feste in den Arm.
"Keine Sorge, was auch immer du geträumt hast, es war nur ein Traum."
Ich lächelt sie an.
"Dein Papa ist stark, merk dir das und jetzt geh spielen",
sagte ich und schuf eine zweite Lichtkugel, die ich davon zischen ließ. Ist richtete mich wieder auf und sah mich suchend um.

"Wo ist eigentlich Wolf?",
fragte ich Krain. "Er bespricht sich mit dem Kapitän",
sagte sie und ich streckte mich laut gähnend.
"Da sollte ich nicht fehlen, könnte wichtig sein. Wie so oft in letzter Zeit, besuchte Idashi uns auch heute wieder. Gerade saß er mit den Kleinen auf dem Arm im Gemeinschaftssaal und unterhielt sich mit Kalito, der ihm im Sessel gegenüber saß. Ich lächelte die beiden an, als ich den Saal betrat.
"Du scheinst die beiden ja richtig zu mögen",
bemerkte ich und Idashi lächelte mich an.
"Nun, vielleicht liegt es daran, dass sie mich an meine Tochter erinnern."
Sein Blick wurde trübe und schwermütig.
"Ich wünschte, ich hätte mehr Zeit mit ihr verbringen können, statt- dessen habe ich meine Zeit mit Wahnsinn verschwendet."
Ich sah ihn aufmunternd an und wollte etwas sagen, doch kam mir Kalito zuvor.
"Lass die Vergangenheit ruhen. Es kam, wie es kam. Behalte die Erinnerungen bei und lebe dein Leben einfach so gut es geht."
Ich gab Kalito einen lieblichen Kuss.
"Das hast du schön gesagt. Ich wusste nicht, dass du so weise bist."
Kalito sah mich fragend an.
"Ist das jetzt ein Kompliment, oder eine Beleidigung?" Plötzlich drängte sich mir eine Frage auf.
"Sag mal, Idashi, darf ich dich etwas fragen?" Er nickte.
"Natürlich, Shiida, du darfst mich alles fragen was du willst." Ich holte Luft.
"Wie ist es dazu gekommen, dass dich der Wahnsinn befallen hat?" Idashi starrte mich für eine gefühlte Ewigkeit

an, doch holte er dann tief Luft.
"In den meisten Überlieferungen heißt es, es sei die enorme Macht, die mich in den Wahnsinn trieb. Was natürlich Unsinn war“, erklärte Idashi. "Was war es dann?" Wollte ich sofort wissen. "Moment, Moment, der Reihe nach“,
antwortete er.
"Ein Magier ist an Macht gewöhnt, daher ist es unwahrscheinlich, dass diese ihn in den Wahnsinn treibt, selbst, wenn sie so groß ist wie meine einst war. Dennoch war es in meinem Fall tatsächlich mächtige Magie, die mich in den Wahnsinn trieb."
Er legt den Kopf leicht zur Seite und versuchte, sich zu erinnern. "Es war in einer Schlacht im Osten, in der ich etwas Besonderes erbeuten konnte. Es war ein Schwert mit dem unheilvollen Namen Seelenfresser."
Ich starrte Idashi gebannt an.
"Es war eine edle, von Schattenelfen geschmiedete Runenklinge. Ein verfluchtes Schwert mit einer Schnittkraft, die selbst die Seele zu zerschneiden vermag."
Von Kalito war ein gedrücktes Lachen zu hören.
"Das ist ein Witz, oder? Bitte sag mir, dass so etwas nicht wirklich existiert."
Unbeirrt von Kalitos Unterbrechung fuhr Idashi fort.
"Wer auch immer im Besitz dieser Waffe war, war im Besitz großer Macht, doch zu einem schrecklichen Preis. Die Fähigkeit, die Seele zu teilen, war nicht der Grund für ihren Namen. Seelenfresser nährt sich von der Seele des Anwenders."
Er seufzte.
"Damals war ich noch jung und naiv, trotz meiner Macht, und so schwang ich das Schwert, ohne zu ahnen, welche Folgen es haben würde." Ich sah ihn betroffen an und an

Kalitos Blick konnte ich erkennen, dass wir die gleiche Frage hatten. "Wo ist das Schwert jetzt?", wollten wir wissen, doch schüttelte Idashi nur den Kopf. "Das ist eine gute Frage, weder Röchije noch Tsandress sahen das Schwert als Ursache meines Wahnsinns."

Kapitel 17

"Hier ist es",
sagte Greg und deutete auf ein großes markiertes Gebiet auf der Karte.
"Nur wenige Schiffe die in diesen Abschnitt segeln, kommen och wieda heraus",
sprach er und lächelte.
"Diejenigen, die diesen Meeresabschnitt durchsegelten, berichten von einem plötzlich aufkommenden Nebel und davon, dass das Meer unheimlich ruhig wäre."
Ein kalter Schauer lief mir über den Rücken, und nicht nur mir ging es so, die meisten Novizen schienen sich zu schütteln. "Alles nur Geistergeschichten wenn du mich fragst",
fuhr der Kapitän fort.
"Aber eins is klar, etwas Merkwürdiges geht da vor." "Rika? Geister gibt es doch nicht wirklich, oder?",
fragte mich Mara und ich gab ihr einen liebevollen Kuss.
"Sonst so aufgeweckt und furchtlos, aber vor Geistern hast du Angst." "Geister können nicht existieren, das glaubt zumindest Lady Shiida",
meldete sich Tito zu Wort.
"Sie sagt, eine intakte Seele wechselt über und Seelen, die zurück bleiben werden zu Irrlichtern"
Mara lächelte erleichtert.
"Dann hoffe ich mal, dass sie Recht hat." Plötzlich kam ein Matrose in den Raum gestürmt.
"Kapitän, wir haben ein Problem, kein Wind. Greg sah ihn

überrascht an.
"Beim Klabautermann, eine Flaute?"
Er nahm sich einen Zirkel und ging mit ihm eine Strecke auf der Karte ab, dann setzte er eine Markierung unmittelbar vor dem Meeresabschnitt, über den wir zuvor gesprochen hatten. Nachdenklich betrachtete er die Karte, dann sah er auf.
"Jut, wolln wa ma sehn wat uns erwartet“,
sagte er und ging an Deck, und wir folgten ihm. Wolken machten den Tag zur Nacht und obwohl es nach Sturm aussah, wehte kein Wind. "Bei den drei Mächtigen, war der Himmel vor wenigen Stunden nicht noch klar?",
bemerkte Wolf. Einer der Novizen sah Wolf fragend an.
"Meister, was sollen wir tun?"
Wolf ließ seinen Blick über die Novizen gleiten.
"In Formation, die Kämpfer an den Bug, die Wächter formieren sich hier."
Sofort begab ich mich mit den anderen hinter Wolf in Position, während ein kleiner Teil an die Spitze des Schiffes ging. Rim sah sich um.
"Kinder, geht nach unten!",
befahl er.
"Krain, Kira, Kiara, Ihr haltet von oben alles im Blick“,
sagte er und sah zu Mara, die noch neben mir stand.
"Mara, du auch." "Ist gut“,
antwortete sie und gab mir einen flüchtigen Kuss, bevor sie sich in die Luft erhob. "Ich will nicht“,
sagte Luna, die sich an Rim festhielt.
"Luna, nun geh schon zu deinen Schwestern“,
sagte Rim, doch Luna hielt sich nur noch mehr fest.
"Ich will nicht!"
Rim seufzte und tätschelte ihr den Kopf.
"Dann bleib hier." Wolf sah Rim fragend an.

"Wollen wir warten, ob etwas passiert, oder setzen wir das Schiff in Bewegung?" "Hmmmm, ich muss schon genug Geduld für die Kinder aufbringen",
antwortete Rim, worauf hin Wolf und ein Zeichen gab.
"Wächter, Ihr habt ihn gehört."
Vereint kanalisierten wir Magie und erzeugten Windböen, die unser Schiff und auch die anderen beiden Schiffe erneut antrieben. Doch bevor wir Fahrt aufnehmen konnten, zog dichter Nebel auf, sodass wir gerade noch den Bug des Schiffes sehen konnten. Erneut zog mir ein kalter Schauer über den Nacken.
"Keine Geister, keine Geister, keine Geister", dachte ich laut, bis mich Tito an stupste.
"Bleib ruhig." "An Geister glaub ik trotzdem nich",
bemerkte Kapitän Greg. Die Mannschaft erstarrte, als aus dem Nebel das Wrack einer riesigen Galeere auftauchte und sachte an uns vorbeiglitt. "Ich gebe zu, selbst mir ist das unheimlich",
gestand Wolf und gab eine weiteres Handzeichen, auf dass wir uns nicht mehr auf das Schiff konzentrierten, sondern ein Schild um uns und die andere Novizengruppe legten. Ein Schatten war aus dem Augenwinkel zu sehen, und plötzlich stand ein Mann mitten auf dem Deck. Er trug einen langen, schwarzen und sehr abgetragenen Mantel, und sofort wichen die Matrosen vor ihm zurück. Ein monströses Gekreische war zu hören und binnen eines Augenblicks stürzte etwas auf einen der Matrosen nieder und riss diesen durch das Deck ins Innere des Schiffes. Es ging so schnell, hätte ich geblinzelt, hätte ich es verpasst. Von dem Matrosen war ein qualvolles Geschrei zu hören, was aber schnell verstummte. Furcht machte sich breit, und ich merkte, wie ich Panik bekam. "Gebt euch zu erkennen?",

fragte Wolf und versuchte den Fremden einzuschätzen. Dämonische Augen blitzten unter seiner Kapuze hervor und starrten mich direkt an. Ich merkte, dass sich mir die Kehle zu- schnürte vor Angst und ich starr wurde. Wolf zog sein Beil. "Wenn du dich nicht zu erkennen gibst, müsst ihr wohl mein Feind sein“,
sagte Wolf und schoss in blitzartiger Geschwindigkeit auf den Fremden zu. Sofort wurde er von einer Harpyie aufgehalten. Gewaltsam presste sie Wolf zu Boden und drückte ihm die Kehle zu.
"Fass ihn an, und ich töte dich."
Rim starrte sie an und auch unsere Harpyien stürzten auf das Deck und landeten um sie herum.
"Korra?",
fragte Krain. Hektisch sah die Harpyie hin und her. "Korra, das reicht!",
befahl der Fremde und zog seine Kapuze runter. Es war Ran, was bedeutete, dass die Harpyie wirklich Korra war. Sofort ließ sie von Wolf ab und sah auffällig zwischen den Matrosen hin und her. "Bitte, lass mich einen fressen!“,"
verlangte Korra. Rim starrte seinen Bruder nur an, doch ging er dann auf ihn zu und nahm ihn, ungeachtet der momentanen Situation, in den Arm.

Wir saßen alle unter Deck zu Tisch und hielten Ran im Auge. Die Wolken, der Nebel und die Flaute waren alles Rans Werk. Soviel hatte er uns schon verraten, doch war da noch mehr, was wir wissen wollten. Ich sah runter zu Luna, die immer noch an mir hing und Ran mit großem Misstrauen betrachtete.
"Bist du für das Verschwinden von Fürst Feys Flotten verantwortlich?",
fragte Wolf geradeheraus. Anders als ich, war Wolf meinem

Bruder alles andere als freundlich gegenüber gestellt, das gleiche galt für Korra. Er hatte recht, bei der Kaltherzigkeit, mit der sie den Matrosen gefressen hatte, doch nur bei dem Gedanken, dass die beiden seit fast einem Jahr nichts anderes taten, ließ mir das Herz zuschnüren. Ran kicherte hämisch, wie man es vom ihm gewohnt war, doch lag nun eine gewisse Boshaftigkeit in seiner Stimme.
"Nun, die erste Flotte war ein Versehen, sie geriet unglücklicherweise zwischen die Fronten“,
erklärte er und Wolf sah ihn entsetzt an.
"Du bist also tatsächlich für beide Flotten verantwortlich“.
Wolf gab den Novizen ein Zeichen, sich bereit zu machen.
"Du weißt, dass du dich für deine Taten verantworten musst?" Ran grinste nur breit.
"Ich muss gar nichts und glaub ja nicht, dass du mich aufhalten könntest. Korra!"
Korra machte sich kampfbereit, doch bevor sie etwas hätte machen können, sperrten die Novizen sie in einen Schild und zogen sie weg, um sie von Ran zu isolieren. Plötzlich wurde meine Aufmerksamkeit aus dem Geschehen gezogen, als Luna an meinen Roben zog und bitterlich anfing zu weinen. Tröstend sah ich sie an, als ich aus dem Augenwinkel einen Blitz aufflackern sah. Alles flog in einem gewaltigen Knall auseinander. Wären die Novizen nicht gewesen, hätte es wohl das gesamte Schiff zerrissen. Alles konnten sie nicht schützen, denn die Decke und die hintere Wand fehlten.
"Eure Novizen sind schnell, ich bin beeindruckt“,
sagte Ran und stand so entspannt da, als würde er auf jemanden warten. Ich sah auf Luna runter, die immer noch weinte und noch immer hielt sie sich, so gut es mit ihren Flügeln möglich war, an mir fest.
"Papaaaa!"

Ich packte sie und drückte sie von mir weg, was ihr ganz und gar nicht gefiel. Ich sah ihr fest in die in Tränen aufgelösten Augen. "Luna, du musst jetzt zu deiner Mutter gehen. Sofort!!!"
Ich stand wieder auf und schuf einen Schild hinter mir, damit sie mir nicht mehr folgen konnte. Schnell nahm ich einen Heiltrank zur Vorbeugung. Die Luft fing an zu vibrieren, was davon zeugte, dass eine gewaltige Menge Magie kanalisiert wurde. Eine gewaltige Schockwelle sprengte fast das gesamte Schiff. Splitter und Trümmer flogen in alle Richtungen, doch fielen wir nicht ins Wasser, sondern schlitterten über eine große Eisfläche, voller scharfer Zapfen. Nicht nur die Matrosen hatte es erwischt, auch ein Teil der Novizen wurde verletzt, überall lange Verletzte, die das Eis mit Blut tränkten. Alle, die konnten, richteten sich auf und formierten sich neu.
"Kümmert euch um die Verletzten",
wies ich die Novizen an und warf einem meine restlichen Tränke zu. "Es ist vorbei, Ran, du hast jetzt schon viel zu viel Magie eingesetzt",
sagte Wolf und ging mit vorsichtigen Schritten auf meinen Bruder zu.
"Ran, hör auf, das bist nicht du",
schrie ich, doch hörte er mich nicht, oder er ignorierte mich. Mit langen Schritten eilte ich auf die beiden zu. "Auch ohne Magie werde ich dich töten",
sagte Ran und zog die schwarze Runenklinge. Die Runen auf dem Schwert glühten hell auf, und ein unheimliches Summen war von der Klinge zu vernehmen, welches einem das Blut in den Adern gefrieren ließ. Auch Wolf zog sein Beil und durchsetzte es mit Magie. Ich beschleunigte mein Tempo und kanalisierte meine Magie, während Wolf ihn hinhielt. "Wolf, jetzt!"

Als ich die beiden erreichte, schlug Wolf Rans Schwert beiseite und drehte sich weg, damit ich freies Feld hatte. Ich hatte ihn mit meinen Händen fast erreicht, als ich ihn grinsen sah, und während ich meine restliche Magie in einen Energieschock setzte, spürte ich, wie sich etwas tief in meinen Brustkorb bohrte.

Ich schrie vor Schmerz, denn als es das Schiff zerriss, war ich auf einen der unzähligen Eissplitter gestürzt, der mir den rechten Flügel aufspießte. Nun hing ich hier, in gut 20 Fuß Höhe und blutete langsam aus. Je mehr ich versuchte, mich zu befreien, desto tiefer rutschte ich und desto weiter riss die Wunde auf. "Ahhhhh!!!"
Erneut schrie ich auf, als ich tiefer rutschte. "Mara!......Mara!"
Ich dachte schon, ich würde träumen, doch bildete ich mir diese Stimme nicht ein. Es war Rikaria. Panisch kam sie auf mich zu gerannt.
"Mara! Halte durch!",
schrie sie. Mit Magie stützte sie mich und zertrümmerte den riesigen Eiszapfen, damit ich frei kam. Sofort fiel ich ihr in die Arme.
"Rika, bei Idashi, dir geht es gut“,
brachte ich noch hervor, bevor ich das Bewusstsein kurz verlor. Als ich wieder wach wurde, merkte ich Rikas Hände auf meinem Flügel. Eine angenehme Wärme ging von ihnen aus und ich konnte spüren, wie die Wunde verheilte. Ich hörte Rikaria erschöpft schnaufen.
"Lass gut sein, der Rest verheilt auch von alleine“,
sagte ich und richtete mich auf. Rikaria lächelte mich liebevoll an. "Wir haben es geschafft“,
sagte sie und fing vor Erleichterung an zu lachen. Wir rafften uns auf und halfen auch den anderen. Alles in allem

war es nicht gut gelaufen. Neben mehreren Dutzend Toten und Verletzten Seemännern, gab es auch unter den Novizen zwei Tote. Wir brachten die Verletzten auf die Golden Sun und versorgten dort weiter ihre Wunden. Mir lief ein eisiger Schauer über den Rücken, als zwei Novizen Rims Körper an mir vorbei schleppten. Bald darauf wurde es laut.
"Wo ist er, wo ist Rim?",
verlangte Krain zu wissen, die gerade den Raum betrat. Wolf vertrat ihr den Weg und sah sie mitfühlend an.
"Du kannst jetzt nicht zu ihm, du siehst, was hier los ist."
Krain stieß Wolf bei Seite.
"Kinder, kommt!" Sofort strömten die Kinder an Krain vorbei und fanden schließlich ihren Vater. Ich sprang auf, was mir einen bösen Blick von meiner Liebsten einbrachte.
"Mara, warte, ich bin noch nicht fertig“,
meckerte sie.
"Es tut mir leid, ich muss wissen, wie es um Rim steht“,
antwortete ich und eilte zu ihm. Gleich 5 Novizen standen um ihn herum und versuchten, ihn zu heilen, doch die große Wunde in seiner Brust schloss sich nur sehr langsam.
"Was ist mit ihm, helft ihm, verdammt!", schrie Krain die Novizen an und brach in Tränen aus. Kira und Kiara nahmen sie tröstend in den Arm, selbst die sonst so aufgeweckten Kinder standen nur ruhig dabei. "Wieso passiert da nichts?", wollte Rikaria wissen, die nun neben mir stand. "Schwarze Magie“, antwortete Wolf nur knapp, und seine Mine verfinsterte sich.
3 Wochen später "Schachmatt“,
sagte Idashi und grinste mich selbstzufrieden an. Überrascht sprang ich auf.
"Wann, wie? Das kann doch nicht wahr sein. Noch eine Runde“,

sagte ich erpicht und baute die Figuren wieder auf, doch schüttelte Idashi ablehnend den Kopf.
"Gib es auf",
meinte Kalito, der gerade mit den Kindern das Quartier betrat. "Idashi hat gute 300-400 Jahre mehr Erfahrung."
"Ich werde ihn schon noch besiegen",
erwiderte ich.
"Aber nicht jetzt, die Kleinen sind hungrig",
sagte er, und ich sah ihn seufzend an.
"Schon wieder? Was ist nur los mit ihnen? Gib schon her."
Ich nahm die zwei entgegen und lächelte sie liebevoll an, dann legte ich eine Brust frei und fing an, sie zu stillen. Idashi sah mich fragend an.
"Du stillst noch?" "Margret, die Frau des Schmieds, meinte, es sei noch zu früh, ganz mit dem Stillen auf zu hören",
erklärte ich und Idashi nickte. Er wollte gerade etwas sagen, doch wurde unsere Aufmerksamkeit auf die Türe gerichtet, als Wolf hereinkam. Sofort kam er auf mich zu und gab mir einen sehnsüchtigen Kuss, der mich breit grinsen ließ.
"Was habe ich dich vermisst Shiida." "Ich habe dich auch vermisst, aber sag, ihr seid früh wieder zurück?",
erwiderte ich.
"Wir sind gar nicht bis Syrii. Den Gru...."
Wolf stockte und sah Idashi skeptisch an.
"Wer seid ihr? Sagt mir nichts!"
Wolf sah nun wieder mich an. "He! Für wie untreu hältst du mich?",
meckerte ich ihn an.
"Das ist Idashi, aber zurück zum Thema."
Wolf seufzte.
"Ich mach es kurz. Ran war für das Verschwinden der Flotten verantwortlich, als wir aufeinander trafen, hatte er

uns angegriffen."
Ich sah ihn geschockt an.
"Das ist nicht dein Ernst." "Zur Zeit sitzt er im Kerker in Fenbri und wird von Rim und 5 weiteren Novizen bewacht."
Wolf seufzte erneut.
"Es wird in acht Tagen eine Anhörung geben, bei der du dabei sein musst."
Ich sah ihn einfach sprachlos an. "Was ist mit Korra?"
Wollte Kalito wissen, doch schüttelte Wolf nur den Kopf.
"Auch sie wurde angeklagt, doch sieht es bei ihr nicht so schlimm aus." Für mich brach gerade eine Welt zusammen, was die Zwillinge scheinbar merkten, da sie beide anfingen zu weinen. Wir versuchten, sie wieder zu beruhigen, als Idashi die entscheidende Frage stellte. "Was verleitete euren Freund dazu, euch anzugreifen?" Wolf schüttelte nur den Kopf. "Wir wissen es nicht mit Sicherheit, doch vermuten wir, dass es an diesem Schwert lag." Wolf entfaltete das Stoffbündel in seiner Hand und gab den Blick auf ein reich verziertes Schwert frei. Plötzlich stand Idashi auf und starrte das Schwert an. Er wollte gerade nach dem Griff greifen, als Kalito ihn davon abhielt. "Alles in Ordnung mir dir?" Erschrocken taumelte Idashi zurück. "Schafft es weg, schaffte es so schnell und so weit weg von mir wie möglich!!!", schrie er schon fast. Wolf zögerte nicht und verließ augenblicklich den Raum. "Das ist es, das ist Seelenfresser“, sagte Idashi und fing langsam an, sich wieder zu beruhigen. Ich übergab Kalito wieder die Zwillinge. "Ich mach mich sofort bereit, um mit Wolf nach Fenbri zu reiten. Schaffst du das, dich acht Tage um die zwei zu kümmern?", fragte ich, und mir wurde mein eigener Fehler bewusst. "Geht nicht, du kannst die zwei ja schlecht stillen. Dann müssen wir wohl alle nach Fenbri."

Erschrocken sah ich Shiida an.
"Heute, sie wollen die Anhörung schon heute einberufen?"
Shiida sah betrübt zu Boden.
"Ich weiß, sie sollte erst übermorgen sein, aber...." "Nichts aber!",
unterbrach ich sie.
"Dass sie die Anhörung vor ziehen bedeutet nichts Gutes“,
blaffte ich sie an.
"Wann wird es genau sein?" Shiida wirkte nun noch bedrückter.
"Jetzt gleich ist es soweit. Ich weiß nicht, wie es genau ablaufen wird, doch solltest du vielleicht noch mal zu ihm."
Ich seufzte nickend und ging dann. Ich durchschritt die Gänge der Kaserne, bis ich an einer von Paladinen bewachten Tür kam. Auch wenn ich, wegen der Helme, ihre Gesichter nicht sehen konnte, so spürte ich dennoch ihre mitleidigen Blicke auf mir lasten. Ich betrat den Kerkerraum und grüßte Tito und Rikaria.
"Ich löse euch jetzt ab."
Sofort standen die beiden auf und machten eine höfliche Verbeugung.
"Guten Morgen Lord Rimaldin“,
sprach Tito, und ich lächelte ihn an.
"Ob er so gut ist, wird sich zeigen“,
antwortete ich, und die beiden gingen. Ich sah zur großen Zelle hinüber, in der sich Ran befand. Er saß auf dem bloßen Boden, die Hände in Ketten, die von der Decke hingen. In seiner Zelle schwebten Io und Is, Shiidas Irrlichter und sorgten dafür, dass Ran keine Magie regenerieren konnte.
"Du schon wieder. Geh! Ich habe deine Anwesenheit nicht verdient“.
Mit gequälter Miene sah ich ihn an. Noch immer brannte

Mordlust in seinen Augen. Ich schrak auf, als General Andre herein kam. "Es wird Zeit“,
sagte er und führte uns weg. Die Anhörung fand in einer allein dafür gefertigten Halle statt. Vorne befand sich eine lange Sitzreihe, in der der Kriegsrat saß, bestehend aus den vier Hauptmännern, General Andre, dem Waffenmeister des Fürsten und zwei Priestern ansässiger Religionen und über ihnen thronte Fürst Fey. Hinter uns befanden sich viele Sitzreihen für die Betroffenen und in der Mitte, gekettet an einen massiven Sockel, waren Rim und zu seiner Linken Korra. Sie trugen die Anklage vor, und wir erklärten so gut es ging, dass es nicht Rans, oder Korras Schuld sei, dann zogen sich der Kriegsrat und der Fürst zurück. Ich sah Shiida und Wolf an, die nun untereinander eifrig diskutierten.
"Ich danke euch, für alles."
Wolf klopfte mir auf die Schulter.
"Selbstredend, wir sind schließlich nicht nur Kollegen, sondern auch Freunde."
Ich lächelte ihn dankbar an, dann sah ich wieder nach vorne, als der Fürst mit dem Rat zurückkam. Der Fürst sah in die Runde. "Wir sind zu einem Urteil gekommen“,
sagte er und sah zu Korra.
"Korra, dir sind viele Menschen zum Opfer gefallen, vermutlich auch viele gute Menschen, doch war es dir auf Grund deiner besonderen Lage nicht möglich, anders zu handeln“,
sagte er und seufzte, als wenn ihm das nun Folgende schwer fallen würde.
"Dennoch hast du in großer Zahl getötet, daher verurteile ich dich zu 80 Peitschenhieben“.
Alle starrten den Fürsten an. Ich hatte Gerüchte von Fürst Feys Grausamkeit gehört, doch konnte ich mir nie

vorstellen, dass sie wahr sein sollten. General Andre drehte sich zum Fürsten um.
"Mein Fürst, das wir sie umbringen." Fey ignorierte die Unterbrechung von Andre und wandte sich an Ran. "Die Argumente in deinem Falle sind bedeutungslos." Ich starrte den Fürsten an.
"Bedeutungslos“,
dachte ich laut. Der Blick des Fürsten verfinsterte sich, was mir gar nicht gefiel. "Du hast eine Waffe geschwungen, von der du nicht wusstest, welche Wirkung oder Folgen es haben könnte. Du hast selbstherrlich und sorglos gehandelt! Du hast an die tausend Menschenleben einfach so ausgelöscht! Die hinter dir, das sind alles Frauen, die du zu Witwen gemacht hast und nicht nur das!"
Er deutete auf Korra.
"Auch ihre Sünden lasten auf dir, da sie aus deinen Taten hervorgegangen sind."
Ran fing an zu wimmern.
"Es tut mir leid, ich wollte das nicht!",
schrie er und sah zu Korra.
"Er hat Recht, dass du jetzt leiden musst, ist nur meine Schuld." Der Fürst hob erneut seine kräftige Stimme.
"Randorio, die Entscheidung ist gefallen, du erhältst eine Strafe, die deiner angemessen ist. Ich verurteile dich zum Tode auf dem Scheiterhaufen!"
Ich sah den Fürsten geschockt an. Das Herz schlug mir bis in den Hals.
"Er soll verbrannt werden?",
keuchte ich und sank auf die Knie. "Bastard!!!! Das könnt ihr nicht machen!!!",
schrie Korra. Mit einem kräftigen Ruck riss sie die Ketten aus dem Sockel und stürzte auf den Fürsten zu, doch wurde sie von einer unsichtbaren Wand aufgehalten. Als ich

aufblickte, sah ich, dass es Wolf war, der das Schild projizierte. "Korra, hör auf!",
befahl Ran. Der Fürst wollte gerade gehen, doch blieb er kurz stehen, um noch etwas zu sagen.
"Besprecht, was ihr noch zu besprechen habt, schließlich wird der Scheiterhaufen schon morgen fertig sein."

Ich stand mit Wolf auf dem Marktplatz von Fenbri und sah beim Bau des Scheiterhaufens zu.
"Es ist erschreckend, wie schnell sie es doch aufbauen und noch erschreckender ist es, dass sie ein Fest daraus machen wollen." Wolf nahm mich liebevoll in den Arm.
"Du musst nicht hier bleiben, das weißt du?",
fragte er sanft. Ich stieß ihn von mir weg.
"Idiot, natürlich muss ich das, ich bin das Oberhaupt der Akademie und außerdem.......und außerdem wäre es respektlos ihm gegenüber, wie ein Feigling davon zu laufen."
Wolf lächelte mich an.
"Und wegen dieser Stärke liebe ich dich so."
Er nahm mich in den Arm und küsste mich zärtlich. "Wie geht es deinem Flügel?",
erkundigte sich Rikaria. Ich lächelte sie an.
"Fast wieder wie neu. Es tut zwar noch ein wenig weh, wenn ich ihn bewege, aber Rim meint, das sei normal." Sie lächelte.
"Da bin ich aber froh." Seufzend sah ich zu Boden.
"Schrecklich, dass sie ihn verbrennen wollen“,
sagte ich so vor mich hin. "Er bekommt, was er verdient." Entsetzt sah ich auf.
"Das ist nicht dein Ernst!" Sie sah mich mit einem festen, gequälten Blick an, welchen ich von ihr nicht kannte.
"Er hat zwei meiner Kameraden getötet, und du wärst auch

beinahe gestorben."
Tränen rollten über ihr Gesicht, und sie nahm mich in den Arm. "Ich hatte solch schreckliche Angst um dich, Mara."
Ich legte meine Flügel um sie.
"Das weiß ich doch."
Lustvoll gab ich ihr einen Kuss und drückte Sie aufs Bett. Sie zögerte, doch dann erwiderte Rikaria den Kuss. Es klopfte kurz, und Tito kam herein.
"Rikaria, die...."
Er starrte uns an und wurde zunehmend rot im Gesicht.
"Die Kutsche wartet“,
sagte er und verschwand wieder. Ich seufzte enttäuscht.
"Die Kutsche kommt zu früh“,
meckerte ich. Rikaria stand wieder auf und machte sich schnell fertig, dann sah sie mich flehend an.
"Und du kommst nicht mit?"
Ich schüttelte den Kopf.
"Ich muss meiner Schwester beistehen." "Bist du dir sicher, dass du dir das antun willst?",
fragte sie und sie hatte Recht, ich war mir nicht sicher, dennoch lächelte ich sie an.
"Ich bin sicher."
Ich begleitete sie noch bis zur Kutsche, an der Rim stand und mich seltsam ansah.
"Mara, du wirst auch gehen."
Ich sah ihn fragend an.
"Aber...Ich..." "Das war keine Bitte!"
Rim machte einen gequälten Eindruck.
"Wir haben schon alle genug erlebt, zumindest dir soll es erspart bleiben, also tu dir selbst den Gefallen und geh mit den anderen zurück zur Akademie."
Nur widerwillig stieg ich in die Kutsche, dennoch atmete ich erleichtert auf.

Kapitel 18

Es war so weit, die Sonne ging langsam unter, und das Volk hatte sich versammelt. An einen Pfahl gebunden stand Ran auf dem Scheiterhaufen, zu den Seiten hielten Wachen ihn im Auge. Ich sah zu Rim, der mit gequälter Miene seinen Bruder ansah. Fürst Fey trat an den Scheiterhaufen und sah Ran an.
"Es ist so weit, habt ihr noch ein paar letzte Worte?" Mit Tränen in den Augen lächelte er uns an.
"Shiida, Wolf, Rim, wir sind Barden, nicht? Also spielt, spielt ein Lied, das die Menschen nie vergessen werden."
"Du Bastard! Ich werde spielen! Ich werde so lange spielen, wie das Feuer brennt“,
schrie Rim und zog aus seinen Roben eine silberne Flöte. Der Fürst entfachte den Scheiterhaufen, und Rim fing an zu spielen. Es war ein erschreckend unheimliches Lied. Ich zog auch meine Flöte und stimmte mit ein. Die Kirche fing an, Essen und Wein zu verteilten und jeder beteiligte sich an dem Schmaus. Mitleidig sah ich wieder zu Ran, doch als die Flammen ihn erreichten, und er entsetzlich anfing, zu schreien, wandte ich den Blick ab. Der Gestank von verbrannter Haut tränkte die Luft, und ich sah zu Wolf hoch. Es war erschreckend, wie gelassen er seinem Freund beim Sterben zusehen konnte.
"Ich weiß, was du denkst“,
sagte Wolf, ohne den Blick ab zu wenden.
"Ich habe einfach schon zu viel gesehen, als dass mich etwas ernsthaft schocken könnte." Ich steckte meine Flöte wieder weg und gab Wolf einen Kuss.
"Das weiß ich doch." Noch Stunden standen wir Rim zur Seite, doch hatte auch er irgendwann genug. Als das Feuer langsam ausbrannte, steckte auch er seine Flöte weg.

"Lass uns gehen“,
sagte Wolf und legte ihm eine Hand auf die Schulter. Schon am Morgen darauf kam Korras Bestrafung.

Bereits der erste Peitschenhieb hatte es in sich, und als wenn der Himmel seine Trauer verkünden wolle, fing es an zu regnen. Korras schmerzerfüllte Schreie waren ebenso erschütternd wie die von Ran. Krain und Kiara fingen an zu schluchzen und nicht nur sie, auch Kira, die von Geburt an unfähig war ihre Gefühle zu zeigen, fing an zu weinen. Ich nahm die drei in den Arm.
"Bleibt stark, wir stehen das alle gemeinsam durch."
Mit der Weile wurde ihr Peiniger dreimal gewechselt und ihr Geschrei war nun nur noch ein gedrücktes Gewimmer, doch bald verstummte auch dies und sie rührte sich gar nicht mehr. Als der letzte Hieb erhallte, eilte ich zu ihr, um sie zu heilen. Die Wunden waren tief und alles war voller Blut.
Betrübt sah ich aus dem Fenster meines Zimmers.
"Was meinst du, ob Korra es schon hinter sich hat?",
fragte ich leer in den Raum.
"Ich denke schon, schließlich wollten sie auch ihre Bestrafung schnell hinter sich bringen“,
antwortete Rikaria und umarmte mich liebevoll von hinten. Ich seufzte, als sie anfing meine Brüste zu massieren.
"Du bist ja ein ganz stilles Mäuschen, aber wenn wir erst mal unter uns sind, gibt es für dich kein Halten mehr“,
bemerkte ich. Ich drehte mich zu ihr um und schubste sie auf das Bett.
"Zumindest wir sollten sorglos leben, solange wir es uns noch leisten können“,
sagte ich und sprang sie an, doch sah ich sie nur träge an.
"Dennoch, mir ist heute nicht nach Sinnlichkeit." Rikaria

machte einen enttäuschten Eindruck, doch war mir das gerade egal. Ich stand auf und ging zur Tür. "Aus dem Auge heißt nicht immer gleich aus dem Sinn“, sagte ich nur und verließ unser Zimmer. "Ob es wirklich richtig war, zu gehen?",
fragte ich Wolf.
"Rim wollte es so und er hat Recht, wir hätten uns nicht auch noch Korras Bestrafung antun müssen."
Ich seufzte.
"Dennoch fühle ich mich schuldig, dass ich gegangen bin."
Ich drehte mich zu ihnen um. Wolf und Kalito lächelten mich beide mitfühlend an.
"Und jetzt komm ins Bett. Mir behagt es nicht, alleine neben ihm liegen zu müssen“,
sagte Kalito und Wolf sah ihn mürrisch an.
"Mir geht es genauso."
Schweren Herzens begab ich mich zu ihnen ins Bett und kuschelte mich zwischen sie. In den nächsten Tagen war es schwer, sich auf den Unterricht zu konzentrieren, da Lucy und Tira ungewöhnlich oft wach wurden und ich so kaum Schlaf fand. Auch die letzten Ereignisse trugen dazu bei und legten einen eisigen Hauch über die Akademie. "Lady Shiida, dieses Kapitel haben wir gestern schon gelesen“, bemerkte Tito, und hektisch überflog ich die Zeilen. "Du hast Recht, dann schlagt bitte Seite 103 auf!" Ich konnte ein lautes Gähnen nicht mehr unterdrücken, woraufhin ein Novize die Hand hob. "Ich hoffe für dich, du willst eine Frage zum Unterricht stellen“, sagte ich und sah ihn böse an, woraufhin er ganz schnell die Hand wieder runter nahm. Alleine heute wurde ich 4- mal gefragt, ob ich in Ordnung sei. Dies war eine Tatsache, die meine Laune nicht gerade besserte.

Nach und nach kehrte der Alltag zurück. Dank Maras und

Kiaras fröhlicher, stürmischer Art, gelang es uns, selbst Korras Stimmung wieder zu heben, dennoch war sie stiller als sonst. Wie so oft, saß sie auch jetzt wieder oben auf der Brüstung des Alchemieturms.

"Dieser Ort ist richtig beliebt geworden“,
meinte ich und stellte mich zu ihr. "Es ist jetzt über einen Monat her, und es tut immer noch genau so weh, als sei es erst gestern gewesen“,
erwiderte sie und sah mich zweifelnd an.
"Sag Shiida, wird der Schmerz je nachlassen?" Ich lächelte sie mitfühlend an.
"Die Frage ist nicht, ob der Schmerz nachlässt, sondern wie man mit ihm umgeht“,
antwortete ich und entlockte ihr damit ein Lächeln. "Weißt du, dafür, dass du so jung bist, bist du ziemlich weise." Ich machte eine wegwerfende Bewegung.
"Ach was, ich trug mein Leben lang einen über 300 Jahre alten Dämon in mir, da färbt einiges ab." "Du bezeichnest mich immer noch als Dämon?",
fragte Idashi, der gerade die Treppe hoch kam. Geschockt drehte ich mich um.
"Erschreckt uns doch nicht so." "Wieso uns?",
meinte Korra und kicherte. "Schön, dich lächeln zu sehen, Korra“,
sagte Idashi.
"Was willst du schon wieder?",
erkundigte ich mich nur wenig begeistert. Er lächelte uns an.
"Ich wollte mich verabschieden. Ich geh nach Rchonte im Westen und versuche mein Glück als Zimmermann."
Ich sah ihn skeptisch an.
"Zimmermann?" Er umarmte Korra herzlich.

"Mach es gut."
Er wandte sich mir zu.
"Jetzt schau nicht so, ich weiß, dass es nur gespielt ist."
Er hatte mich durchschaut, und ich lächelte ihn an. Herzhaft nahm ich ihn in den Arm und spürte deutlich seine Hand an meinen Arsch. Sofort bekam er meine Faust zu spüren.
"Du bist unverbesserlich. Kaum zu glauben, dass du über 300 Jahre alt bist“,
meckerte ich ihn an, doch grinste er nur.
"Ich verrate dir ein Geheimnis, es sind fast 500 Jahre."
Lächelnd rieb er sein Gesicht.
"Aber was ist schon dabei, 17 Jahre teilten wir uns diesen Körper, Ich habe deine Kurven halt vermisst."
Ich sah ihn sauer an.
"Idashi, du redest dich gerade um Kopf und Kragen." Idashi hob abwehrend die Hände. "Schon gut, ich hör schon auf“, sagte er und wandte sich zum Gehen. "Ich werde dich sicher mal besuchen kommen“, rief ich ihm noch hinterher. "Warte aber nicht zu lange darauf, denn bald wirst du keine Zeit mehr dafür haben“, gab er noch zurück, bevor er nach unten verschwand. Ich stellte mich an die Brüstung und ein kalter Wind, welcher mich zum Lächeln brachte, umspielte mein Gesicht. "Man merkt langsam, dass der Sommer vorbei ist“, bemerkte ich, und Korra nickte mir mit einem fragenden Lächeln zu. "Das scheint dir aber nur wenig auszumachen." Ich erwiderte ihr Lächeln und sah dann in die Ferne. "Ich bin mit Schnee aufgewachsen. Für mich ist er Zuhause und Geborgenheit, daher mag ich den Winter mehr als den Sommer“, erklärte ich und ließ meine Gedanken in Erinnerungen treiben. Mürrisch sah ich Shiida an, die die Zwillinge in den Armen haltend am Kamin im kleinen Gemeinschaftssaal saß. "Du scheinst

sehr begeistert von deiner Mutterrolle." Shiida seufzte, dann zwang sie sich zu einem Lächeln. "Es ist nicht so, dass ich sie nicht lieben würde, dennoch..." ein weiteres Seufzen kam aus ihren Lippen. "...Es war einfach zu früh. Ich bin gerade mal 18 Jahre alt." Ich lächelt sie nur aufmunternd an. "Dummkopf, jetzt war genau die richtige Zeit." Shiida sah so aus, als wollte sie mir widersprechen, woraufhin ich sie mit einem bösen Blick ermahnte. "Ich meine nicht nur für dich, auch für mich und Rim. Überleg doch mal, später hast du mit den Novizen alle Hände voll zu tun und kannst du dir vorstellen, 6 hungrige Harpyien in einer vollen Akademie?" Shiida fing fast an zu lachen. "Krain, du hast recht, jetzt ist tatsächlich genau die richtige Zeit“, gestand sie sich ein und sah liebevoll auf ihre Kinder. "Da fällt mir ein, wie läuft es eigentlich mit deinen Männern?", wollte ich wissen. "Mit ihren Männern läuft es gut“, verhallte Wolfs Stimme hinter mir, und ich drehte den Kopf. Wolf betrat gerade mit Kalito den Saal. "Mit der Weile verstehen wir uns ganz gut“, sprach Kalito weiter, und beide gaben Shiida einen Kuss. "Wenn man vom Teufel spricht." Kalito sah mich strafend an. "Wen nennst du hier Teufel?" "Zeit für einen Wechsel“, sagte Wolf und nahm Shiida die Kinder ab. "Deine Hilfe wird benötigt“, sagte er dann. Shiida sah ihn fragend an. "Tito hat mit Runen herumgespielt, er hat mit einem Siegel einen anderen Novizen in Schlaf versetzt, welcher nun nicht mehr aufwachen will“, erklärte er noch bevor sie eine Frage formulieren konnte. Genervt stöhnend stand sie auf, und Wolf nahm ihren Platz ein. Nachdem Shiida nun gegangen war, sah ich ihre beiden Männer an. Sehr fürsorglich kümmerten sie sich um die Kinder, dann sahen sie mich fragend an. "Es wundert mich, dich hier zu sehen, die anderen sind doch zur Jagd aufgebrochen, oder etwa nicht?", wollte Kalito wissen und nahm Wolf eines der Kinder ab. "Ich bin hier geblieben, um so etwas Zeit zu haben, um mit Rim alleine zu sein." Ich schnaubte genervt und verdrehte dabei die Augen. "Allerdings steckt er seit heute Morgen in seinem Alchemielabor. Manchmal glaube ich, er liebt seine Arbeit mehr als mich“, beschwerte ich mich und bekam als Antwort ein mitfühlendes Lächeln.

Kapitel 19

"Ich habe es dir schon einmal erklärt. Lass die komplexen Zauber und vor allem lass die Experimente!", schimpfte ich Tito aus. "Hast du auch nur eine Rune nicht richtig geschrieben, oder das Siegel in der falschen Reihenfolge geschrieben, so kann die Wirkung eine ganz andere sein." Abermals verbeugte sich der junge Novize vor mir. "Es tut mir aufrichtig leid, aber die anderen...." Er hörte auf zu sprechen, woraufhin ich ihn eindringlich an sah. "Was ist mit den anderen?!", verlangte ich zu wissen. Seufzend ließ Tito die Schultern hängen und sah sich flüchtig nach seinen Mitschülern um. "Die anderen haben mich dazu gedrängt, nach einen Zauber zu suchen, der einen unsichtbar machen könnte", sagte er und wurde leicht rot. "Ich kann mir denken, warum sie sich unsichtbar machen wollen", gab ich nur zurück und wandte mich zum Gehen. Interessiert betrachtete ich Titos Siegel. "Eine einfache Ermahnung wird vermutlich nicht reichen", dachte ich und ging auf das Siegel zu, welches einfach mit Kreide auf den Boden gemalt wurde. "Damit ihr alle seht, was passieren kann, wenn man mit den Runen nicht achtsam umgeht", sagte ich laut, um erneut die Aufmerksamkeit der Novizen zu erlangen. Ich wischte über zwei Runen und stellte dann eine Vase in die Mitte des Siegels. "Aktiviere ihn erneut!", befahl ich Tito, dieser kniete sich daraufhin an den Kreis und konzentrierte sich. Augenblicklich fingen die Runen an, rot zu leuchten, und die Vase schmolz zu einem glühenden Klumpen zusammen. Erschrocken starrten alle Tito an. "Wie ich bereits ganz zu Anfang sagte, vielleicht erinnert ihr euch, Magie ist kein Spielzeug, die Magie ist eine sehr gefährliche Waffe, welche man mit Bedacht einsetzen sollte." Mit diesen Worten ging ich und machte

mich auf den Weg zurück in den Gemeinschaftssaal. Bereits von weitem konnte ich Rims zeternde Stimme hören, doch bis ich den Gemeinschaftssaal erreichte, wurde aus dem Gezeter ein handfester Streit. "Das hast du mir schon viel zu oft versprochen", schrie Krain ihn, in Tränen aufgelöste, an. Rim ging tröstend auf sie zu, doch schleuderte sie ihn durch den halben Saal. "Fass mich nicht an!!!" Wütend bäumte sie sich auf. "Bisher habe ich es ertragen, ich habe es einfach so hingenommen, weil du zumindest für die Kinder da warst. Aber selbst für unsere Kinder hast du kaum noch Zeit." Erneut rannen ihr Tränen über das Gesicht. "Liebst du mich überhaupt noch?" Rim, der sich wieder aufgerappelt hatte, sah sie nur fassungslos an.
"Natürlich liebe ich dich noch", sagte er und suchte verunsichert eine Erklärung für sein Handeln. "Es ist nur.....diese Beziehung ist im Moment einfach anstrengend. Für euch drei da zu sein, den Kindern und dann auch noch die Novizen. Das ist zu viel." Ich war geschockt. Rim hätte alles sagen können, aber das, kam einem Selbstmord gleich. "Anstrengend...", wiederholte Krain entsetzt. "Wer wollte denn diese Beziehung?! Du warst es, der mit mir alleine nicht zufrieden war!", schrie sie ihn an. Rim sah Hilfe suchend zu mir, woraufhin ich abwehrend die Hände hob. "Zieh mich da nicht mit rein." "Du bist das Letzte!!!", schrie Krain und stürzte an mir vorbei aus den Saal. Wolf kam auf mich zu, und ich sah mich gleich nach Kalito um. "Kalito ist mit den Kindern in die Bibliothek, noch bevor der Streit richtig los ging", sagte er und ging dann zu Rim hinüber. "Ich habe es wohl ziemlich verbockt", mutmaßte Rim, und ich lächelte ihn nur kopfschüttelnd an. "Da kannst du Gift drauf nehmen. Aber versinke jetzt nicht in Selbstmitleid, überlege dir lieber wie du dass wieder gutmachen kannst", versuchte

ich, ihn ein wenig wieder aufzubauen, woraufhin er mich missmutig ansah. "Sie wird mich vermutlich Wochen lang mit Schweigen strafen“, vermutete er, doch sollte die Strafe deutlich härter ausfallen, als er zu diesem Zeitpunkt hätte ahnen können.

Eine ganze Woche lag der Streit nun zurück. Seit dem hatte sich Krain nicht mehr blicken lassen, und nicht nur sie war weg, auch die anderen Harpyien, bis auf Mara, waren fort. „Diese Schwestern halten eben zusammen. Bitte, kommt bald wieder heim“, dachte ich mit einem schmerzlichen Lächeln und richtete meine Aufmerksamkeit wieder auf Shiida, die mich wütend ansah. "Holzkopf, hör auf zu träumen und hör mir lieber zu."
"He he, sei nicht so grob, immerhin wurde er von Frau und Kind verlassen“, nahm Wolf mich in Schutz, doch verschränkte Shiida nur die Arme. "Das ist er selber schuld, wegen ihm habe ich meine Freundinnen verloren. Jetzt bin ich schon wieder alleine unter euch Männern“, beschwerte sie sich und ließ die Schultern hängen. "Nun, wir sollten zurück zum Thema kommen, dem Lehrplan“, meldete sich Kirgo zu Wort. Anfang der Woche zog er wieder in die Akademie ein, und er hatte was aus sich gemacht. Nicht nur hatte er die Lehre bei dem Schmiedemeister beendet, nein, er hatte sich auch intensiv mit Runen beschäftigt und ist so zu einen erfolgreichen Runenschmied geworden. "Gut, zurück zum Thema alter Mann“, scherzte Shiida, was ihr von Kirgo einen bösen Blick einbrachte. "Ich mag zwar graubärtig sein, aber das bedeutet nicht, dass ich alt bin." Ich konnte mich kaum auf die Konferenz konzentrieren, immer wieder versank ich in Gedanken an Krain und an den Orten, wo ich sie schon gesucht habe. "Hey, warte, warte, wir drehen uns hier im Kreis. Am besten wir kehren zurück

zum Anfang", meinte Wolf, woraufhin ich ihn aufgeweckt ansah. "Zurück zum Anfang, das ist es", sagte ich, und alle sahen mich nur fragend an. "Ich glaube, du sprichst nicht von dem Anfang der Diskussion?", fragte Kirgo. "Tue ich nicht, aber ich weiß jetzt, wo ich Krain finde", sagte ich, sprang auf und stürmte aus dem Zimmer.
In meinem Quartier angekommen, zog ich schnell eine Karte aus einer Kommode und überflog diese. "Sie ist zur Magier- Universität zurück, da wo wir ihnen zuerst begegnet sind", dachte ich laut, doch erregte ein Symbol auf der Karte meine Aufmerksamkeit. Im Gebirge, nördlich der Akademie, gab es eine alte Ruine, welche nicht weit vom Jagdplatz der Harpyien entfernt lag. "Vermutlich sind sie auch dort hin", vermutete ich und entschied mich, dort zuerst nach zu sehen. Shiida kam herein, doch schob ich sie nur blindlings bei Seite und stürmte davon. Am Tor nahm ich direkt das erste Pferd und gab ihm die Sporen. Ich sah in den dunklen Wolkenhimmel, als ein entferntes Grollen zu hören war, und allmählich fing es an zu regnen. Der Regen hatte sich zu einem ausgewachsenen Gewittersturm entwickelt, als ich endlich die Ruinen erreichte. Schwer atmend und völlig durchnässt stand ich nun vor dem Tor der herunter gekommenen Festung. Das Fallgitter war geschlossen, doch wirkte es nicht mehr sehr stabil. Mit Magie sprengte ich es einfach weg und sah mich im Innenhof suchen um. "Kain!!!", rief ich so laut ich konnte, doch übertönte ein Donnern meine Stimme, und so rief ich abermals. Ich erblickte den riesigen Beobachtungsturm, weiter hinten in der Festung. Weiter nach Krain und den anderen rufend, durchquerte ich das Innere der Festung Richtung Turm. Bald erreichte ich Treppen. Hoffnungsvoll erklomm ich diese. Immer weiter und weiter stieg ich den Turm empor, doch war die Enttäuschung groß, als niemand

dort war. Ich ging zur hölzernen Brüstung und versuchte, durch den starken Regen Licht zu entdecken. "Scheinbar sind sie doch nicht hier“, sagte ich niedergeschlagen, doch war ich noch nicht am Ende. Immerhin gab es noch die Magier- Universität, wo sie hätten sein können. Ich wandte mich zum Gehen und blieb geschockt stehen.
Vor mir stand Krain. Sie war blutverschmiert und ihre sonst so wunderschönen grünen Augen wirkten in diesem Szenario unheimlicher denn je. "Was willst du hier?!", fragte sie und wirkte, als würde sie mich jeden Moment anspringen wollen. Ich fiel auf die Knie und sah Krain flehend an. "Ich bin hier, um mich zu entschuldigen. Bitte...komm wieder nach Hause." Langsam kam sie auf mich zu, doch entgegen meiner Erwartungen schlug sie mich mit einen kräftigen Flügelschlag weg und rammte dann ihre Klauen tief in meinen Brustkorb. Wütend sah sie mich an, doch wurde ihr Blick unsicher. Sie sah schnell wieder weg und ging auf die Treppe zu. “War das eine Träne?“, fragte ich mich selbst und fing dann an zu lachen, als ich meine Wunden heilte. "Das erinnert mich an unser erstes Treffen, weißt du noch?" Krain blieb stehen, doch sagte sie nichts. "Oft hast du dich dafür entschuldigt und genauso oft habe ich dir gesagt, dass Fehler eben entstehen. Es ist unmöglich, nur richtige Entscheidungen zu treffen, manchmal trifft man eben falsche Entscheidungen." Ich seufzte und richtete mich langsam wieder auf. "Es tut mir wirklich leid, ich liebe dich, du weißt das und ich weiß, dass auch du mich noch liebst." Ich sah, wie sich ihr Federkleid aufstellte und machte mich daher auf den nächsten Angriff gefasst. Doch anstatt mich anzugreifen fiel sie mir um den Hals und küsste mich. Ich erwiderte den Kuss. "Du weißt gar nicht, wie sehr ich dich vermisst habe“, sagte ich, doch schüttelte Krain nur den

Kopf. "Auch ich habe dich vermisst und nicht nur ich, auch die anderen, vor allem die Kinder." Sie löste sich von mir und ging vor. Sie führte mich in einen anderen Teil der Festung, und bald erreichten wir einen kleinen Raum. Kira, Kiara, Korra und auch die Kleinen lagen zusammengekauert auf einem kleinen Haufen aus Strohmatten. Durch die Dunkelheit war kaum etwas zu erkennen und so schuf ich eine kleine Lichtkugel. Die Harpyien schreckten auf und starrten mich an. Noch bevor ich mich hätte wehren können, warfen mich meine Kleinen kreischend um. "Papa, Papa, Papa, Papa, Papa." Korra kam auf mich zu und sah genervt aus. "Ich hoffe, ihr habt euch wieder vertragen, denn einfach so abzu- hauen war für meine Schwester sicher schlimmer als für dich. Immer dieses Frustfressen, bis sie in einen Blutrausch verfällt." Geschockt sah ich Krain an, da ich mir nicht vorstellen konnte, dass sie in einen Blutrausch gerät. "Es tut uns leid, dass wir sie nicht aufgehalten haben“, sagte Kira so monoton und gefühlslos wie immer. "Wir haben uns an dem Streit mitschuldig gefühlt, daher sind wir mitgegangen, aber auch wir haben dich vermisst“, führte Kiara Kiras Dialog fort. Ich richtete mich wieder auf und gab den zweien einen liebevollen Kuss, dann sah ich Korra fragend an. "Wieso bist eigentlich du mitgegangen?", wollte ich wissen, doch zuckte sie nur mit den Schultern und nickte in Krains Richtung. "Irgendwer musste doch auf meine Schwestern aufpassen. Aber sag mal. Woher wusstest du, dass du uns hier finden würdest?", wollte sie wissen, doch zuckte ich nur mit den Schultern. "Ich wusste es nicht. Auf der Karte habe ich zufällig den Vermerk für diese Ruinen entdeckt und dachte mir, ich sehe erst mal hier nach, bevor ich zurück in den Norden gehe." Kira und Kiara sahen mich fragend an. "In den Norden?" "Zurück zur Magier- Universität, wo wir uns zuerst begegnet sind“, gab ich zurück, und Krain kamen die Tränen. "So weit wärst du für mich gegangen?" Kira und Kiara sahen mich nun eifersüchtig an. "Natürlich, aber nicht nur für dich und die Kinder, auch für Kira und Kiara“, sagte ich und gähnte laut. "Wir sollten wieder zurück, ich bin nämlich mitten in einer Konferenz abgehauen. Ich hoffe, Shiida wird nachsichtig mit mir sein." Wir warteten noch so lange, wie und das Gewitter zum Warten zwang und gingen dann los. Die Sonne ging bereits wieder auf, als wir die Akademie erreichten. Mit großen Augen betrachtete ich die Planwagen, die vor dem Tor standen. Ein Knappe nach dem anderen kletterte aus den Wagen, und als ich Shiida sah, eilte ich direkt zu ihr. "Shiida, was ist denn hier los?", wollte ich wissen, doch grinste sie mich nur an. "Das sind unsere neuen Rekruten“, verkündete sie selbstzufrieden.

Kapitel 20 (Epilog)

Winteranfang, 7 Jahre später. Man könnte meinen, in 7 Jahren würde sich viel verändern, doch das stimmt nicht. Nun gut, ein wenig hat sich doch verändert. Die einstigen Novizen sind jetzt ausgewachsene Magier geworden, die nun wiederum selbst unterrichten. Die einst so friedliche Bibliothek war auch nicht mehr so friedlich. Novizen durchstöberten in Scharen die Regale, in der Hoffnung, das Richtige zu finden. "Runen drittes Zeitalter, Runen drittes Zeitalter, Runen drittes...", dachte ich laut, in der Hoffnung, fündig zu werden.
"Ich hab's Tira“,
rief Lucy, und ich rannte die Regalreihen entlang. Genau wie unsere Mutter Shiida hatten auch wir blutrotes Haar und die dämonisch roten Augen. Ich sah meine Schwester fragend an, als ich sie erreichte.
"Und wo ist es?",
wollte ich wissen. Lucy deutete auf das oberste Regal, worauf- hin ich seufzend die Schultern hängen ließ.
"Dieses Mal holst du aber die Leiter." Lucy sah sich das Regal genau an, dann nahm sie Anlauf und kletterte es in nur wenigen Zügen empor, schnappte sich das Buch und sprang dann runter. Ich sah sie erstaunt an.
"Das war unglaublich“,
sagte ich, doch Lucy zuckte nur mit den Schultern. Ich zog einen Zettel aus meiner Tasche, auf dem unzählige Namen standen, dann lächelte ich meine Schwester an.
"Das war das letzte Buch, das Mutter wollte."
Lucy grinste mich an.
"Dann auf zu Mutter“,
sagte sie und rannte los. Mutter hatte uns verboten, Magie zu lernen. Sie sagte, es sei noch zu früh, doch nachdem wir

sie oft genug gefragt hatten, hatte sie uns versprochen, Magie zu lehren, wenn wir ihr die Bücher von der Liste bringen.
"Tira, glaubst du wirklich, sie wird uns jetzt Magie zeigen?", fragte Lucy und ich lächelt sie an.
"Natürlich, sie hat es versprochen."
Wir erreichten Mutters Quartier, und als ich eintrat, hörte ich ihre Schreie aus dem Schlafzimmer. Sofort rannten wir zum Schlafzimmer und rissen die Türe auf.
"Mama, was ist los?" Wolf saß auf dem Bett, nackt über Shiida gebeugt und starrte uns erschrocken an, dann hob Mutter den Kopf und sah erst uns und dann Wolf an.
"Du Idiot hast nicht abgeschlossen." "Ich dachte, du hättest abgeschlossen“,
erwiderte Wolf. Einen ahnungslosen Moment starrte ich die beiden nur an.
"Onkel Wolf, was....?"
machst du mit Mama, wollte ich fragen, doch kam ich nicht dazu. Mit einem Kerzenständer bewaffnet ging Lucy auf Wolf los.
"Geh runter von Mama!",
schrie sie und schlug auf Wolf ein. Auch ich ging auf Wolf los, ohne zu wissen warum, Ich wusste nur, dass es falsch war, dass Onkel Wolf gar nicht hier sein durfte.
"Lucy, Tira, hört auf!",
rief Mutter und hielt uns an den Armen fest. Ich sah sie an und dann zu Wolf.
"Aber, er hat, Onkel hat..."
Mutter lächelte uns an.
"Es ist in Ordnung."
Ich merkte, wie mir die Tränen kamen.
"Es ist nicht in Ordnung, es ist falsch, Onkel darf das nicht, es ist nicht richtig!",

schrie ich und rannte davon. Ich rannte zur Arena, wo Kalito die neuen Novizen trainierte. Ich schubste mich an die Novizen vorbei und fiel ihm weinend in die Arme.
"Papaaa! Onkel Wolf und Mama und...",
Stammelnd schilderte ich, was ich gesehen hatte. Gekicher brach unter den Novizen aus, und ich sah mich verwirrt zu ihnen um. "Ihr lacht, keine kluge Entscheidung“,
sagte Kalito und sofort verstummten die Novizen wieder, dann lächelte er mich an.
"Es ist wie deine Mutter sagte, es ist in Ordnung. Dei..."
"Aber Onkel darf das nicht! Er hat Mama zum Schreien gebracht“, unterbrach ich Papa, und erneut brach Gelächter aus.
Er nahm mich in den Arm.
"Nimm es jetzt erst mal so hin und heute Abend erklärt dir deine Mutter alles." "Versprochen?",
fragte ich. "Ich verspreche es!",
sagte er sanft, und ich drückte ihn fest.
"Ich hab dich lieb." "Ich habe dich auch lieb“,
antwortete Papa und richtete sich wieder auf.
"Tao, du lachst immer noch? Vortreten!"
Als ich mit den Novizen fertig war, schickte ich sie fort und sah zu Tira, die die ganze Zeit zugesehen hatte.
"Das war unglaublich Papa“,
sagte sie begeistert und fing an, Verrenkungen zu machen. Ich lächelte sie an.
"Sag mal, Tira, magst du mir verraten, wo sich Lucy versteckt, wenn ihr etwas nicht passt?",
fragte ich, und Tira schüttelte den Kopf.
"Ist ein Geheimnis." “Es wäre viel einfacher, wenn auch Lucy zu mir rennen würde“, dachte ich seufzend, doch kam mir eine Idee.
"Ein Jammer, dann muss ich wohl eurer Mutter sagen, dass

ihr noch zu kindisch für das Erlernen von Magie seid“,
sagte ich in einem mitleidigen Ton. Sofort starrte Tira mich an. "Papa, mach das nicht, wir sind alt genug, ich sag ja schon, wo sie ist!",
sagte sie schnell und zerrte an mir rum.
"Ich höre?",
fragte ich lächelnd. "Sie versteckt sich bei Rikaria und Mara im Zimmer."
Ich sah sie verblüfft an.
"Daher wissen die zwei immer über alles so gut Bescheid“,
sagte ich und ging vor.
"Komm schon, auf geht's." Mit beleidigter Miene trottete sie mir hinterher.
"Du hast mich reingelegt, das ist gemein." "Abwarten, diese Meinung wird sich ändern“,
erwiderte ich. Eindringlich klopfte ich an die Tür, als wir Rikarias und Maras Zimmer erreichten. Rikaria öffnete die Türe, allerdings nicht weit genug, dass ich hineinsehen konnte. "Meister Kalito, was verschafft mir die Ehre?",
fragte sie lächelnd. Verzweifelt versuchte ich, einen Blick in ihr Zimmer zu erhaschen.
"Lady Rikaria, ich suche jemanden. Wisst ihr etwas?",
fragte ich.
"Nein, ich weiß nichts, sie ist nicht hier“,
antwortete sie und ich lächelte.
"Sie? Jetzt hast du dich aber verraten."
Ich sah an ihr vorbei.
"Lucy, kommst du? Wir gehen zu Mutter, damit sie euch Magie beibringt“,
rief ich und als sie ein "Das ist gelogen" zurück rief, konnte ich nicht anders, als zu lachen. Rikaria drehte sich um.
"Jetzt hast du dich selbst verraten." "Lucy, Spätzchen, das war nicht gelogen“,

rief ich und Lucy trat an die Türe.
"Wirklich?" Ich kniete mich zu ihr runter.
"Habe ich jemals ein Versprechen gebrochen."
Sie schüttelte den Kopf und umarmte mich dann.
"Du bist der beste Papa."
Ich nahm sie hoch und lächelte Tira an.
"Möchtest du auch hoch?" "Jaaa!“,
sagte sie voller Freude und kletterte mir bis auf die Schultern. Ich war froh, ein gut trainierter Krieger zu sein, anderenfalls wären die beiden definitiv zu schwer gewesen. Ich setzte die beiden wieder ab.
"So, das reicht jetzt, den Rest müsst ihr alleine laufen“,
sagte ich und sah auf, als uns Wolf entgegen kam.
"Wohin des Weges?" "Kirgo wartet in der Dorfschenke auf mich“,
antwortete er und wollte weiter, doch winkte ich ihn ran.
"Kirgo muss warten, wir haben etwas Wichtiges zu besprechen“, sagte ich und war erstaunt, als Wolf nicht mal versuchte, ein Seufzen zu unterdrücken. Als wir unser Zimmer betraten, sah Shiida uns fragend an.
"Was gibt es, ist etwas passiert?",
fragte sie besorgt. Ich lächelte sie an.
"Nun, Tira hat mir erzählt, dass etwas ganz Bestimmtes passiert ist“,
sagte ich und setzte mich in einen der Sessel am Kamin.
"Ich denke, du solltest unsere Kinder mal aufklären."
Shiida sah mich von der Seite her an.
"Und ich meine nicht unbedingt das mit Wolf“,
fügte ich hinzu, woraufhin Shiida entsetzt wirkte.
"Das, das, das ist zu früh, sie sind erst 7 Jahre alt, sie werden das noch nicht verstehen“,
versuchte sie, sich rauszureden. Tira sah Shiida fragend an.
"Für was zu früh?" Ich zuckte die Schultern.

"Irgendwann musst du sie aufklären und jetzt ist der beste Zeitpunkt, um so direkt auch das mit Wolf zu klären."
Shiida war sprachlos und sah sich Hilfe suchend nach Wolf um, der allerdings mir Recht gab.
"Setzt euch Kinder, Mutter hat euch jetzt eine Menge zu erzählen“, sagte ich lächelnd. Shiida holte tief Luft und fing an zu erklären. Es war lustig, wie sie versuchte, alles zu umschreiben und am Ende es nochmal erklären konnte, weil die Kinder es nicht verstanden hatten. Immer wieder sahen sie mich an und gelegentlich auch mal zu Wolf, und je mehr Shiida erklärte, desto stärker liefen ihre Gesichter rot an. Als Shiida fertig war, brauchten Tira und Lucy mehrere Momente, um alles zu verdauen, dann ging Lucy zu Wolf.
"Es, es tut mir leid, dass ich dich gehauen habe."
Wolf lächelte sie liebevoll an.
"Das ist schön zu hören“,
sagte er und sah zu Tira, die immer noch errötet zu Boden starrte. "Und was ist mir dir?" "Nein! es ist falsch“,
sagte sie und sah Wolf böse an.
"Nur Papa darf so etwas mit Mama machen!",
sagte sie und fiel Shiida in die Arme.
"Hörst du? Nur Papa darf das mit dir machen, versprich es mir." Shiida sah Tira fassungslos an und nicht nur sie, auch ich hätte nie mit so einer Reaktion gerechnet.
"Aber Tira...",
sagte Wolf, doch schrie Tira ihn an.
"Geh weg! Ich mag dich nicht!" Abrupt stand Wolf auf.
"Ich sollte zu Kirgo, er sollte schon sauer genug sein“,
sagte er und ging. Auch wenn Tira und Lucy nicht seine Kinder sind, so sah man ihm an, dass ihn das doch hart getroffen hatte. “Armer Wolf“, dachte ich und sah zu Shiida.

"Gut, das schieben wir erst mal beiseite, nächster Punkt. Du hattest den Kindern versprochen, sie die Magie zu lehren."

Vergnüglich wälzten Mara und ich uns auf dem Bett, als es überraschend an der Tür klopfte. Wir stockten.
"Wer mag das wohl sein?", fragte ich, und Mara küsste mich lustvoll.
"Ist doch egal, wir sind beschäftigt“,
sagte Mara und grinste mich an.
"Du weißt doch, wenn ich von der Jagd komme, kann ich nur noch an das eine denken.." "Aber es könnte wichtig sein."
Ich wollte mich aufrichten, doch drückte Mara mich gewaltsam aufs Bett. Mit Magie schob ich sie beiseite und sah sie seufzend an.
"Geil oder nicht, ich geh jetzt an die Tür." "Rika, du bist viel zu gut für diese Welt“,
erwiderte sie. "Ja, ja, hör auf zu klopfen, ich komm ja."
Als ich die Türe öffnete, war ich verwundert.
"Tira, was machst du denn hier?" Sie sah mich unsicher an.
"Lady Rikaria, hättet ihr vielleicht einen Rat für mich?"
Ich sah entschuldigend zu Mara, die laut seufzte. "Dann komm erst mal rein."
Ich schloss die Türe hinter ihr und deutete auf einen Stuhl.
"Worum geht es?",
wollte ich wissen, und Tira wurde rot.
"Also, gestern haben mich meine Eltern aufgeklärt."
Sie fing an, an ihren Kleidern herumzuzerren.
"Über Sex und so und auch über das mit Onkel Wolf. Ich wollte eure Meinung dazu hören“,
erklärte sie, und Mara fing an zu kichern.
"Meiner Meinung nach lernt man etwas am besten, indem man es einfach macht." Tira sah erschrocken auf.

"Es machen?"
Ich strafte Mara mit einem bösen Blick.
"Sag nicht so etwas, sie wird es noch falsch verstehen“,
meckerte ich und kniete mich zu Tira runter.
"Stört es dich, dass dein Onkel Sex mit deiner Mutter hat?"
Sie nickte, und ich lächelte sie an.
"Du solltest aber verstehen, dass dein Onkel nicht der Böse ist. Er war als erstes mit deiner Mutter zusammen und Dein Vater war derjenige, der deine Mutter von Wolf geraubt hatte."
Entsetzt sah Tira mich an.
"Verstehst du, was ich sagen will? Beide lieben deine Mutter und sie liebt beide."
Ich musterte sie ausführlich. “Sie scheint noch verunsichert, scheint es aber verstanden zu haben“.
"Du solltest vielleicht noch mit Rim reden“,
schlug ich vor, und sie nickte.
"Das werde ich. Danke für den Rat“,
sagte sie, und Mara sah sie grinsend an.
"Und wenn du etwas über Sex lernen möchtest, wir zeigen dir alles hautnahe."
Tira wurde knallrot.
"Ich ähm, also ich gehe jetzt“,
sagte sie und verschwand fluchtartig. Ich schloss die Tür und starrte Mara an.
"Was ist nur los mit dir? Sie ist erst sieben." Mara grinste.
"Du hast Recht, ich war ein böses Mädchen und muss bestraft werden."
Wir saßen alle im Speisesaal am Frühstückstisch. Laut gähnend sah ich zu Kalito.
"Papa, wo ist denn Mama?" "Sie muss noch Arbeiten korrigieren. Sie hat im Moment sehr viel zu tun“,
erklärte er und schmierte sich sein Brot. "Onkel scheint

auch nicht mit uns frühstücken zu wollen“, bemerkte Lucy, und Kalito sah sie überrascht an.

"Nun, Wolf ist sicher trainieren, ihr wisst ja wie er ist“, sagte er schnell, woraufhin Rim uns alle drei fragend ansah.

"Habe ich irgendwas verpasst?"

Mara kicherte.

"Wenn du mal öfter aus deinem Keller kommen würdest, würdest du auch auf dem Laufenden bleiben." "Aber ich bin gerade an etwas sehr Interessantem dran“, verteidigte sich Rim, was ihn böse Blicke von Krain, Kira und Kiara einbrachte.

"Das sagst du uns ständig“, sprachen sie einstimmig. Ich sah Rim fragend an.

"Da fällt mir ein, ich wollte dich noch etwas fragen."

Rim sah mich lächelnd an und biss in sein Brot.

"Also, äm, die Tage haben Mama und Papa uns über Sex und die Sache mit Onkel aufgeklärt..."

Rim verschluckte sich und fing stark an, zu husten. Alle sahen Kalito strafend an.

"Sex? Ist das nicht noch viel zu früh?", fragte Krain, und Kalito fuchtelte abwehrend mit den Händen.

"Ich weiß, aber das ist nicht meine Schuld. Sie haben Shiida und Wolf in flagranti erwischt“, erklärte sich Kalito. "Das verstehe ich nicht. Was ist schlimm daran, wir wissen doch auch schon lange, was Sex ist“, meldete sich Samin zu Wort, und Rim seufzte lächelnd.

"Ihr seid ja auch Harpyien und keine Menschen." "Macht das einen Unterschied?", fragte Luna, und ich hob meine Stimme.

"Warte warte, Ich war zuerst. Rikaria meinte, ich soll mir

dir reden, aber warum mit dir?",
fragte ich, und Rim schaute überrascht.
"Nun, das liegt wohl daran, dass ich nicht nur mit Krain zusammen bin“,
sagte er, und ich sah ihn entsetzte an. "Du hast es wohl noch nicht bemerkt, aber ich bin auch mit Kira und Kiara zusammen“,
sagte Rim und küsste die beiden demonstrativ. Ich sah zu den Harpyien- Kindern.
"Und das ist für euch in Ordnung?",
fragte ich, und Chizuki sah mich schulterzuckend an.
"Warum sollte es das nicht?" "Sie lieben sich doch, ist es nicht das, worauf es ankommt?",
fügte Luna hinzu. Verunsichert sah ich durch die Runde.
"Jetzt habt ihr ihre Moralvorstellung ins Wanken gebracht“, bemerkte Kalito. "Schwester, du denkst einfach viel zu viel darüber nach“,
meinte Lucy und lächelte mich an. Lange überlegte ich hin und her.
"Ich denke, ich habe es nun verstanden." "Papa, was bedeutet äqui-va-lent?", fragte Lucy, doch bevor Kalito den Mund auf bekam, fing Rim an zu reden.
"Äquivalent bedeutet gleichwertig. Es ist ein fundamentaler Begriff in der Alchemie und bedeutet hier, dass, wenn man etwas Neues erhalten will, man etwas von gleichem Wert eintauschen muss. Allerdings bezieht sich das nur auf die Reagenzien, die Kraft, die für diesen "Tausch" notwendig ist, wird nicht berücksichtigt. In Weiterführung stehen die Zaubertränke, hier versucht man eine Wirkung zu erzielen, die den eingesetzten Wert und den Aufwand übersteigt“,
erklärte Rim, und Lucy sah ihn genervt an.
"Ich wollte nur wissen, was es bedeutet, ich wollte keinen

Vortrag." Rim schmunzelte.
"Du bist ziemlich erwachsen für dein Alter."

Ich spielte mit Luna, Chizuru, Chizuki und meiner Schwester Lucy Fangen. Chizuki war dran, daher rannte ich durch den Wald, weil sie dort nicht fliegen konnte. Lachend drehte ich mich um und sah, dass Lucy genau hinter mir war. Scheinbar hatte Chizuki sie erwischt, da sie nun hinter mir her war.
"Tut mir leid, Schwester, aber jetzt habe ich dich."
Kurz bevor sie mich erreicht hatte schlug ich ein Harken und rannte aus den Wald. Triumphierend sah ich in den Wald zurück. "Ha, ich bin zu schnell für euch." "AUS DEM WEG!!!",
schrie jemand, und als ich mich umdrehte, sah ich nur noch, wie Dutzende von Pferden auf mich zu stürmten. Ich gähnte Mud mit müden Augen an. Mud war unser Verwalter, er kümmerte sich um alles, was mit dem Empfang, der Post, oder mit den Dienstmädchen zu tun hatte, und gerade trug er mir die neusten Aktivitäten vor, um mich auf den Laufenden zu halten. "Lady Shiida, hört ihr mir überhaupt zu?",
fragte er, obwohl er wusste, dass es nicht so ist. Ich winkte mit der Hand. Ja, ja ich höre zu." "Gut, denn eure Tochter liegt gerade auf der Krankenstation und Warlord Girion ist eingetroffen, er befindet sich ebenfalls auf der Krankenstation." Sofort sprang ich auf.
"Krankenstation!!! Warum hast du das nicht als erstes gesagt?", schimpfte ich und eilte los. Als ich in der Krankenstation eintraf, sah ich von weitem Rim vor einem der Betten stehen, neben ihm befand sich ein großer Mann in einer prachtvollen Rüstung. Als Rim mich bemerkte, winkte er mir beruhigend zu.

"Shiida, keine Bange, es ist alles in Ordnung“,
rief er, und als ich auf ihrer Höhe war, machte der Soldat sofort einen tiefen Ritterknicks.
"Es tut mir leid, es war meine Schuld, als sie plötzlich aus dem Wald kam, konnte ich mein Pferd nicht mehr rechtzeitig stoppen“, erklärte er, doch ignorierte ich ihn und schubste ihn besorgt um meine Tochter beiseite. Ich atmete auf, als Tira mich frech angrinste.
"Mama, was machst du denn hier?",
fragte sie nur, und ich sah sie entnervt an, dann sah ich zu dem Soldaten, der sich wieder aufgerichtet hatte.
"Nach eurer Rüstung zu urteilen, seid ihr vermutlich Girion, der Warlord?" "Das ist korrekt. Fürst Fey hatte uns zugesichert, wir könnten sicher durch sein Fürstentum reisen, und wir würden hier eine Rast einlegen können."
Ich nickte nur.
"Darüber bin ich informiert“,
erwiderte ich und lächelte ihn an.
"Von wie vielen Rittern reden wir eigentlich, das stand nicht im Schreiben?",
wollte ich wissen. "Es sind 200, und morgen werden noch mal 600 ankommen“, erklärte Girion.
"Dann wird es hier ja richtig voll“,
bemerkte Lucy, die gerade kam. Sie sah Tira fragend an.
"Wenn du wieder fit bist, dann lass uns weiter spielen“,
sagte Lucy, und Tira sprang sofort aus dem Bett.

"Du bist oft hier oben, Korra“,
bemerkte ich und stellte mich zu ihr an die Brüstung. Sie drehte sich zu mir um und lächelte mich an.
"Rim, du bist es. Was soll ich sagen, der Astronomieturm ist der einzige ruhige Ort hier“,
erwiderte sie und sah wieder in die Ferne. "Gerüchten nach

bist du jetzt mit Raoul zusammen."
Raoul war ein Schlachtmagier, wie er im Buche steht. Groß, stark, und seine magische Kraft war enorm, doch hatte er einen schlechten Ruf, was auf seinen miesen Charakter zurückzuführen war. "Was ist wenn es so ist, wäre etwas schlimm daran?",
fragte sie, was mich zum Seufzen brachte.
"Ich mach mir Sorgen um dich. Ich hoffe, du meinst es mit Raoul ernst.....und umgekehrt."
Sie drehte sich wieder zu mir und umarmte mich.
"Danke, das ist lieb von dir." Ich sah Korra nachdenklich an. "Weißt du, du bist ziemlich weich geworden. Früher warst du so unnahbar." Korra sah mich böse an. "Nicht, dass es schlecht wäre. Ich mache mir einfach Sorgen, du weißt, was Raoul für ein Typ ist. Mit ihm solltest du nicht leichtfertig eine Beziehung eingehen“, warnte ich sie, doch lächelte sie mich verschmitzt an. "Willst du mich mit in dein Nest holen?", fragte sie, und ich hob sofort abwehrend die Hand. "Dann wäre keine Zeit mehr für meine Arbeit." "Girion!!!", rief ich wütend, und die Menge aus Kriegern teilte sich.
"Eure Männer machen die Einrichtung kaputt, sie sind ungehobelt und belästigen die Novizinnen und Dienstmädchen. Seit heute Morgen haben mich über ein Dutzend Beschwerden erreicht." Girion sah mich entschuldigend an.
"Es tut mir leid, die meisten der 600 Fußsoldaten sind leider Söldner, es ist schwer mit ihnen."
Ich seufzte.
"Wie lange werdet ihr denn noch bleiben?",
fragte ich entnervt. "Sobald König Dranis Bote mit den neuen Befehlen eintrifft, sind wir weg. Wenn alles nach Plan verläuft, wird es schon heute Abend soweit sein."

Ich lächelte, und Girion kam zu mir..
"Shiida, wieso entspannt ihr euch nicht ein wenig bei einem Wein? Ihr seht überarbeitet aus."
Ich sah ihn strafend an.
"Es heißt immer noch Lady Shiida, ihr seid nicht in der Position, die Höflichkeiten abzulegen."
Ich nahm Abstand und lächelte wieder.
"Aber ihr könntet Recht haben, ich sollte mir eine Pause gönnen." Es war eine gute Idee, mit den Kindern ein Bad zu nehmen, besonders, nachdem mich wieder mal drei meiner Schüler zum Zweikampf herausgefordert hatten. Entspannt sah ich ins Wasser, während die Kinder mir den Rücken schrubbten. "Papa? Machen wir das richtig so?", fragte Tira. "Gib zu, das hilft uns nicht, Magie zu lernen, oder?",
beschuldigte mich Lucy, und ich lächelte.
"Nein, das nicht, aber es tut gut."
Plötzlich schrubbte Tira viel fester, als wolle sie mir die Haut vom Rücken reiben.
"Papaaa, du Lügner."
Sie stockte, als jemand aus der Umkleide zu hören war. "Ich bin mir sicher, ich hatte abgeschlossen", dachte ich und wollte mich kampfbereit machen, doch als ich Wolfs Stimme hörte, entspannte ich mich wieder. Nicht nur Wolf war da, auch Shiidas Stimme war zu hören, dann kamen sie ins Bad und stiegen zu uns in das große Becken.
"Hey, ihr hattet wohl die gleiche Idee wie wir",
sagte Shiida und gab mir einen lustvollen Kuss. Ich sah zwischen den beiden hin und her.
"Ihr hattet gehofft, ihr hättet das Bad für euch alleine?",
fragte ich, und Wolf lächelte.
"Möglich",
sagte er nur und sah zu Tira.

"Und, hast du mich jetzt wieder lieb?",
fragte Wolf, und Tira nickte.
"Ich versteh es nun. Du liebst Mama, so wie Papa Mama liebt." Wolf nickte.
"So ist es." "Genug mit dem Gefühlschaos, wo ist der Wein?",
fragte ich und sah Shiida an, die allerdings mit den Schultern zuckte.
"Ihr seid davon ausgegangen, alleine sein zu können, also habt ihr sicher auch Wein mitgenommen",
legte ich die Fakten fest und sah grinsend zwischen den beiden hin und her.
"Und so, wie ich euch kenne, ist es ein verdammt guter und sündhaft teurer Wein." "Papa, darf ich auch den Wein probieren?",
fragte Tira, doch schüttelte Shiida den Kopf.
"Dafür seid ihr noch zu jung."

"Schön ruhig geworden, jetzt, da die Soldaten wieder weg sind", bemerkte Wolf und schenkte mir neuen Wein ein. Lächelnd sah ich mich in dem Gemeinschaftssaal um.
"Du hast Recht, besonders hier ist es ruhiger geworden",
bestätigte ich und sah Wolf fragend an, als ich merkte, dass er gar nicht mehr mich ansah. Dann nickte er zur anderen Seite des Saales, wo Rikaria und Mara saßen und sich suchend umsahen. "Weißt du, was die zwei machen?" "Was ist mit dem, Rika, der ist doch süß",
sagte ich und deutete zu einem jungen, blonden Magier hin, der sich offensichtlich mit seinen Freunden über ein Buch unterhielt. Rikaria schüttelte den Kopf.
"Eher nicht, außerdem hat der sicher eine Freundin",
antwortete Rikaria, und ich sah sie schmollend an.
"Aber für dich könnte er was sein, Mara",

meinte sie, doch seufzte ich nur.
"Ob nun für dich, oder für mich, er sollte uns beiden gefallen." "Wer sollte euch beiden gefallen?",
fragte Wolf, und ich sprang erschrocken auf.
"Nichts, gar nichts."
Wolf musterte uns.
"Ihr seht aus, als wenn ihr eine Dummheit begehen wollt“, bemerkte Wolf und sah uns mit diesem väterlichen Blick an. "Was habt ihr vor?" Rikaria wurde rot, und mir ging es nicht viel anders.
"Also, nun...",
fing sie an.
"Wir wünschen uns schon seit längerem eigene Kinder“,
sagte sie, und Wolf wechselte die Farben.
"Kinder? Das ist nicht euer Ernst. Kinder machen viel Arbeit."
Ich sah Wolf sauer an.
"Aber es ist uns ernst damit, wir hegen diesen Wunsch schon seit letztem Jahr, nur..."
Ich sah seufzend zu Boden.
"Wir sind beide Frauen, daher suchen wir uns einen Mann."
Wolf sah zwischen uns hin und her.
"Hey, seht mich an!"
Ich hob wieder den Blick.
"Ihr meint das wirklich ernst!?!.....Dann will ich euch einen Tipp geben."
Überrascht sahen wir ihn an.
"Sucht euch keinen Fremden. Sucht euch jemanden aus eurem Freundeskreis, jemanden, dem ihr vertraut, denn ihr werdet seine Hilfe gebrauchen."
Wolf seufzte und sah uns skeptisch an.
"Und ihr müsst entscheiden, wer von euch das Kind bekommt." "Wir dachten, wir entscheiden das spontan“,

sagte Rikaria, doch schüttelte Wolf den Kopf.
"Wenn du das Kind bekommst, was glaubst du, wer hilft dir mit dem Kind? Mara? Das kannst du vergessen."
Ich sah Wolf entsetzt an.
"Aber waru..." "Menschenkinder sind gebrechlich, du vergisst, dass Mara keine Hände hat. Für den gewöhnlichen Alltag reichen ihre Klauen, doch undenkbar, dass sie ein Kind wickelt, sie könnte es versehentlich töten. Die andere Möglichkeit ist, Mara bekommt das Kind. Besser gesagt, die Kinder. Ihr hättet gleich einen ganzen Haufen von Harpyienkindern, denen man erst noch beibringen muss, dass sie ihre Mitmenschen nicht essen dürfen. Ihr braucht also jemanden, der zumindest teilweise die Vaterrolle übernimmt."
Ich war sprachlos, das waren erst mal eine Menge Informationen, die ich verdauen musste und als ich zu Rikaria sah, wusste ich, dass es ihr nicht anders ging.

Kapitel 21

Nachdem die ersten Novizen ihre Ausbildung abgeschlossen hatten und Magier wurden, entschieden wir uns, ein Rangsystem einzuführen. um so das Niveau der Novizen gleich zu halten. Folglich gab es somit den Kadetten, der auf der Stufe zwischen dem Magier und dem Novizen stand. Die schriftlichen Winterprüfungen waren vorbei, und die praktische Prüfung war im vollen Gange. Die praktischen Prüfungen bestanden aus einem Rätsel, welches vielerlei Fähigkeiten auf die Probe stellte. "Mamaaa, wann passiert mal was?",
fragte Lucy ungeduldig. Durch einen Illusionszauber vor den Augen anderer geschützt, saßen wir auf einer magischen Scheibe und schwebten über einer zerrütteten Festung in einem Wald nördlich der Akademie und warteten darauf, dass die ersten Novizen eintrafen.
"Das ist langweilig, es kommt niemand, das Rätsel ist zu schwer“, beschwerte sich Tira, und ich ließ mir das Rätsel noch mal durch den Kopf gehen.
“Im Morgenrot, im Wald versteckt, bei Vollmondlicht den Altar entdeckt. Der Wächter, ein lebender Stein, doch sein Herz aus Eis, ist kostbar und rein. Stiehl die goldene Kette, so soll es sein, den Schlüssel hast du, er ist kostbar und rein.“ Ich schmunzelte.
"Das Ende reimt sich nicht so schön, ich hoffe, das fällt keinem auf“,
dachte ich laut, und die Kinder sahen mich verwirrt an. "Akkarin, warte!",
rief ich, und er blieb stehen, damit ich aufholen konnte. "Unfassbar, dass ich nicht selbst darauf gekommen bin“, beschwerte Akkarin sich, und ich lächelt ihn an.
"Selbst schuld, wenn du im Unterricht nicht aufpasst. Die

Festung Morgenrot hatten wir im Unterricht, das ist noch gar nicht so lange her“,
belehrte ich ihn, und er drehte sich zu mir um.
"Theru, du weißt, ich kann es nicht leiden, ständig von dir belehrt zu werden“,
sagte er und ging weiter. "Theru, was könnte mit lebender Stein gemeint sein?",
fragte Akkarin und lächelte mich an.
"Glaubst du auch, es könnte sich um einen Golem handeln?"
Ich sah ihn lobend an.
"Herz aus Eis, hört sich für mich nach einem Eisgolem an."
Wir erreichten die Festung, und Akkarin blieb erneut stehen. "Eisgolem, oder normaler Golem, macht das einen Unterschied?" "Das werden wir sehen wenn wir ihm begegnen.“,
antwortete ich und sah in den leicht bewölkten Nachthimmel. Ich kanalisierte meine Magie und beschwor den Wind, um die Wolken zu vertreiben. Akkarin sah beeindruckt nach oben.
"Abgesehen davon, dass ich ohne dich gar nicht hergefunden hätte, das hätte ich nicht gekonnt“,
sagte er und deutete nach oben. Ich klopfte ihm schwer atmend auf die Schulter.
"Das Kämpfen übernimmst dafür du, denn ich habe meine gesamte Magie dafür verbraucht." Als wir uns kennenlernten, dachte ich, Akkarin sei wie ich, da wir uns äußerlich sehr ähnelten. Doch musste ich im Laufe der Zeit feststellen, dass wir nicht verschiedener sein könnten, doch das war der Grund, warum wir ein so gutes Team waren.
"Da ist es“,
rief Akkarin. Risse durchzogen die Decke, doch gab es nur

einen Riss, durch den das Mondlicht fiel. Der Lichtstrahl erhellte eine der verzierten Bodenplatten. Sofort fing Akkarin an, die Platte zu untersuchen und fand schließlich einen Mechanismus. Rattern wurde laut, und der Boden schob sich beiseite und gab eine lange Treppe frei. Ich lächelte.
"Das nenne ich mal eine ausgefallene Prüfung."
Plötzlich fing der ganze Boden an, zu beben. Herum liegende Trümmer zog es zur Mitte des Raumes, und sie formierten sich zu einem riesigen Koloss. Die Temperatur schien schlagartig zu fallen und ich spürte, wie meine Hände anfingen, taub zu werden. Ich schuf mit letzter Kraft einen Schild, um mich in ihm zu wärmen und sah auffordernd zu Akkarin.
"Na los, der gehört dir."

Als Akkarin gegen eine Wand geschleudert wurde und sich keuchend am Boden krümmte, fingen die Kinder an, an meinen Roben zu zerren.
"Mama, mach was! Dein Golem wird ihn töten“,
sagte Tira in Tränen aufgelöst, und ich tätschelte ihr beruhigend den Kopf.
"Warte ab, Wolf meint, Akkarin wäre deutlich zäher als man es ihm ansieht." "Akkarin! Vergiss das Feuer, es scheint keine Wirkung zu haben“, rief Theru. Akkarin richtete sich schnaufend auf.
"Was kann ich sonst tun. Brachiale Gewallt wird nicht helfen und abgesehen davon habe ich selbst nicht mehr viel Magie übrig“, antwortete er und sah Theru hilfesuchend an.
"Halt ihn hin!",
rief Theru. Während Akkarin versuchte, nicht getötet zu werden, zog Theru Kreide aus seinen Roben und zeichnete

große Symbole an jeder Wand, dann sah er wieder zu Akkarin, und als der Moment günstig war, zeichnete er einen großen Bannkreis in die Mitte des Raumes und nahm wieder Abstand.
"Akkarin, lock ihn in die Mitte und aktiviere den Bannkreis!" "Guter Einfall", dachte ich lächelnd und sah zu Lucy und Tira, die das Geschehen gebannt verfolgten. Die Symbole und dem Bannkreis glühten hell auf, als Akkarin seine Magie hinein legte. Der Golem zerbröckelte und zurück blieb nur ein weiß schimmernder Kristall. Akkarin lächelte.
"Was war das?",
wollte er wissen.
"Ein Umkehrzauber. So haben wir die Beschwörung aufgehoben." Akkarin schlug Thru, mehr als nur freundschaftlich, gegen die Schulter.
"Das hätte dir auch gleich einfallen können."
Sie nahmen das Golemherz an sich und betraten den Altarraum. Wir folgten ihnen, um weiter das Geschehen zu verfolgen. "Fünf Gänge, welcher ist der richtige?",
fragte Akkarin mehr sich selbst, als zu Theru.
"Einfach mal alle ausprobieren, die Festung ist ja nicht besonders groß",
sagte er und wollte gerade den ersten Gang betreten, als ein anderer hell aufloderte.
"Ich denke, der richtige Gang ist der einzige, der brennt",
bemerkte Theru und wollte vorgehen, doch stolperte er zurück. Verwirrt sah er auf seine Hände.
"Akkarin, versuch, Magie zu wirken."
Akkarin streckte seinen Arm aus, doch nichts geschah. Dann lächelte er.
"Nicht schlecht, scheinbar können wir hier keine Magie wirken." Eifrig zog Lucy an meinen Roben.

"Mama, das ist doch unfair das..." "Warte einfach ab", unterbrach ich Lucy und lächelte. "Das Golemherz.", sagte Theru nach langem Überlegen.
"Das Herz des Eisgolems müsste die Hitze schlucken. Halte es wie ein Schild vor dir.
Akkarin sah ihn wenig begeistert an.
„Und wenn es nicht klappt?",
wollte er wissen. "Dann wirst du qualvoll verbrennen", sagte Theru und lächelte ihn an.
"Wird schon schief gehen, doch du musst rennen, da du von hinten nicht geschützt wirst."
Akkarin nahm das Herz zur Hand und atmete tief durch.
"Bereit?",
fragte Theru, und Akkarin sprintete hindurch.
"Es hat geklappt, ich lebe noch."
Kurze Zeit später kam er mit der Goldenen Kette wieder, und Theru beäugte ihn mit musterndem Blick.
"Ich glaube, die Roben kannst du vergessen, sieh dir mal deinen Rücken an." Akkarin rieb sich seufzend das Gesicht.
"Toll, das ist schon die dritte hinfällige Robe."

Als ich zusammen mit Tito durch die Gänge streifte, kamen Mara und Rikaria auf uns zu.
"Lord Rimaldin?",
fragte Rikaria.
"Habt ihr Meister Wolf gesehen?"
Ich versuchte, mich an seinen Unterrichtsplan zu erinnern.
"Hm, er muss heute nicht unterrichten, aber irgend was war heute...",
dachte ich laut, und Tito meldete sich.
"Er wollte mit Lord Kirgo was trinken gehen",
sagte er, und Mara lächelte uns an.
"Danke."

Doch bevor die beiden wieder verschwinden wollten, hielt ich sie auf.
"Wartet! Habt ihr Shiida gesehen?",
fragte ich meinerseits, und die beiden fingen an zu kichern.
"Ja, sie sitzt in der Bibliothek, in der geschlossenen Abteilung“. Ich ignorierte ihr Gekicher und eilte dann mit Tito weiter. Als wir die Bibliothek erreichten, blieben wir in der Mitte der riesigen Sammlung stehen.
"Gut, die Bibliothek hat 3 geschlossene Bereiche. Hm, wahrscheinlich wird sie bei den alten Legenden sein“,
sagte ich und bog nach links ab. Die Bücherregale wurden langsam zu verwinkelten Gängen, doch erreichten wir schnell das große Abteil. Tito sah sich beeindruckt um.
"Das hier kenne ich ja gar nicht."
Ich lächelte ihn an.
"Nun, die Bibliothek ist riesig, sie ist vermutlich der beeindruckendste Komplex hier, aber Shiida kennt natürlich bereits jeden Winkel."
Weiter hinten im Raum saßen Lucy und Tira und studierten gerade ein paar Bücher.
"Ihr seid ja fleißig. Wo ist eure Mutter?",
fragte Tito die Kleinen, und Lucy deutete den Regalreihen entlang. Schließlich fanden wir sie. Shiida saß in einer Ecke verkrochen an einem kleinen Tisch, den Kopf auf der Tischplatte und schlief.
"Shiida....",
sagte ich und stieß sie vorsichtig an. Sofort schreckte sie hoch. "Verdammt, ich dachte, hier findet mich keiner“,
jammerte sie und lehnte sich entspannt zurück.
"Wisst ihr eigentlich, wie anstrengend es ist, einen Golem nach dem anderen zu beschwören und dann auch noch unsichtbar im Hintergrund zu bleiben und aufzupassen, dass die Bälger nicht sterben“,

jammerte sie weiter und gähnte laut. Ich sah sie fragend an.
"Du kannst dich unsichtbar machen?" "Was? Nein, du hast dich verhört!",
antwortete sie schnell. "Lady Shiida“,
sagte Tito.
"Wir brauchen etwas von Ihnen."
Shiida sah uns fragend an.
"Und was braucht ihr?" "Dein Blut“,
sagte ich, und sie sah mich skeptisch an.
"Für einen neuen Trank, und bevor du fragst, du bist die mächtigste aller Magier, deshalb dein Blut."
Sie sah zwischen uns hin und her und seufzte dann.
"Meinetwegen."
Ich zog drei große Phiolen hervor, ritzte mit Magie ihre Haut auf und fing an, die Behältnisse zu füllen.
"Lord Rimaldin, brauchen wir wirklich so viel Blut?",
fragte mich Tito, doch schüttelte ich nur den Kopf.
"Natürlich, wir müssen ja überprüfen, ob es einen Unterschied gibt zwischen altem und frischem Blut."
Nachdem die Phiolen voll waren, heilte ich den Schnitt und lächelte Tiot an.
"Dann wollen wir es gleich mal ausprobieren."
Als ich Shiidas Blut mit dem Trank vermischte, leuchtete dieser grün auf, dann wurde er schwarz. Nickend betrachtete ich das große Behältnis.
"Interessante Reaktion“,
bemerkte ich, und Tito zuckte mit den Schultern.
"Warum wolltet ihr eigentlich ihr Blut? Nach den alten Aufzeichnungen hätte ein Haar auch gereicht." Ich sah Tito lächelnd an.
"Na, weil Blut eine stärkere Bindung zu Körper, Geist und Seele hat."

Ich füllte den Trank in mehrere grüne Flakons.
"Wir wollen die bestmögliche Wirkung erzielen. Der praktische Nutzen kommt später." Tito lachte.
"Ich verstehe, erst Chaos stiften und dann für Ordnung sorgen“. "Das ist das Schöne daran, Alchemist zu sein“, sagte ich freudig lächelnd und sah ihn dann ernst an.
"Bist du bereit?" Tito nickte. Er schrieb eine Reihe an Informationen auf ein Pergament und stellte mir ein paar Charakterfragen.
"Gut, das war die letzte Frage“,
sagte er, und ich nahm den Trank zu mir. Ich sah Tito fragend an. "Und, verändere ich mich? Ich spüre nichts“,
fragte ich, doch schüttelte Tito nur den Kopf.
"Abwarten." "Doch, es tut sich was“,
sagte ich, und Tito sah mich begeistert an.
"Ich bekomme von dem Trank Magenschmerzen."
Ich hielt mir den Bauch, doch blieb es nicht dabei. Alles fing an, zu schmerzen, und ich sah, wie Tito eifrig alles dokumentierte.
"Mir ist heiß“,
stöhnte ich, und meine Haut fing an Blasen zu schlagen, als würde ich verbrennen. Nach gut 5 Minuten war alles vorbei.
"Und, wie sehe ich aus?",
fragte ich mit ungewöhnlich hoher Stimme. Tito kam aus dem Grinsen gar nicht mehr heraus.
"Unfassbar, ihr seht genauso aus wie Lady Shiida."
Er setzte sich wieder an den Tisch und nahm die Feder zur Hand. "Wie fühlt ihr euch?" Ich streckte mich und machte ein paar Sprünge.
"Leicht, sogar sehr leicht. Shiida ist deutlich sportlicher als ich es bin“,
stellte ich fest.

"Sonst gibt es keinen großen Unterschied".
Ich zog die obersten Lagen meiner Roben aus, dann stellte ich mich auf ein Bein.
"Gleichgewicht ist gut."
Tito lächelte.
"Das war zu erwarten, ihr habt die gleiche Größe",
sagte er und sah mich wissbegierig an.
"Was ist mit eurer magischen Kraft?" "Gut, dass ich Heiler bin, daher kann ich das schnell herausfinden.",
sagte ich und horchte in mich hinein. "Meine magische Kraft ist dieselbe", stellte ich fest und kanalisierte dann eine relativ große Menge Magie.
"Das ist unglaublich, die Magie durchströmt diesen Körper viel schneller als bei mir selbst."
Schnell notierte Tito sich das und stellte mir dann die Charakterfragen.
"Ihr scheint Ihr selbst zu sein. Keine Auswirkungen auf Eure Magie oder euren Charakter",
fasste Tito zusammen und sah mich dann errötet an, als er feststellte, dass ich mit meinen Brüsten spielte.
"Shiida hat ja eine gute Oberweite",
stellte ich fest und sah Tito entschuldigend an.
"Ah, tut mir leid, ich konnte nicht widerstehen."
Tito sah mich skeptisch an.
"Gebt zu, ihr wolltet Lady Shiidas Blut nicht nur ihrer großen magischen Kraft wegen."
Ich hob abwehrend die Hände.
"Ihr habt mich erwischt",
sagte ich und kam zu ihm.
"Unter uns, ich war mal in sie verliebt",
gestand ich, und Tito lächelte erheitert.
"Das ist aber sehr lange her, ganz zu Anfang unserer Reise",

fügte ich hinzu, und Tito machte große Augen. "So, so, sehr interessant, dafür wolltest du also mein Blut“,
ertönte eine Stimme hinter mir, und mir gefror das Blut in den Adern.
"Shiida, was machst du denn hier?",
fragte ich und drehte mich zu ihr um.
"Ich wollte mal sehen, was für einen tollen Trank du jetzt wieder panscht“,
sagte sie und sah zu Tito, der augenblicklich rot wurde und beschämt zu Boden sah. Shiida sah erst wütend aus, doch lächelte sie dann.
"Glaubst du, ich hätte es nicht geahnt,....dass du damals in mich verliebt warst?“
Ich sah sie überrascht an. “Wie kommt sie jetzt auf das Thema, hat sie mich etwa gehört?“ Ich wollte etwas sagen, doch kam sie mir zuvor.
"Mach nur deine Experimente, du hast mich ohnehin schon mal nackt gesehen."
Tito sah verunsichert zwischen uns hin und her. Shiida griff nach meinen Hals und drückte mir so die Luft zu, dass ich schon dachte, mein Kehlkopf würde jeden Moment brechen.
"Aber ich warne dich, mach nichts Unanständiges mit meinem Körper“,
Sagte sie und ließ mich wieder los.
"Ich hoffe wir haben uns verstanden."
sagte sie und ging.
"Lady Shiida ist echt unheimlich“,
bemerkte Tito und zwang sich zu einem Lächeln.
"Zum Glück habt ihr den Trank genommen. Ich denke, zu mir wäre sie nicht so freundlich gewesen."
Mit Magie linderte ich den Schmerz in meinem Hals und sah dann zu Tito.

"Was wollen wir als erstes machen?"
Tito war entgeistert.
"Sie hat doch..." "Ach was, ich stecke vermutlich noch Stunden in diesen Körper, lass uns das Experiment ausweiten."
Ich musste nach Shiida nicht lange suchen, da ich bereits ahnte, dass sie sich wieder in der Bibliothek versteckte.
"Shiiida, wir müssen reden."
Sie lächelte mich an und gab mir einen liebevollen Guten-Morgen- Kuss.
"Worum geht es, Wolf?"
Ich sah sie ernst an.
"Mara und Rikaria haben mich gestern im Dorf aufgesucht, als ich gerade mit Kirgo einen trinken war. Die zwei haben behauptet, du hätt...." "Ja das habe ich",
unterbrach sie mich. Ich war sprachlos.
"Hör zu, die beiden haben mir das mit dem Kinderwunsch erzählt und auch von ihrem Gespräch mit dir."
Shiida gab mir einen lustvollen Kuss und sprach dann weiter.
"Sie haben sich deine Worte zu Herzen genommen und entschieden, dass du der Richtige bist." "Das kann doch unmöglich in Ordnung für dich sein. Das..."
Etwas in mir zerbrach, und Enttäuschung machte sich breit. "Wolf, du wünschst dir doch auch Kinder. Du hast sogar schon davon gesprochen, lange bevor ich Kalito kannte." Ich sah sie entschlossen an.
"Das stimmt, doch möchte ich mit dir ein Kind haben, mit der Frau die ich liebe."
Sie lächelte schief.
"Ich weiß, was du denkst, aber du liegst falsch. Ich liebe dich immer noch, von ganzem Herzen, doch bin ich nicht bereit für ein weiteres Kind. Ich war nicht einmal für Lucy

und Tira bereit“, erklärte sie und lächelte aufmunternd. "Ich verstehe immer noch nicht, wie es für dich in Ordnung sein kann“, äußerte ich mich, woraufhin Shiida nur den Kopf schüttelte. "Ich weiß auch nicht, aber alles um uns herum ist ja nicht wirklich normal. Meine Doppelbeziehung zu dir und Kalito, Rim mit seinen drei Harpyien, Mara und Rikaria. All das verändert die eigene Denkweise".
Sie gab mir erneut einen Kuss.
"Ich habe ihnen gesagt, dass es deine Entscheidung sein wird. Du musst für dich entscheiden, ob du ihren Wunsch erfüllst." Als ich den Gang entlang schlenderte, sah ich Akkarin, wie er lächelnd vor dem schwarzen Bett stand.
"Morgen Akki“,
sagte ich laut gähnend, was mir gleich einen Schlag einbrachte. "Du weißt doch, du sollst mich in der Öffentlichkeit nicht so nennen“,
sagte er sauer. "Tut mir ja leid, aber ich habe keine Lust mehr, ein Geheimnis daraus zu machen."
Ich gähnte erneut.
"Bei mir ist es in Ordnung, aber du hast schon wirklich auffällig viele Frauen abgewiesen." "Themawechsel, schau dir das mal an."
Sagte Akkarin und deutete auf einen Aushang. Freiwillige gesucht... Lord Rimaldin sucht Freiwillige für ein lohnenswertes alchemistisches Experiment. Die Teilnehmer werden während des einwöchigen Versuches vom Unterricht freigestellt. Der Sold ist frei verhandelbar. Gez. Lord Tito Akkarin lächelte mich an.
"Das ist doch genau das Richtige für uns."
Ich stimmte ihm zu.
"Wenn es um Lord Rimaldin geht, kann es nur lustig werden."

Kapitel 22

Nach langem Überlegen hatten Rikaria und Mara mich doch dazu überredet, den Vater zu spielen. Wir machten einen Tag aus, und so saß ich nun hier, in Maras und Rikarias Quartier. Ich sah Mara fragend an.
"Was machst du eigentlich noch hier?", wollte ich wissen, und Mara lächelte nur.
"Naiver Wolf, ich lass mein Schatz in einem so bedeutsamen Moment doch nicht alleine“,
sagte sie und grinste.
"Außerdem will ich auch Spaß haben." "Ich habe mir schon gedacht, dass es dir unangenehm sein wird, daher habe ich nichts von Mara gesagt“,
sagte Rikaria und reichte mir ein Glas Wein, welches ich allerdings ablehnte.
"Es ist nicht das mit Mara. Trotz des mit Kalito, bin ich mehr als glücklich mit Shiida. Es liegt mir einfach fremd, mit einer anderen Frau zu schlafen“,
erklärte ich und nahm dann doch einen Schluck Wein.
"Lass uns anfangen“,
sagte ich und ging ins Schlafzimmer. Mara und Rikaria folgten mir. Schweigen lag zwischen uns, und ich atmete durch. Mara sah zwischen uns hin und her.
"Wenn ihr nicht wollt, dann fang ich eben an“,
sagte sie. Überraschend schnell hatte sie sich ausgezogen und sprang mich an, doch als sie mich küssen wollte, drehte ich den Kopf weg. Schließlich zogen Rikaria und ich uns auch aus. Beschämt schlang Rikaria die Arme um sich. Ich dachte, es würde mir schwer fallen, doch jetzt, wo es so weit war, entspannte ich mich. “Es ist in Ordnung. Shiida ist damit einverstanden“, rief ich mir nochmal ins Gedächtnis und lächelte Rikaria dann an.

"Dann lasst uns anfangen, bevor ich doch noch die Flucht ergreife." Als sich die Labortür öffnete, stand ein kleines blondes und nur leicht bekleidetes Mädchen vor uns und sah uns eine gefühlte Ewigkeit an.
"Akkarin und Theu, seid ihr wegen des Aushangs hier?",
fragte sie und ging wieder rein. Wir folgten ihr und sahen uns um. "Nun, das sind wir, aber scheinbar ist Lord Rimaldin nicht hier“. Akkarin beugte sich zu dem Mädchen runter und lächelte es an. "Sag mal, Kleine, was machst du eigentlich so ganz alleine hier?", fragte er, doch fing das Mädchen nur an zu kichern.
"Ihr seid spät, aber Hauptsache, es ist überhaupt jemand da“,
sagte sie und fing an, Reagenzien zu mischen.
"Ich dachte schon, ich müsste alle Versuche selbst durchführen." Akkarin und ich sahen uns verwirrt an.
"Seid ihr noch immer nicht dahinter gekommen?",
fragte sie und kicherte.
"Ich bin Lord Rimaldin, aber genug davon. Wollt ihr vorher über euren Sold verhandeln, oder lieber später?" Ich sah sie fassungslos an.
"Also äm, wir wollen das Ergebnis des Experiments für uns nutzen dürfen."
Sie sah uns überrascht an.
"Das ist alles, gut, dann trinkt das“,
sagte sie und überreichte uns je einen grünen Flakon.
"Der Trank wirkt besser, wenn man ihn schon einmal genommen hat."
Nur zögerlich nahm ich den Trank zu mir und lächelte, als ich feststellte, dass er ganz angenehm schmeckte. "Und was für Nebenwirkungen gibt es?"
Rimaldin zuckte die Schultern.
"Keine, nur die Todesqualen bei der ersten Verwandlung."

Sagte sie, er, es? Ach, ist das verwirrend.
Langsam wurde ich wach und noch halb im Schlaf, gab ich meiner Liebsten einen zärtlichen Morgenkuss, doch schreckte ich auf, als ich bemerkte, dass es nicht Shiida, sondern Mara war, die ich da küsste. Erinnerungen an letzte Nacht zogen durch meinen Kopf. "Stimmt, das heißt",
dachte ich laut und drehte mich zur anderen Seite, wo, wie erwartet, Rikaria lag. Ich verschränkte die Arme hinter dem Kopf und sah die Decke an. „Auch wenn ich es ungerne zugeben möchte, so war die Nacht mit Mara und Rikaria doch nicht schlecht", dachte ich lächelnd. Ich sah die beiden an. Ich denke, ich bleibe heute mal was länger liegen. Seufzend sah ich zum Arenaeingang.
"Wo bleibt denn Wolf? Will er denn gar nicht trainieren?",
fragte ich mich selbst, dann fiel mir wieder die Sache mit Rikaria ein. "Er wird doch wohl nicht noch bei ihr sein"
dachte ich, und Eifersucht tränkte mein Herz. Gefrustet fing ich alleine an zu trainieren, doch bald kam ein stämmiger Kadett herein und kam direkt auf mich zu.
"Wir trainieren jetzt!",
rief er erzürnt. Als ich mich zu ihm drehte, sah er mich überrascht an.
"Lady Shiida, ich habe nicht bemerkt, dass Ihr es seid."
Ich sah auf seinen Runen verzierten Schlachthammer.
"Schon gut, Raoul, ich denke, wir beide brauchen diesen Kampf." Kaum hatte ich es gesagt, stürmte Raoul schon auf mich zu. Unbarmherzig schwang er seinen Hammer, als wenn er Ernst machen würde, doch beim ersten großen Aufeinandertreffen merkte ich, dass er Ernst machte.
"Du bist doch mit Korra zusammen?",
fragte ich und stieß ihn von mir weg, nur, um dann einen weiteren Schlag mit meinen Schwertern abzuwehren.

"Kämpfst du ihretwegen?"
Raoul ließ sich zurückfallen und riss mich mit einem überraschend schnellen Schlag von den Beinen.
"Was ist mir Euch, wessen wegen kämpft ihr?",
erwiderte er und ich merkte, wie er Magie kanalisierte.
Wie erwartet, fand ich Lucy und Tira in der Bibliothek. Sie saßen in der geschlossenen Abteilung für alte Legenden wie gewohnt auf dem Boden und lasen irgendwelche Bücher.
"Ihr scheint ja nur noch hier zu sein."
Tira sprang sofort auf und umarmte mich.
"Papa, du bist aber früh“,
bemerkte sie.
"Nun, ich habe ein paar Stunden mit Wolf getauscht. um mehr Zeit zu haben“,
erklärte ich und sah zu Lucy, die immer noch an ihrem Buch klebte.
"Wollen wir etwas gemeinsam unternehmen?"
Jetzt blickte Lucy doch auf und klappte das Buch zu.
"Und wohin soll es gehen?"
Ich lachte.
"Wie deine Mutter, kommst gleich zur Sache“,
sagte ich lächelnd.
"Ich dachte, wir gehen nach Rchonte und besuchen dort einen sehr alten Bekannten." Ich lächelte Akkarin und Theru an.
"Gut, der gestrige Trank war nur, um sich warm zu machen. Das eigentliche Experiment beginnt jetzt."
Die beiden sahen sich und dann mich fragend an.
"Was genau habt Ihr vor?",
wollte Akkarin wissen. Ich deutete auf den Boden, auf dem mehrere sich überlappende Siegel gezeichnet waren.
"Ein Bindungszauber. Mein Ziel ist eine Verwandlung mit

dauerhafter Wirkung."
Theru lächelte.
"Interessant, ich vermute, die Wirkung wird dann mit einem Umkehrzauber wieder aufgehoben."
Ich lachte Theru an.
"Das ist es, ich bin begeistert von dir." "Mir ist das zu hoch. Können wir jetzt den Trank bekommen?", fragte Akkarin ungeduldig. Ich holte aus einem Schrank einen großen Holzkoffer, in dem sich mehrere Dutzend Flakons befanden.
"Was wollt ihr sein? Lieber was größer, oder was kleiner?"
Akkarin lachte überrascht.
"Wir können es uns aussuchen?" "Ich arbeite mit Lord Tito schon etwas länger an diesen Trank“, sagte ich und seufzte. "Nur leider hat er jetzt keine Zeit mehr, mir zu helfen."
Ich schloss wieder den Koffer und holte einen anderen.
"Oder was haltet ihr davon, gleich das ganze Geschlecht zu wechseln?",
fragte ich und winkte sie heran.
"Sucht euch was aus."
Schnell hatten sie sich entschieden, und ich packte den Koffer wieder weg.
"Gut, halten wir ein paar Regeln fest“,
sagte ich und sah beide ernst an. "Nummer eins: Der Versuch dauert eine Woche, während dieser Zeit werdet ihr den Unterricht hier, bei mir, nachholen! Nummer zwei: Die Benutzung von Magie ist unter allen Umständen verboten! Nummer drei: Verratet niemandem, wer ihr wirklich seid. Ihr seid enge Bekannte vom mir, die Details klären wir noch!" Akkarin zuckte nur mit den Schultern.
"Eine Woche ohne Magie? Das werde ich schon überleben."
"Gut, du fängst an. Stell dich in den Bannkreis und halte den Trank bereit."

Akkarin tat wie befohlen und nickte.
"Ich bin bereit." Ich lachte.
"Gut, dann aktiviere den Bannkreis und nimm dann den Trank. Der Kreis glühte hell auf, und nach wenigen Momenten war es geschafft. Akkarin war nun ein Mädchen von 19 Jahren. Er hatte mittellanges schwarzes Haar und einen strengen, doch weichen Blick. Theru ging lächelnd um ihn herum.
"Du bist echt süß, weißt du das." "Danke“,
antwortete ich.
"Hat Arbeit gemacht, es so hin zu bekommen, aber du hast dir auch einen schönen Trank ausgesucht."
Wir wiederholten die Prozedur mit Theru. Auch er war nun ein gut 19 Jahre altes Mädchen. Er hatte sehr langes helles Haar und ein zu ihm passendes freudiges Lächeln. Ich sah beide an.
"Und wie soll ich euch nun nennen?" "Sonea.“,
meldete Theru sich sofort, doch brauchte Akkarin etwas länger. "Ich denke Bella könnte passen."
Ich musterte die beiden.
"Sonea und Bella, gut."
Ich deutete auf eine Tür am Ende des Labors.
"Hinten in meinem Büro gibt es einen Nebenraum, dort werdet ihr Sachen finden, die ihr anziehen könnt“,
sagte ich und sah sie belehrend an.
"Denn ich denke, es wäre auffällig, wenn ihr in Roben rumlauft." “Ich bin gespannt, was die beiden am Ende der Woche zu berichten haben und vor allem, ob jemand sie erkennen wird“, dachte ich mir und machte mir bereits Gedanken für praktische Anwendungen.

Rchonte war mehr ein großes Dorf als eine Stadt. Die Häuser standen zumeist frei, und eine Stadtmauer gab es

auch nicht. Bei einer vorbeikommenden Wache erkundigten wir uns nach dem Zimmermann und steuerten schließlich die angewiesene Richtung an. Vor einem großen Haus mit halb fertigem Dach kniete ein älterer Mann auf dem Boden und schlug Nägel in einen Stuhl. Ich lächelte ihn an.
"Idashi, wie geht es dir?",
rief ich. Überrascht sah er auf, doch als er mich erkannte, ließ er den Hammer und kam auf mich zu.
"Kalito, alt seid ihr geworden“,
sagte er lachend und nahm mich herzlich in den Arm.
"Das sagst ausgerechnet du“,
erwiderte ich.
"Ich dachte, du wolltest uns ab und an besuchen?"
Idashi lächelte zu den Mädchen, die sich hinter mir versteckten. "Papa, wer ist das?" "Das, meine lieben Kinder ist euer....ja wie soll ich sagen..,“. "sagt einfach Urgroßvater“,
half Idashi mir auf die Sprünge, und die Kinder sahen ihn verwirrt an.
"Wo bleiben meine Manieren."
Er ging ins Haus und winkte uns herein.
"Molly, wir haben Besuch, deck für drei weitere Personen“,
rief er, und ich folgte ihm mit interessierter Miene. Im Esszimmer erwartete uns nicht nur eine schöne Frau, sondern auch ein kleiner Junge, der an ihrem Rockzipfel hing.
"Das sind meine Frau Molly und mein Sohn Henry."
Ich verneigte mich höflich vor ihnen. Ich bin Kalito, Warlord des Fürsten Fey."
Als Molly mich mit Ehrfurcht ansah, fasste Idashi sich an die Stirn.
"Du musstest das jetzt sagen."

Lächelnd deutete ich auf die Mädchen.
"Das sind meine Töchter, Lucy und Tira. Lucy ist die etwas ruhigere." Auch Molly verbeugte sich.
"Es ist mir eine Ehre, eure Bekanntschaft zu machen“, sagte sie und ging dann in die Küche.
"Was ist, Henry, möchtest du nicht mit Lucy und Tira spielen gehen?",
fragte Idashi. Die drei sahen sich an und suchten dann das Weite. Idashi bot mir einen Platz an dem Tisch an und nahm dann selbst am Kopf Platz.
"Bitte sagt, oder fragt nichts über meine Vergangenheit, meine Frau weiß nicht alles“,
bat er mich, und in Anbetracht der Tatsache, dass er früher den Titel Dämon trug, nickte ich nur zustimmend.
"Kennt sie euer wahres Alter?",
wollte ich wissen, und Idashi nickte.
"Das ist eins der wenigen Dinge, die ich ihr verraten habe“, gestand Idashi und schmunzelte. "Ich vermute mal, Shiida hat viel zu tun und ist daher nicht mit euch gekommen“, stellte Idashi fest, und ich nickte. Schon bald war das Essen fertig, und wir drei aßen schnell auf, um wieder raus zu können.
"Wie alt bist du, Henry?",
fragte Lucy. "Ich bin letzte Woche 6 geworden und ihr?"
Lucy grinste mich an und sah dann wieder zu Henry.
"Wir sind schon 7, aber im Frühjahr werden wir 8."
Henry sah uns beeindruckt an.
"Wollen wir im Wald spielen gehen?" "Oh ja, im Wald spielen wir am liebsten“,
sagte ich, und Henry ging vor. Bald waren wir im äußeren Wald von Rchonte und erreichten einen kleinen Bach.
"Hier bin ich am liebsten. Mutter sagt zwar, das sei zu weit von zu Hause, aber das ist mir egal." "Wollen wir Fangen

spielen?",
fragte Lucy, und wir stimmten zu. Wir spielten noch bis zur Dämmerung und ruhten uns schließlich wieder am Bach aus.
"Ich mag euch“,
sagte Henry und schüttelte sich.
"Wir sollten zurück, mir ist kalt."
Lucy grinste Henry an.
"Mir ist nicht kalt."
Henry blieb stehen.
"Mir....mir ist auch nicht kalt“,
sagte er trotzig, und ich fing an zu lachen.
"Lass dich von meiner Schwester nicht ärgern“,
sagte ich und ging vor. Zurück im Dorf sah Papa uns ungeduldig an.
"Ihr seid spät“,
sagte er sauer.
"Wir haben nur eine Regel. Vor ...." "Dämmerung zu Hause sein“,
beendeten wir den Satz.
Auch Henry wurde von seiner Mutter streng angesehen, und wortlos ging er ins Haus. Papa sah uns böse an.
"Ich wollte eigentlich noch vor Einbruch der Nacht zu Hause sein." "Tut mir Leid Papa“,
sagte ich und sah zu Boden. Wir gingen beim Stallknecht unser Pferd abholen und ritten dann zurück. Als wir vollkommen erschöpft unser Quartier erreichten, erwartete uns Mutter bereits. "Wo seid ihr so lange gewesen?",
fragte sie sauer.
"Ich war krank vor Sorge. Ich möchte nicht noch einmal erleben, dass ihr so spät nach Hause kommt!",
beschwerte sie sich sauer. Papa wollte ihr einen Kuss geben, doch schlug sie ihr brutal nieder.

"Vergiss es!",
sagte sie und drückte ihm ein Kissen in die Hand.
"Du kannst auf einem der Sessel schlafen. Das Schlafzimmer ist heute für dich tabu!"
Mutter kam auf uns zu und sah uns liebevoll an.
"Und mit euch ist alles in Ordnung?",
fragte sie besorgt.
"Na kommt, jetzt schnell ins Bett!"
Müde kam ich aus dem Schlafzimmer und gähnte erst einmal laut. Die letzte Nacht tat ich kaum ein Auge zu, da mich immer noch die Sache mit Wolf beschäftigte. Es war für mich in Ordnung, dass er Mara und Rikaria ihren Kinderwunsch erfüllte, dennoch wurde ich eifersüchtig, und schließlich hatten wir uns gestern deswegen gestritten.
"Mal gut, dass die Kinder nicht da waren",
dachte ich laut, warf meine Roben über und verließ mein Quartier. "Ich sollte mich bei Wolf entschuldigen, schließlich habe ich ihn freigegeben und dazu ermutigt",,
dachte ich und machte mich auf den Weg zum Astronomieturm. Wie erwartet, stand er auf dem Turm am Geländer und sah in die Ferne.
"Morgen",
sagte ich und stellte mich zu ihm.
"Es tut mir leid wegen gestern. Ich hätte nicht so eifersüchtig werden dürfen".
Wolf lächelte mich an.
"Ich war froh, dass du so eifersüchtig warst."
Ich war nun verwirrt.
"Denn als du sagtest, es sei in Ordnung für dich, dass ich mit Mara und Rikaria, da dachte ich, du würdest mich nicht mehr lieben." Trauer spiegelte sich in seinen Augen, und ich nahm ihn in den Arm.

"Du Dummerchen, natürlich liebe ich dich noch. Ich liebe dich sogar von allen am meisten“. Gekicher wurde hinter uns laut, und wir drehten uns überrascht um. "Ihr seid sooo süß“,
sagte eins der beiden Mädchen, welche ich erst jetzt bemerkte und grinste breit. Ich musterte die beiden. “Keine Roben?“
"Wer seid ihr, ihr tragt keine Roben, also seid ihr auch keine Schüler?"
Die Mädchen deuteten eine höfliche Verbeugung an.
"Ich bin Sonea und das ist meine Freundin Bella. Wir sind Bekannte von Rim“,
erklärte sie, und ich sah sie skeptisch an.
"So, ihr seid also Bekannte von ihm. Warum hat Rim euch nie erwähnt?",
fragte ich, und Sonea wurde rot.
"Also, äm, vielleicht weil wir seine Exfreundinnen sind?"
Sofort bekam sie einen Ellenbogen von ihrer Freundin in die Seite. "Was erzählst du da?",
zischte sie, und ich lächelte belustigt.
"Wenn ihr die Ex von Rim seid, dann müssen wir uns unbedingt mal unterhalten“,
sagte ich und überlegte kurz.
"Ich muss heute nicht unterrichten und wollte die Zeit nutzen, um mir neue Kleider zu kaufen. Kommt doch mit, das macht sicher Spaß“,
schlug ich vor und sah die beiden streng an.
"Ein Nein akzeptiere ich nicht."
Wolf legte mir eine Hand auf die Schulter.
"Komm, wir sollten langsam runter, etwas frühstücken“,
sagte er, und ich stimmte ihm zu, als mein Magen demonstrativ knurrte. Als die beiden weg waren, atmete ich auf.

"Lady Shiida ist privat ja viel freundlicher als erwartet“, stellte ich fest und lächelte Bella an. Sie sah mich sauer an.
"Ich dachte, du seist der Schlaue von uns beiden. Exfreundinnen, war doch klar, dass sie dann alles über uns wissen möchte."
Ich verzog das Gesicht.
"Tut mir leid, das kam mir gerade so in den Sinn“,
sagte ich und deutete auf sie.
"Du solltest aber selbst aufpassen, du hast gerade 'der' gesagt und heute Morgen hast du mich auch bei meinem richtigen Namen genannt."
Bella stellte sich an das Geländer und richtete den Blick in die Ferne.
"Sag mal, gefällt es dir, ein Mädchen zu sein?"
Ich streckte mich und stellte mich neben ihn ans Geländer.
"Warum stellst du diese Frage, weil wir beide auf Männer stehen?" Sie schwieg einen Weile.
"Unser Sold ist das Ergebnis dieses Experiments, das bedeutet, genug Zaubertrank, um bis ans Ende unserer Tage Mädchen zu bleiben."
Ich zuckte die Schultern.
"Was willst du damit sagen?" "Ich frage mich nur, was dann aus uns wird?" Überrascht nahm ich einen Schritt Abstand von ihr.
"Was? Akki, bitte sag mir nicht, dass du dich in mich verliebt hast. Ich dachte, unsere Beziehung beruht nur auf gegenseitigem Interesse."
Sie
seufzte.
"Jetzt hast du mich aber bei meinem richtigen Namen genannt." "Jetzt weich nicht aus“,
meckerte ich sie an.
"Liebst du mich?"

Unsicher sah er mich an.
"Ich...also.......", sagte sie nur und rannte davon.

Ich sah Bella den ganzen Morgen nicht. Scheinbar ging sie mir aus dem Weg. Doch schließlich mussten wir uns sehen, da Lady Shiida uns in die Stadt eingeladen hatte. Lady Shiida, die am Tor auf uns wartete, sah uns fragend an.
"Was ist vorgefallen?",
wollte sie wissen und hatte diesen mütterlichen Unterton. Wir schwiegen.
"Ihr wollt also nicht reden, gut. Dann lasst uns den Einkauf genießen, aber danach sprecht ihr euch aus",
sagte sie, wobei es mehr nach einen Befehl klang. Der Ausflug in die nahe gelegene Stadt begann mit wenig Begeisterung, doch schnell fanden wir Gefallen daran, diverse Sachen anzuprobieren. Schließlich machten wir eine Pause an einem Stand, der verschiedene Weine anbot. Lady Shiida machte ein etwas niedergeschlagenes Gesicht.
"Ihr habt es gut, ihr könnt eure tollen Kleider tragen wann es euch passt, doch ich als Magier werde nur selten die Gelegenheit dazu haben."
Ich sah Lady Shiida mitfühlend an.
"Das hört sich fast so an, als sei es eine Qual, Magier zu sein?" Shiida seufzte.
"Nun, modetechnisch schon. Schließlich habe ich nur die Wahl zwischen den jetzigen Roben und den Sommerroben." "Aber Eure Roben sind doch mehrteilig, im Sommer könnt ihr die obersten Schichten weg lassen",
warf Bella ein, woraufhin Shiida sie böse ansah.
"Das ist aber nicht dasselbe, wie ein anderes Kleid zu tragen", meckerte sie und nahm einen großen Schluck Wein, dann sah sie unsere leeren Gläser an.
"Trinkt ihr nicht?" "Nun, dieser Wein sprengt leider meinen

Geldbeutel“,
sagte ich, und Bella nickte zustimmend.
"Ach was, das geht alles auf mich“,
sagte sie lachend und schenkte uns voll ein.
"Aber dafür müsst ihr mir versprechen, dass ihr euch wieder vertragt."
Ich hob mein Glas und lächelte Bella an.
"Auf die Versöhnung." Wir blieben nicht lange beim Weinstand, da ich schon nach den ersten drei Gläsern ordentlich einen sitzen hatte. So kauften wir nur noch ein paar wenige Klamotten und gingen dann zurück. Ich seufzte.
"Na gut, ich zeige euch, woran ich seit Tagen wieder arbeite“, sagte ich und ging, dicht gefolgt von Kira, Kiara und Krain vor. "Ihr werdet Augen machen, wenn ihr es seht, aber niemand darf davon erfahren“,
sagte ich und öffnete die Labortür.
"Aber du versetzt uns nicht wieder für irgend so etwas Langweiliges?",
fragte Kiara. Ich betrat mein Büro und mich traf der Schlag. Sonea und Bella wälzten sich lustvoll auf meinem Schreibtisch und kamen gleich auf mich zu, als sie mich sahen.
"Da bist du ja“,
sagte Sonea.
"Wir haben soooo lange auf dich gewartet“,
sprach Bella weiter, und ich hörte hinter mir nur einen zornigen Aufschrei.
"Rimaldiiiiin!!!!"
Mit Magie hielt ich die beiden von mir weg, und auch die erzürnten Harpyien hielt ich zur Vorsicht auf Abstand.
"Das kann ich erklären, aber erst...."
Schnell suchte ich die entsprechenden Unterlagen raus und

nahm eine Feder zur Hand.
"Tag zwei: Auch bei den neuen Testpersonen wurde der Sexualtrieb durch den Geschlechtswechsel verstärkt...",
diktierte ich mir selbst.
"Rim, was ist hier los?",
verlangte Krain zu wissen, und ich ließ alle wieder los.
"Nun, Ich habe einen Verwandlungstrank gebraut und teste verschiedene Wirkungen“
erklärte ich und deutete auf Bella und Sonea.
"Die Mädchen sind in Wirklichkeit Jungs, Schüler von mir, die sich freiwillig gemeldet haben." "Verwandlungstrank? Damit könnte ich mich auch in dich verwandeln, zum Beispiel?",
fragte Kira in ihrer gewohnten monotonen Art und ich nickte zustimmend.
"Interessant, also arbeitest du doch auch mal an etwas, das nicht langweilig ist“,
sagte Kiara breit grinsend.
"Danke, denke ich“,
erwiderte ich, unsicher, ob es nun ein Kompliment war, oder nicht. Krain sah skeptisch aus.
"Das ist nicht richtig. Damit lässt sich viel zu viel Unsinn anstellen." Ich stimmte ihr zu.
"Deswegen darf auch keiner davon erfahren."
Ich zuckte auf, als Bella und Sonea sich an mich schmiegten.
"Na komm schon, du hast uns diese Körper gegeben, also benutze sie auch."
Ich nahm den Geruch von Alkohol wahr und schob die beiden von mir. Dann ergänzte ich meine Notizen. Als ich wieder zu meinen Freundinnen sah, konnte man dabei zusehen wie der Eifersuchtslevel langsam stieg.
"Immer mit der Ruhe. Ausgeschlossen, dass ich euch

untreu werde“,
versuchte ich sie zu beschwichtigen. Ich drehte mich zu Sonea und Bella um.
"Ihr, ihr werdet jetzt euren Rausch ausschlafen“,
befahl ich und verließ das Büro, dann sah ich die Harpyien an. "Ich denke, ihr habt genug Einsicht in meine Arbeit gehabt“,
sagte ich und ging vor.
"Und jetzt gehen wir zurück in unser Zimmer, wo ich euch eure Eifersucht austreiben werde“,
sagte ich entschlossen und grinste die drei lustvoll an.

Kapitel 23

Als ich vom Unterricht mittags zurückkam und mich schon auf einen gemütlichen Abend mit Kalito, Wolf und den Kindern freute, war ich überrascht, dass Kalito in voller Montur vor mir stand.

"Was soll der Aufzug?",

fragte ich ihn, doch wich er meinem Blick aus.

"Es kam ein Bote von Fürst Fey“,

sagte er und schien etwas zu suchen.

"König Rohthum hat uns den Krieg erklärt. Ich muss sofort zum Kriegsrat“,

verkündete er, und ich starrte ihn entsetzt an. König Rohthums Reich lag weiter im Westen und war das größte Reich dieses Kontinents. Wir befanden uns etwa in der Mitte, und weiter im Süden waren unsere Verbündeten, das Reich von König Drain.

"Warte, wie lange wirst du weg sein?",

fragte ich besorgt.

"Ich weiß es nicht, aber ich denke, wir werden nach dem Kriegsrat sofort aufbrechen, um Warlord Girion zu unterstützen“,

sagte er und fasste sich ungeduldig an den Kopf.

"Schatz, hast du mein Schwert gesehen?" "Du hattest es doch unterm Bett. Warte, ich hole es."

Schnell ging ich ins Schlafzimmer und holte die kunstvoll verzierte Runenklinge. Kalito zog die Klinge eine Hand breit aus ihrer Scheide und betrachtete diese.

"Eine schöne Klinge die Kirgo geschmiedet hat, doch hatte ich gehofft, sie niemals einsetzen zu müssen“,

sagte er und legte das Schwert an.

"Komm, ich will mich noch von den Kindern verabschieden."

Ich nickte und ging vor. Tausend Sachen gingen mir durch den Kopf und hinterließen einen Stich der Sorge. "Ich sollte auch noch drei Heiler mit nehmen. Ich dachte da als erstes an Rikaria und Nancy“,
sagte Kalito, und ich sah ihn entschuldigend an.
"Also Rikaria ist verhindert und Nancy ist im Osten auf einer Mission“,
erklärte ich und überlegte, wen ich denn mitschicken konnte. Es war schwierig, da wir nur wenige Heiler hatten.
"Yui und Touma, die neuen Kadetten sind Heiler, oder wollen es zumindest werden, und wir haben Rim, daher können wir Grann entbehren“,
schlug ich vor, und Kalito nickte nur. Als wir die Bibliothek erreichten, kamen uns Lucy und Tira bereits entgegen und bewunderten Kalitos Rüstung mit großen Augen.
"Die ist ja schön. Wenn ich mal groß bin, möchte ich auch so was haben“,
sagte Tira lächelnd. Kalito kniete sich zu ihnen runter und nahm die beiden in den Arm.
"Es tut mir leid, aber ich muss jetzt weg, meine Pflicht als Warlord erfüllen."
Lucy sah ihn an und umklammerte ihn ein weiteres Mal.
"Aber ich will nicht, dass du gehst!"
Kalito löste ihren Griff und sah beide liebevoll an.
"Ich muss. Bitte, versprecht mir, auf eure Mutter zu hören, solange ich weg bin. Ich liebe euch."
Er nahm sie abermals in den Arm und stand dann auf.
"Warte in der Eingangshalle, ich werde die drei holen“,
sagte ich und ging los. Als ich Kalito in voller Montur in der Eingangshalle warten sah, ging ich auf ihn zu.
"Ist etwas vorgefallen?",
wollte ich wissen, und er drehte sich zu mir um.
"Korra, dich habe ich auch schon länger nicht mehr

gesehen. Wie läuft es mit Raoul?"
Ich zuckte mit den Schultern.
"Wir hatten die Tage einen heftigen Streit, aber das hat sich wieder gelegt." "Ging es wieder um Ran?",
fragte er, und ich seufzte.
"Ich kann ihn einfach nicht loslassen. Ich liebe Raoul, dennoch, ich werde niemals jemanden so lieben können wie ich Ran liebe“, erklärte ich und schüttelte den Kopf.
"Warte, du lenkst vom Thema ab."
Kalito seufzte, und Wehmut lag in seinen Augen.
"Krieg“,
sagte er nur. Erinnerungen an das halbe Jahr auf See kamen hoch. Erinnerungen an Blut und den berauschenden Geschmack von Menschenfleisch. Ich fing an, schwerer zu atmen, als das Verlangen langsam wieder hoch kam.
"Ich wünsche dir alles Gute. Möge Tsandress dich beschützen“, sagte ich, und Kalito lachte.
"Du betest also zu Tsandress und nicht zu Idashi“,
stellte er fest.
"Man sollte zu niemandem beten, den man persönlich kennt“, sagte ich, und setzte dann meinen ursprünglichen Weg fort.
Die Woche war um, und nachdem Rim das Siegel gelöst hatte, waren wir wie erwartet wieder wir selbst. Ich machte ein paar Motorikübungen mit den Händen, während Akkarin sich ganz sportlich dehnte.
"Es fühlt sich seltsam an, wieder ein Junge zu sein“,
stellte ich fest, und Rim notierte sich das sofort.
"Gut, das war's. Ich bedanke mich herzlich, dass ihr dieses Experiment ermöglicht habt“,
sagte er und hielt uns jedem eine Pergamentrolle hin, doch als wir danach griffen, zog er sie wieder weg.
"Wie versprochen, sind das die Ergebnisse, sprich die

Rezepte für den Trank. Sorgt dafür, dass niemand sie sieht!",
sagte er und überließ uns die Rollen. Nur zögernd nahm ich die Rolle an.
"Ich denke, mir wäre doch eine andere Belohnung lieber."
Akkarin und Rim sahen mich überrascht an.
"Und welche?",
wollte Rim wissen. Ich atmete einmal durch.
"Macht mich wieder zu einem Mädchen. Ich will meinen Rang hier als Kadett behalten, aber als Frau."
Rim wirkte weniger überrascht als erwartet.
"Ich wusste ja, dass ihr vom anderen Ufer seid, aber das hätte ich nun nicht erwartet“,
sagte er und lächelte Akkarin an.
"Was ist mit dir? Würdest du dich als Frau nicht auch besser fühlen?"
Akkarin seufzte lächelnd.
"Um ehrlich zu sein, ich bin nicht vom anderen Ufer“,
sagte er, und Theru sah ihn widersprechend an. "Du hast mir aber schon mehr als einmal gezeigt, dass du vom anderen Ufer bist." "So ist es nicht. Theru, ich steh auf Frauen, dennoch, ich liebe dich“, sagte Akkarin entschlossen. Theru sah ihn verwundert an. "Das heißt also die ganze Zeit?" "Die ganze Zeit." "Also von Anfang an?" "Von Anfang an“, erwiderte Akkarin, und Therus Miene wurde mitfühlend weich.
"Jetzt kommt es mir so vor, als hätte ich deine Liebe nur ausgenutzt, um meine Lust zu befriedigen“, sagte Theru, und Rim meldete sich zu Wort. "Jjjjja, schön, dass wir das geklärt haben, aber bitte nicht noch mehr ins Detail gehen." "Hör auf damit."
Shiida sah mich fragend an.
"Hör auf, womit, Wolf?",

fragte sie mich, und ich seufzte.
"So besorgt aus dem Fenster zu schauen. Kalito ist ein Warlord, diesen Titel trägt er nicht ohne Grund“,
versuchte ich, sie zu beruhigen. Shiida lächelte mich an.
"Wie läuft es mit Rikaria?",
wechselte Shiida das Thema, und ich seufzte abermals.
"Es ist jetzt mehr als eine Woche vergangen, aber Rim konnte keine Schwangerschaft feststellen."
Shiida sah zu Boden.
"Das ist natürlich ärgerlich“,
sagte sie und lächelte mich an.
"Dann müsst ihr es wohl noch einmal versuchen."
Ich sah sie überrascht an.
"Das ist nicht dein Ernst“,
erwiderte ich, doch grinste Shiida nur breit.
"Aber dieses Mal bin ich dabei."
Ich war unsicher, ob sie es auch wirklich so meinte.
"Ist das wirklich dein Ernst, oder sagst du das nur, um dich von Kalito abzulenken?",
wollte ich wissen, und sie sah mich mit gemischten Gefühlen an. "Damals sagte ich, es sei für mich in Ordnung, aber heute wäre es mir lieber, wenn ich auch dabei bin."
Ich gab ihr einen liebevollen Kuss.
"Mir wäre es auch lieber, wenn du dabei wärst“,
sagte ich. “Das wird sicher eine lange Nacht, bei drei Frauen“, dachte ich erheitert. Shiida sah mich säuerlich an.
"Du hast gehofft, dass ich das sage, oder?"
Ich hob abwehrend die Hände.
"Du hast mich, ich habe mir gewünscht, dass du das sagst“. Sie sah mich eindringlich an. "Mir gefällt das nicht. Dir gefällt der Gedanke, mit drei Frauen das Bett zu teilen, viel zu sehr."

"Es sind erst vier Wochen vergangen, und dies ist schon die dritte Schlacht“,
fluchte ich und zog mein Schwert aus dem Jüngling.
"Was denkt König Rohthum sich nur, das sind ja fast noch Kinder“,
rief ich, und Warlord Girion lächelte nur kopfschüttelnd.
"Vielleicht will er nur unsere Stärke abschätzen“,
mutmaßte er.
"Nur schade, dass wir niemanden übrig lassen, der ihm Bericht erstatten könnte“,
sagte er und blickte auf.
"Kalito!" Weit in der Ferne war ein Schatten zu erkennen, der davoneilte. Schnell schwang ich mich auf mein Schlachtross und stürmte los. Binnen weniger Augenblicke war ich bei ihm und schwang meine Klinge. Wie durch Butter, glitt meine Klinge durch seinen Körper und teilte ihn in zwei Hälften, dann ritt ich wieder zu den anderen.
"Ich muss unbedingt auch so ein Schwert haben“,
schimpfte Girion und ich lachte ihn an.
"Dafür musst du schon ein Warlord von Fürst Fey sein."
"Pah, so toll ist das Schwert nun nicht, dass ich dafür König Grain verraten würde“,
meinte er. "Abgesehen davon sind wir schon drei“,
sagte Leto, auch ein Warlord von Fürst Fey.
"Hey, Gerald, 53!",
rief er und Gerald, der dritte Warlord von Fürst Fey, kam lächelnd auf uns zu.
"Nun, du liegst hinten, ich habe 77 getötet."
Angewidert sah ich auf mein Pferd und streichelte es.
"Das ist dein erster Krieg, hinterher wirst du nicht mehr so denken. Wenn man Tag ein Tag aus mit dem Töten beschäftigt ist, ist das die beste Möglichkeit, bei Laune zu

bleiben“,
sagte Leto, und Gerald stieß ich so feste an, dass er beinahe vom Pferd fiel.
"Lass ihn, er ist noch nicht verdorben." Ich trieb mein Pferd zum Rand des Schlachtfeldes, wo unsere drei Heiler standen. Ich saß ab und ging zu Yui, die neben ihrem Pferd auf dem Boden kniete und sich übergab.
"Geht es?",
fragte ich mitfühlend, und sie richtete sich wieder auf.
"Ich denke schon. Ich werde mich wohl daran gewöhnen müssen." "Es ist einfach nur furchtbar“,
bemerkte Touma, der Girions Männer beim Plündern der Leichen beobachtete. Ich seufzte und stieg wieder auf das Pferd.
"Das ist nun mal Krieg."
Ich deutete zum Gebirge.
"Wenn wir morgen früh den Gebirgspass erreichen, haltet einen Schild oben. Ganz sicher werden sie uns dort einen Hinterhalt stellen." Um ganz sicher zu sein, haben wir noch gewartet, aber es stand fest. Rikaria war nicht schwanger, und so hatten wir uns für heute Abend verabredet, mit dem kleinen Unterschied, dass dieses Mal auch Shiida dabei sein würde.
"Und wie läuft es mit der Schwangerschaft?",
fragte Tito, und Rikaria machte eine traurige Miene.
"Wir starten heute den nächsten Versuch“,
sagte Mara und grinste mich an. Rim sah zwischen mir und Shiida hin und her.
„Und das ist in Ordnung für dich, dass Wolf nochmal mit einer anderen schläft?",
wollte er wissen, und ich fasste mir an die Stirn. “Das musste er jetzt auch unbedingt fragen“. "Nun, nach dem ersten Mal war ich schon eifersüchtig, aber dieses Mal bin

ich ja dabei“,
sagte sie und bemerkte, dass die Kinder sie ganz entgeistert anstarrten.
"Also äm, nehmt euch kein Beispiel daran. Die Beziehung eurer Mutter ist kompliziert“,
erklärte sie schnell und sackte in ihren Stuhl zurück.
"Hmmmm, ich hoffe, ihr werdet mal eine normale Beziehung haben."
Ich beugte mich zu Shiida rüber und gab ihr einen liebevollen Kuss. Lucy sah Shiida an.
"Wann kommt Papa wieder?", fragte sie, und Trauer trübten Shiidas Augen.
"Ich weiß es nicht." "Er ist ja nicht alleine. Er hat die anderen Warlords und 1000 Ritter. Ein paar Wochen wird es noch dauern, aber dann sind sie sicher wieder zurück“,
ersuchte ich, sie auf zu muntern.
Wie erwartet, dachte Rohthum, uns überraschen zu können, doch auch dieses Mal waren es nur Söldner mit mangelnder Erfahrung. "Sind deine Späher dieses Mal zurückgekommen?",
rief ich Girion zu, der weiter hinten ritt, doch schüttelte er nur den Kopf.
"Das gefällt mir nicht“,
dachte ich laut und hob die Hand, auf dass alle Truppen stehen blieben.
"Ich werde vorreiten!",
rief ich und trieb mein Pferd an. Der Pass wurde schmaler, was bedeutete, dass bald die Abzweigung kommen würde. Als ich die Zweigstelle erreichte, bestätigte sich mein ungutes Gefühl. Mehrere Dutzend gepanzerte Trolle versperrten den Weg. Überrascht, erstaunt und überwältigt starrte ich sie an, doch als der erste mit einer gewaltigen Axt ausholte, fasste ich mich und ergriff die Flucht. Unter

den Schritten der Kolosse bebte die ganze Erde. "Trolllleeee!!!!",
schrie ich, als die Truppen in Sicht kamen. Bei unserer Heeresgröße wäre es ein leichtes, die Trolle zu besiegen, aber nicht hier in der Enge des Passes, wo man keine Ausweichmöglichkeit hatte. Das Heer drehte sich, doch bevor es den Rückzug antreten konnte, zerschmetterte eine brennende Felskugel einen Teil des Heeres. Ich sah nach oben und erbleichte, als ich weitere flammende Felsen auf uns zu fliegen sah. Ich atmete tief durch, und die Zeit war wie eingefroren. "Was ist zu tun.... Vor uns sind die Trolle, aber bis wir geflohen sind, haben uns die Katapulte vernichtet."
"Girion! Du musst die Katapulte ausschalten!!!",
rief ich und sah zu Gerald und Leto.
"Wir übernehmen die Trolle!!!"
Ich stürmte los.
"Beeilt euch, je länger wir brauchen, des so mehr Männer verlieren wir!"
Ich ritt an den ersten Trollen vorbei und nahm mir einen aus der Mitte zuerst vor. Ich schlitzte ihm das Bein auf und sprang dann vom Pferd, für eine bessere Agilität. Ich wich einem gewaltigen Axthieb aus und nutzte die Trägheit des Trolls, um diesen an der ungepanzerten Seite aufzuschlitzen. Zur Kontrolle sah ich mich um und war froh, dass die Trolle, an denen ich vorbei geritten bin, von Leto und Gerald in Schach gehalten wurden. Nur knapp konnte ich weiteren Hieben ausweichen. Auch wenn es ein leichtes sei, mit meiner Runenklinge einen Soldaten zu zerteilen, so war die Rüstung der Trolle deutlich dicker. Ich rannte durch die Reihen und schlitzte ein Bein nach dem anderen auf, um sie zu verlangsamen. Einer sank auf die Knie und ich nutzte die Gelegenheit um an ihm

hinaufzuklettern. Die neue Kampfposition brachte mir den entscheidenden Vorteil. Bald war es vorbei, und auch die Katapulte feuerten nicht mehr. Erschöpft blickte ich zu meinem Heer. Man sah, dass sie gut ausgebildet wurden, denn sie hatten sich eigenständig neu formiert und brachten die Verletzten zu den Heilern. Obwohl wir diese Schlacht gewonnen hatten, war es kein wirklicher Erfolg. Von den 1000 Männern die wir hatten, waren besten falls noch 300 übrig geblieben. Überall waren Schreie, so entsetzlich, dass sie sich in die Seele brannten. Ich trat auf Touma zu, der verzweifelt versuchte, einen Ritter mit schweren Verbrennungen zu heilen. Wortlos schubste ich ihn beiseite, nahm meinen Dolch und gab dem Ritter den Gnadenstoß. Touma starrte mich entsetzt an. "Verschwende nicht deine Magie."
Ich drückte ihm den Dolch in die Hand und zog einen weiteren, um dem nächsten Schwerverletzten Gnade zu erweisen.

Ich gab Raoul einen lustvollen Kuss, und meine Gedanken schweiften ab, dann drehte er sich einfach um.
"Du machst es schon wieder."
Ich sah schuldbewusst auf seinen breiten Rücken.
"Es tut mir leid, aber ich kann einfach nicht aufhören, an ihn zu denken.
"Randorio ist tot, du solltest die Vergangenheit ruhen lassen".
Es tat weh, das von ihm zu hören, doch atmete ich durch und setzte mich auf.
"Ich kann es nicht ändern, dass ich manchmal abschweife und an ihn denke, aber du solltest dich davon nicht unterkriegen lassen." Ich grinste ihn an.
"Wir leben im Hier und Jetzt und jetzt bin ich gerade geil und nackt."

Raoul richtete sich zu mir auf und gab mir einen lustvollen Kuss, dann schob er mich beiseite.
"Den letzten Teil können wir auf später verschieben Korra, wir sollten frühstücken, ich habe Hunger."
Sauer schlug ich mit den Flügeln.
"Maaaan! Ich hasse es, wenn du das machst."
Raoul lächelte ein kämpferisches Lächeln.
"Gleichstand würde ich sagen."

Als Korra und Raoul an unserm Tisch kamen, um zu frühstücken, bedachte ich Raoul mit einem strafenden Blick.
"Ich habe dich beim Training vermisst." Raoul langte ordentlich zu.
"Ich hielt es für eine gute Idee, mal auszuschlafen",
sagte er, ohne mich eines Blickes zu würdigen und stopfte sich den Mund voll. "Es mag nicht den Anschein haben, aber seit ihr mit Korra zusammen seid, seid ihr umgänglicher geworden",
bemerkte Wolf und auch ich erinnere mich noch an Raouls anfängliche Kaltherzigkeit. Ich sah zu einem der Novizentische und blickte dann zu Rim.
"Akkarin und Sonea scheinen sich gut eingelebt zu haben", sagte ich, und Rim nickte.
"Der Anfang war sehr schwer, da sich niemand wirklich vorstellen konnte, dass Sonea Theru ist, aber das hat sich schnell gelegt", schilderte Rim und lehnte sich entspannt zurück.
"Es war wohl Schicksal, dass ausgerechnet diese beiden an meinem Experiment teilnahmen." "Theru scheint in seinen neuen Körper glücklicher zu sein", stellte Tito fest, und Rikaria nickte zustimmend. Ich sah Rim fragend an.
"Du wirkst irgendwie zu gut gelaunt, finde ich."

Rim lehnte sich wieder auf seinem Stuhl zurück.
"Die Kinder haben heute Geburtstag, das heißt, sie machen einen einwöchigen Ausflug wohin sie wollen“,
erklärte er.
"Und warum macht das dich so glücklich?",
wollte ich wissen, doch schüttelte er nur den Kopf.
"Du kannst das nicht verstehen. Im Gegensatz zu meinen Frauen, leben Kalito und Wolf enthaltsam, und ich muss nicht nur zwei, sondern drei befriedigen. Eine Woche Ruhe zu haben, wird mir gut tun, auch wenn ich sie vermissen werde."
Ich verstand, was er meinte und zählte gedanklich, wie oft ich die Woche Sex habe und wie oft es bei Rim sein musste und verblieb schließlich bei einem
"Oh". "Was macht die Schwangerschaft?",
erkundigte sich Raoul mit vollem Mund, und Wolf sah ihn fragend an.
"Woher weißt du davon?"
Nachdem Raoul sich satt gegessen hatte, lehnte er sich zurück. "Weil Lady Shiida mir davon erzählt hat."
Wolf blickte mich an, und ich zuckte nur die Schultern.
"Ich brauchte mal jemanden anderes zum Reden." "Themenwechsel“,
sagte Rim und grinste mich an.
"Du wolltest dieses Mal dabei sein, um Eifersucht vorzubeugen, wie war es denn?" "Also letzte Nacht haben wir den zweiten Versuch gestartet und......warte mal, wieso sollte ich dir das erzählen?"
Ich sah Rim böse an, dann fiel mir Rikaria auf. Sie saß mit rotem Gesicht da und schwieg.
"Ich denke, das ist kein Thema zu Tisch“,
sagte ich. "Das denke ich auch, die Novizen sind definitiv zu neugierig“, stellte Wolf fest und als ich aufsah, merkte

ich, dass die Novizen in unserer Nähe waren und lauschten. "Toll, bald weiß es die ganze Akademie, dass ich dabei helfe, Rikarias Kinderwunsch zu erfüllen“,
beschwerte sich Wolf, und ich fing an zu lachen.
"Gut, dass Lucy und Tira noch schlafen, wenn sie wüssten, was wir letzte Nacht getan haben, würden sie uns auf ewig mit Schweigen strafen."
Im Eingang zur Empfangshalle sah ich Papa. Lachend rannte ich auf ihn zu,
"Papa, du bist wieder zu Hause."
Doch als ich näher kam, verschwand er. Ich folgte einem Schatten im Augenwinkel und sah Papa am Tor zur Akademie stehen. Er drehte sich weg, und als ich zu ihm rannte, verblasste er abermals. Ich sank auf die Knie, und alles um mich herum wurde schwarz. "Papaaaaaa!!!" Als ich die Augen öffnete, waren Mutter und Lucy bei mir.
"Tira, hör auf zu schreien, du hattest einen Albtraum“,
sagte Mutter und hielt mich fest im Arm. Ich beruhigte mich, doch wusste ich, dass mein Albtraum Realität war.
Sommeranfang, 4 Monate später
Still, gerade zu apathisch, saß Tira am Tisch und tat keinen Bissen. Besorgt sah ich sie an.
"Tira, Schatz, bitte, du musst etwas essen“,
flehte ich sie an, und zaghaft griff sie nach dem Brot. Sanft legte Wolf eine Hand auf meine Schulter.
"Kopf hoch, zumindest Lucy scheint es gut zu gehen“,
versuchte Wolf, mich aufzuheitern, doch nur mit mäßigem Erfolg. Ich sprang auf, als ein Bote kam. Er überreichte mir einen Brief, und als ich das Siegel von Fürst Fey erkannte, kam Hoffnung hoch. Ich riss den Brief auf und las voller Eifer.
"Was steht darin?",
wollte Rim wissen. Ich stützte mich auf dem Tisch, als mir

die Tränen kamen.
"Der Kontakt zur Nachhut ist nun auch abgebrochen“,
sagte ich, und Verzweiflung machte sich breit.
"Ich muss wohl den Tatsachen ins Auge sehen."
Lucy und Tira sahen mich entsetzt an. Mit letzter Kraft raffte ich mich zusammen und verließ den Speisesaal. Ich rannte die Gänge entlang und verkroch mich in eine ruhige Ecke in der Bibliothek. Mit den Armen um mich geschlungen, ließ ich der Verzweiflung freien Lauf. Ich schreckte hoch, als ich eine Hand auf meinem Rücken spürte. Es war Raoul, der mich grimmig ansah. "Wo...woher wusstest du, dass ich hier bin?",
fragte ich, doch schüttelte Raoul nur den Kopf.
"Dein Gewimmer war nicht zu überhören. Die gesamte Akademie weiß, dass ihr hier seid."
Es sah erst so aus, als wolle er mir die Hand reichen, doch dann schlug er mich.
"Steht auf! Ihr seid der Magistrat. Ihr repräsentiert die Akademie und solltet nicht auf dem Boden kauern und weinen wie ein kleines verstörtes Kind!!!",
schimpfte er.
"Es ist unklar, ob Meister Kalito lebt, oder schon gefallen ist, aber nichts entschuldigt euer Verhalten. Als ich selbst noch Novize war, hätte euch so etwas nicht aus der Fassung gebracht. Ihr seid weich geworden, Lady Shiida“,
sagte er und reichte mir nun wirklich eine Hand. “Er hat recht, ich bin weich geworden......selbst, als Wolf sich damals nur noch gerade so am Leben klammerte, selbst da war ich nicht so aufgelöst als jetzt“, dachte ich und griff seine Hand, doch bevor ich ihm danken konnte, bekam ich eine weitere Faust zu schmecken. Raoul seufzte und wandte sich von mir ab.
"Vergesst niemals, wer ihr seid“,

sagte er über die Schulter hinweg und ging.
Ich trat aus dem kleinen Umkleideraum und lächelte meine Freundinnen an.
"Na, was sagt ihr?",
fragte ich mit einer Drehung.
"Das ist wunderschön, Sonea“,
strahlte Namira. Namira ähnelte mir in Statur und Aussehen und so wie ich, wollte auch sie Schriftgelehrte werden.
"Dafür, dass du mal ein Junge warst, hast du aber einen außergewöhnlich guten Geschmack“,
meinte Miranda. Miranda war etwas kleiner und hatte gelocktes braunes Haar. Sie war fest entschlossen, Priesterin zu werden. Ich sah zu Akkarin.
"Und wie gefällt es dir?"
Er sah mich gelangweilt an und blickte sich dann nach unseren Taschen um.
"Es steht dir, nur denke ich, dass wir nicht so viel brauchen. Außer in den Ferien werdet ohnehin nicht die Gelegenheit haben, die Sachen zu tragen“,
meinte er. Namira seufzte.
"Na, gut, lass uns zurück zur Akademie gehen“,
sagte sie, doch lächelte Akkarin sie an.
"Aber zuvor gehen wir noch zu Meister Kirgo“,
entschied Akkarin und ging schon langsam vor.
"He warte doch!"
Schnell zog ich mich wieder um, bezahlte das Kleid und eilte hinterher.
"Es macht euch wohl Spaß, mich stehen zu lassen“,
stellte ich fest, und alle fingen an zu lachen. Als wird die Schmiede erreichten, stellten wir fest, dass das Feuer aus war. Beharrlich klopfte Akkarin an die Tür und mit Erfolg, denn ein deutliches "Kommt rein"

war zu hören. Wir traten ein und gingen zur Küche durch, wo Kirgo zusammen mit jemandem Tee trank und sich unterhielt. "Akkarin, du bist sicher wegen dem Schwert hier?",
fragte er und sah an ihm vorbei und uns drei an.
"Ihr seid sicher aus Akkarins Klasse, setzt euch doch und trinkt eine Tasse mit.“,
bot er uns an und deutete auf drei freie Stühle am Tisch. Kirgos Freund lächelte uns an, als wir zögerten.
"Wir halten euch auch nicht lange auf“,
sagte er, und wir setzten uns dann doch.
"Komm Akkarin, dann zeig ich dir dein Schwert“,
sagte Kirgo und verließ, dicht gefolgt von Akkarin, den Raum. "Wir haben uns noch nicht vorgestellt“,
sagte der Mann und reichte uns die Tassen. Ich lächelte ihn an.
"Ich bin Sonea, und meine Freundinnen hier sind Namira und Miranda, aber eigentlich nennen wir sie nur Mi."
Miranda sah mich verärgert an.
"Ich mag es nicht, wenn ihr mich so nennt."
Der Fremde fing an zu kichern.
"Ich bin Idashi, freut mich euch kennen zu lernen."
Ich überlegte.
"Idashi, interessant. Wie man nur darauf kommt, jemanden nach einem Gott zu benennen“,
dachte ich laut, dann sah Namira mich kopfschüttelnd an.
"Das ist so nicht richtig. Tsandress, Idashi und Röchije wurden nur als Halbgötter verehrt, da sie schließlich immer noch sterblich waren“,
erklärte sie.
"Stimmt doch Mi?"
Wir blickten zu Miranda, die wie gebannt Idashi ansah und von Sekunde zu Sekunde bleicher wurde.

"Mi? Alles in Ordnung?",
wollte ich wissen. "Das kann nicht sein...das",
stammelte sie. "Was hast du?",
fragte Namira. Idashi lächelte uns an.
"Scheinbar denkt eure Freundin einen Schritt weiter." Ich verstand, was er meinte, und Demut machte sich in mir breit. Miranda stand plötzlich auf und verneigte sich unnötig tief, woraufhin Idashi zu lachen anfing.
"Nun steh wieder auf, das ist doch albern“,
sagte er und trank einen Schluck Tee. "Was macht ihr denn da?",
fragte Akkarin, der hinter uns stand und uns anlächelte.
"Ich habe alles, wir können zurück zur Akademie."
Kaum hatte er es gesagt, da stand Miranda auf und ging vor. Ich bedankte mich für den Tee und ging dann mit den anderen auch. "Was hat Mi denn?",
fragte Akkarin, doch lächelte ich nur.
"Sag ich nicht." Zurück in der Akademie entledigten wir uns unserer Sachen und trafen uns dann im kleinsten der sieben Gemeinschaftssäle. Mit etwas zu trinken setzten wir uns an den Kamin und fingen an, über unsere Pläne für die Ferien zu quatschen.
"Themenwechsel“,
sagte Namira und sah mich grinsend an.
"Ich habe gehört, du hättest einen Freund?" Überrascht starrte ich sie an und wurde etwas rot, da es stimmte. "Von wem hast du denn das gehört? Alles nur Gerüchte“,
sagte ich und nahm einen großen Schluck Wein. "Es stimmt also“,
bemerkte Akkarin, um mich zu ärgern, da niemand wusste, dass Akkarin dieser Freund war. Da Namira und Miranda nicht aufhörten, mich mit Fragen zu löchern, verließ ich den Gemeinschaftssaal und streifte durch die Gänge. In der

Eingangshalle traf ich dann auf Lady Shiida, die scheinbar gerade aus der Bibliothek kam, da sie einen Haufen Bücher in den Armen hatte. "Lady Shiida, soll ich Euch helfen?", fragte ich und lächelte sie an. "Oh, Sonea das wäre wirklich lieb von dir." Ich wollte ihr gerade ein paar Bücher abnehmen, als sie diese plötzlich fallen ließ. "Lady Shiida?", fragte ich, doch bemerkte sie mich nicht. Mit geweiteten Augen sah sie an mir vorbei zum großen Eingangstor. Ich drehte mich um und sah jemanden, doch geblendet durch die tiefe Abendsonne konnte ich nur eine Silhouette erkenne.